中國語言文字研究輯刊

十 二 編

許 錟 輝 主編

第 1 冊

《十二編》總目

編 輯 部 編

段玉裁與桂馥《說文》學之比較研究

鍾 哲 宇 著

花木蘭文化出版社

國家圖書館出版品預行編目資料

段玉裁與桂馥《說文》學之比較研究／鍾哲宇 著 ── 初版 ──
新北市：花木蘭文化出版社，2017〔民 106〕
目 4+286 面；21×29.7 公分
（中國語言文字研究輯刊 十二編；第 1 冊）
ISBN 978-986-404-975-2（精裝）
1. 說文解字 2. 研究考訂
802.08　　　　　　　　　　　　　　　106001499

中國語言文字研究輯刊
十二編　第 一 冊　　　　　ISBN：978-986-404-975-2

段玉裁與桂馥《說文》學之比較研究

作　　者　鍾哲宇
主　　編　許錟輝
總 編 輯　杜潔祥
副總編輯　楊嘉樂
編　　輯　許郁翎
出　　版　花木蘭文化出版社
社　　長　高小娟
聯絡地址　235 新北市中和區中安街七二號十三樓
　　　　　電話：02-2923-1455 ／傳真：02-2923-1452
網　　址　http://www.huamulan.tw 信箱 hml810518@gmail.com
印　　刷　普羅文化出版廣告事業
初　　版　2017 年 3 月
全書字數　216895 字
定　　價　十二編 12 冊（精裝） 台幣 30,000 元

《十二編》總目

編輯部編

《中國語言文字研究輯刊》十二編 書目

《中國語言文字研究輯刊》十二編
各書作者簡介・提要・目次

第一冊　段玉裁與桂馥《說文》學之比較研究

作者簡介

　　鍾哲宇，1983 年出生，臺灣花蓮人。臺灣中央大學中國文學系博士、碩士，銘傳大學應用中國文學系學士，曾榮獲中央大學校長獎學金。現為臺灣中央大學中國文學系、銘傳大學應用中國文學系、元智大學通識教學部兼任助理教授，研究方向為文字學、訓詁學、清代小學、《說文》學。

提　要

　　段玉裁（1735～1815）與桂馥（1736～1805）年歲相當，彼此未曾謀面，然二人卻同以《說文》學之成就齊名於世，且清代學者多以段桂二人為《說文》研究之巨擘，而至今並無學者將二者作一全面性之比較研究。因此，筆者以「段玉裁與桂馥《說文》學之比較研究」為題，針對段桂二人《說文》學最重要之代表作，即段氏《說文解字注》和桂氏《說文解字義證》，並輔以二氏《說文》相關論著，以進行客觀且完整之分析檢討。再以其他《說文》學者之說法，與當時未見之古籍，及近世出土之甲骨金石，探討二書之得失。抑有進者，藉由比較清代乾嘉時期研究《說文》，最具代表性之段桂二人著作，當能呈現當時《說文》學之成就，進而追索後世文字學發展之脈絡，由是而完整呈現段玉裁與桂馥《說文》研究之學術意義及其價值。本文從段玉裁與桂馥之「生平學行」、「注證《說文》徵引之資料」、「《說文》義例之觀念」、「《說文》之校勘」等論題，比較分析段玉裁與桂馥之《說文》學。

目 次

第二、三冊　楊樹達文字訓詁學研究

作者簡介

　　王安碩，字仲偉，西元 1979 年生，臺灣臺北人。天主教輔仁大學中國文學系、私立東海大學中國文學系碩士班、博士班畢業。目前於私立東海大學中國文學系、私立亞洲大學任兼任助理教授。現為東海大學中國文學系兼任講師。喜治訓詁，尤好先秦之學，常感學海無涯，期許自己百尺竿頭，勤學不倦。

提　要

　　楊樹達為民國早期重要文字訓詁學家，其學術成就表現於文字、詞彙、語音、文獻等方面，且於各領域均鑽研甚深，考據精細，於我國文字訓詁學之研

究貢獻卓著，價值斐然。然相較於二十世紀同時期諸多文字訓詁名家，楊氏之學雖於當代學界上享有盛名，但晚近於楊氏學術研究之著作卻寥若晨星，數量與其聲望不成正比，令人惋惜。本文以楊樹達文字訓詁學之研究與成果爲研究範疇，詳述體例，考鏡源流，深究楊氏於我國訓詁學之研究成果，疏證其說；並於肯定其研究成果之餘，同時對楊氏文字考釋、經典詮解有失之處提出商榷與修正，以昭示楊氏於文字訓詁學之成就與價值。

本文對楊氏文字訓詁學之探討主要分爲八章：

首章緒論簡要論述研究楊氏文字訓詁學之動機與相關研究文獻回顧，並分述研究總綱與各章凡例，及預期成果。

第二章概述楊氏生平與治學途徑，表列楊氏生平著作及概述與本文議題相關著作，其後並探後世學人對楊氏文字訓詁之評價，以見楊氏文字訓詁學之優劣得失。

第三章論楊氏詞類研究著作《詞詮》，以楊氏虛詞研究爲範疇，檢視其虛詞研究之成就、貢獻、侷限與不足，並舉實例與之商榷，以期一窺楊氏虛詞研究之全貌。

第四章著重於楊氏金文研究，主以《積微居金文說》、《積微居金文餘說》爲對象，首先概論楊氏金文研究之體例與途徑，復採楊氏釋器善者疏證其說，提出旁證，以見楊氏金文研究之成果與貢獻；其後考異楊氏金文研究可商榷之處，並總括論述其金文研究之缺失與不足，以探楊氏金文研究之全貌。

第五章以楊氏甲骨文研究爲論題，以楊氏所著甲骨文相關研究爲主，分述楊氏甲骨文考釋之方法與特色，同時爲楊氏疏證、補充其論點，闡發楊氏甲骨文研究之成果；其後則舉楊氏甲骨文研究有誤之例，與之商榷；最後亦總結性論述楊氏甲骨文研究之缺失與不足。

第六章探究楊氏文字考釋專論，以《積微居小學金石論叢》、《積微居小學述林》二書文字考釋之專論爲主，首論楊氏文字考釋專論所採之體例與考字理論；其後列舉楊氏文字考釋專論中有誤字例，逐一與之商榷，並於末節總結楊氏文字考釋理論之侷限與缺失。

第七章爲楊氏古籍訓解之研究，以《積微居小學金石論叢》、《積微居小學述林》二書所載古籍訓解條目爲範疇。楊氏長於考據，且深入精細，於古籍文獻訓解時有創見，極具價值。本章首論楊氏古籍訓解之方法，復舉楊氏說義善者爲其疏證、補充，以見楊氏古籍訓解精要之處；其後亦列舉楊氏古籍訓解不當之例駁議、修正其說，並總結楊氏古籍訓解之侷限與不足，以見其得失。

第八章結論，總結前列數章研究成果，簡要論述楊氏文字訓詁之優劣得失，並條列楊氏於文字訓詁之優、缺點數條，以見楊氏文字訓詁研究之全貌。

目　次

第四冊　「貞松堂集古遺文」（三種）研究

作者簡介

陶智，男，漢族，安徽蕪湖人，文學博士。2011 年 7 月畢業於安徽大學古文字學專業，獲文學博士學位。現爲嘉興學院文法學院講師，浙江大學漢語史研究中心博士後，主要研究方向爲古文字學和漢語詞彙史。近年在《中國文字》《漢學研究通訊》《漢語史研究集刊》《孔孟月刊》等學術刊物發表論文多篇。主持中國博士後科學基金及浙江省社科規劃基金等多項課題。

提　要

全文分兩部份，即上編《訂補編》和下編《研究編》。

在上編部份，按照原書所錄銘文順序，對《貞松堂集古遺文》全面校訂。校訂主要分四個方面：

1、隸釋未釋之字；

2、糾正誤隸、誤釋之字；

3、糾正誤摹之字；

4、訂補未摹、缺摹之字。

在《研究編》中，首先對羅振玉《貞松堂集古遺文》中考釋金文時所用考釋方法進行總結。分別從「據字形考釋」、「據文獻考釋」、「據語言考釋」、「綜合考釋」等四種考釋途徑以窺羅振玉的金文考釋之法；指出羅振玉在考釋金文中，以字形爲主要途徑，參輔以其它各種方法，綜合利用各種材料進行金文考釋。

其次，對《貞松堂集古遺文》一書中羅振玉的金文研究進行述評，梳理羅振玉在該書中所考釋的金文文字。在全面考察該書中金文研究札記的基礎上，觀察羅振玉金文研究的傾向和特點。

再次，對羅振玉金文研究的整體成就進行述評。羅振玉在金文研究中不僅

有文字的考釋，亦涉及銘文辭意的詮釋，以及結合傳世文獻對一些歷史制度的考察。

第四，從羅振玉金文考釋的失誤中分析他在金文考釋中的局限，並得出羅振玉金文考釋中所存在的不足：缺少嚴格字形分析；過於強調辭例的推勘；以誤釋文字爲證據；忽視銘文辭意的通讀。這些方面的不足，對於當今的金文研究仍有借鑒意義。

最後，從學術史的角度總結羅振玉在金文研究史上承前啓後的作用。

目　次

第五冊　支謙譯經動作語義場及其演變研究

作者簡介

　　杜翔，男，1971 年出生，浙江省浦江縣人。2002 年畢業於北京大學，獲文學（漢語言文字學）博士學位，研究方向為漢語詞彙史，畢業後進中國社會科學院語言研究所詞典編輯室工作至今。主要從事規範型辭書《新華字典》《現代漢語詞典》的修訂工作，擔任中國辭書學會語文辭書專業委員會秘書長。曾主持完成中國社會科學院青年資助項目「漢語動作語義場研究」，參加國家標準《漢語拼音正詞法基本規則》2012 版（GB/T 16159-2012）的修訂，主要從事詞彙學、辭書學和語言文字應用研究。

提　要

　　支謙是三國時代最重要的佛經翻譯家，他祖籍西域而生於中土，從小兼通胡漢語言和文字，譯經比較多地保留了當時口語的面貌。本書以一個斷代的材料（支謙譯經）為座標，以語義場為研究單元，與前代文獻（主要是《史記》）、同時代的文獻（三國中土文獻和康僧會的譯經材料）和後代文獻（一直考察到現代漢語）做縱、橫兩方面的比較，重點考察與口、目、手、足等有關的 4 個以聯想關係組成的動作語義場，構成了本書四章正文內容；各章內部包含若干以同義聚合關係組成的子語義場，共計 15 個。從共時層面上考察它們內部各義位的義值、義域和義位內各義素的組成，從歷時層面上分析義位元的組合、演變乃至語義場演變的情況，在漢語歷史詞彙學領域引進了語義場和義值、義域、

義叢等語義學的概念，借鑒了其研究方法，把零散的詞義及演變研究納入了系統化的軌道。本書以漢譯佛典作為主要研究材料，在與同時代、前後代不同性質的文獻比較中，證實了譯經材料的語料價值和口語性質，也表明了佛教詞語與漢語基本詞彙的互動關係。

目　次

第六、七冊　楊慎古音學文獻探賾

作者簡介

　　叢培凱，1982 年生於臺灣臺北，國立臺灣師範大學國文學系博士，現任東吳大學中國文學系助理教授、中華民國聲韻學學會祕書長。

　　著作有《楊慎古音學文獻探賾》、《段玉裁《說文解字讀》研究》、〈論段玉裁《說文解字讀》之反切及其成書時代〉、〈論陳宗彝《音通》的音韻觀念及方言現象〉、〈論楊慎《轉注古音》的音韻觀及成書意義〉、〈論張之象《韻經》的古音觀念及其「轉注」收字分析〉、〈論《古今韻會舉要》對楊慎古音學的影響〉、〈論《諧聲譜》「絲牽繩引法」對於陳澧《說文》聲訓體系之影響〉、〈陳澧《說文聲表》批注考辨〉、〈郭紹虞「聲律說考辨」芻議——以詩歌文體演變論「四聲說」之產生背景〉、〈王重陽與北七真「藏頭拆字體」研究〉等論文二十餘篇。

提　要

　　楊慎，字用修，號升庵，明四川新都人。其學術領域廣泛，生平以博學著稱。

　　楊慎所處時代，古音之學尚未興盛，但其古音學著作豐碩，《轉注古音略》、《古音叢目》、《古音餘》、《古音附錄》、《古音駢字》、《古音複字》等文獻皆賦予「古音」之名。筆者以《楊慎古音學文獻探賾》爲題，對楊慎古音學作一深入研究。本文總分六章，各章內容簡述如下。

　　第一章〈緒論〉，說明研究動機與目的，楊慎古音學著作雖豐，但在古音學史上，未有明確的評價。筆者藉文獻爲證，呈現其研究價值。透過文獻回顧，整理前人對於楊慎古音學研究的成果與不足處，並闡明楊慎古音學文獻在本研究中的定位。介紹論文研究方法、步驟，呈現論據基礎，進行整體論文架構說明。

　　第二章〈楊慎《轉注古音略》之名義及其音釋來源考〉，「轉注古音」爲楊慎古音學的理論基礎。前人以爲「轉注古音」重視聲、義同源，筆者透過《古音後語》、〈答李仁夫論轉注書〉、〈轉注古音略題辭〉等證據，駁斥其說。並比

較趙古則《六書本義》，認爲楊愼「轉注古音」的判斷標準爲古今異音。《轉注古音略》在此標準下，進行典籍中古今異音的搜羅，筆者根據《轉注古音略》切語、直音釋文，各自建立引書分析方法，以求楊愼引書的原委，並從中進行校勘。

第三章〈楊愼《古音叢目》「三品」說及其音釋考論〉，楊愼《古音叢目》內容結合吳棫《詩補音》、《楚辭釋音》、《韻補》及己身《轉注古音略》而成。由該書〈序文〉可知，楊愼運用「三品」標準擇選吳棫研究。筆者透過考釋比較，發現「三品」理論於應用上具有侷限，楊愼並未將「三品」貫徹於《古音叢目》中。筆者對《古音叢目》進行引書分析，以明該文獻的研究方式，並說明《古音叢目》的輯佚價值。筆者比較《古音叢目》、《轉注古音略》的差異，發現楊愼以《轉注古音略》音注作爲《古音叢目》的擇音標準，其中亦透露出明代語音及新都方言的特徵。

第四章〈楊愼古音學文獻之檢討〉，說明前人研究楊愼古音學的盲點，在古音內涵、韻目、體系分析上，試圖釐清糾謬。並以引書研究爲基，建立考釋凡例，擇選楊愼《轉注古音略》例字。以《廣韻》分類爲樞紐，分析《轉注古音略》例字及切語，探究其古音結構。發現楊愼古音內容紛雜，不能以單一視角進行檢視。

第五章〈楊愼古音學文獻的價值〉，透過「叶音」史脈絡研究，說明楊愼繼承宋人韻書中多音選一音、找尋韻書失載之音等觀念，並反對「類推」求音方式。楊愼對於陳第、顧炎武的古音學皆有直接啓發。此外，「古今韻」韻書、韻圖、辭典等著作亦可見楊愼古音學之跡。

第六章〈結論〉，總結前說，試圖給予楊愼古音學公允的評價，並述說未來的研究展望及相關探討議題。

目　次

上　冊

序　陳廖安

第八冊　清代吳烺《五聲反切正均》音系研究

作者簡介

　　張淑萍，臺灣彰化人，1978 年生。高雄師範大學國文學系畢業，中正大學中文研究所碩士，臺灣師範大學國文研究所博士。現任台北市立大學中國語文學系助理教授。曾任中華民國聲韻學學會秘書長（2012～2016），研究領域爲漢語語言學。

提　要

　　本論文所探討的《五聲反切正韻》一書，是清朝乾隆時吳烺的音學著作。《五聲反切正韻》一共分成六章，作者將他所見所聞的「正韻」歸納成三十二張韻圖，希望藉由這三十二章韻圖來表達他心中所謂的「正韻」。《五聲反切正韻》不但有作者自己對音學的論述，更有實際的韻圖供後人作參考。作者吳烺在韻圖中想表現的，就是書名所言的「正韻」，也就是如實的描寫作者當時的語音現象，做到作者所說「一本天籟」。本論文共分八章，詳細討論《五聲反切正韻》一書的內容與韻圖所表現出的音系。

　　第一章爲緒論，敘述本論文的研究動機、使用的研究方法與研究材料，以及檢討前人的研究成果。

　　第二章介紹《五聲反切正韻》一書的版本、成書年代與內容，並考察作者吳烺的生平事蹟。

　　第三章分成六小節探討吳烺的音學理論，依序爲辨五聲第一、論字母第二、審縱音第三、定正韻第四、詳反切第五、立切腳第六。

　　第四章探討《五聲反切正韻》的聲母系統。《五聲反切正韻》共分二十個聲母，本章將探討每一個聲母的例字在《廣韻》中所屬的聲類，並以此爲依據擬定二十個聲母的音值。

第五章探討《五聲反切正韻》的韻母系統。《五聲反切正韻》中有三十二張韻圖，分別代表三十二個韻母，本章將探討每一個韻圖中的例字在《廣韻》中的反切及韻類，以及在《切韻指南》中所屬的韻攝開合，據此擬定三十二個韻母的韻值。

第六章探討《五聲反切正韻》的聲調系統。《五聲反切正韻》的三十二韻圖以陰聲配入聲，本章將詳細探討其入聲韻尾的韻值，並討論其中兩個寄放它韻的入聲韻值。

第七章探討《五聲反切正韻》所反映的歷時音變，包含聲母、韻母、聲調三個方面的音變現象。

第八章爲結論，總結以上各章對《五聲反切正韻》各方面的探討結果，從三十二韻圖看《五聲反切正韻》的音系性質；並詮釋吳烺所謂的「正韻」，判斷吳烺在《五聲反切正韻》中所呈現乃是一套南方的官話系統。

目　次

第九、十、十一冊　曾運乾音學研究

作者簡介

　　柯響峰，字谷應。1961 年出生於台東。新竹玄奘大學中國語文學系碩、博士。現為華梵大學中文系兼任助理教授，講授文字、聲韻、訓詁等課程。歷任玄奘大學中國語文學系兼任講師、醒吾科技大學、德霖技術學院兼任講師。著有《白虎通義音訓研究》、〈音訓的流與變〉、〈《白虎通義》中的複聲母問題〉、〈《洛陽伽藍記》中的佛寺建築〉、〈從《說文》木部字看漢代建築文化〉、〈從鯤鵬之化看李白理想意識的超越〉、〈段玉裁對江有誥「入聲」觀念的啓示探索〉等文。

提　要

　　運乾先生（1884 年~1945 年），生於清末民初。值新舊交替與東西文化激盪之際。其於學術最為後世所稱引者，為音學之成就。於等韻之學，主影母獨立，而喻母非喉音，不與影母清濁相配。其於韻圖例置三等與四等者有別。又以照三，韻圖置於齒音下，最亂舌齒之經界，當歸其本類，不必藉由門法辨音。於廣韻之學，則以音之「正變侈弇鴻細」條例，定五聲五十　紐。又析《廣韻》二百六韻為三百一十一類，此曾氏對《廣韻》之考訂而有〈《廣韻》補譜〉。其學生郭晉稀，依其意填出圖譜，能為檢音之備，又兼明　音之流變，實功同韻圖。於古音之學，則據經籍異文與文字諧聲，考得喻母三等古歸匣母，而 G 母四等則古歸定母，此為其古聲研究之最大成就者。至於古韻，則土齊韻之當分為二，　一與支佳韻合而為娃攝，一與皆微韻合而為衣攝。而脂韻之半在威攝，半在衣攝，此二攝之別，實王力脂、微分部之先導。其分古韻三十攝，已臻近完備。本文試從《廣韻》之學、等韻之學、古音之學三部分，探討曾君音學之理論與其研究之成果。

目　次

上　冊

第十二冊　文獻所見廣州方言詞彙三百年來的歷史演變

作者簡介

　　林茵茵，臺灣清華大學文學士、香港理工大學文學碩士、廈門大學文學博士；現任香港理工大學中文及雙語學系專任導師。研究範圍包括漢語方言、語文教學。曾發表〈從老中青的差異看廣州方言詞類的演變情況〉、〈香港粵語標音的現狀〉、〈從新會荷塘話聲調發展看語言接觸〉、〈廣州話讀音與中古音的對應例外〉等論文。也曾參與編撰《公務與事務文書寫作規範》及《現代企業管理文書寫作規範》的工作。

提　要

　　本文利用明末清初的廣州地方文獻與現今的廣州方言作比較，分析其詞彙的演變規律與特點，把近代粵方言詞彙史，從十九世紀推前至十七世紀。

　　全文分爲四章。開篇爲緒論，介紹選題緣由、研究意義、理論根據、研究方法。

　　第二章運用詞彙層次的理論，把核心詞、基本詞彙與一般詞彙區別開來；從義類系統出發，考察了廣州方言在三百年間詞彙的存留、消失與變異的情況，爲廣州方言詞彙的研究提供了新的思路，也獲得了一些新的結論。

　　第三章從語義場的角度，把核心詞的概念應用於廣州方言詞彙的歷時研究上，採用共時、歷時相結合的方法，對近三百年之間廣州方言的形容詞、動詞、顏色詞進行了較爲詳細的語義分析，同時加入了非核心詞的比較，勾勒出廣州

方言核心詞在三百年間的變化輪廓。

　　第四章結合老中青三派語言使用者的實際使用情況，對文獻中幾個主要詞類的常用詞進行了比較詳細的分析，透過縱向的比較，特寫幾十年間廣州方言詞彙的演變及其原因。初步確定了變化程度較大的詞類和詞目，以及變化速度較快的年代。

目　次

段玉裁與桂馥《說文》學之比較研究

鍾哲宇 著

作者簡介

鍾哲宇，1983 年出生，臺灣花蓮人。臺灣中央大學中國文學系博士、碩士，銘傳大學應用中國文學系學士，曾榮獲中央大學校長獎學金。現爲臺灣中央大學中國文學系、銘傳大學應用中國文學系、元智大學通識教學部兼任助理教授，研究方向爲文字學、訓詁學、清代小學、《說文》學。

提　要

　　段玉裁（1735～1815）與桂馥（1736～1805）年歲相當，彼此未曾謀面，然二人卻同以《說文》學之成就齊名於世，且清代學者多以段桂二人爲《說文》研究之巨擘，而至今並無學者將二者作一全面性之比較研究。因此，筆者以「段玉裁與桂馥《說文》學之比較研究」爲題，針對段桂二人《說文》學最重要之代表作，即段氏《說文解字注》和桂氏《說文解字義證》，並輔以二氏《說文》相關論著，以進行客觀且完整之分析檢討。再以其他《說文》學者之說法，與當時未見之古籍，及近世出土之甲骨金石，探討二書之得失。抑有進者，藉由比較清代乾嘉時期研究《說文》，最具代表性之段桂二人著作，當能呈現當時《說文》學之成就，進而追索後世文字學發展之脈絡，由是而完整呈現段玉裁與桂馥《說文》研究之學術意義及其價值。本文從段玉裁與桂馥之「生平學行」、「注證《說文》徵引之資料」、「《說文》義例之觀念」、「《說文》之校勘」等論題，比較分析段玉裁與桂馥之《說文》學。

目　次

第一章　緒　論

第一節　研究動機

　　今日提及清代《說文》學者，必舉「《說文》四大家」論之，然在清代當時，最爲學者並稱傑出者，乃段玉裁（1735～1815）與桂馥（1736～1805）二人。《清史稿》桂馥本傳嘗云：

> 馥與段玉裁生同時，同治《說文》，學者以桂、段並稱，而兩人兩不相見，書亦未見，亦異事也〔註1〕。

段玉裁與桂馥年歲相當，彼此未曾謀面，然二人卻同以《說文》學之成就齊名於世，且清代學者多以段桂二人爲《說文》研究之巨擘，如道光十七年（1837），王筠（1784～1854）〈《說文釋例》自敘〉云：

> 今天下之治《說文》者多矣，莫不窮思畢精，以求爲不可加矣。就吾所見論之，桂氏未谷《說文義證》、段氏茂堂《說文解字注》，其最盛也〔註2〕。

再如同治九年（1870），張之洞（1833～1909）〈《說文解字義證》敘〉云：

〔註1〕 趙爾巽等撰：《清史稿》（北京：中華書局，1986年）卷四八一，頁13230。

〔註2〕 王筠：《說文釋例》（《續修四庫全書》本，第215冊，上海：上海古籍出版社，2002年）〈序〉。

　　國朝經師，類皆覃精小學，其校釋辨證《說文》之書，最晟者十餘家，而以段注本爲甲。習聞諸老師言段書外，惟曲阜桂氏《義證》爲可與抗顏行者〔註3〕。

張之洞爲桂書撰序，立場不免偏重，但其云「習聞諸老師言」，可知段桂二書並稱，非張氏虛美，而是清代學術界的一個共識。

　　桂馥《說文解字義證》雖是與段玉裁《說文解字注》齊名，然二家注證《說文》之途徑異趣，各自呈現了不同的學風。學者對二書之評價，亦有所討論，其中最具代表性之說法，見於《清史稿》桂馥本傳：

　　段氏之書，聲義兼明，而尤邃於聲；桂氏之書，聲義並及，而尤博於義。段氏鈎索比傅，自以爲能冥合許君之旨，勇於自信，自成一家之言，故破字創義爲多；桂氏專佐許說，發揮旁通，令學者引申貫注，自得其義之所歸。故段書約而狞難通闢，桂書繁而尋省易了。夫語其得於心，則段勝矣；語其便於人，則段或未之先也。其專臚古籍，不下己意，則以意在博證求通，展轉孶乳，觸長無方，亦如王氏《廣雅疏證》、阮氏《經籍纂詁》之類，非以己意爲獨斷者〔註4〕。

《清史稿》對段桂之看法，點出了二書之特點，尚稱平實公允，如評段《注》「勇於自信，自成一家之言」，評桂馥《義證》「專臚古籍，不下己意」。這些論斷，影響後學者頗大，甚至可說是形成了一種刻板印象。

　　如胡樸安（1878～1946）《中國文字學史》評段《注》云：「段氏之徵引審訂，誠不愧博大精深之目，其果於改訂增刪，亦不免有武斷之弊。〔註5〕」其評桂馥《義證》云：「其著《說文義證》也，臚列古籍，不下己意，博引旁證，展轉孶乳，使人讀之，觸類自通。〔註6〕」至於比較段桂二書時，則稱「桂書毫無論斷，段書多所主張」〔註7〕。再如濮之珍《中國語言學史》評段桂二

〔註3〕張之洞：《張文襄公全集》（《續修四庫全書》本，第1561冊）卷二一三，古文二、頁2。

〔註4〕趙爾巽等撰：《清史稿》卷四八一，頁13230。

〔註5〕胡樸安：《中國文字學史》（臺北：臺灣商務印書館，1992年），頁271。

〔註6〕胡樸安：《中國文字學史》，頁322。

〔註7〕胡樸安：《中國文字學史》，頁338。

書，云：「桂書和段書，雖然都是研究《說文》的著作，但二書的性質不同，段書是述中有作，故能破字創義，自成一家之言；而桂書則是述而不作，專臚古籍，不下己意。〔註8〕」是前人對於段桂二書之論斷，固有其精鍊之處，但學者對於二家之比較，多是沿襲成說。

筆者以為，段桂二書卷帙龐大，只以寥寥數語，便將二書比較論定，未免過於籠統，且無法說明段桂二書在清代並稱之因。再者，就筆者所知，至今並無學者將段玉裁《說文解字注》和桂馥《說文解字義證》作一全面性之比較研究。因此，筆者以「段玉裁與桂馥《說文》學之比較研究」為題，針對段桂二人《說文》學最重要之代表作，即段氏《說文解字注》和桂氏《說文解字義證》，並輔以二氏《說文》相關論著，以進行客觀且完整之分析檢討，冀能由是而釐清二書之優劣得失，並對前賢之論斷，加以補充考正。抑有進者，藉由比較清代乾嘉時期研究《說文》，最具代表性之段桂二人著作，當能呈現當時《說文》學之成就，進而追索後世文字學發展之脈絡，由是而完整呈現段玉裁與桂馥《說文》研究之學術意義及其價值。

第二節　研究目的

本文研究之目的，在於提出及解釋三個問題，分別為：

一、清代《說文》學觀念之釐清

上節有論，學者多以段玉裁《說文解字注》「勇於自信，自成一家之言」、「有武斷之弊」，而桂馥《說文解字義證》「臚列古籍，不下己意」，後學者亦多沿襲此種觀念，可說是形成了一種刻板印象。由前賢對於段桂二書之研究專著可見，學者對於段桂二書之比較，缺乏全面且深入之研究，故筆者嘗試比較段桂二書，分析段《注》是否果真較為武斷，而桂馥《義證》又是否只「臚列古籍，不下己意」，希能對段桂二書之傳統印象，有所釐清。

二、文字學發展脈絡之考察

清代文字學的研究重點之一，即是許慎《說文》，而段《注》與桂馥《義

〔註8〕濮之珍：《中國語言學史》（臺北：書林出版有限公司，1994年），頁436。

證》則是清代《說文》研究的代表作，然二人生年相當，彼此卻不相識，且二人《說文》著作，亦各自呈現出不同之研究面向。對於段桂二書之比較，同中之異可見各人學術面貌，異中之同更可窺見當時學術發展之方向。職是，筆者藉由比較研究段桂二書，挖掘其共時性之學術意義，並進而探討段桂二書對於後世文字學之影響，以形成一個歷時性的研究，而對清代至近代文字學發展脈絡有所考察梳理。

三、呈現清代學術史之一面向

清代學術有所謂「家家許鄭」的口號，許指許慎、鄭即鄭玄，此二人為清代學者所追求的典範人物，而二人所代表的學術即小學、經學。對於清代學術史的研究，現代學者多以經學為主要內容，而相對忽略了清代小學的學術史意義。近人梁啓超（1873～1929）嘗云：「清儒以小學為治經之途徑，嗜之甚篤，附庸逐蔚為大國。〔註9〕」因此《說文》研究，也是清代當時相當重要的學術議題之一，而此項討論，其實也是構成清代學術的一個要點。段玉裁和桂馥同為清代乾嘉時期最富盛名的《說文》大家，筆者藉由二人《說文》代表作的比較研究，可呈現出清代學術之內容，也可成為觀察清代學術史的一個面向。

第三節　研究方法

歷來對於清代《說文》學之研究，多以專家研究切入，然而專研一家較不易看出研究對象之學術史意義。因此，本文嘗試藉由比較性質的研究，分析段玉裁《說文解字注》和桂馥《說文解字義證》之學術意義，期能看出二書之得失。

本文比較方法之運用，具有「共時性」和「歷時性」兩種層次。劉家和〈歷史的比較研究與世界歷史〉論比較研究云：

> 「比較」這個詞雖然產生於同時並列的事物之間，但是它一旦作為一種方法用於歷史的研究上，就在原有的同時比較之外，又加上了歷時性比較的方面。比較研究的基本功能不外乎明同異。橫向的共

〔註9〕梁啓超：《清代學術概論》（上海：上海古籍出版社，2005年），頁43。

時性（synchronic）的比較説明不同的國家、民族、社會集團等等
之間在同一歷史時期中的同異，縱向的歷時性（diachroic）的比較
説明同一個國家、民族、社會集團等等在不同歷史時期中的同異。
前者説明歷史的時代特點，後者説明歷史的發展趨勢。歷史的比較
研究，從總體來説，就包括這兩種取向〔註10〕。

劉氏所論，雖是就歷史的研究而言，筆者則將此種觀念應用於段玉裁《說文解
字注》和桂馥《說文解字義證》之比較上，分作「共時性」和「歷時性」兩種
角度研究，概述如次：

一、共時性之比較

　　關於共時性的比較研究，前提是比較對象必須處於同一時代，且要有對等
之關係，換言之，即立足點上的一致，不然比較研究難以形成共時性之意義。
段玉裁和桂馥同爲清代乾隆、嘉慶年間之人，段氏只長桂氏一歲。二人皆爲著
名之《說文》學者，代表作《說文解字注》和《說文解字義證》更是當世齊名。
因此，共時性比較研究之條件便已具足。

　　對於段桂二書之內容比較，筆者擬從二書注解之內容，比較二書對於《說
文》義例闡發、資料取證，及其他相關文字觀念之異同。次者，再輔以其他
《說文》學者之說法，與當時未見之古籍，如原本《玉篇》零卷、唐寫本《說
文》木部、慧琳《一切經音義》等資料，及近世出土之甲骨金石簡帛，探討
二書之得失。再者，除了段桂二書之比較，筆者亦欲從段桂二氏之生平學行
及交遊，研究二人學術形成之脈絡，進而作一對照及分析。

二、歷時性之比較

　　段玉裁與桂馥同爲清代乾嘉時期著名學者，其《說文解字注》與《說文解
字義證》，是乾嘉時期《說文》學的兩大代表作。清代乾嘉之後，《說文》學者
人才仍是輩出，而段桂二書所佔據的學術意義及地位，又是否有所變化，亦是
本文關注的議題。因此本文不僅比較二人之學術成就，亦嘗試比較《說文解字
注》和《說文解字義證》對於後世學者之影響，考察從清代當時至近代學者，

〔註10〕 本文收於劉家和《愚庵論史：劉家和自選集》（北京：首都師範大學出版社，2010
　　　　年），頁396。

對於段桂二書的評價及影響之變化，說明二書如何影響、啓發後學，後學又是如何評價二書，探討其縱向傳播的學術史意義。

第四節　前賢研究回顧

一、段桂二氏比較研究之概況

雖然段玉裁《說文注》和桂馥《說文義證》，並稱爲清代《說文》學之經典作品，但學者對於二書之比較，多屬泛論，主要見於諸家文字學通論著作。諸家對於段桂比較之立場，基本上有三種：

一爲揚段抑桂，如王力（1900～1986）《中國語言學史》云：「段玉裁、桂馥、朱駿聲、王筠，被稱爲說文四大家，其中以段、朱最爲傑出。……桂書與段書的性質大不相同：段氏述中有作，桂氏則述而不作。桂氏篤信許愼，他只是爲許愼所說的本義搜尋例證。〔註11〕」

二爲揚桂抑段，如張舜徽（1911～1992）《清人文集別錄》云：「《說文義證》，訂誤析疑，必求有據，立說審密，不施臆斷，遠非段氏所能及。其書可垂不朽，亦不止於以引據浩博見長也。且其書成於段注之前，擁彗清道，厥功不細。清儒致力許學者，不下數十百家。論其功力之深，尊信之篤，吾必推馥爲首最。段玉裁、王筠皆非浹長功臣，亦不得自居諍友。吾嘗反覆誦習諸家撰述，始有以窺其淺深高下。諸書俱在，不必以口舌爭也。〔註12〕」

三爲持平之論，如許錟輝《文字學簡編》云：「（《義證》）與段玉裁的《說文注》性質是大不相同的，段氏有述有作，間有論斷，近乎主觀，桂氏述而不作，一意臚列，近於客觀。徵引博富，脈絡貫通，前說未盡，則以後說補苴之；前說有誤，則以後說解辨證之。凡所稱引，皆有次第，取足達許說而止，故專臚古籍，不下己意，而訌者乃視爲類書，實有欠當。〔註13〕」

綜上而論，可見不論是抑桂或是揚桂，討論的重點皆是桂馥《義證》臚列古籍之問題，愛之者稱桂氏功力湛深，貶之者則云缺少創見，因此，對於段桂

〔註11〕 王力：《中國語言學史》（上海：復旦大學出版社，2006年），頁91-99。

〔註12〕 張舜徽：《清人文集別錄》（武漢：華中師範大學出版社，2004年），頁214。

〔註13〕 許錟輝：《文字學簡編‧基礎篇》（臺北：萬卷樓圖書股份有限公司，2003年），頁152。

二書之優劣，諸家所持論點並沒有太大的差異，只能算是各有見地。

再者，現代學者以段桂二人比較研究之專題論文，並不多見，就筆者所知，共有三篇：一是劉曉暉陝西師範大學碩士論文，《《說文解字繫傳》對段玉裁、桂馥《說文》研究的影響舉例》。全文從假借義、引申義、古今字、今語釋古語、對《繫傳》的推闡和補充、直接引用徐鍇之說、對《繫傳》版本的關注問題等七個方向，討論《說文繫傳》對段玉裁、桂馥《說文》研究之影響。劉曉暉提出：段《注》和《義證》在注釋《說文》的時候，在很多方面受到徐鍇注釋的啓示，尤其是段《注》體現得更爲突出，對徐鍇《繫傳》中提出的諸多問題，段玉裁在其注釋中大多一一作了闡述，且旁徵博引，提供了更充分的佐證。此外，與《義證》相比較，段《注》還就《繫傳》所提到的語言文字方面的問題提出不同見解，體現了較爲客觀的學術精神。通過對比可以看出，在段《注》中，許多注釋內容都源自對徐鍇所涉及問題的關注，把《繫傳》、段《注》結合起來讀，會發現很多地方像是段《注》在爲《繫傳》作注，而桂馥《義證》從其注釋的體例、發明和引證材料上來看，均與《繫傳》的注釋風格存在著較大的差異〔註14〕。

二爲大陸學者韓偉〈簡論段玉裁與桂馥〉一文，此篇論文提出：「段桂二書的著述主旨並不相同，但有著共同的篤志於學的人生目標、精益求精的治學精神和尊師的美德，而正是這些相同之處，才是使他們的研究成果成爲一時之伯仲、使本人成爲文字學界所並稱的大學問家的最基本條件。〔註15〕」從題目及內容觀之，本文性質較接近隨筆，主要討論段桂二人的學術性格，而缺乏系統性的論證及問題意識，對於段《注》和桂馥《義證》之內容比較，甚少著墨，較不屬於嚴格意義上之學術論文。

三爲臺灣學者沈寶春，其〈段、桂注證《說文解字》古文引《汗簡》、《古文四聲韻》的考察〉，主旨爲：「澄清前賢時哲對清代《說文》學家有關《汗簡》、《古文四聲韻》態度上的誤解，企圖透過清乾嘉《說文》學的南北雙峰——段

〔註14〕劉曉暉：《《說文解字繫傳》對段玉裁、桂馥《說文》研究的影響舉例》（陝西師範大學碩士論文，2004 年 4 月），頁 3。

〔註15〕本文發表於《南陽師範學院學報(社會科學版)》第 3 卷第 11 期，2004 年 11 月。另收於董蓮池主編《說文解字研究文獻集成》（北京：作家出版社，2006 年）第十二冊，頁 367。

玉裁與桂馥爲代表，以《說文解字注》與《說文解字義證》爲取樣主軸，在其注解義證《說文》古文時，係採取何種方式與持守何種態度加予觀察分析，以探究事實眞相。〔註16〕」是篇論文，旨在藉由段桂二人，說明清代《說文》學家對於《汗簡》、《古文四聲韻》之態度。二人學術之比較，雖非本文重點，但沈寶春對於二家之異同，亦曾論及：

> 段、桂二氏對《汗簡》與《古文四聲韻》的應用，還是比較集中在採擷二書所保留的《說文》古文上，並有時兼及其它，當他們作分析判斷以決定去取時，所反映的，是清乾嘉時期《說文》學家的那種兼容並蓄，冷靜客觀，不蒙昧因襲墨守的實事求是精神，亦即是無稽不信，反覆參證，了解明確而後作評斷是非的展現，在這部分，段氏又較桂氏分明多了〔註17〕。

據此，則前賢所云段《注》「武斷」之評論，在段氏對於《汗簡》、《古文四聲韻》之運用，似乎不能成立。因此，重新思考段氏《說文注》及桂馥《義證》之定位，有其必要性。

筆者以爲，段氏《說文注》素有「武斷」之評，若能以客觀著稱之《說文義證》比較，應能對段《注》之「武斷」與否，有更進一步理解，同時對於桂馥《義證》的「客觀」，也可有更深入之認識。可惜類似之比較研究頗少，故筆者以段桂二書之比較研究，更顯得有其意義及價值。

二、段桂二書研究之情況

學者對段桂二氏之比較研究較少，但對於段桂各別之研究，則相對爲多，筆者於此亦作整理，可對段桂比較方法之進路，作一參考。關於段玉裁《說文解字注》與桂馥《說文解字義證》之研究成果，桂馥《義證》處於較段《注》冷門之情形。筆者整理兩岸地區研究段桂二書之論著，按發表先後排列，作爲本節附表。其中大陸地區因研究段書者較多，故筆者著重整理研究段書之學位

〔註16〕是文收於《漢學研究之回顧與前瞻國際學術研討會論文集》（臺北：臺灣師範大學國文學系，2006年4月），頁217-235。

〔註17〕沈寶春：〈段、桂注證《說文解字》古文引《汗簡》、《古文四聲韻》的考察〉，收於《漢學研究之回顧與前瞻國際學術研討會論文集》，頁232。

論文，以見大陸學界研究段書之梗概。茲分述如次：

（一）兩岸地區桂馥《說文解字義證》之研究

臺灣地區研究桂馥《說文義證》之論著，共有十篇，其中以沈寶春、柯明傑二人研究成果較多，分別有四篇、三篇作品。沈寶春之四篇論著，包含一本專書《桂馥的六書學》，研究成果較為豐厚。蔡師信發《一九四九年以來臺灣地區說文論著專題研究》評《桂馥的六書學》云：「其治桂氏之『說文學』，除以其《說文解字義證》為主軸，並兼及桂氏其他《說文》之論著，故蒐采之詳備，為自來研究桂著之最。《說文解字義證》向以『徵引浩繁』著稱，作者能逐一鈎提，予以證成，可謂盡心。……洵為全面評述桂氏《說文》『六書說』之力作。〔註18〕」再者，柯明傑之三篇論文：〈《說文解字義證》引「本書」釋義淺析〉、〈桂馥《說文解字義證》引「本書」釋形淺析〉、〈《說文解字義證》訓詁簡述〉，皆為研討會論文，主要是對於《說文義證》之注解方式及體例，作　專題分析。

次者，權敬姬《說文義證釋例》，為臺灣地區專研《說文義證》的第一篇碩士論文，全文從「校勘」、「詮釋」、「補《說文》」、「疑《說文》」、「引前人」、「馥案」等六點，歸納整理《說文義證》之義例。蔡師信發評《說文義證釋例》云：「其以《說文義證》為研究對象，詳論其校勘、詮釋《說文》，排比爬梳，以明其釋例，甚為仔細，故能充分顯示桂氏豐富之例證，使文字真義得明，唯篆文之得失，鮮少釐定，是乃該文之不足。要之，其引述多、議論寡，欲求創見，自難如願。〔註19〕」

大陸地區研究桂馥《說文義證》之論著，就筆者所知，約有十二篇，其中學位論文有七篇、期刊論文則有四篇。大陸學者研究桂馥《義證》，可分為總論及專題兩種，總論即研究桂馥《義證》全書，如：孫雅芬《桂馥研究》、王浩《論桂馥的《說文解字義證》》，其中孫雅芬《桂馥研究》為山東大學博士論文，此書又在 2010 年出版於北京人民出版社。全文章節安排，依次為：桂馥家世與生平、桂馥之交游、桂馥著述考、桂馥的《說文》學、桂馥的書

〔註18〕蔡師信發：《一九四九年以來臺灣地區說文論著專題研究》（臺北：文津出版社有限公司，2005 年），頁 231。

〔註19〕蔡師信發：《一九四九年以來臺灣地區說文論著專題研究》，頁 97。

法及篆刻、桂馥的詩文及雜據，並附桂馥年譜。孫雅芬與桂氏同為山東曲阜人，是書除參考文獻資料，並進行了實地考察。因此，筆者對於是書之桂馥交遊考及著述考，頗有徵引，亦作為進行段桂二人比較之研究基礎。次者，專題研究即針對桂氏某種文字觀念分析，如：王野飛《《說文解字義證》所引發「俗字」研究》，是文以字形研究為主，運用形、音、義互求的方法，對《義證》所引的俗字進行考察。以字形為基礎，考察形與音、義之關係。

附表：兩岸地區桂馥《義證》研究論著一覽表

序號	作者	論文題目	出版項（依發表先後排列）	性質
1	權敬姬	說文義證釋例	東吳大學中國文學研究所碩士論文，1989 年 5 月	學位論文
2	吳璧雍	桂馥及其說文解字義證	《故宮文物月刊》第 11 卷第 4 期，1993 年 7 月	期刊論文
3	沈寶春	由桂馥「說文解字義證」的取證金文談「專臚古籍，不下己意」的問題	《成大中文學報》第四期，1996 年 5 月	期刊論文
4	陳東輝	略論桂馥《說文解字義證》之價值	《古籍整理研究學刊》1996 年 03 期	期刊論文
5	馬顯慈	〈說文解字義證〉研究	北京師範大學博士論文，2001 年	學位論文
6	韓偉	試論桂馥《說文解字義證》及其六書研究特點	《平頂山師專學報》2002 年 06 期	期刊論文
7	王浩	論桂馥的《說文解字義證》	河北師範大學碩士論文，2002 年	學位論文
8	柯明傑	《說文解字義證》引「本書」釋義淺析	第十三屆全國暨海峽兩岸中國文字學學術研討會，2002 年 4 月	研討會論文
9	柯明傑	桂馥《說文解字義證》引「本書」釋形淺析	第十四屆中國文字學全國學術研討會，2003 年 3 月	研討會論文
10	柯明傑	《說文解字義證》訓詁簡述	第六屆中國訓詁學全國學術研討會，2003 年	研討會論文
11	沈寶春	桂馥的六書學	里仁書局出版，2004 年 6 月	專書
12	沈寶春	談桂馥《說文解字義證》中增補的古文	《許錟輝教授七秩祝壽論文集》，萬卷樓圖書出版，2004 年 9 月	專書論文
13	劉若一	《說文解字義證》專題研究	南京師範大學碩士論文，2004 年	學位論文

14	劉若一	桂馥文字學思想探析	《樂山師範學院學報》2004年 01 期	期刊論文
15	沈寶春	段、桂注證《說文解字》古文引《汗簡》、《古文四聲韻》的考察	臺灣師範大學國文學系「漢學研究之回顧與前瞻國際學術研討會」，2006 年	研討會論文
16	孫曉玄	《說文解字義證》義位、義位元變體、字形關係探討例證	山東大學碩士論文，2006 年	學位論文
17	王浩	桂馥《義證》闡釋的文字現象	《河北青年管理幹部學院學報》2006 年 01 期	期刊論文
18	滿芳	桂馥語言學研究	山東師範大學碩士論文，2007 年	學位論文
19	孫雅芬	桂馥研究	山東大學博士論文，2009 年	學位論文
20	王野飛	《說文解字義證》所引發「俗字」研究	三峽大學碩士論文，2010 年	學位論文
21	馬顯慈	桂馥《說文解字義證》及其研究理據闡釋	《新亞論叢》第 12 期，2011年 12 月	期刊論文
22	鍾哲宇	桂馥《說文》義例觀念試論	《人文社會科學研究》第七卷第二期，2013 年 6 月	期刊論文

（二）兩岸地區段玉裁《說文解字注》之研究

1. 臺灣地區

臺灣學者對於段玉裁《說文解字注》之研究，主要可分作兩大類：一為研究段玉裁《說文解字注》之注解方式及體例，如黃淑汝碩士論文《段玉裁《說文解字注》「淺人說」探析》，是文因段氏注《說文》，常以「淺人說」為一用語，故對此進行分析。「淺人說」之內容可概分為：涉及《說文》條例、涉及《說文》字例說解、涉及經籍版本等三方面，而涉及《說文》條例之六十六字例，則為本文討論範圍。蔡師信發《一九四九年以來臺灣地區說文論著專題研究》評云：「作者對段注之譌誤或不足，多所刊正或補充，對『六書』之判定，提供進一步之參考線索與說明。若能取古文字對照說明，並對字義訓詁部分加以論述，進而取以對照分析說明，則該文將更為完備。〔註20〕」

另一為研究段玉裁《說文解字注》之文字學理論及觀念，如蔡師信發〈段注會意形聲之商兌〉，乃針對段《注》對於會意、形聲之觀念，欠明確而謬誤者，有所商兌。分為五點，依次為：「誤亦聲字為會意兼形聲，渾淆類別」、「誤

〔註20〕蔡師信發：《一九四九年以來臺灣地區說文論著專題研究》，頁 145。

改形聲爲會意，且予誤注」、「段注形聲字，或稱形聲包會意，或稱會意兼形聲，漫無準則」、「誤形聲爲會意，又誤會意有輕重之別」、「聲義同原不能解釋所有形聲字的聲符表義」〔註21〕。此外，蔡師信發段《注》之研究，至今已發表期刊論文五篇、研討會論文十二篇，是學界研究段《注》成果最多之人。

其他亦有從經學角度研究段玉裁《說文解字注》，如陳智賢博士論文《清儒以《說文》釋《詩》之研究：以段玉裁、陳奐、馬瑞辰之著作爲依據》，探討了有關段《注》釋《詩經》之部分。再如賴慧玲碩士論文《段玉裁的周禮學——以《說文解字注》爲範疇》，分析段玉裁《說文解字注》引用《周禮》之文，並輔以段氏其他有關《周禮》的著作，以研究段氏《周禮》學之成就。

2. 大陸地區

大陸地區段《注》研究之情況〔註22〕，按附表可見，就學位論文而言，早期臺灣之研究較盛，而近年大陸段《注》研究成果則較多。大陸學者對於段《注》研究之方向，約可分爲「校勘」、「六書」、「詞義」、「古音」、「注例」等五類，依次述之：

校勘類之論文，如劉秀華《論段玉裁對說文的勘誤成就》，本文以段《注》中的段氏注語爲基本依據，將段玉裁在段《注》中對《說文》所作的實際增、刪改動，論其得失。是文以《段注》前十四篇作爲基本分析對象，系統統計《段注》改動「各本」「大徐」「小徐」《說文》的成就，將其成就分爲「勘正《說文》篆文」、「勘正《說文》釋義」、「勘正《說文》訓釋用語及內容」、「勘正《說文》徵引」四類，每類之中又分爲若干小類，具體統計其勘誤數目。期望通過對段玉裁勘誤《說文》成果的細緻統計和歸納整理，全面展現其勘誤《說文》的成就。

六書類之論文，如唐欣《《說文解字注》「會意包形聲」「形聲包會意」研究》，全文共分四章：首章是引言，第二章對段《注》中 56 個明確標識「會意包形聲」，及其相類術語的使用實例，進行了分類分析。第三章對段《注》

〔註21〕此文發表於第四屆中國文字學全國學術研討會，後收於蔡師信發《說文商兌》（臺北：臺灣學生書局有限公司，1999 年），頁 181。

〔註22〕關於大陸地區研究段《注》之期刊論文，筆者據網路資料庫「中國期刊網」檢索，發現其數量當在千篇以上，實非本文篇幅所能及。因此，本節只以大陸地區研究段《注》之學位論文，作一討論。

中 204 個明確標識「形聲包會意」，及其相類術語的使用實例，進行了分類分析。第四章是結論，分別對「會意包形聲」和「形聲包會意」進行了分類，最後得出了兩類術語的分界。通過對《說文解字注》「會意包形聲」、「形聲包會意」的研究，此文得出如下結論：一，按段氏之意，凡以會意術語解釋的，其中有表聲成分的就是「會意包形聲」。二，按段氏之意，以形聲術語解釋而聲符含形聲字語源義的就是「形聲包會意」。三，在《說文解字注》中，「會意包形聲」與「形聲包會意」這兩組術語總體來講是有區別，有明確分野的，原則上以詞彙義構字的是「會意包形聲」，以語源義構字的是「形聲包會意」。

　　詞義類之論文，如于潔《《說文段注》本義、引申義及其關係研究》，本文分為五個部分：首章為緒論部分，第二章以段《注》中的「本義」為分析物件，提出段《注》「本義」實質就是字形義。在「本義」文獻使用的這一問題上，段玉裁「本義」並不要求一定要有文獻例證。第三章以段《注》中的「引申義」為分析物件，段《注》的「引申義」內容比較廣泛，並且能夠提供一定的引申理據。對於「引申義」文獻使用的這一問題，段玉裁也沒有一定要有文獻例證的要求。第四章以段《注》中「本義」「引申」同時出現的材料為分析物件，考察段《注》「本義」內部的各種關係，及「本義」「引申義」之間正常關係與非正常關係。「本義」、「引申義」之間的正常關係，文從引申規律的角度，對引申條目進行歸類分析；非正常關係則是從各種關係進行歸納，以求對段《注》「本義」「引申義」之關係，有一個全面認識。第五章為全文總結。

　　古音類之論文，如趙美貞《段玉裁古音學研究》，此文主要從聲、韻、調三方面，考察清代段玉裁古音學之成就。聲母方面，段氏沒有系統的論述，本文通過段《注》中的「同音」、「雙聲」等注釋，來確認段氏關於上古聲母的觀點。古韻方面，主要通過段氏《六書音均表》、〈答江晉三論韻〉等論著，研究段氏的古音理論、古韻分部，以及古韻十七部的排列等。聲調方面，主要討論段氏的古無去聲說。

　　注例類之論文，如劉琳《《說文段注》古今字研究》，文章提出，古今字行廢的規律性現象和原因，主要有六點：一，理據喪失或理據弱化的字元，易被理據明晰的字元所替代。二，區別功能較弱的字元，易被區別功能得到強化的字元所替代。三，結構不方正平衡的字元，易被結構比較方正平衡的

字元所替代。四，常用於兼用或借用職能的字元，在本用職能上易被替代。
五，字形繁複、書寫繁難的字元，易被字形簡單、書寫簡易的字元所替代。
六，抽象感強的字元，易被形象感強的字元所替代。

附表：兩岸地區段《注》研究論著一覽表

據筆者整理，兩岸地區段《注》研究之情況，計有：臺灣期刊論文二十篇，
臺灣研討會論文二十八篇，臺灣學位論文十九篇、大陸學位論文四十一篇。

1. 臺灣地區研究段《注》之期刊論文一覽表

序號	作者	論文題目	出版項（依出版先後排列）
1	弓英德	段注說文亦聲字探究	《師大學報》第 9 期，1964 年 6 月
2	袁金書	段玉裁對文字學之貢獻	《東方雜誌》第 10 期，1977 年 4 月
3	周小萍	說文段注聲義同源說發微：第一部分——文字聲義未始相離	《復興崗學報》第 24 期，1980 年 12 月
4	周小萍	說文段注聲義同源說例證	《復興崗學報》第 26 期，1981 年 12 月
5	喬衍琯	論經韻樓本說文段注	《中國學術年刊》第 10 期，1989 年 2 月
6	蔡信發	段注說文「古文以爲某字」之商兌	《國立中央大學人文學報》第 11 期，1993 年 6 月
7	陳光政	段注說文以聲探形十三則	《中國國學》第 21 期，1993 年 11 月
8	徐元南	從《說文解字注》改篆見段玉裁之精審及其侷限性	《中文研究學報》第 1 期，1997 年 6 月
9	蔡信發	段注《說文》「某之言某」之商兌	《許錟輝教授七秩祝壽論文集》，萬卷樓圖書出版，2004 年 9 月
10	蔡信發	段注《說文》會意有輕重之商兌	《先秦兩漢學術》第 3 期，2005 年 3 月
11	張曉芬	古籍異文論文字的演變規律以「說文解字注」爲主要研究材料	《書友》第 217 期，2005 年 4 月
12	袁志豪	段注《說文》之方式試探	《輔大中研所學刊》第 17 期，2007 年 4 月
13	邱德修	《說文》「假借」段注新箋	《師大學報（人文與社會科學類）》第 52 卷第 1、2 期，2007 年 10 月
14	李淑萍	段注《說文》「某行而某廢」之探討	《中正大學中文學術年刊》第 10 期，2007 年 12 月

15	馬偉成	論段玉裁《說文解字注》言「俗作某」之字例	《興大人文學報》第 24 期，2008 年 12 月
16	羅凡晸	段玉裁《說文解字注》數位內容之設計與建置	《興大人文學報》第 42 期，2009 年 3 月
17	蔣妙琴	段玉裁「因聲求義說」初探	《吳鳳學報》第 17 期，2009 年 12 月
18	蔡信發	段注《說文》論列俗字滋生之因	《東海中文學報》第 23 期，2011 年 7 月
19	蔡信發	段注《說文・邑部》古今字之商兌	《輔仁國文學報》第 34 期，2012 年 4 月
20	陳姞淨	段注《說文》中「析言」類型探析——兼談同義詞分類類型	《儒學研究論叢》第 6 期，2014 年 12 月

2. 臺灣地區研究段《注》之研討會論文一覽表

序號	作者	論文題目	出版項（依發表先後排列）
1	汪壽明	從《說文解字注》看段玉裁的俗字觀	第二屆中國文字學國際學術研討會，1991 年 3 月
2	蔡信發	魯、段二氏形聲必兼會意與多兼會意之辨	魯實先先生學術研討會，1992 年 12 月
3	蔡信發	段注會意形聲之商兌	第四屆中國文字學全國學術研討會，1993 年 3 月
4	沈寶春	論段玉裁《說文解字注》的金文應用	第一屆國際清代學術研討會，1993 年 11 月
5	許錟輝	《說文》段注假借說述議	第四屆清代學術研討會，1995 年 11 月
6	許錟輝	段玉裁「引伸假借說」平議	第七屆中國文字學全國學術研討會，1996 年 4 月
7	王書輝	校勘段玉裁《說文解字注》芻議	第八屆中國文字學全國學術研討會，1997 年 3 月
8	宋建華	論小篆字樣之建構原則——以《段注》本為例	第十屆中國文字學全國學術研討會，1999 年 4 月
9	蔡信發	段注《說文》古今字之商兌	第十一屆中國文字學全國學術研討會，2000 年 10 月
10	蔡信發	段〈注〉譌字亦得自冒於假借之商兌	第七屆清代學術研討會，2002 年 3 月
11	李綉玲	《說文段注》假借字例依聲託事之探究	第十三屆全國暨海峽兩岸中國文字學學術研討會，2002 年 4 月
12	馬偉成	段玉裁「引申假借」之探析	第十四屆中國文字學全國學術研討會，2003 年 3 月

13	蔡信發	段注《說文》礦、卝非一字之商兌	第三屆國際暨第八屆清代學術研討會，2004 年 3 月
14	柯明傑	《說文》段注「以許證許」淺析	第十五屆中國文字學全國學術研討會，2004 年 4 月
15	巫俊勳	《說文解字》解說用字之字形歧異探析——以段注本爲範圍	第十六屆中國文字學全國學術研討會，2005 年 4 月
16	許文獻	《說文》段注所云釋形「未知」例試探	第十七屆中國文字學全國學術研討會，2006 年 5 月
17	蔡信發	段注《說文·邑部》之商兌	第十七屆中國文字學全國學術研討會，2006 年 5 月
18	蔡信發	段玉裁獨有之俗字觀	第十八屆中國文字學國際學術研討會，2007 年 5 月
19	陳佩琪	《說文》段注「轉語」、「語轉」探析	第十八屆中國文字學國際學術研討會，2007 年 5 月
20	蔡信發	段玉裁謂《爾雅》多俗字	第八屆中國訓詁學全國學術研討會，2007 年 5 月
21	蔡信發	段玉裁俗字之體式與類例	第十九屆中國文字學全國學術研討會，2008 年 5 月
22	馬偉成	段玉裁《說文解字·注》言「會意」之字例探說	第十九屆中國文字學全國學術研討會，2008 年 5 月
23	蔡信發	段注《說文》論列俗字之面向	臺灣師範大學國文系「國科會中文學門小學類 92～97 研究成果發表會」，2010 年 3 月
24	蔡信發	段注《說文》義項之商兌	第二十一屆中國文字學國際學術研討會，2010 年 4 月
25	李淑萍	段玉裁《說文解字注》隸變觀念之探討	第二十一屆中國文字學國際學術研討會，2010 年 4 月
26	蔡信發	段注以《說文》不用假借字說解本書	紀念林尹教授國際學術研討會，2012 年 5 月
27	馬偉成	論段玉裁對《說文》「同意」之詮釋	第二十三屆中國文字學國際學術研討會，2012 年 6 月
28	鍾哲宇	論段玉裁《說文解字注》古義今義之說	第十二屆中國訓詁學學術研討會，2015 年 5 月

3. 臺灣地區研究段《注》之學位論文一覽表

序號	作 者	論 文 題 目	出版項（依發表先後排列）
1	沈秋雄	說文解字段注質疑	臺灣師範大學國文系碩士論文，1973 年
2	鮑國順	段玉裁校改說文之研究	政治大學中國文學系碩士論文，1974 年

3	林慶勳	段玉裁之生平及其學術成就	文化大學中國文學系博士論文，1979 年
4	陳麗珊	說文段注音義關係研究	文化大學中國文學系碩士論文，1981 年
5	鄭錫元	說文段注發凡	臺灣師範大學國文學系碩士論文，1983 年
6	金慶淑	段玉裁朱駿聲會意字異說之研究	臺灣大學中國文學系碩士論文，1983 年
7	南基琬	說文段注古今字研究	輔仁大學中國文學系碩士論文，1989 年
8	闕蓓芬	《說文》段注形聲會意之辨	中央大學中國文學系碩士論文，1993 年
9	陳智賢	清儒以《說文》釋《詩》之研究：以段玉裁、陳奐、馬瑞辰之著作爲依據	政治大學中國文學系博士論文，1997 年
10	徐元南	《說文解字》段注改大徐篆體之研究	政治大學中國文學系碩士論文，1998 年
11	賴慧玲	段玉裁的周禮學——以《說文解字注》爲範疇	臺灣師範大學國文學系碩士論文，2000 年
12	黃淑汝	段玉裁《說文解字注》「淺人說」探析	成功大學中國文學系碩士論文，2001 年
13	李綉玲	《說文段注》假借字研究	中正大學中國文學系碩士論文，2002 年
14	洪阿李	說文字形研究：以靜嘉堂、汲古閣、平津館、段注本第一卷爲對象	臺灣師範大學國文學系在職進修班碩士論文，2007 年
15	呂瑞清	《說文段注》「聲義同源」考徵	玄奘大學中國語文學系碩士論文，2010 年
16	陳致元	段注本《說文》依字書補訂考	中國文化大學中國文學系碩士論文，2011 年
17	馬偉成	段玉裁轉注假借說研究	逢甲大學中國文學系博士論文，2011 年
18	王巧如	段玉裁《說文解字注》引《爾雅》考	輔仁大學中國文學系碩士論文，2012 年
19	劉尹婷	許愼《說文解字》俗字觀－與徐鉉、徐鍇、段玉裁三家俗字觀之異同	中興大學中國文學系碩士論文，2013 年

4. 大陸地區研究段《注》之學位論文一覽表

序號	作　者	論　文　題　目	出版項（依發表先後排列）
1	侯尤峰	《說文解字注》中的同源詞研究	湖北大學碩士論文，1995 年

2	何書	段玉裁《說文解字注》的同源詞研究	西南師範大學碩士論文，1997 年
3	鐘明立	段注同義詞研究	浙江大學博士論文，1999 年
4	耿銘	段注古今字研究初探	陝西師範大學碩士論文，1999 年
5	李占平	段注俗字研究	陝西師範大學碩士論文，2000 年
6	邵英	《段注》540 部首「今正」義考辨	陝西師範大學碩士論文，2003 年
7	陳霜	段玉裁在注釋《說文》部首中揭示《說文》體例述略	陝西師範大學碩士論文，2004 年
8	王學普	《說文》本義及《段注》所言引申義在現代漢語中稽留狀況的考察	北京師範大學碩士論文，2004 年
9	趙美貞	段玉裁古音學研究	上海師範大學博士論文，2005 年
10	劉劍波	論《說文解字注》的訓詁方法	福建師範大學碩士論文，2005 年
11	劉麗群	《說文解字注》「音義同」、「音義近」考察	北京師範大學碩士論文，2006 年
12	高雅婷	《說文解字注》理據研究	內蒙古師範大學碩士論文，2006 年
13	胡翼	段玉裁字義引申說簡論	湖北大學碩士論文，2006 年
14	于潔	《說文段注》本義、引申義及其關係研究	北京師範大學博士論文，2007 年
15	劉琳	《說文段注》古今字研究	北京師範大學博士論文，2007 年
16	薛惠媛	段玉裁校勘學研究	山東大學碩士論文，2007 年
17	郭瑩	從《說文解字注》看段玉裁的古韻分部	陝西師範大學碩士論文，2007 年
18	杜秀雲	段玉裁《說文解字注》中的假借研究	陝西師範大學碩士論文，2007 年
19	亓瑤	《說文解字注》行廢字研究	浙江大學碩士論文，2007 年
20	胡彭華	段玉裁對《說文》聲訓的闡釋與發展	江西師範大學碩士論文，2007 年
21	張燕青	《段注》詞義引申系統論	內蒙古師範大學碩士論文，2008 年
22	梁鳳居	《段注》校引《詩》《傳》《箋》評議	山東師範大學碩士論文，2008 年
23	韓霞	《說文解字注》假借字研究	浙江大學碩士論文，2008 年
24	許軼	《說文解字注》改篆初探	蘇州大學碩士論文，2008 年
25	劉秀華	論段玉裁對《說文》的勘誤成就	曲阜師範大學碩士論文，2008 年
26	馬建民	《說文解字注》古今字研究	寧夏大學碩士論文，2008 年
27	楊倩	段玉裁《說文解字注》聲符表義研究	寧夏大學碩士論文，2008 年

28	姚曉埂	《說文解字注》同源詞的理論與實踐研究	西北大學碩士論文，2009 年
29	陶艷磊	《說文解字注》引申專題探索——兼從「隱喻」視角看「段注」引申規律	浙江大學碩士論文，2009 年
30	曾玉立	段玉裁古音學研究	華中科技大學碩士論文，2009 年
31	李濤	論段玉裁《說文解字注》中的同義詞	西南大學碩士論文，2009 年
32	劉冬慧	段玉裁《說文解字注》所論訛字研究	西南大學碩士論文，2009 年
33	張娟	《段注》「通行字」與「廢棄字」研究	福建師範大學碩士論文，2009 年
34	唐欣	《說文解字注》「會意包形聲」「形聲包會意」研究	吉首大學碩士論文，2010 年
35	王琨	《說文解字注》連綿字研究	寧夏大學碩士論文，2011 年
36	朱敏	《說文解字注》異讀字研究	蘇州大學碩士論文，2011 年
37	吳貝貝	《說文解字讀》與《說文解字注》的比較研究	北京師範大學碩士論文，2011 年
38	王瑩	《段注》「音義同」字際關係與詞際關係研究	北京師範大學碩士論文，2012 年
39	陽名強	《說文解字注》「丨凡」例研究	新疆師範大學碩士論文，2012 年
40	江遠勝	《說文解字注》引雅學文獻研究	蘇州大學博士論文，2013 年
41	王明霞	《說文解字讀》和《說文解字注》詞義引申比較研究	西南大學碩士論文，2015 年

第二章 《說文》學史考略

　　本章旨在探討《說文》學之發展，首節概論清代以前的《說文》研究，次節則嘗試研究清代《說文》學之開端，第二節則藉「《說文》四大家」，勾勒出清代《說文》學之面貌，末節則對清代《說文》學的內容方法，作一簡要說明。筆者將清代以前的《說文》研究，以一節論之，而清代《說文》學，以三節論述。因清代為《說文》研究的昌盛時代，清以前的《說文》研究，無論是質或量都不能與之比擬。

第一節　清代以前《說文》研究概述

　　許慎，字叔重，生於東漢之世，汝南召陵人。其著《說文解字》一書，影響深遠，學者稱其為文字學之始祖。胡樸安《中國文字學史》云：

> 二千年來，在文字學上首剏之書，亦最有威權之書，惟有許慎之《說文解字》。……且研究甲骨金文，必假徑于《說文解字》，此《說文解字》所以為最有權威之書也〔註1〕。

　　《說文》成書之後，學者亦有承襲《說文》而作者，如梁庾儼默撰有《演說文》，全書今已亡佚。再如晉時呂忱《字林》一書，亦承《說文》而作，今已亡佚，然多見於古書所引，清代任大椿（1738～1789）輯佚而成《字林考逸》

〔註1〕胡樸安：《中國文字學史》，頁 39-43。

一書，可略窺原書之面貌。

呂忱《字林》在唐以前頗為流行，而有稱之為「《說文》之亞」者，由此可知《說文》於當時亦受重視。任大椿對於《字林》之學術價值及定位有一述說：

> 《唐六典》載書學博士以石經、《說文》、《字林》教士，《字林》之學閱魏晉、陳、隋，至唐極盛，故張懷瓘以為《說文》之亞。今字書傳世者莫古於《說文》、《玉篇》，而《字林》實承《說文》之緒，開《玉篇》之先。《字林》不傳，則自許氏以後、顧氏以前，六書相傳之脈，中闕弗續〔註2〕。

《字林》以《說文》為基礎而成，且成書時間亦在《玉篇》之前，故《字林》對於校勘今本《說文》，具有重要之價值及意義。任大椿輯補《字林》，即注意到《說文》與《字林》之異同，其云：

> 昔人謂《字林》補《說文》之闕，而實亦多襲《說文》。《爾雅‧釋天》釋文謂霖，《字林》作霢，而不知《說文》原作霢；《五經文字》謂《字林》以謚為笑聲，而不知《說文》原以謚為笑聲。於此見《字林》本集《說文》之成，非僅補闕而已〔註3〕。

任大椿以為《字林》雖是補《說文》闕漏而出，但也多沿襲《說文》，故可知《字林》於《說文》的校勘價值。

至唐代時，有李陽冰改動《說文》一事，周祖謨〈李陽冰篆書考〉云：「許書隋以前原為十五卷，陽冰以篇帙繁重，乃改分為三十卷，此為舊本之外重定之新本。惜今日所傳之唐本說文非李氏之書，其改定本之面目如何已不可知。……今就二家（二徐）所引陽冰之說，窺其刊定許書者，約有三點：一為論定筆法，二為別立新解，三為刊正形聲。〔註4〕」對於李陽冰之改動《說文》，學者多所非議，如徐鉉〈進說文解字表〉及徐鍇《說文解字繫傳‧袪妄篇》，皆以為李陽冰妄改《說文》，不守許慎之說，而自為臆說，對李氏多所批評。胡樸安《中國文字學史》對李陽冰之評價，則提出了較為正面的看法，

〔註2〕任大椿：《字林考逸》（《續修四庫全書》本，第236冊）卷一，頁1。

〔註3〕任大椿：《字林考逸》卷一，頁1。

〔註4〕周祖謨：《問學集》（北京：中華書局，2004年），頁809-810。

其云：

> 陽冰之説，雖不合于許慎之本書，或文字之原始，而亦有致疑之處，
> 頗與學理相合。……蓋六書本是後人整理文字所定之名稱，小篆亦
> 是整理文字時齊一之筆畫，如有可疑之處，當加以研究，不宜死守
> 前人之成規，不過須有的確之證據，不能僅以私意説也，如甲骨文
> 隹、鳥爲一字。則陽冰之説，在當時只可謂之無根，不可謂之謬妄。
> 自説文解字以後，爲文字學之研究，不僅爲文字書之搜集，當推陽
> 冰〔註5〕。

胡樸安雖然對於李陽冰以私意校改文字，頗有微詞，但亦肯定其不墨守成説之
研究態度，稱李陽冰爲《說文》的研究者。

南唐徐鉉（917～992）、徐鍇（920～974）兄弟則有分別校訂之《說文》
本，世稱爲大徐本及小徐本，是今本《說文》最古者。其中尤以大徐本最爲
流行，亦是今所傳之《說文》通行本，每卷各分上下，共三十卷。是書有補
《說文》缺者，如《說文》闕載，而注義及序例偏旁有者，新補十九文於正
文中；經典相承傳寫及時俗要用，而《說文》不載者，新附四百二文於正文
後；又以俗書譌謬，不合六書之體二十八文，及篆文筆迹相承小異者，附于
全書之末〔註6〕。

次者，小徐本《說文繫傳》，則是取名於《易傳》，所以比之於經，而稱
自己的解釋爲傳。全書共四十卷，卷一至卷三十爲通釋，是解釋許氏原書之
説解；卷三十一至三十二爲部敘，討論《說文》部首排列的意義；卷三十三
至三十五爲通論，說明文字結體之含義；卷三十六爲祛妄，駁斥前人說字之
謬；卷三十七爲類聚，舉出同類名物的字說明其取象；卷三十八爲錯綜，從
人事推闡古人造字意旨；卷三十九爲疑義，論列《說文》闕疑之字；卷四十
爲系述，說明全書各篇著述的旨趣。對於徐鍇《說文繫傳》疏解《說文》之
方法，周祖謨〈徐鍇的說文學〉云：「繫傳的主體是通釋，通釋所著重的，是
疏證古義與詮釋名物。徐鍇疏證古義的方法有二：一引古書證古義，一以今
語釋古語。……至於詮釋名物，則屬於器物的名稱，大都說明其製作的形式；

〔註5〕 胡樸安：《中國文字學史》，頁106。

〔註6〕 胡樸安：《中國文字學史》，頁134。

屬於地理的名稱，則參考杜預春秋釋例；屬於草木鳥獸的名稱，則採用爾雅和本草。〔註7〕」

南宋孝宗時，有李燾《說文解字五音韻譜》三十卷，此書以徐鍇《說文韻譜》為本而擴充之，參取《集韻》次第，起東終甲，而偏旁各以形相從，悉依類編。徐鍇《說文韻譜》之編，原以備檢字，為讀《說文繫傳》之工具。學者安於所習，以《五音韻譜》易於檢閱，故流俗盛行，《說文》原本始一終亥之編次，竟湮沒不彰〔註8〕。李燾《五音韻譜》影響所及，明代陳大科《重刊說文解字》十二卷，本《五音韻譜》，去李燾前後二序，移入許書原序於卷首。其十二卷，則仍依李燾原書，無所改易，蓋誤以李燾《五音韻譜》為許慎原書〔註9〕。明代茅溁《韻譜本義》，亦以為許書原本始東終甲。甚至到了清初，顧炎武《日知錄》亦不見《說文》始一終亥之本。胡樸安以為文字學在清代以前未能發達，與李燾《五音韻譜》湮沒《說文》原本，有重要關係〔註10〕。至如《說文》學之大盛，則有賴於清代發端。

第二節　清代《說文》學之發端

許慎《說文解字》雖成於東漢之時，然而清代之前研究此書的人不多。乾嘉之際，考據、校讐、輯佚之風大盛，在此種學風下，《說文》研究亦應運而起，所謂「家家許鄭」。《說文》研究，達到空前的高峰，為學者所重視，如王鳴盛（1722～1797）〈陳鱣《說文解字正義》序〉云：

> 凡訓詁當以毛萇、孟喜、京房、鄭康成、服虔、何休為宗，文字當以許氏為宗。然必先究文字、後通訓詁，故《說文》為天下第一種書，讀遍天下書，不讀《說文》，猶不讀也。但能通《說文》，餘書皆未讀，不可謂非通儒也〔註11〕。

〔註7〕周祖謨：《問學集》，頁845。

〔註8〕胡樸安認為李燾《五音韻譜》在文字學上殊無價值，見氏著《中國文字學史》，頁146。

〔註9〕《續修四庫全書總目提要　經部》（北京：中華書局，1993年），頁1061。

〔註10〕胡樸安：《中國文字學史》，頁146。

〔註11〕謝啓昆：《小學考》（臺北：藝文印書館，1974年）卷十，總頁189。

據此，可知清代學者已視《說文》爲治學通經必讀之書，甚且將《說文》提昇至與經書相抗衡之地位，即梁啓超所云：「清儒以小學爲治經之途徑，嗜之甚篤，附庸遂蔚爲大國。〔註12〕」

關於清代《說文》研究之發端，梁啓超《中國近三百年學術史》云：「乾隆中葉，惠定宇著《讀說文記》十五卷，實清儒《說文》專書之首。〔註13〕」黃廷鑑於嘉慶二十年（1815）作〈席氏讀說文記敘〉一文，亦云：「我朝文治昌明，名儒蔚起，吾吳紅豆惠氏，始以《說文》提唱後學。〔註14〕」惠定宇即惠棟，爲江蘇吳縣經學人師，乾隆二十三年（1758）卒。林明波《清代許學考》於惠棟《讀說文記》之成書始末，有所記述：

> 是編在張海鵬所刻指月山房彙鈔中，書無序跋。唯於各家之説，知係惠氏未成之稿，原注於《說文》書上，其後江聲爲之理董，始成是書。世所稱惠氏《説文》校本，殆即指此。黃廷鑑〈席氏《讀説文記》敍〉云：「吾吳紅豆惠氏，始以《説文》提倡後學。〔註15〕」

惠棟《讀說文記》雖爲未成之稿，然其既卒於乾隆二十三年，故可知惠氏最晚於乾隆前期，已開始研究《說文》。次者，錢大昕自訂《竹汀居士年譜》乾隆三十五年、四十三歲條記云：「是歲始讀《說文》，研究聲音文字訓詁之原，間作篆隸書。〔註16〕」李富孫〈說文辨字正俗自敘〉嘗云：「近惟惠徵君、錢詹事、段大令諸儒，講晰《說文》之學，後進得稍窺其原流。〔註17〕」由此觀之，惠棟、錢大昕、段玉裁所從事之《說文》研究，於當時影響很大〔註18〕。

〔註12〕梁啓超：《清代學術概論》，頁43。

〔註13〕梁啓超：《中國近三百年學術史》（臺北：華正書局，1994年），頁232。

〔註14〕席世昌：《席氏讀說文記》（《叢書集成初編》第1083冊，北京：中華書局，1985年），頁1。

〔註15〕林明波：《清代許學考》（臺北：臺灣師範大學國文研究所碩士論文，嘉新水泥基金會研究論文第二十八種，1964年），頁19。

〔註16〕楊家駱編：《錢大昕讀書筆記廿九種》（臺北：鼎文書局，1979年），總頁1884。

〔註17〕是文作於嘉慶二十一年（1816），見李富孫《校經廎文槀》（《續修四庫全書》本，第1489冊）卷十一，頁13b。

〔註18〕乾隆五十一年（1786），盧文弨〈《說文解字讀》序〉云：「我朝文明大啓，前輩往往以（《說文》）是書提倡後學，於是二徐《說文》本，學者多知珍重。」（見段玉裁《說文解字注》，臺北：藝文印書館，2007年，頁797）

再次，朱文藻於乾隆三十五年（1770）十一月，已有校勘徐鍇《說文繫傳》一事，其〈《說文繫傳考異》前跋〉云：

> 南唐徐鍇《說文解字繫傳》四十卷，今世流傳蓋尠。吾杭惟城東郁君陞宣，購藏鈔本。昨歲因吳江潘君瑩中，獲訪吳下朱丈文游，從其插架借得此書，歸而影寫一過，復取郁本對勘〔註19〕。

《說文繫傳》自朱文藻撰《考異》後，始有善本，對後世治小徐本《說文》者，頗有助益，此書並收入《四庫全書》〔註20〕。

孫星衍（1753～1818）則以為《說文》之研究，起於乾隆三十六年（1771），朱筠（1729～1781）視學安徽，閔文人學子不能識字，因刊舊本《說文》廣布江左右，此書由是大行〔註21〕。關於朱筠倡導《說文》一事，《清史稿》卷四八五本傳記云：

> 筠博聞宏覽，以經學、六書訓士。謂經學本於文字訓詁，周公作《爾雅》，〈釋詁〉居首；保氏教六書，《說文》僅存。於是敘《說文解字》刊布之。視學所至，尤以人才經術名義為急務，汲引後進，常若不及。因材施教，士多因以得名，時有朱門弟子之目。好金石文字，謂可佐證經史。諸史百家，皆考訂其是非同異〔註22〕。

據此可知，朱筠對於清代《說文》學的發展，有開風氣之功。朱氏學術亦為乾隆皇帝欣賞，乾隆三十八年（1773）十月，朱筠以生員欠考事降級，仍獲乾隆皇帝寬容對待，旨云：「朱筠學問尚優，加恩授編修，命總纂《日下舊聞》，兼四庫全書館纂修事。〔註23〕」乾隆皇帝既欣賞朱筠學問，故屢次命朱氏擔任會試考官、學政等職，以甄選人才。

〔註19〕引自《說文解字詁林正補合編》（臺北：鼎文書局，1997 年 9 月四版），第一冊、頁 134。

〔註20〕《四庫提要》謂此書為汪憲所撰，然實為朱文藻之作，余嘉錫《四庫提要辨證》（昆明：雲南人民出版社，2004 年 11 月）對此有所考證。

〔註21〕見孫星衍〈重刊宋本《說文》序〉，引自《說文解字詁林正補合編》第一冊，頁 117。朱筠刊刻《說文》一事，另見氏著《笥河文鈔》（《續修四庫全書》本，第 1440 冊）卷三，頁 1。

〔註22〕趙爾巽等撰：《清史稿》，頁 13394。

〔註23〕朱筠：《笥河文集》（《續修四庫全書》本，第 1440 冊）卷首，頁 23。

　　朱筠喜金石文字，強調「經學本於文字訓詁」，故教誨學子仍循此法。羅繼祖《朱笥河先生年譜》云：「先生校士，以識字通經誨士，歲餘，士多通六書及注疏家言，先生爲刊舊藏宋槧許氏《說文》，廣布學宮，語諸生曰：『古學權輿，專在是矣』。〔註24〕」且幾位乾嘉學術的知名學者，皆居朱氏幕下，如邵晉涵、王念孫、汪中、任大椿等人，其中王念孫尤獲朱筠青眼〔註25〕，益可見朱氏汲引後進、開導出乾嘉「家家許、鄭」學風之貢獻。再者，乾隆三十八年（1773）正月，朱筠奏請緝《永樂大典》中佚書，乾隆皇帝亦允其所奏，尋開四庫全書館〔註26〕。工蘭蔭《朱笥河先生年譜》即云：「纂輯《四庫全書》，得之《永樂大典》中者，五百餘部，皆世所不傳，次第刊布海內，實先生發其端。〔註27〕」故朱筠對於《四庫全書》的開纂，有促成之功，而纂修《四庫全書》，更是乾嘉樸學形成的重要原因之一。

　　此外，今人陳祖武《乾嘉學術編年》則言乾隆三十九年（1774）六月二十七日，李文藻（1730～1778）以明刻《說文解字》送廣東友人馮敏昌，且撰文記送書始末，可以略窺當時學術風氣〔註28〕。李文藻〈送馮魚山《說文》記〉云：

> 國家以《說文》治經，患卜農侍讀最先出，其子棟繼之。近日，戴東原大闡其義，天下信從者漸多。高郵王懷祖，戴弟子也，己丑（1769）冬，遇之京師，屬爲購毛刻北宋本。適書賈老韋有之，高其直，王時下第囊空，稱貸而買之。王曰：「歸而發明字學，欲作書四種，以配亭林顧氏《音學五書》也。」予是年赴粵，所攜書皆鈔本之稍難得者，謂其易得者可隨處覓之。至則書肆寥寥，同官及其鄉士大夫家，亦無可假。是書僅見萬曆間坊本耳。歲辛卯（1771），羅臺山訪予於恩平，居數月，其行笈有手校毛刻本，改正甚多，惜未及錄。壬辰春，予調潮陽。其書院山長鄭君安道，爲朱竹君學士

〔註24〕 羅繼祖：《朱笥河先生年譜》（收入《乾嘉名儒年譜》5，北京：北京圖書館出版社，2006 年），頁 359。

〔註25〕 王蘭蔭：《朱笥河先生年譜》（收入《乾嘉名儒年譜》5），頁 398。

〔註26〕 朱筠：《笥河文集》卷首，頁 21。

〔註27〕 王蘭蔭：《朱笥河先生年譜》，頁 396。

〔註28〕 陳祖武等：《乾嘉學術編年》（石家莊：河北人民出版社，2005 年），頁 237。

分校會試所得士，銳意窮經，且以教其徒。索《說文》於予，乃爲
札求于濟南周林汲。而揭陽鄭運使適自兩淮歸里，專一介問有此書
否。運使實無之而不遽報，遣健足走揚州，從馬秋玉之子取數部，
往返才三閱月。以其二餉予，一插架，一貽鄭進士，進士喜過望。
是冬，予有事羊城，又得林汲所寄。……今年春夏間，予寓廣，日
與馮魚山相過從，魚山方講小學，每以不得此書爲恨。回潮，乃舉
此贈之。予之于書，聾瞽耳目，徒有之而不能用。魚山得此，將盡
發其聰明，他日以語林汲，其不負萬里見寄之意矣乎。予記此，以
見粵中得書之難。得之而不能讀，是得書易而讀書難也。……乾隆
甲午六月二十七日，記於潮州紅蕉館〔註29〕。

由此可知，《說文》研究於乾隆中葉已開風氣。

乾隆年間之《說文》專著，除前論惠棟《讀說文記》，今可見者，如潘奕
雋《說文蠡箋》〔註30〕，如盧文弨於乾隆五十一年（1786）爲段玉裁《說文解
字讀》作序〔註31〕。再如孔廣居自云乾隆五十二年（1787）已開始編纂《說文
疑疑》一書，然值得注意的是，其書〈凡例〉言用段玉裁、江聲……等人之
說，可見當時學者已對《說文》研究，進行學術交流〔註32〕。錢大昭則於乾隆
五十五年（1790）自序《說文統釋》〔註33〕。當時又有陳鱣《說文解字正義》
一書，王鳴盛於乾隆五十七年（1792）爲之作序，云：

> 《說文解字》之學，今日爲盛，就所知者有三人焉，一爲金壇段玉
> 裁若膺著《說文解字讀》三十卷，一爲嘉定錢大昭晦之著《說文統
> 釋》六十卷，一爲海寧陳鱣仲魚著《說文解字正義》三十卷、《說文
> 解字聲系》十五卷，皆積數十年之精力爲之〔註34〕。

〔註29〕李文藻：《南澗文集》（《續修四庫全書》本，第 1449 冊）卷上，頁 26。

〔註30〕潘奕雋於乾隆四十六年自序《說文蠡箋》（《續修四庫全書》本，第 211 冊）。

〔註31〕段玉裁：《說文解字注》，頁 797。

〔註32〕孔廣居：《說文疑疑》（《百部叢書集成》之八十五，臺北：藝文印書館，1965 年），
頁 16。

〔註33〕錢大昭：《說文統釋序》（《四庫未收書輯刊》捌輯 3，北京：北京出版社，2000 年），
頁 233。

〔註34〕此文收於謝啓昆《小學考》卷十，頁 7。

王鳴盛爲乾嘉著名學者，其對於《說文》推崇備至，可想見當時「家家許鄭」的研究風氣，而王氏所舉三家，可說是對乾隆年間《說文》學者的一個評定。段玉裁《說文解字讀》據傳即其《說文解字注》之前身，而錢大昭《說文統釋》、陳鱣《說文解字正義》二書，迄今無傳，其影響力自無法與段《注》相比。再者，近代學者所推崇的「《說文》四大家」，段玉裁即列名其中，可見段氏研究《說文》成名之早。

第三節　《說文》四大家之形成

「《說文》四大家」是指清代研究《說文》成就最高之四人，分別爲段玉裁、桂馥、王筠、朱駿聲（1788～1858），此四人成名之先後，可說貫穿了整個清代《說文》學之發展，故筆者藉由探討「《說文》四大家」成名之過程，試圖勾勒出清代《說文》學之面貌。

「《說文》四大家」年歲各異，撰著《說文》研究代表作之時間，亦先後不一，若依各家書序來看，段玉裁《說文解字注》、王念孫序於嘉慶十三年（1808），朱駿聲《說文通訓定聲》自序於道光十三年（1833）〔註35〕，王筠《說文釋例》自序於道光十七年（1837）、《說文句讀》自序於道光三十年（1850）。桂馥雖與段氏同時，但二人並無一面之緣，《說文解字義證》約與段《注》同期，惜流傳甚晚，至道光、咸豐年間，才有楊氏刻本行於世〔註36〕。

在「《說文》四大家」中，段玉裁《說文解字注》在清代可說是名氣最大、影響力也最大，時人紛紛以「絕學」、「大宗」論之，此一評價，從段氏《說文解字注》尙未成書起，至晚清、民初，乃至現代，幾爲歷朝多數人之共識，如道光三年（1823），鈕樹玉撰〈段氏說文注訂自敍〉云：

> 段大令懋堂先生注《說文》刊成，余得而讀之，徵引極廣，鉤索亦

〔註35〕朱書雖序於道光十三年（1833），但遲至道光二十八年（1848）才版成於古黝學署。咸豐元年（1851）獲官方嘉獎，然其時亦發生太平天國之亂，刻版亦因兵燹而未及刊印。至朱駿聲死後，《說文通訓定聲》才由其子孔彰於同治九年（1870）印行。

〔註36〕許瀚（1797～1866）嘗爲靈石楊墨林校刻《說文義證》，《清史稿》卷四八一本傳云：「許瀚，字印林，日照人。道光十五年舉人，官嶧縣教諭。博綜經史及金石文字，訓詁尤深。晚年爲靈石楊氏校刊桂馥《說文義證》於清河，甫成而板燬於捻寇，並所藏經籍金石俱盡，遂把鬱而歿，年七十。」（頁13231）

深，故時下推尊以爲絕學〔註37〕。

又如馮桂芬（1809～1874）〈重刻段氏說文解字注序〉云：

> 國朝元和惠氏棟始表章是學，成《讀說文記》。厥後大興朱氏筠視學
> 吾皖，梓舊本《說文》於節署，其書乃大顯，於是段先生暨嘉定錢
> 氏、休寧戴氏、曲阜桂氏、歸安嚴氏、陽湖孫氏、高郵王氏，無慮
> 數十家先後迭興，各闢戶牖。蓋《說文》之學至乾嘉間而極盛，諸
> 家所學有淺深、亦有得失，必推（段玉裁）先生爲大宗。……同時
> 鈕氏樹玉《段注訂》、徐氏承慶《段注匡謬》至，勒爲專書，恣其排
> 擊，實則所學遠不逮先生，雖不至蚍蜉撼樹之譏，汔未能拔趙幟而
> 立漢幟也〔註38〕。

據此，可見清人論清代《說文》學時，多將段玉裁《說文解字注》奉爲宗主。

在清代之時，「四大家」中，首先與段玉裁《說文解字注》之地位比肩者，
即爲桂馥《說文義證》。桂馥與段玉裁生同時，同治《說文》，學者以桂、段並
稱，而兩人固未嘗相見，然清代學者往往以二人並稱，如同治九年（1870），張
之洞〈說文解字義證敘〉云：

> 國朝經師，類皆覃精小學，其校釋辨證《說文》之書，最黑者十餘家，
> 而曰段注本爲甲。習聞諸老師言段書外，惟曲𨹻桂氏《義證》爲可與
> 抗顏行者〔註39〕。

桂馥《說文義證》雖是與段氏《注》齊名，然二家的治學途徑異趣，呈現了
不同的學風，《清史稿》桂馥本傳嘗云：「段氏鉤索比傅，自以爲能冥合許君
之旨，勇於自信，自成一家之言，故破字創義爲多；桂氏專佐許說，發揮旁
通，令學者引申貫注，自得其義之所歸。故段書約而猝難通闚，桂書繁而尋
省易了。〔註40〕」

王筠《說文釋例》及《說文句讀》成書較晚，故在清代時，名氣不若段桂
二氏，然到了晚清，學者將王筠升至可與段桂比擬的地位，如光緒十四年

〔註37〕鈕樹玉：《段氏說文注訂》（《續修四庫全書》本，第213冊）〈序〉。

〔註38〕馮桂芬：《顯志堂稿》（《續修四庫全書》本，第1535冊）卷一、頁8-9。

〔註39〕張之洞：《張文襄公全集》卷二一三，古文二、頁2。

〔註40〕趙爾巽等撰：《清史稿》卷四八一，頁13230。

（1888），葉昌熾〈許學叢書序〉云：

> 許氏之學，自漢以來，沒於鳴沙礁石之中，不絕如縷，楚金兄弟，
> 實承一線之傳。亭林諸公，僅見五音之譜，國朝昌明絕學，魁儒輩
> 出。金壇段氏最爲大師，烏程嚴氏、曲阜桂氏、安邱王氏亦皆撰述
> 滿家，洞究微恉〔註41〕。

又如宣統二年（1910），葉銘〈說文書目自叙〉云：

> 我朝經術昌明，士大夫皆深於聲音訓詁之學，若段氏玉裁、桂氏馥、
> 王氏筠，其最盛也。三家之書，體大思精，貫串典籍，足以睥睨一
> 切。其次若吳玉搢、姚文田、錢坫、苗夔、惠棟、席世昌之流，各
> 具一體，蓋不下數十百家焉。六書之學，浸以備矣〔註42〕！

葉銘特別指出段玉裁、桂馥、王筠三人，認爲此三人之《說文》研究「足以
睥睨一切」。一般而言，當某一學科的學術成果累積至一定數量時，便有學者
爲此學術成果作一全面性的整理、回顧或述評，並舉出該學科的傑出研究者。
前引兩條，即是晚清學者整理清代《說文》學而得出之評論，而據此可見，
王筠之學術地位已經奠定。再如宣統三年（1911），沈家本（1840～1913）〈說
文校議議序〉云：

> 近今自乾隆以來，羣重許學，治之者亦人才輩出，以嘉慶、道光中
> 爲尤盛。段氏玉裁深於經術，每字必溯其源；桂氏馥蒐集宏富，能
> 會其通；王氏筠承諸家之後，參以金石，義例益精，其餘諸家，各
> 擅所長〔註43〕。

沈家本雖是爲嚴章福《說文校議議》作序，然序文中特別指出段玉裁、桂馥、
王筠，三人對於《說文》研究的傑出成就。再者，此文作於宣統三年，是年即
發生辛亥革命，推翻了清廷，而段玉裁、桂馥、王筠三人的《說文》研究，在
清代結束之前，三人「齊名」的地位，在清代學者的眼中已有定論〔註44〕。至

〔註41〕葉昌熾：《奇觚廎文集》（《續修四庫全書》本，第1575冊）卷上，頁7b。

〔註42〕引自《說文解字詁林正補合編》第一冊，頁387。

〔註43〕嚴章福：《說文校議議》（《叢書集成續編》第71冊，臺北：新文豐出版，1989年），
　　　　頁3。

〔註44〕張之洞《書目答問》則認爲清代的《說文》研究，以嚴可均、段玉裁、鈕樹玉爲

此，「《說文》四大家」之三人，段玉裁、桂馥、王筠皆已出現，並可見其齊名之現象，然在「《說文》四大家」中，獨缺朱駿聲。

在清代《說文》學中，朱駿聲《說文通訓定聲》之成書，雖在王筠《說文釋例》之前，但是當時《說文通訓定聲》的學術地位，基本上是不及另外三家的。推究其因，民初學者沈塘〈說文解字段注考正跋尾〉一文，約略可見其端，是文云：

> 段金壇之注《說文》也，體博思精，實鄰學特出之傑作，雖桂氏《義
> 證》、王氏《釋例》，莫與抗手。若朱氏《通訓定聲》之逞異說以亂
> 家法者，抑毋論已〔註45〕。

沈塘謂朱氏《說文通訓定聲》「亂家法」，乃是朱書採「以聲統字」、「以聲為綱」的方法，將《說文》全書重新進行編排，而這在當時必會引起相當大的爭議，從朱駿聲的學生謝增，於道光二十九年（1849）所撰〈說文通訓定聲跋〉一文，可想見此書於當時之評價。其云：

> （朱駿聲）平生所著《說文通訓定聲》一書，導音韻之原、發轉注
> 之冢、究假借之變，小學之教，斯焉大備。……不敢謂世之必尊必
> 信，然數十百年後，必有寶貴如許叔重書者，不著蔡知也〔註46〕。

是文對於《說文通訓定聲》多加推崇，但文中一句「不敢謂世之必尊必信」，或許點出了《說文通訓定聲》在清代當時的評價，尚待商榷，但是謝增撰文，始終還是尊師的，故云「數十百年後，必有寶貴如許叔重書者，不著蔡知也」。

民國九年（1920），梁啓超《清代學術概論》首將朱駿聲《說文通訓定聲》，與段玉裁、桂馥、王筠三人並提。其云：

> 清儒以小學為治經之途徑，嗜之甚篤，附庸遂蔚為大國。其在《說
> 文》，則有段玉裁之《說文注》，桂馥之《說文義證》，王筠之《說文

最。（見是書〈姓名略〉，書目總九十九。《續修四庫全書》本，第 921 冊）筆者以為，此說其實並不符合當時學者的一般認知，且就筆者所及，清代亦無學者持此說者。

〔註45〕引自《說文解字詁林正補合編》第一冊，頁 223。

〔註46〕謝增〈說文通訓定聲跋〉，見朱駿聲《說文通訓定聲》（臺北：藝文印書館，1975年），頁 27。

釋例》、《説文句讀》，朱駿聲之《説文通訓定聲》〔註47〕。

梁氏於此僅臚列書目，並未多作説明，然而梁氏之用心，頗耐人尋味。到了民國十三年（1924），梁啓超撰成《中國近三百年學術史》一書，此書主要是對清代學術作一整理及檢討，而梁氏討論清代的小學成績時，對於朱駿聲《説文通訓定聲》相當讚揚〔註48〕，並將朱駿聲《説文通訓定聲》與段玉裁《説文解字注》、桂馥《説文義證》、王筠《説文釋例》及《句讀》三人並舉，但是梁啓超沒有特別指明四人之學術地位或價值，僅是一一述評而已。

後丁福保（1874～1952）於民國十七年（1928）編成《説文解字詁林》〔註49〕，正式提出了「《説文》四大家」的説法。《説文解字詁林》總匯有清一代研治《説文》的成績，而清代《説文》學之全豹可從中呈現，故此書於當時造成了轟動，受到學者們的注意。丁福保〈説文解字詁林自敘〉云：

> 許氏《説文解字》一書，沉霾千載，復發光輝。若段玉裁之《説文注》、桂馥之《説文義證》、王筠之《説文句讀》及《釋例》、朱駿聲之《説文通訓定聲》，其最傑著也。四家之書，體大思精，跌相映蔚，足以雄視千古矣〔註50〕。

丁福保《説文解字詁林》收錄了一百八十二種的《説文》論著，故他對於清代《説文》學的評論，是有説服力的，而丁氏特別舉出段玉裁《説文解字注》、桂馥《説文義證》、王筠《説文句讀》及《釋例》、朱駿聲《説文通訓定聲》，為清代治《説文》最傑出的四家，其意見亦為當時學者所注意及重視，「《説文》四大家」的觀念於焉建立，而朱駿聲《説文通訓定聲》的學術地位也因此確立。

民國二十五年（1936），胡樸安撰成中國第一部的「文字學史」〔註51〕，即《中國文字學史》一書。胡氏《中國文字學史》中，以相當大的篇幅論述

〔註47〕梁啓超：《清代學術概論》，頁 43。

〔註48〕朱維錚校注：《梁啓超論清學史二種》（上海：復旦大學出版社，1985 年），頁 338。

〔註49〕周雲青〈説文解字詁林跋〉云：「丁師仲祜編纂《説文解字詁林》，始於癸亥（1923）、至戊辰（1928）歲乃告成。」（見《説文解字詁林正補合編》第一冊，頁 16）

〔註50〕見《説文解字詁林正補合編》第一冊，頁 8。

〔註51〕沈心慧：《胡樸安生平及其易學、小學研究》（臺北：新文豐出版，2009 年），頁 548。

「《說文》四大家」，對於《說文通訓定聲》也多所讚揚。其云：

> 由形以得文字之義，有許君《說文解字》五百四十部首在；由聲以
> 得文字之義，有朱氏《說文通訓定聲》一千一百三十七聲母在，此
> 朱氏之書，在文字學史上之可貴者也。……全書之中，雖未免有千
> 慮一失之處，要極足爲學者讀經典之助，此朱氏之書，在文字學史
> 上之價值也〔註52〕。

胡樸安肯定了《說文通訓定聲》發揚清儒「因聲求義」之法，可「爲學者讀經典之助」，並稱此爲朱書「在文字學史上之價值」。再者，前引沈盦謂朱駿聲《說文通訓定聲》「亂家法」，胡樸安反而認爲朱書「以聲統字」，正是其「在文字學史上之可貴者」。胡樸安對於《說文通訓定聲》之評論，有別於前輩學者的批評，也或者反映了當時代學風的轉向。然而正因朱書性質與一般傳統《說文》著作不同，故其受到近代學者的高度重視，王力《中國語言學史》即讚譽朱氏《說文通訓定聲》爲「科學研究，而不是材料的堆積」，稱其書「博大精深」〔註53〕。王力是大陸近代非常重要的語言學家，他如此推崇《說文通訓定聲》，自然對學術界產生重大之影響，尤其是大陸學界，更爲重視《說文通訓定聲》之學術價值。

由上述可知，「《說文》四大家」之中，段玉裁、桂馥、王筠三家《說文》學之成就，已爲清人所肯定，而朱駿聲《說文通訓定聲》於清代學者之評價其實並不突出。自民初丁福保編成《說文解字詁林》後，《說文通訓定聲》始爲學者所重視，並進而奠定其學術地位，成爲《說文》研究的不刊之典。

第四節　清代《說文》學之內容方法

一、清代《說文》學之內容

自清末以來，學者已開始整理清代《說文》研究之著作，如尹彭壽《國朝治說文家書目》、張炳翔《許學叢書》、許頌鼎及許溎祥《許學叢刻》、黎經誥《許學考》、丁福保《說文解字詁林》、馬敘倫〈清人所著說文之部書目初

〔註52〕胡樸安：《中國文字學史》，頁379-381。

〔註53〕王力：《中國語言學史》，頁105。

編草稿）、李克弘〈說文書目輯略〉。其中以丁福保《說文解字詁林》卷帙最大，可說呈現出清代《說文》學的基本內容。

近人林明波在前賢之基礎上，撰成《清代許學考》一書〔註54〕，廣搜清代治《說文》諸書，分爲六類。從《清代許學考》之分類，可見清人研究《說文》之內容，而藉各類書目之數量，亦可推知學者研究之側重所在。整理如表：

《清代許學考》分類說明一覽表

類　別	屬　別	說　　　明
1.校勘類	（1）大徐本校勘字句之屬	今以校勘是正大徐之本者，自爲一屬。凡訂毛氏汲古閣刻本之謬者、正徐鉉之失者皆收之。綜計已見未見，凡三十三種。
	（2）小徐本校勘字句之屬（附校勘二徐異同）	清代經師治許學者，苦各本譌脫殊多，故有就各家鈔本，參以大徐本《說文》，旁參所引諸書，證其同異者。有纂輯元熊氏忠《韻會舉要》所引《說文》，以訂世所行《繫傳》本之譌闕者，有就各家刊本，更參以《說文韻譜》、《玉篇》、《廣韻》、《汗簡》諸書，校錄其異文。今以此類，自爲一屬。至以二徐之本，參稽同異，辨其得失者，並附於此。綜計已見未見，凡二十二種。
2.箋釋類	（1）段注及考訂段注之屬	今以段《注》與考訂段《注》之書，自爲一屬，綜計已見未見，凡二十一種。
	（2）桂氏義證王氏句讀及其他	桂氏成書在段氏之後，義尚閎通，徵引最博。王筠成書又在桂氏之後，參稽二家之說，博觀約取。今繼段書之後，別立一屬，以考訂二家之書者附焉。至如吳穎芳《說文理董》、錢大昭《說文統釋》、陳鱣《說文正義》、王紹蘭《說文集註》，並皆通釋許書者，故附於此。綜計已見未見，凡二十八種。
3.專考類	（1）部首之屬	清代學者於許書偏旁之學，或援據眾說，以明其義。或參稽互證，以正其音。或就諸家分部，細加考訂。或因許書重文，著其譌變之由。或編爲韻語，以便誦習。或取世表之法，以統同辨異。綜計已見未見，凡二十五種。
	（2）古籀之屬	今以掇拾古籀遺文，詳解其字者附焉。至增廣篆體，辨說疑篆者，並附於此。綜計已見未見，凡二十種。

〔註54〕林明波：《清代許學考》，臺北：臺灣師範大學國文研究所碩士論文，嘉新水泥基金會研究論文第二十八種，1964 年。

	（3）逸字外篇之屬	清儒治許書逸文，有網羅群書所引，定其爲逸文者。有彙錄諸家之說而爲疏通證明者，有就各家定其爲逸文，其實非許書所眞逸，而分別爲之辨證者。今以此類，自爲一屬。次者，其就諸經有其字而《說文》不載，並擄錄以爲外編者亦附焉。綜計已見未見，凡十五種。
	（4）新補新附之屬	大徐新附字之研究，別立一屬。綜計已見未見，凡七種。
	（5）引書辨字之屬	清儒考許氏之引經者，不下數十家。有專考所引一經者，有總考所引各經者。有辨其異文者，有析其條例者。今以此類，自爲一屬。至考許書所引通人諸書，並附於此。次者，以許書爲本，辨相承字體之正俗，古今通假之異用者，亦以類相從。綜計已見未見，凡五十九種。
	（6）讀若之屬	今以探討許書讀若之意，從《說文》例中析出，自爲一屬。綜計已見未見，凡五種。
	（7）釋例之屬	今除釋許書一例，如引書、讀若等，各有其屬可歸者外。以釋全書之例，與釋一、二例而無屬可歸者，別立一屬。綜計已見未見，凡八種。
	（8）檢字之屬	此類之書，可即字以求文，因文以考義，或藉爲稽合之階梯，自爲一屬。次者，《說文韻譜》、《五音韻譜》並爲便於尋檢而作，今以校訂其書，或襲用其法者，亦列於此。綜計已見未見，凡十三種。
4.雜著類	（1）雜考之屬	今以一書而雜考多事者，疏證許書而未通釋全書者，讀許書有所得而雜記成編者，雖考一事而諸家罕有成書，與存疑待訪者，自立爲一屬。綜計已見未見，凡五十七種。
	（2）雜纂之屬	今以取許書文字，仿《爾雅》之體，各比其類爲一書者，自爲一屬。次者，擇許書說解合於聖賢大義而疏證者、使許書說解如連珠之體者、或仿《三倉》編爲有韻之文者，並附於此。綜計已見未見，凡七種。
5.六書類	（1）總述之屬	以總論六書之義者，自立爲一屬，綜計凡七種。
	（2）專述之屬	清儒論說指事、會意，未見專書。至諧聲之字，爲古音之所繫，且義之與聲，關係密切，故有就諧聲偏旁以考古音者，有以聲爲經、以形爲緯改纂許書者，凡此撰述，別立聲訓一類以明之。茲繼總述之後，以擄拾象形之文與論說轉注假借成編者，自爲一屬。綜計已見未見，凡十七種。
	（3）類分之屬	清儒治六書之學，有擄錄許書之字，或以事物分篇、或以韻分篇，依字分別發明古人造字之本者。有以六書分類詳說其義者，茲以此類與論說六書之義者不同，故自爲一屬。綜計已見未見，凡八種。

	（4）雜述之屬	書以六書名，未見傳本，諸家亦鮮論及，並其體例不可知者亦附於此。綜計已見未見，凡十四種。
6.辨聲類	（1）聲義之屬	茲以就聲探索許氏之蘊者，自爲一屬。摭拾方言，證以許書者附焉。綜計已見未見，凡五種。
	（2）舊音之屬	《說文》之有音切，始於《說文音隱》，此書見《隋書・經籍志》，然不著撰人，書亦早佚。清儒從事斯役者，畢沅《說文解字舊音》實肇其端，然所作頗不備，故其後又有補正之者。今以此類，自爲一屬。綜計已見未見，凡四種。
	（3）訂聲之屬	清儒治許氏之學，有專訂諧聲讀若之譌者。茲將此類之書，自校勘類中析出，自立一屬，綜計凡二種。
	（4）孳乳之屬	此類之書，取諧聲之字，部分而綴之，與字原表之以形爲經，闡明其母子相生者有別，故自爲一屬。綜計已見未見，凡四種。
	（5）古音之屬	茲以據許書以考古音者，自爲一屬。屬中有取許書解語中之雙聲疊韻字者，有以許書之聲而易今本《說文》切語者，有取諧聲偏旁而撰爲譜表者，有就《說文》正字而以聲相統者，若此之類，並爲考古音而作。綜計已見未見，凡二十七種。

按上表，清人研治《說文》之內容及特色，可分作三點論之：一是對於《說文》校勘的著作，如表第一、二類皆爲校勘《說文》之專書〔註55〕，其他各類雖有其主題，然校勘《說文》之內容，其實隨處可見。「校勘」即爲清人研究《說文》的主要方法，後節當有申論。二爲《說文》引經之考證，清代學術的基礎爲經學，由小學而通經學，是清人的治學途徑，故學者研讀《說文》時，書中所引大量經文，自然容易受到關注及研究，而這或許亦是許愼《說文》，較其他字書更受到重視的原因之一。三是就許書而考古音者，《說文》中收有大量的形聲字，其「讀若」之例，更具保存本音之價值。學者據此研究，並以經書韻語相佐證，即能推求古音之面貌，故清代多以《說文》研究聲韻之學。

此外，林明波《清代許學考》並有「雜著類」，分爲雜考及雜纂二屬。此類書目數量頗豐，可見清代學者以「札記」方式著書之特點，亦可見清代「家家

〔註55〕翁敏修《清代《說文》校勘學研究》（臺北：東吳大學中國文學研究所博士論文，2009 年 2 月）整理清人校勘《說文》之作，計有 103 種，較前人林明波《清代許學考》爲多，可參見。

「許鄭」之學風。學人研治《說文》時，稍有所得即條列存之，累積一定數量即成一書，雖然雜記之作，成就不一，但可見學者治《說文》之勤勞，而此類著作正是清代《說文》學之內容基礎。

二、清代治《說文》學之方法

前已提及，校勘爲清人研究《說文》的重要方法，而藉由校勘《說文》方法之應用及要求，則發展出其他研治《說文》的方法。從朱士端〈《說文校定本》敘〉，可見清人《說文》研究方法之端倪，云：

> 今世所傳，惟二徐本。……士端不揣樗昧，僅以二徐本參攷同異，
> 擇善而從，……間有心得，祇附按語。綜其大恉，厥有四要：據鐘
> 鼎古文，以校許書古籀文之版本譌舛，一也。近世儒者所言六書之
> 義，皆浚長功臣，朝夕研求，粗知義例，又復折衷前賢顧氏古音表，
> 時與故友江甯陳宗彝、江都汪喜孫、儀徵陳鱣、黟縣俞正燮、武進
> 臧相、通州陳潮，旅館宵鐙，往復辨難，以正後儒增刪改竄之謬矣，
> 二也。……求聲韻，必以許書爲圭臬，三也。許書引經，如《易》
> 宗孟氏，間用費氏；《書》宗孔氏，間用今文；《詩》宗毛氏，間用
> 三家，即重出互見之文，揆厥師傳，授受各殊，溯源追本，意恉悉
> 得，四也。……咸豐四年，十月廿一日，寶應朱士端敘〔註56〕。

從朱氏序文可見，其撰《說文校定本》之方法，乃先校二徐本異同，後又舉四端，說明其運用之方法。據此四端，即可見清代《說文》研究法之大要。

如朱氏首云「據鐘鼎古文，以校許書古籀文之版本譌舛」，朱氏自云校勘《說文》，先以二徐爲主，後據古文字佐證。此種方法其實導致古文字學之發展，因早前之出土材料，多用以輔證《說文》。次者，廣求群書所引《說文》，亦是清人校勘《說文》之重要方法。如楊守敬〈《重訂說文古本考》自序〉云〔註57〕：

> 余庚辰（1880）之春，東游日本，得《慧琳一切經音義》、又得希齡
> 《續一切經音義》，其所引《說文》，幾備全部。又得《淨土三部經

〔註56〕引自《說文解字詁林正補合編》第一冊，頁94。

〔註57〕是書未見傳本，見氏著《晦明軒稿》。

音義》、《和名類聚鈔》、《新撰字鏡》以比勘之。又得《空海篆隸萬
象名義》以校顧野王《原本玉篇》（原注：古逸叢書本），其次弟悉
合，乃知空海悉以《玉篇》爲藍本，《玉篇》又以《說文》爲藍本，
其所增入之字，皆附其後，絕不同宋人《大廣益玉篇》與《說文》
隸字多所凌亂也。今以《玉篇》以下之書，定《說文》之字句，又
以《玉篇》原本，定《說文》之次第，縱不敢謂頓還叔重之舊，亦
庶幾野王之遙見云耳〔註58〕。

楊守敬《重訂說文古本考》今雖未見，但據〈自序〉可見其光緒六年（1880）
東游日本，發掘了許多新的材料，並據以校勘。經由他書所引《說文》，可增加
校勘之可信度，是《說文》校勘漸趨精密的主因。

再如朱氏所云「六書義例」、「求聲韻」二事，即在探求許慎《說文》之
義例，以明瞭許書之體裁。《說文》義例的整理，是清代《說文》學者積極討
論的課題之一，如段玉裁《說文解字注》、王筠《說文釋例》皆多研討。對於
《說文》義例，梁啓超《中國近三百年學術史》云：

> 凡名家著書，必有預定之計畫，然後駕馭材料，即所謂義例是也。
> 但義例很難詳細臚舉出來，令在好學者通觀自得，《說文》自然也是
> 如此。又《說文》自大徐以後，竄亂得一塌糊塗，已爲斯學中人所
> 公認，怎樣纔能全部釐整他呢？必須發見出原著者若干條公例，認
> 定這公例之後，有不合的便知是竄亂，纔能執簡御繁，戴東原之校
> 《水經注》即用此法。段茂堂之於《說文》，雖未嘗別著釋例，然在
> 注中屢屢說「通例」如何如何（原注：我們可以輯一部「說文段注
> 例」），他所以敢於校改今本，也是以他所研究出的「通例」爲標準，
> 菉友（王筠）這部《釋例》就是專做這種工作〔註59〕。

梁氏舉段《注》及王筠《說文釋例》爲例，說明清代學者以「義例」治《說
文》之方法。此種方法即陳垣《校勘學釋例》所提示之「本校法」〔註60〕，藉
由探求《說文》全書之義例，以「《說文》校《說文》」之法。後自成一研究

〔註58〕引自《說文解字詁林正補合編》第一冊，頁120。

〔註59〕梁啓超：《中國近三百年學術史》，頁233。

〔註60〕陳垣：《校勘學釋例》（北京：中華書局，2006年），頁129-134。

專題，如前節表列「專考類」、「六書類」二種皆是。次者，清儒「因聲求義」訓詁方法的發展，使得學者對於《說文》形聲字多有研究，上表「辨聲類」之著作，即因此而作。其次，「小學」與「經學」二者相爲表裏，爲清代學術兩大重點，故朱氏強調「許書引經」，爲理之常然。從《說文》所引大量經文，可校經書之誤，亦可反推《說文》之誤，對於研究許書有所助益，更是清儒「由小學通經學」讀書方法的展現。

綜上所論，清人研究《說文》之途徑方法，基本上可分爲三點：一爲校勘法，其中以出土文獻及群書所引《說文》，兩種材料最爲主要。二爲《說文》義例之重建，其中亦包括清儒「因聲求義」法之運用。三是《說文》引經考，此類研究強調《說文》與經學之聯繫，故爲學者所重視。

第三章　生平學行

　　本章藉由段玉裁、桂馥之學行、著述、交遊，比較兩人研究《說文》之途徑與次第，以窺見其成學之經過，及各自之特點。

第一節　段桂《說文》學年表

　　段玉裁與桂馥爲乾嘉名儒，歷來研究者眾，二人年譜亦有數種，堪稱完備，研究段氏生平者有：林慶勳《段玉裁之生平及其學術成就》、劉盼遂《段玉裁先生年譜》、羅繼祖《段懋堂先生年譜》、陳師鴻森〈《段玉裁年譜》訂補〉等，研究桂氏生平者有：孫雅芬《桂馥研究》、張毅巍《桂馥年譜》等。本節「段桂《說文》學年表」，即以上列資料爲基礎，並參以其他文獻，將段桂二人《說文》學之相關事跡擷取出來，試圖勾勒並比較段桂《說文》學。此項研究不僅只是二人之比較，亦可呈現清代《說文》學之一面向。

一、生平小傳

　　段玉裁，字若膺，號懋堂，江蘇金壇人。雍正十三年生（1735），乾隆二十五年（1760）舉人，至京師見戴震，好其學，遂師事之。段氏長於訓詁考訂之學，爲清乾嘉時最具代表性的學者之一。段氏積數十年精力，專研《說文》，其《說文解字注》，王念孫舉之爲「千七百年來無此作」〔註1〕，其書影

〔註1〕段玉裁：《說文解字注》，頁1。

響後世《說文》研究甚巨。嘉慶二十年（1815）卒，年八十一。《清史稿》卷四八一有傳。

　　桂馥，字冬卉，山東曲阜人。乾隆元年（1736）生、五十五年（1790）成進士，嘉慶元年（1796），選授雲南永平知縣，卒於官。桂馥博涉羣書，尤潛心小學。自諸生至成進士，四十年間，日取許愼《說文》與諸經之義相參證，爲《說文義證》五十卷，力窮根柢，爲一生精力所在。嘉慶十年（1805），卒於雲南任上，終年七十歲。《清史稿》卷四八一有傳。

　　關於段桂二氏之學術交流，《清史稿》嘗云：「馥與段玉裁生同時，同治《說文》，學者以桂、段並稱，而兩人兩不相見，書亦未見，亦異事也。〔註2〕」段玉裁與桂馥年歲相當，彼此未曾謀面，但是段桂二人對於彼此之學術，卻非全然陌生。段桂二氏之學術因緣，可從桂馥喜愛「抄書」一事談起。桂馥《晚學集》〈詩話同席錄序〉嘗云：

> 少時喜與里中顏運生談詩，又喜博涉羣書，遇凡前人說詩與意相會，
>
> 無論鴻綱細目，一皆鈔撮，運生亦無日不相與散帙爲樂〔註3〕。

桂馥自云少時讀書，如「遇凡前人說詩與意相會，無論鴻綱細目，一皆鈔撮」。職是，桂氏從少時，即多抄自己喜愛之書，此習慣也是一種治學之方法。今傳桂氏所抄之《說文》書籍，即有《說文段注抄按》、《王懷祖先生說文解字校勘記殘稿》，可見桂氏對於段玉裁、王念孫學術之重視。

　　再者，今傳翁方綱手札，有〈致桂馥〉篇，記云：「段君所著借來，只此一冊，送閱。〔註4〕」此時桂馥應尚在京師，故得與翁氏交流，而能見段氏著作。又嘉慶元年（1796），桂氏任雲南永平縣知縣後，與阮元寄書，嘗云：

> 馥所理《說文》，本擬七十後寫定，滇南無書，不能復有勘校，僅檢
>
> 舊錄籤條，排比付鈔。……聞段懋堂、王石臞兩君所定《說文》、《廣
>
> 雅》俱已開彫，及未塡溝壑，得一過眼，借以洮汰累惑也〔註5〕。

職是之故，桂氏當時並未得及閱讀，段玉裁晚年所定《說文注》及王念孫《廣

〔註2〕趙爾巽等撰：《清史稿》卷四八一，頁13230。

〔註3〕桂馥：《晚學集》（《續修四庫全書》本，第1458冊）〈詩話同席錄序〉，卷七、頁2。

〔註4〕沈津輯：《翁方綱題跋手札集錄》（桂林：廣西師範大學出版社，2003年），頁555。

〔註5〕桂馥：《晚學集》〈上阮中丞書〉，卷六、頁9。

雅疏證》，而深感遺憾。凡此，皆可見桂馥雖未曾面見段玉裁，然對其學術仍是心所嚮往，且桂馥《說文義證》亦引段玉裁說三次，如《說文》「謚」字，桂《證》云：

> 段若膺教我曰：《五經文字》謚、諡二字音常利反，上《說文》、下《字林》。《字林》以諡為笑聲，音呼益反，今用上字。據此，《說文》作謚，竝不从兮从皿，即《字林》以諡代謚，亦未嘗增一从兮从皿之字。此近世所改从兮从皿，實無義，余以其言為然從之。……余參攷眾書，深以段氏之說為確不可易也〔註6〕。

桂氏自謙受教於段玉裁，對其說甚為佩服。

段玉裁對桂馥亦是仰慕已久，段氏《說文注》嘗引桂馥說一次。嘉慶十八年（1813），李宏信請段玉裁為桂馥《札樸》作序，段氏〈序〉云：

> 友有相慕而終不可見者也，未始非神交也。余自蜀歸，晤錢少詹曉徵、王侍御懷祖、盧學士紹弓，因知曲阜有桂君未谷者，學問該博，作漢隸尤精，而不得見。覬其南來，或可見之。已而未谷由山左長山校官成進士，出宰雲南永平，以為是恐難見矣。余僑居姑蘇久，壬申，薄遊鮒安而歸，得晤山陰李君柯溪，刻未谷所撰《札樸》十卷方成，屬余序之。余甚喜，以為未谷雖不可見，而猶得見其遺書也。未谷深於小學，故經史子集古言古字，有前人言之未能了了，而一旦舂然理解者，豈非訓詁家斷不可少之書耶？況其考核精審，有資於博物者，不可枚數。……抑柯溪言未谷尚有《說文正義》六十卷，為一生精力所聚，今其棄藏於家，吾知海內必有好事者刻而取之，持贈後學，庶不見未谷者，可以見未谷之全也哉〔註7〕！

據此，段玉裁因錢大昕、王念孫、盧文弨等人介紹，而知桂馥，然二人卻無緣得見一面，只得見彼此之著述。此種情誼，是以段氏云「友有相慕而終不可見者也，未始非神交也」。

段玉裁與桂馥皆以《說文》研究，為一生最重要之著述事業，且積累數十

〔註6〕桂馥：《說文解字義證》（北京：中華書局，1998年）卷七，頁70a。

〔註7〕桂馥：《札樸》（北京：中華書局，2006年），段玉裁〈序〉。

年才有所成。職是，筆者以「《說文》學年表」爲題，表述於後，將段桂二人《說文》學之相關事跡，作一整理。

二、《說文》學年表

紀　年	段　氏　事　跡	桂　氏　事　跡	交遊生卒
乾隆二一年 丙子（1756）	段氏二十二歲。	桂氏二十一歲。 爲諸生，取許氏《說文》與諸經之義相疏證。（《晚學集》卷首蔣祥墀〈桂君未谷傳〉）	
乾隆二五年 庚辰（1760）	段氏二十六歲。 秋後入都門，得顧炎武《音學五書》，驚怖其考據之博。（《六書音均表》卷首）	桂氏二十五歲。	鈕樹玉、王紹蘭生。
乾隆二八年 癸未（1763）	段氏二十九歲。 觀戴震所爲江愼修行略，又知有《古韵標準》一書，與顧氏少異，然實未能深知之也。（《六書音均表》卷首）	桂氏二十八歲。	
乾隆三十年 乙酉（1765）	段氏三十一歲。	桂氏三十歲。 遊學於外，得交當世士大夫。（《晚學集》卷八〈祭元妻喬君文〉）	
乾隆三二年 丁亥（1767）	段氏三十三歲。 自都門歸後，取《毛詩》細繹之，知顧炎武、江永二氏分韻未盡，遂迻書《詩經》所用字，區別古韻爲十七部，成〈詩經韵譜〉、〈羣經韵譜〉。（《六書音均表》卷首〈寄戴東原先生書〉）	桂氏三十二歲。	臧庸、江沅生。
乾隆三三年 戊子（1768）	段氏三十四歲。 句容裴玉以《廣韻》贈，是後此書相隨三十餘年，手訂譌字極多。（《經韵樓集》補編上〈校本廣韵跋〉）	桂氏三十三歲。 以優行貢成均，充教習，得交翁方綱，所學益精，相與考訂之功。（《晚學集》卷首蔣祥墀〈桂君未谷傳〉）	
乾隆三五年 庚寅（1770）	段氏三十六歲。 三月，吏部銓授貴州玉屛知縣，夏赴任。（《戴氏年譜》）	桂氏三十五歲。	

乾隆四十年 乙未（1775）	段氏四十一歲。 九月，〈韵譜〉改訂成書，書分五表，改名曰《六書音均表》。 寄戴震書曰：「玉裁入蜀數年，幸適有成書，而所爲《詩經小學》、《書經小學》、《說文考證》、《古韵十七部表》諸書，亦漸次將成。」（《六書音均表》卷首〈寄戴東原先生書〉）	桂氏四十歲。	
乾隆四一年 丙申（1776）	段氏四十二歲。 今年起作《說文注》，自云乃隱栝《說文解字讀》五百四十卷而成。（段氏《說文解字注》卷十五下） 撰成《詩經小學》。（《經韵樓集》卷九〈書富順縣縣志後〉）	桂氏四十一歲。	
乾隆四三年 戊戌（1778）	段氏四十四歲。	桂氏四十三歲。 五月，桂氏以顏氏所摹金農雙鈎藏〈延熹華岳碑〉見示於翁方綱。 七月，又以凹義五宋拓本見示於翁方綱。（孫雅芬《桂馥研究》〈年譜〉，頁 265）	
乾隆四四年 己亥（1779）	段氏四十五歲。 八月，撰〈書《干祿字書》後〉。（《經韵樓集》卷七）	桂氏四十四歲。 作〈說文統系圖〉，程瑤田、朱竹君、盧文弨、翁方綱、張塤、王念孫、丁杰、薛壽、李祖望等爲題記跋語。（孫雅芬《桂馥研究》〈年譜〉，頁 267） 十月，羅聘爲桂氏畫〈說文統系圖〉。（孫雅芬《桂馥研究》〈年譜〉，頁 269）	
乾隆四五年 庚子（1780）	段氏四十六歲。 撰成《毛詩故訓傳定本小箋》。（《經韵樓集》卷一〈毛詩故訓傳定本小箋題辭〉）	桂氏四十五歲。 正月，桂氏在翁方綱京邸，贈黃景仁宋鑄「山谷詩孫」銅印。（孫雅芬《桂馥研究》〈年譜〉，頁 270） 十月，屬翁方綱跋〈宋清邊弩指揮印記〉。（孫雅芬《桂馥研究》〈年譜〉，頁 272）	

乾隆四六年 辛丑（1781）	段氏四十七歲。 自巫山引疾歸金壇，南陔多暇，得盧文弨、金榜、劉台拱為友。（《經韵樓集》卷八〈陳芳林墓誌銘〉）	桂氏四十六歲。 上元前二日，與翁方綱、盧文弨、程晉芳、周永年、丁杰、陳竹广、劉台拱、王念孫，同觀《續三十五舉》於翁方綱詩境軒。（《續三十五舉》卷末） 九月，翁方綱跋桂氏藏《古驪驤將軍印冊》。（孫雅芬《桂馥研究》〈年譜〉，頁274）	朱筠卒。
乾隆四七年 壬寅（1782）	段氏四十八歲。	桂氏四十七歲。 袁枚以嘗與桂氏同寓東陽官舍，為作《繆篆分韵》序。（是書卷首）	
乾隆四八年 癸卯（1783）	段氏四十九歲。	桂氏四十八歲。 翁方綱書桂氏云：「從前汪秀峰刻完《說文繫傳》時，弟即寄兄一部，以今言之，竟未接到，蓋小疋未到曲阜耳。而秀峰所印實太少，今將弟未裝之一部寄上，其中錯誤知必多也。」 四月，翁方綱跋桂氏藏宋拓本〈李昭公碑〉。（孫雅芬《桂馥研究》〈年譜〉，頁276）	黃景仁卒。
乾隆四九年 甲辰（1784）	段氏五十歲。	桂氏四十九歲。 七月，盛百二為《繆篆分韵》作序，云：「吾友桂子未谷精於小學，方博考諸書，作《說文解字》學，為工甚巨。其書先成者，則有《繆篆分韵》。」（是書卷首） 十二月，將王念孫《說文校勘殘稿》錄入《說文》。（孫雅芬《桂馥研究》〈年譜〉，頁276）	程晉芳卒。
乾隆五十年 乙巳（1785）	段氏五十一歲。	桂氏五十歲。 《續三十五舉》有更定本。 教習期滿，補長山司訓。（孫雅芬《桂馥研究》〈年譜〉，頁277）	

乾隆五一年 丙午（1786）	段氏五十二歲。 二月，撰〈跋《古文四聲韵》〉。（《經韵樓集》卷六） 盧文弨爲其《說文解字讀》作序。（段氏《說文解字注》卷末）	桂氏五十一歲。 五月二十四日，校畢《說文繫傳》汪啓淑刻本。（孫雅芬《桂馥研究》〈年譜〉，頁278）	陳奐生。
乾隆五四年 己酉（1789）	段氏五十五歲。 八月，以事避難入都，得王念孫、陳鱣爲友，與王氏商訂古音。（江有誥《音學十書》卷首王念孫〈與江有誥書〉）	桂氏五十四歲。 七月，陳鱣爲《繆篆分韵》作序。（是書卷首） 桂氏舉於鄉。（《未谷詩集》卷二〈五十五歲登第〉詩）	
乾隆五五年 庚戌（1790）	段氏五十六歲。 四月，與邵晉涵書曰：「《說文》蔽字下曰：『五行之數，二十分爲一辰。』此語未詳，求示之。每以獨學無友爲苦，故有入都請業之志也。」（《經韵樓集》補編上〈第一書〉） 夏，王念孫來書，謂欲作《廣雅疏證》，索段氏所考訂者。（《經韵樓集》補編下〈與劉端臨第二書〉）	桂氏五十五歲。 登第成進士，始謁阮元於京師，選教授。（《晚學集》阮元〈序〉）	
乾隆五六年 辛亥（1791）	段氏五十七歲。 五月，著成《古文尚書撰異》。（是書卷首）	桂氏五十六歲。	周永年卒。
乾隆五七年 壬子（1792）	段氏五十八歲。 七月，與劉台拱書曰：「弟近日於《說文》知屬辭簡鍊之難，……大約示部既成，義例便可定。」（《經韵樓集》補編下〈與劉端臨第九書〉） 與趙懷玉書曰：「弟日來刪定《說文》舊稿，冀得付梓。」（《經韵樓集》補編下〈與趙味辛書〉）	桂氏五十七歲。 於萊州據顧炎武、朱彝尊諸家所本，檢其要者，錄成《歷代石經略》。（是書卷首）	
乾隆五八年 癸丑（1793）	段氏五十九歲。 五月，臧庸以《說文》質疑，段氏手書答之。（《經韵樓集》補編下〈答臧在東論說文怵字䐜字書〉）	桂氏五十八歲。 阮元任山東學政，七月到任。桂氏復謁阮氏於歷下，並爲其幕僚，協編《山左金石志》。（《晚學集》阮元〈序〉）	

	十月，撰《周禮漢讀考》成。校得《儀禮》、《周禮》、《公羊》、《穀梁》等書。(《經韵樓集》補編下〈與劉端臨第六書〉)		
乾隆五九年甲寅（1794）	段氏六十歲。 三月，假周錫瓚藏毛氏汲古閣影宋抄本《集韵》，校曹棟亭刻本。(《經韵樓集》補編下〈與劉端臨第七書〉) 冬，至杭州，識丁杰。(《經韵樓集》補編上〈與邵二雲第二書〉)	桂氏五十九歲。 八月，阮元爲桂氏《晚學集》序。桂氏作〈上阮學使書〉云：「三十後，與士大夫游，……周永年云：『涉躐萬卷，不如專精一藝。』馥負氣不從也，及見戴東原，爲言江愼修先生不事博洽，惟熟讀經傳，故其學有根據；又見丁杰，自訟云「貪多易忘，安得無錯」。馥憬然知三君之教我也，前所讀書，又決然舍去，取注疏伏而讀之，乃知萬事皆本於經也。竊謂訓詁不明，則經不通，復取許氏《說文》，反復讀之，知爲後人所亂，欲加校治，二十年不能卒業。」(《晚學集》卷六)	
乾隆六十年乙卯（1795）	段氏六十一歲。 與邵晉涵書曰：「今年始悉力於《說文》，刪繁就簡，正其譌字，通其義例，搜轉注假借之微言，備故訓之大義，三年必可有成，亦左氏失明、孫子臏腳之意也。」(《經韵樓集》補編上〈第二書〉) 與劉台拱書曰：「弟之《說文》，亦寫刻本二卷，囑江艮亭篆書，剞劂之工，大約動於明冬。」(《經韵樓集》補編下〈第十三書〉)	桂氏六十歲。	盧文弨卒。
嘉慶元年丙辰（1796）	段氏六十二歲。 正月，與劉台拱書曰：「客多至今，勉治《說文》，成第二篇之上卷。」(《經韵樓集》補編下〈第十四書〉) 春，女婿龔麗正成進士。(《經韵樓集》卷九〈中憲	桂氏六十一歲。 授任雲南永平知縣。 七月出都，與龔麗正書曰：「今將遠別，有望於足下者三事。……若就梁本證毛刻之誤，講小學者所大願也。《永樂大典》引《玉篇》分	邵晉涵卒。

	大夫雲南分巡迤南兵備道龔公神道碑銘〉） 初夏，與劉台拱書曰：「到句曲一行，荒廢三、四旬。《說文》第二篇，艸稿尚未畢。」（《經韵樓集》補編下〈第十五書〉） 六月二日，段氏告鈕樹玉云：「《玉篇》有未經陳彭年修者，在《永樂大典》中，惜無人修出。」（鈕氏《匪石日記鈔》） 九月，與劉台拱書曰：「自立秋後頗健，每日得書一葉，《說文》第三篇已畢，中秋以後則又懈怠，看來五年內能成此書爲幸，不能急也。」（《經韵樓集》補編下〈第十六書〉）	原本、重脩本，……而《大典》存翰林院，尚可依韻錄出，此小學家所深望也。白雲觀有《道藏》全本，就觀中繙披，於儒書多所推證，不可謂非鈎沈探微之助也。」（《晚學集》卷六〈與龔禮部麗正書〉）	
嘉慶二年 丁巳（1797）	段氏六十三歲。 春，與劉台拱書曰：「《說文注》已到五篇下之食部，昔人詩云：開門常勝得千金，今則閉門常勝得千金也。」（《經韵樓集》補編下〈第十七書〉） 七月，《汲古閣說文訂》撰成。（是書卷首）	桂氏六十二歲。 桂氏由水程就官滇南，始撰《札樸》一書。（孫雅芬《桂馥研究》〈年譜〉，頁291） 與阮元書曰：「馥所理《說文》，本擬七十後寫定，滇南無書，不能復有勘校，僅檢舊錄籤條，排比付鈔。今寫至水部。……聞段懋堂、王石臞兩君所定《說文》、《廣雅》俱已開彫，及未塡溝壑，得一過眼，借以洮汰累惑也。」（《晚學集》卷六〈上阮中丞書〉）	
嘉慶四年 己未（1799）	段氏六十五歲。 與劉台拱書曰：「深惜《說文》之難成，意欲延一後生能讀書者，相助完《說文》稿子，而不可得。在東已赴廣東爲芸台刊《經籍纂詁》，千里亦無暇助我。」（《經韵樓集》補編下〈第十九書〉）八月又書：「《說文注》今年所成廿葉耳。」（《經韵樓集》補編下〈第二十書〉）	桂氏六十四歲。	

嘉慶五年 庚申（1800）	段氏六十六歲。 五月，與劉台拱書曰：「弟以注《說文》爲讀鄭之階級，而尤要在以許注許。此書賴足下促之，功莫大焉。」（《經韵樓集》補編下〈第二十三書〉）八月又書曰：「《說文》成書七十餘葉，才到第八篇人部、七部竣事耳。日西方莫，恐其不成，可惜。……《經籍纂詁》一書甚善，乃學者之鄧林也，但如一屋散錢，未上串。拙著《說文注》成，正此書之錢串也。……弟近擬爲《儀禮漢讀考》，庶使讀《儀禮》所得不付子虛。」（《經韵樓集》補編下〈第二十四書〉）十二月書曰：「今年《說文》稿成百四十頁，弟九篇已發軔矣，無處不有斛獲。……有經術吏治之王紹蘭，官閩中，已陞知州，許爲刻《說文》，當先刻數本。」（《經韵樓集》補編下〈第二十六書〉）按王氏許爲刻書而卒未實行，後兩人交惡。王氏著《說文段注訂補》，深詆段氏。 沈濤以童年來謁，段氏大稱異之，目爲神童。（沈濤《十經齋文集》卷一）	桂氏六十五歲。	
嘉慶六年 辛酉（1801）	段氏六十七歲。 與劉台拱書曰：「春病如故，栗栗危懼，《說文注》恐難成，意欲請王伯申終其事，未識能允許否？」（《經韵樓集》補編下〈第二十七書〉）	桂氏六十六歲。	
嘉慶七年 壬戌（1802）	段氏六十八歲。 冬，與劉台拱書曰：「弟衰邁之至，《說文》尚缺十卷，去年春病甚，作書請王伯申踵完，伯申杳無回書。今年一年，《說文》僅成三頁。」（《經韵樓集》補編下〈第二十九書〉）	桂氏六十七歲。 八月，《札樸》十卷書成。（是書卷首）	

嘉慶八年 癸亥（1803）	段氏六十九歲。 與劉台拱書曰：「弟今年諸事繁冗，近日尤甚，恐《說文注》不能成，孤負天下屬望爲慮。」（《經韵樓集》補編下〈第三十書〉） 授外孫龔自珍《說文》部目。（龔氏《己亥雜詩》自注）	桂氏六十八歲。	
嘉慶九年 甲子（1804）	段氏七十歲。 十月，與王念孫書曰：「鄙著《說文注》已竣，蒙阮公刻成一卷，一以爲唱，用呈請政，并希量力佽助，庶乎集腋成裘。」（《經韵樓集》補編下〈第四書〉）十二月又書曰：「數年以文章而兼通財之友，唯藉阮公一人，拙著《說文》，阮公爲刻一卷，曾出邗江寄呈，未知已達否？能助刻一二否？」（《經韵樓集》補編下〈第二書〉）	桂氏六十九歲。 秋冬之際，昆明疫氣大作，死者無數。（《未谷詩集》卷四〈天燈〉詩）	錢大昕卒。
嘉慶十年 乙丑（1805）	段氏七十一歲。 十二月，與王念孫書曰：「《說文注》近日可成，乞爲作一序。近來後進無知，咸以謂弟之學竊取諸執事者，非大序不足以著鄙人所得也，引領望之。」（《經韵樓集》補編下〈第三書〉） 屬江沅爲《說文解字音均表》，並是以條例。（《經韵樓集》補編上〈說文解字音均表序〉）	桂氏七十歲。 李宏信自滇將束裝歸，桂氏以《札樸》屬李氏就江、浙間刻之。（《札樸》段玉裁〈序〉） 桂氏卒於雲南官上，其子常豐扶柩歸葬，未抵家，亦卒於途。（《晚學集》卷首蔣祥墀〈桂君未谷傳〉）	劉台拱卒。
嘉慶十一年 丙寅（1806）	段氏七十二歲。 與王念孫書曰：「近者又惠以四十金，俾得刻資。……弟夏天體中極不適，多日稍可，當汲汲補竣，依大徐三十卷，尚有未成者二卷也。今多明春必欲完之，已刻者僅三卷耳，精力衰甚，能成而死則幸矣。」（《經韵樓集》補編下〈第五書〉）		王昶、朱珪卒。

嘉慶十二年丁卯（1807）	段氏七十三歲。《說文注》三十卷落成。（段氏《說文解字注》卷十五下）		丁杰卒。
嘉慶十三年戊辰（1808）	段氏七十四歲。五月，王念孫撰〈《說文解字注》序〉，稱「千七百年來無此作矣」。（是書卷首）		
嘉慶十四年己巳（1809）	段氏七十五歲。為弟子江沅作〈《說文解字音均表》序〉。（《經韵樓集》補編上）		
嘉慶十五年庚午（1810）	段氏七十六歲。今年與陳奐相識。（陳氏《師友淵源記》江沅條）		袁廷檮卒。
嘉慶十六年辛未（1811）	段氏七十七歲。八月，《春秋左氏古經》書成。（《經韵樓集》卷四）		臧庸卒。
嘉慶十七年壬申（1812）	段氏七十八歲。十月，為弟子沈濤作〈十經齋記〉（《經韵樓集》卷九）、為吳雲蒸作〈《說文引經異字》序〉。（《經韵樓集》補編上）十二月，陳奐來吳，江沅以《說文注》校讎委任之，奐遂受業段氏之門。（陳氏《師友淵源記》）		
嘉慶十八年癸酉（1813）	段氏七十九歲。七月，李宏信請為桂馥《札樸》序，段氏〈序〉云：「友有相慕而終不可見者也，未始非神交也。余自蜀歸，晤錢少詹曉徵、王侍御懷祖、盧學士紹弓，因知曲阜有桂君未谷者，學問該博，作漢隸尤精，而不得見。」（《經韵樓集》補編上）九月，作〈說文劉字考〉，正沈濤之誤從卯金也。（《經韵樓集》卷五）冬，始刻《說文注》，由弟子胡積城、徐頤力任刊刻之費。（段氏《說文解字注》江沅〈後序〉）		

	段氏作〈《玉篇》跋〉，云：「此書四十年前置於琉璃廠。披閱既久，每一部略知或本許、或顧以後孫強輩所妄增，皆得其概梗。略有批點改正，亦注《說文》之一助也。」 與汪龍訂交，汪氏補正《說文注》若干條，段氏間采其說入《注》。（張鈞衡《適園藏書志》卷二）		
嘉慶十九年甲戌（1814）	段氏八十歲。 八月，江沅作〈《說文注》後敘〉，時《說文注》刊板已將過半矣。（段氏《說文解字注》江沅〈後序〉）		程瑤田卒。
嘉慶二十年乙亥（1815）	段氏八十一歲。 三月，命弟子陳奐，用李燾《五音韻譜》始東終之之日，編次成〈說文部目分韻〉。同月，陳奐撰〈《說文注》跋〉。（段氏《說文解字注》卷末） 五月，《說文注》全部刊成。（段氏《說文解字注》卷十五下） 九月八日，段氏終於枝園，歸葬金壇縣城西之大壩頭。（陳氏《師友淵源記》）		

按上表，段玉裁與桂馥《說文》學相關事跡之比較，可得數點論之：

（一）段桂早年皆受教於戴震，並得知戴師江永之學術，而皆獲得啟發。詳見本章第三節「相同之師友交遊」。

（二）段桂於乾隆中期，已開始研究《說文》。如乾隆四十年（1775），段玉裁寄戴震書，曰：「玉裁入蜀數年，幸適有成書，而所為《詩經小學》、《書經小學》、《說文考證》、《古韻十七部表》諸書，亦漸次將成。〔註8〕」乾隆五九年（1794），桂氏〈上阮學使書〉云：「三十後，與士大夫游，……前所讀書，又決然舍去，取注疏伏

〔註8〕段玉裁：《六書音韻表》（臺北：世界書局，2009年）〈六書音均表原序〉。

而讀之，乃知萬事皆本於經也。竊謂訓詁不明，則經不通，復取許氏《說文》，反復讀之，知爲後人所亂，欲加校治，二十年不能卒業。〔註9〕」

（三）桂馥於乾隆三十年（1765）至嘉慶元年（1796），遊於京師，廣交名士，與翁方綱過從甚密，常以金石交流，相與考訂之功，因而所學益精，故桂氏《說文義證》多附以金石資料，可知爲桂氏學養所在。

（四）段玉裁《說文注》與桂馥《說文義證》，皆爲晚年所定之代表作。唯段氏寫定《說文注》前，嘗撰《說文考證》、《說文解字讀》等書，是可知段氏著述歷程及理念之發展變化。桂氏則壹意於《說文義證》，蔣祥墀〈桂君未谷傳〉嘗云：「自諸生以至通籍四十年間，日取許氏《說文》，與諸經之義相疏證，爲《說文義證》五十卷。〔註10〕」

（五）段玉裁之治《說文》，名重當時，學者多有交流，而桂馥晚年則在雲南，學術資源貧乏。如嘉慶八年（1803），段玉裁與劉台拱書，曰：「弟今年諸事繁冗，近日尤甚，恐《說文注》不能成，孤負天下屬望爲慮。〔註11〕」又嘉慶十三年（1808），王念孫《說文解字注》序〉，稱「千七百年來無此作矣」〔註12〕。職是，段氏治《說文》學，時人皆知，易受到關注。桂馥則居於偏遠，著作不易，如嘉慶二年（1797），桂氏與阮元書，曰：「馥所理《說文》，本擬七十後寫定，滇南無書，不能復有勘校，僅檢舊錄籤條，排比付鈔。〔註13〕」再如桂氏〈寄顏運生書〉，云：「僕來雲南，求友無人，借書不得。日與蠻獠雜處，發一言誰賞？舉一事誰解？此中鬱鬱，

〔註9〕桂馥：《晚學集》〈上阮學使書〉，卷六、頁1。

〔註10〕桂馥：《晚學集》卷首附。

〔註11〕段玉裁：《經韵樓集》（上海：上海古籍出版社，2008 年）〈與劉端臨第三十書〉，補編卷下、頁413。

〔註12〕段玉裁：《說文解字注》，頁1。

〔註13〕桂馥：《晚學集》〈上阮中丞書〉，卷六、頁9。

惟酒能銷之耳。〔註14〕」據此，可見桂氏之處境不易。

第二節　《說文》學相關著述

段玉裁《說文注》與桂馥《說文義證》皆為晚年最後寫定之作，也是二人最重要之著作。關於二書之撰寫，二人皆云從事數十年才成，此數十年實際包含撰寫前的準備工夫。關於此種工夫之訓練與養成，筆者以為，可從段玉裁與桂馥之等身著作中尋得線索。因此，本節將段桂之著作中，與其研治《說文》學相關之作，類而述之，每一類其實即二人注證《說文》之方法或內涵。再者，論類之中，並可見段桂二人學術歷程，及其各自之偏向〔註15〕。

一、校勘《說文》相關之著述

從本文第二章第四節「清代《說文》學之內容方法概論」可知，校勘《說文》為清代《說文》學的重要內容之一，如今人翁敏修，即以《清代說文校勘學研究》為博士論文，是可知清代《說文》校勘之重要。再者，校勘方法亦是清代學者主要的讀書方法之一，段玉裁與桂馥皆有相關之著述，且在校勘《說文》上都展現出紮實的成果，《說文》校勘亦是段氏《說文注》與桂馥《說文義證》二書之重點。本節旨在探討段氏《說文注》與桂馥《說文義證》以外之校勘著述，可知段桂二氏在撰成其代表作之前，所下之校勘工夫，並可見段氏《說文注》與桂馥《說文義證》成書之基礎。

許慎《說文》一書，成於東漢，歷代學者頗有改動。唐代有李陽冰改易，由是《說文》古貌漸失。南唐徐鉉、徐鍇兄弟則有分別校訂之《說文》本。後經宋代李燾之改編，《說文》古貌更加湮沒。職是，段玉裁與桂馥對於《說文》版本之校勘，甚為注重，廣為搜尋世所流傳之《說文》古本、善本，力求恢復《說文》古貌。如嘉慶元年（1796），桂馥〈與龔禮部麗正書〉自云不見宋本《說文》，殊為遺憾〔註16〕，然而嘉慶二年（1797），段玉裁〈《汲古閣

〔註14〕桂馥：《晚學集》〈寄顏運生書〉，卷六、頁 10b。

〔註15〕關於段玉裁與桂馥之著作考，前賢已有詳盡之研究，如：林慶勳之博士論文《段玉裁之生平及其學術成就》、孫雅芬之博士論文《桂馥研究》，而本節在此二書對段桂著作考證之基礎上，針對段桂《說文》學相關之著述，進行比較研究。

〔註16〕桂馥：《晚學集》卷六，頁 8。

說文訂》序〉云：

> 玉裁自僑居蘇州，得見青浦王侍郎昶所藏宋刊本，既而元和周明經
> 錫瓚盡出其珍藏，一曰宋刊本、一曰葉石君萬所鈔宋本。……一曰
> 明趙靈均均所鈔宋大字本，及汲古閣所仿刻之本也〔註17〕。

段氏於乾隆五十七年（1792）僑居蘇州，而觀上文可見，段氏至嘉慶二年已見宋本《說文》四種，較桂氏為勝。

　　桂馥校勘《說文》之著述，計有兩種：一為校大徐本，如《中國古籍善本書目》即錄桂馥校簽之《說文》十五卷，是書乃清初毛氏汲古閣刻本，清孟廣均〈跋〉云：「援引確鑿，觸類旁通，莫不根據六經發明注釋，而其書法之蒼健秀媚，尤可寶也。既經手注，凡字之有詮解者。一展冊無不令人豁然於心目間，則先生攷核之功為何如之精深廣博哉。〔註18〕」另一為校小徐本，今藏臺灣國家圖書館，是書為翁方綱、桂馥手校鈔本，首卷扉葉附有桂馥手書一通〔註19〕。

　　次者，桂馥除校勘大小徐本《說文》外，又有校鈔當時學者之《說文》著作三種，一為《中國古籍善本書目》所載山東省博物館藏，桂馥錄惠棟（1697～1758）批校大徐本《說文》〔註20〕。二為桂馥手鈔王念孫校大徐本《說文》，名為王念孫《說文解字校勘記》，書後附有許瀚識語，云：「桂未谷先生所錄王懷祖先生校《說文》一百十九條，雖非全璧，要為至寶，寫清本存之，準此例全書當有千有餘條。曩請業師門，竟未聞有此。〔註21〕」三為桂氏《說文段注抄按》二卷，葉德輝〈敘〉云：「《說文段注鈔》一冊、又《補鈔》一冊，為桂未谷先生手抄真蹟。各條下間加按語，有糾正段《注》之處，亦有引申段《注》之處。余得之京師書肆中，原有三冊，為宗室伯兮祭酒盛昱竄取其一，故祇存此二冊。盛冊乃所抄段《注》上半部，似是未完之書。〔註22〕」此

〔註17〕段玉裁：《汲古閣說文訂》（《續修四庫全書》本，第204冊）〈序〉。

〔註18〕張曜等修：《山東通志》（濟南：山東大學出版社，2006年）卷百三十，頁65。

〔註19〕《國家圖書館善本書志初稿　經部》（臺北：國家圖書館，1996年），頁246。

〔註20〕《中國古籍善本書目　經部》（上海：上海古籍古版社，1989年），頁400。

〔註21〕王念孫：《說文解字校勘記》（《續修四庫全書》本，第212冊），總頁9。

〔註22〕葉德輝輯：《說文段注校三種》，收於《叢書集成續編》第72冊，臺北：新文豐出版，1989年。

書學者多以爲僞作，今姑錄之以爲參考。綜上而論，可知桂馥治《說文》不僅重視版本校勘，亦重視當代學者之研究成果。

　　段玉裁《說文》校勘之專書，主要爲《汲古閣說文訂》，是書乃專校訂明末常熟毛子晉及其子毛斧季所刻徐鉉校定本，順治癸巳（1653年）斧季第五次校改本而作。關於段氏校勘之材料方法，其嘉慶二年（1797）之〈《汲古閣說文訂》序〉云：

> 明經又出汲古閣初印本一，斧季親署云：「順治癸巳汲古閣校改第五次本」，……四次以前，微有挍改，至五次則挍改特多。往往取諸小徐《繫傳》，亦間用他書。夫小徐、大徐二本，字句駁異，當竝存以俟定論。況今世所存小徐本，乃宋張次立所更定，而非小徐眞面目。小徐眞面目，僅見於黃氏公紹《韵會舉要》中，而斧季據次立剗改，又識見駑下。凡小徐佳處遠勝大徐者，少所采掇，而不必從者，乃多從之。今坊肆所行，即第五次挍改本也。學者得一始一終亥之書，以爲拱璧，豈知其繆盭多端哉！初印往往同於宋本，故今合始一終亥四宋本，及宋刊、明刊兩《五音韻譜》，及《集韻》、《類篇》儞引鉉本者，以挍毛氏節以刪改之鉉本，詳記其駁異之處，所以存鉉本之眞面目，使學者家有眞鉉本而已矣〔註23〕。

上引可見段氏《汲古閣說文訂》雖是以大徐本爲主，並採用小徐本《說文》、《五音韻譜》、《集韻》、《類篇》所引鉉本等相關材料，務求還原「鉉本之眞面目」。

　　再者，前云段玉裁《汲古閣說文訂》，運用了《五音韻譜》、《集韻》、《類篇》等書所引《說文》校勘，段氏也有數種韻書校本流傳，可知段氏對於古代韻書頗有研究。韻書與《說文》之關係相當密切，段氏對於古代韻書之研讀批校，實際上也是其撰作《說文注》之基礎。段氏批校與《說文》相關之小學典籍，今所知有《干祿字書》、《方言》、《集韻》、《經典釋文》、《廣韻》、《一切經音義》等書〔註24〕。上列諸書，段氏《說文注》並多所引用，而段氏

〔註23〕段玉裁：《汲古閣說文訂》〈序〉。

〔註24〕林慶勳：《段玉裁之生平及其學術成就》（臺北：中國文化學院中國文學研究所博士論文，1979年6月），頁144。

於《廣韻》所下工夫尤深，其〈校本《廣韵》跋〉云：「乾隆戊子（三十三年），予館于裴（玉），此書相隨三十餘年，手訂譌字極多，後之人將有取於此。」黃丕烈跋段校《廣韵》亦云：「先生於韵學甚精，著有成書，此必其所自爲記認之處，惜傳授無人，不能悉其綱領，唯就正譌之處，纖悉臨摹，已見校勘此書之精，無逾是本矣。〔註25〕」次者，段氏於《集韻》亦頗爲重視，其〈書《類篇》金部後〉，將《說文》與《集韻》、《類篇》作一對校，稱丁度《集韻》所據《說文》有勝於徐鉉者，又云：「大抵《類篇》之舛謬，不可枚舉，去《集韵》遠甚。〔註26〕」

桂馥亦嘗以韻書研治《說文》，並批校多種古代小學書，今所知有《佩觿》、《古文四聲韻》、《集韻》、《增修互注禮部韵略》等，又桂氏有以《玉篇》、《廣韻》訂正《說文》者，見其《晚學集》載〈《玉篇》跋〉、〈書《廣韻》後〉二篇，其中〈《玉篇》跋〉錄「《說文》誤，《玉篇》正」者一百一條、「《說文》闕，《玉篇》存」者二十五條〔註27〕，可見桂氏於《玉篇》校《說文》之成果。再者，桂馥與段氏同，亦重視《集韻》之價值，桂氏嘗云：「曩在京師，與戴東原先生居相近，就談文字。先生每取《集韻》互訂，謂余曰『《集韻》、《增韻》不背《說文》，差可依據』。……及余官長山，乃得與《增韻》弁了之，益信戴君言不誣也。〔註28〕」孫雅芬《桂馥研究》據此則認爲：「戴震這種以韻書與《說文》對勘的方法，直接影響以後桂馥研治《說文》，以《玉篇》、《廣韻》來校訂許書。〔註29〕」

二、聲韻學著述

關於段桂二氏聲韻學之著述，桂氏之成就是遠不及段氏的。段氏作《說文注》之前，即以韵學成名於世，嘗云：「夫不習聲類，欲言六書、治經，難矣。〔註30〕」是可知其以聲韻學爲基礎之治學方法。段氏聲韻學著作，有《六

〔註25〕段玉裁：《經韵樓集》〈校本《廣韵》跋〉，補編卷上、頁384。

〔註26〕段玉裁：《經韵樓集》卷五，頁113。

〔註27〕桂馥：《晚學集》卷三，頁2。

〔註28〕桂馥：《晚學集》〈《集韻》跋〉，卷三、頁7b。

〔註29〕孫雅芬：《桂馥研究》（北京：人民出版社，2010年），頁47。

〔註30〕段玉裁：《經韵樓集》〈《周禮漢讀考》序〉，卷二、頁24。

書音均表》、《周禮漢讀考》、《儀禮漢讀考》等書。

　　段玉裁古韻十七部之說，爲其最重要之聲韻學說，段氏〈《周禮漢讀考》序〉自云其治音學之過程，云：

> 玉裁昔年讀《詩》及羣經，確知古音分十有七部，又得其聯合次第自然之故，成《六書音均表》，質諸天下。今考漢儒注《詩》、《禮》及他經，及《國語》、《史記》、《漢書》、《淮南鴻烈》、《呂覽》諸書，凡言讀如、讀爲、當爲者，其音大致與十七部之云相合〔註31〕。

段氏從《詩經》入手，創立古音十七部之說，其分部創見有三：文、脂、之分爲三部，眞、諄分爲二部，侯部獨立。〈詩經韵譜〉、〈羣經韵譜〉皆是段氏立論之依據，收於《六書音均表》。後段氏再檢證經史子諸書，始確立其十七部之理論，《周禮漢讀考》、《儀禮漢讀考》爲段氏古韻十七部佐證之作，亦是應用十七部理論之著述。再後段氏晚年命弟子江沅，依其十七部之說，撰成《說文解字音均表》，此書以諧聲系統說明古音十七部現象之重要著作，又多錄段氏晚年學說，爲補述十七部之作〔註32〕。

　　段氏書名題「六書音均表」，據此而可得六書之門徑，吳省欽〈《六書音均表》序〉云：「知此而古指事、象形、諧聲、會意之義舉，得其部分得其音韵，知此而古假借、轉注舉可通。〔註33〕」再者，段氏創立〈十七部諧聲表〉，云：「一聲可諧萬字，萬字而必同部，同聲必同部。……諧聲之字，半主義、半主聲，凡字書以義爲經而聲緯之，許叔重之《說文解字》是也。〔註34〕」後段氏作《說文注》，即以此十七部之說，考訂文字之聲音關係。段氏《說文注》於首字「一」，記云：

> 凡注言一部、二部，以至十七部者，謂古韵也。玉裁作《六書音均表》，識古韵凡十七部，自倉頡造字時，至唐虞三代秦漢，以及許叔重造《說文》曰「某聲」、曰「讀若某」者，皆條理合一不紊，故既用徐鉉切音矣，而又某字志之曰「古音第幾部」。又恐學者未見六書

〔註31〕段玉裁：《經韵樓集》〈《周禮漢讀考》序〉，卷二、頁24。

〔註32〕林慶勳：《段玉裁之生平及其學術成就》，頁213。

〔註33〕段玉裁：《六書音韻表》，吳省欽〈序〉。

〔註34〕段玉裁：《六書音韻表》〈表一〉，頁8。

> 音均之書，不知其所謂，乃於《說文》十五篇之後，附《六書音均
> 表》五篇，俾形、聲相表裏，因崇推究，於古形、古音、古義可互
> 求焉〔註35〕。

段氏以其古韻十七部，錄於所作《說文注》中，期「形、聲相表裏，因崇推究，於古形、古音、古義可互求」。再如《周禮漢讀考》，段注《說文》亦有引及，可見段氏治聲韻之成績，於《說文注》中多所運用，《說文》「將，帥也。」《注》云：

> 帥當作衛，行部曰「衛，將也」，二字互訓。《儀禮》、《周禮》古文
> 「衛」多作「率」，今文多作「帥」。《毛詩》「率時農夫」，《韓詩》
> 作「帥」，說詳《周禮漢讀考》〔註36〕。

段氏以其《周禮漢讀考》所考，證「衛」、「率」、「帥」三字通用之情況，以佐證《說文注》「帥當作衛」之說。

　桂馥聲韻學相關著述較少，今所知有《說文諧聲譜考證》，丁艮善云：「桂氏未刻書尚有《說文諧聲譜考證》若干卷，本欲與《義證》並行，草稿尚未繕清。兵燹之後，散失數卷，斷簡殘編，揚雲難付。〔註37〕」此書未見於世，疑已不存。桂氏《說文義證》仍可見其關於《說文》諧聲之看法，是書〈附說〉云：

> 《說文》諧聲多與《詩》、《易》、《楚詞》不合，音有流變，隨時隨
> 地而轉。顧氏《音學五書》，舉歷代之音而統同之，茫無畔岸矣。前
> 乎《說文》者，三代之音也，後乎《說文》者，六朝之音也，《說文》
> 則漢音竝古音也〔註38〕。

桂氏將《說文》形聲字與《詩》、《易》、《楚詞》相比較，提出音變乃隨時隨地而發生，並得出《說文》聲符為「漢音竝古音」之說。再者，前云段氏晚年命弟子江沅，撰成《說文解字音均表》，即以《說文》諧聲說明古音之現象，與桂氏《說文諧聲譜考證》似為同類之作，惜桂書今已不傳，無從分別二書異同。

〔註35〕段玉裁：《說文解字注》一篇上，頁1。

〔註36〕段玉裁：《說文解字注》三篇下，頁29b。

〔註37〕桂馥：《說文解字義證》，坿錄丁艮善〈坿說〉。

〔註38〕桂馥：《說文解字義證》卷五十，頁23b。

唯段氏稱《說文解字音均表》纂成，「三代音均之書不可見，讀是可識其梗槩」〔註39〕。此與桂氏所提「《說文》爲漢音竝古音」所見略同。

三、經學著述

　　許慎《說文》與經學關係密切，清儒嚴可均云：「夫《說文》爲六藝之淵海，古學之總龜，視《爾雅》相敵，而賅備過之，《說文》未明，無以治經。〔註40〕」據此，可知清代學者視《說文》爲治學通經必讀之書，而經學研究亦與《說文》相爲表裏。段玉裁嘗云：「治《說文》而後《爾雅》及傳注明，《說文》、《爾雅》及傳注明而後謂之通小學，而後可通經之大義」〔註41〕，段氏撰《說文注》又自言乃「以字攷經，以經攷字」〔註42〕，桂氏亦云：「萬事皆本於經也，……訓詁不明，則經不通。〔註43〕」是二人皆以爲經學與小學之關係密切。段玉裁《說文注》與桂馥《說文義證》，亦大量引用或考證經學材料，展現出經學之深厚學養，以經典與《說文》互證，可說是段桂注證《說文》重要方法與內容。

　　段玉裁在撰成《說文注》之前，已有等身之經學專著，今所見有《詩經小學》、《毛詩故訓傳定本小箋》、《古文尚書撰異》、《春秋左氏古經》等，另有經書校本數種，如《儀禮》校本、《周禮》校本、《公羊傳》校本、《穀梁傳》校本、《毛詩》校本〔註44〕。段氏之經學成就斐然，其作《說文注》亦引用其治經之成果，如段《注》「幭」字注云：

> 司馬彪、徐廣曰：「乘輿車文虎伏軾，龍首衡軛。」文虎伏軾卽經之淺幭，龍首衡軛卽經之金厄也。說詳《詩經小學》〔註45〕。

再如段《注》「攺」字注云：

> 凡《尚書》之字，有古文家改壁中相沿已久者、有衛包肊改者，皆

〔註39〕江沅：《說文解字音均表》（《續修四庫全書》本，第247冊），段玉裁〈序〉。

〔註40〕嚴可均：《說文校議》（《續修四庫全書》本，第213冊）〈序〉。

〔註41〕段玉裁：《說文解字注》十五卷下，頁7a。

〔註42〕段玉裁：《說文解字注》，陳煥〈跋〉、頁796。

〔註43〕桂馥：《晚學集》〈上阮學使書〉，卷六、頁1。

〔註44〕林慶勳：《段玉裁之生平及其學術成就》，頁144。

〔註45〕段玉裁：《說文解字注》七篇下，頁51a。

可分別考而知之，詳見《古文尚書撰異》〔註46〕。

馬宗霍云：「治經者，必治小學。小學者，通經之郵也。《說文解字》，小學之書也。〔註47〕」段氏治經之成績引入《說文注》中，為其書建立了紮實的學術內容。

桂馥《說文義證》雖是大量引用經書考證《說文》，足見其經學涵養深厚，然經學專著則是未見，桂氏經學論說主要見於氏著《晚學集》、《札樸》，其中《札樸》考訂羣經之文字名物，常以《說文》互證，可見桂氏《說文》之用。如《札樸》「載」條云：

> 〈舜典〉：「有能奮庸熙帝之載。」《傳》云：「言奮起其功，以廣帝堯之事。」〈甘泉賦〉：「上天之緯。」李善注：「緯，事也。」引《詩》「上天之載」。案：《說文》：「宰，辠人在屋下執事者。」載、緯訓事，其義出於宰〔註48〕。

桂氏以為《說文》「宰」字，有「事」之意，而〈舜典〉「載」、〈甘泉賦〉「緯」二字皆訓事，故可知二字之義皆出於「宰」。再如《札樸》「畛于鬼神」條云：

> 《韻會》聄，《說文》：「告也，从耳㐱聲，或作眕，通作畛。」《禮記》：「畛于鬼神。」注云：「告致也。」《玉篇》：「眕，之忍切。《埤蒼》云『告也。』《禮記》曰：『眕于鬼神。』亦作聄。」馥案：徐鉉《說文》無「聄」、「眕」二文，當出徐鍇本。《玉篇》引《禮記》作「眕」，所見者古本也〔註49〕。

桂氏據《韻會》所引《說文》，以為《玉篇》引《禮記》作「眕于鬼神」，當為古本也。再者，徐鉉《說文》無「聄」、「眕」二字，桂馥《義證》亦據而補二字為遺文〔註50〕。

四、金石學著述

清代考據學大盛，小學為時人所推重，故清代金石學著作大量出現，數

〔註46〕段玉裁：《說文解字注》三篇下，頁 36a。

〔註47〕馬宗霍：《說文解字引經考》（臺北：臺灣學生書局，1971 年）〈自序〉，頁 1。

〔註48〕桂馥：《札樸》卷第一，頁 7。

〔註49〕桂馥：《札樸》卷第一，頁 58。

〔註50〕桂馥：《說文解字義證》卷三十七，頁 37a。

量爲歷代之最。桂氏於金石學頗有研究，相關著作等身，而段玉裁於金石學之研究及著作，相較於桂氏，則顯得薄弱。桂氏金石學相關著作，主要有《繆篆分韻》、《歷代石經略》、《續三十五舉》、《再續三十五舉》、《重定續三十五舉》。《繆篆分韻》乃據《廣韻》編次古印文而成，桂氏〈《繆篆分韻》補序〉云：「予少時篤嗜古銅印，凡南北收藏家，不遠千里求之，所見日多，因采集印文，仿《漢隸字原》作《繆篆分韻》。〔註51〕」據此可知，桂馥少時於金石器物，即深感興趣。再如《歷代石經略》，則是對於歷代石經文字及其歷史，作一分析研究。《續三十五舉》、《再續三十五舉》、《重定續三十五舉》等書亦是摹印之作，乃續元吾丘衍《學古編》〈三十五舉〉而成。再者，桂氏《札樸》卷八，亦專論金石文字。乾隆五十八年（1793），阮元任山東學政，桂氏嘗爲協編《山左金石志》〔註52〕。凡此皆可見桂馥於金石學之深入研究。

　　桂氏《說文義證》運用金石文物佐證，亦爲氏著《說文義證》的一個重要特點。如沈寶春教授〈由桂馥「說文解字義證」的取證金文談「專臚古籍，不卜己意」的問題〉〔註53〕，即分析桂氏《義證》所引三十條金文材料，證桂氏有以金文參證《說文》者。再如沈寶春教授〈談桂馥《說文解字義證》中增補的古文〉〔註54〕，提出桂氏有以金石材料增補《說文》古文者。據此，皆可見桂氏應用出土文物補證《說文》者。

　　段玉裁雖是著述等身，卻缺乏金石學相關著作，學者又有稱段氏漠視古文字資料〔註55〕，然而實際上，段氏對於出土文物是持肯定態度的，嘗云：「許氏以後，三代器銘之見者日益多，學者摩挲研究，可以通古六書之條理，爲六經輔翼。〔註56〕」但是段氏《說文注》所引金石材料，畢竟較桂氏《義證》爲少，而這並不是高下之別，只能說段桂二人《說文》學之特點，與二人金石著作之多寡，有相應之表現。

〔註51〕桂馥：《晚學集》〈《繆篆分韻》補序〉，卷七、頁4。

〔註52〕孫雅芬：《桂馥研究》，頁48。

〔註53〕發表於《成大中文學報》第四期，1996年5月。

〔註54〕發表於《許錟輝教授七秩祝壽論文集》，萬卷樓圖書出版，2004年9月。

〔註55〕李中生：〈段玉裁與金石銘刻之學〉，《學術研究》1988年第三期。

〔註56〕段玉裁：《經韵樓集》〈薛尚功《歷代鐘鼎彝器款識法帖》二十卷寫本書後〉，卷七、頁150。

第三節　相同之師友交遊

　　段玉裁與桂馥同時，年歲亦相當，兩人雖未曾見面，但對彼此之學並不陌生，可謂神交已久。究其原因，在於兩人身處當時，透過相同之朋友，亦能認識彼此。本節即嘗試整理段桂二人相同之師友，並考其學術交流現象，期能呈現出段桂二人之相同交游，對彼此學術之影響及關係。

一、師長：戴震

　　戴震（1723～1777），字東原，安徽休寧人。讀書好深湛之思，少時塾師授以《說文》，三年盡得其節目。乾隆二十七年（1762）舉於鄉，三十八年（1773），詔開四庫館，徵海內淹貫之士司編校之職，總裁薦震充纂修。四十年（1775），特命與會試中式者同赴殿試，賜同進士出身，改翰林院庶吉士。著有《孟子字義疏證》、《聲韻考》、《聲類表》等書，《清史稿》卷四八一有傳。

　　段玉裁學問受戴震影響最深，眾所周知，段氏與之相交十五年，往復論學不輟。段玉裁《六書音均表》一書，分古韻爲六類十七部，即受戴氏影響而成。再者，戴震「四體二用」、「互訓爲轉注」等文字學理論，亦爲段氏所承，且運用於《說文解字注》中。《清史稿》戴震本傳稱「震卒後，其小學，則高郵王念孫、金壇段玉裁傳之」〔註57〕，可見史家論定二人學術之傳承關係。

　　桂馥學問亦有得之於戴震，桂氏三十歲後與士大夫遊，於京師得交戴氏，云：「及見戴東原爲言江愼修先生不事博洽，惟熟讀經傳，故其學有根據。……乃知萬事皆本於經也。〔註58〕」而乾隆二十八年（1763），段玉裁遊於戴震之門，觀所爲江愼修行略，亦受啓發，後遂撰成《六書音均表》〔註59〕。再者，桂氏亦言曾與戴震談論文字之學，云：「曩在京師，與戴東原先生居相近，就談文字。先生每取《集韻》互訂，謂余曰『《集韻》、《增韻》不背《說文》，差可依據』。……及余官長山，乃得與《增韻》弁了之，益信戴君言不誣也。〔註60〕」

〔註57〕趙爾巽等撰：《清史稿》卷四八一，頁13200。

〔註58〕桂馥：《晚學集》〈上阮學使書〉，卷六、頁1。

〔註59〕段玉裁：《戴東原先生年譜》（收入《乾嘉名儒年譜》5），頁239。

〔註60〕桂馥：《晚學集》〈《集韻》跋〉，卷三、頁7b。

二、友　朋〔註61〕

（一）盧文弨

　　盧文弨（1717～1795），字紹弓，一字檠齋，晚號抱經，浙江餘姚人。乾隆十七年（1752）一甲三名進士，官至翰林院侍讀學士。著有《鍾山札記》、《抱經堂文集》等書。乾隆四十五年（1780），盧文弨爲桂馥〈說文統系圖〉題記，云：「未谷通《說文》學，去許君千載，猶旦暮也。〔註62〕」

　　乾隆四十六年（1781），段玉裁自巫山引疾歸，遂與盧氏相交〔註63〕。乾隆五十一年（1786），盧文弨爲段氏作〈《說文解字讀》序〉，云：

> 吾友金壇段若膺明府，於周秦、兩漢之書無所不讀，於諸家小學之
> 書靡不博覽而別擇其是非。於是積數十年之精力，專說《說文》。
> ……文弨年七十，猶幸得見是書，以釋見聞之陋，故爲之序，以識
> 吾受益之私云爾〔註64〕。

由此可知盧氏之欽佩段氏《說文》學，林慶勳《段玉裁之生平及其學術成就》亦云「二人相知，流露楮墨，非虛言所能述及也」〔註65〕。

（二）程瑤田

　　程瑤田（1725～1814），字易田，一字易疇，晚號讓堂老人，安徽歙縣人。乾隆三十五年（1770）舉人，官江蘇嘉定縣教諭。著作等身，總名曰《通藝錄》。程瑤田擅禮學與名物訓詁，段氏頗爲推崇，其〈與劉端臨書〉云：「易田先生《喪服文足徵記》最精，足下曾否讀過？易田著述之最大者，不可不讀之書也。如未見，可急索之。〔註66〕」段氏《說文注》亦多引程說，可見其重視程氏之學。程瑤田視段氏亦爲論學至友，嘉慶二年（1797），程氏與劉端臨書云：「段君若膺數十年寤寐相思，不意其僑居於此，幸得覿面，登其堂，促席論難，匆遽之間，雖未能罄其底蘊，然偶舉一端，必令人心開目明，實

〔註61〕段桂之友朋，依生年先後排列考述。

〔註62〕引自《說文解字詁林正補合編》第一冊，頁1341。

〔註63〕段玉裁：《經韵樓集》〈陳芳林墓誌銘〉，卷八、頁207。

〔註64〕段玉裁：《說文解字注》，頁797。

〔註65〕林慶勳：《段玉裁之生平及其學術成就》，頁40。

〔註66〕段玉裁：《經韵樓集》〈與劉端臨第二十八書〉，補編卷下、頁412。

事求是，誠今時不數數覯者。〔註67〕」

　　桂馥與程瑤田亦爲學友，桂氏《說文義證》即廣採程氏之說。桂馥不贊同程瑤田〈桃氏爲劍考〉說，嘗作〈干首非劍說〉，謂程氏作〈桃氏爲劍考〉並圖古劍六，以其短小，定爲下士所服。桂氏謂此非劍也，並言彼曾目驗十餘器，其制與圖署同，然程氏所圖古劍之莖圍，僅及臘廣之半，且短不受握，故有此說〔註68〕。

（三）王　昶

　　王昶（1725～1807），字德甫，號述庵，一號蘭泉，江蘇青浦人。乾隆十九年（1754）進士，官至刑部右侍郎。好金石之學，著有《金石萃編》、《春融堂集》。乾隆四十九年（1784），段玉裁遊江寧承恩寺書肆，購得宋本《白氏六帖》三十卷，初不甚重，乃以贈王氏，後知稀有，索之王氏而得之。段氏與王氏相交蓋於此時也，二人交往亦甚密，具見二人文集〔註69〕。段氏作《汲古閣說文訂》，有得王昶所藏宋刊本《說文》爲校勘材料〔註70〕。乾隆六十年（1795），王昶抵京赴上所召千叟宴，至嘉慶元年（1796）歸青浦，期間有與桂馥來往〔註71〕。

（四）周永年

　　周永年（1730～1791），字書昌，一字書愚，號林汲山人，山東歷城人。著有《儒藏說》、《借書園書目》等書。乾隆三十六年（1771）進士，四十年特詔入四庫館。桂馥〈周先生傳〉云

> （周永年）被徵纂脩四庫書，授翰林院編修、文淵閣校理。當是時，海內學人集轂下，皆欲納交，投刺踵門。然深相知者，新安程晉芳、歸安丁杰、虞姚邵晉涵數人而已。借館上書，屬予爲四部考，傭書工十人，日鈔數十紙，盛夏燒鐙校治，會禁借官書，遂罷〔註72〕。

〔註67〕劉盼遂：《段玉裁先生年譜》（《經韵樓集》後附），頁462。

〔註68〕桂馥：《晚學集》〈干首非劍說〉，卷二、頁1。

〔註69〕林慶勳：《段玉裁之生平及其學術成就》，頁41。

〔註70〕段玉裁：《汲古閣說文訂》〈序〉。

〔註71〕孫雅芬：《桂馥研究》，頁86。

〔註72〕桂馥：《晚學集》〈周先生傳〉，卷七、頁9。

周永年與桂馥爲山東同鄉，且家世素有交誼，故最爲交好。周氏待桂氏，亦師亦友，影響極大。如桂氏〈上阮學使書〉，雖是寄與阮元，然文中屢屢書及周氏，云：

> 三十後，與士大夫游，出應鄉舉，接談對策，意氣自豪。周書昌見嘲，云：「君因不喜帖括，遂不治經，得毋惡屋及鵲邪？涉獵萬卷，不如專精一蓺，願君三思。」馥負氣不從也，及見戴東原，……又見丁小雅，……馥憬然知三君之教我也，……復取許氏《說文》，反復讀之，知爲後人所亂，欲加校治，二十年不能卒業。書昌寄書，見訊報之，云：「昔郭景純注《爾雅》十八年而成，馥之學萬不及景純，而《說文》名物十倍《爾雅》，揚子雲所謂『白紛如也』。」烏呼！馥所學如是而已〔註73〕。

上文可見，周永年影響了桂氏治學之觀念，而周氏對桂氏直言不諱，也顯示出兩人交情深厚。

　　再者，桂馥《札樸》一書，卷首即先記載與周永年之軼事，作爲全書引言。云：

> 往客都門，與周君書昌同游書肆，見其善本皆高閣，又列布散本於門外木板上，謂之書攤，皆俗書。周君戲言：「著述不慎，但恐落在此輩書攤上也。」他日又言：「宋、元人小說盈箱累案，漫無關要，近代益多，枉費筆札耳。今與君約，無復效尤。」馥曰：「宋之《夢谿筆談》、《容齋五筆》、《學林新編》、《困學紀聞》，元之《輟耕錄》，其說多有根據，即我朝之《日知錄》、《鈍吟雜錄》、《潛丘札記》，皆能霑漑後學，說部非不可爲，亦視其說何如耳。」……烏呼！周君往矣，惜不及面質，當落書攤上不邪〔註74〕？

此文作於嘉慶七年（1802），而周永年已於乾隆五十六年（1791）去世。桂氏之文，流露出對周氏之懷念，回憶與周氏之對談，歷歷在目，低迴不已，可想見兩人論學相交之情誼。

〔註73〕桂馥：《晚學集》〈上阮學使書〉，卷六、頁1。

〔註74〕桂馥：《札樸》卷第一，頁1。

段玉裁與邵晉涵書，嘗問及周永年身體無恙否〔註75〕，可知段氏與周永年相識，唯此書信作於嘉慶元年（1796），而周氏早已於乾隆五十六年（1791）辭世。

（五）翁方綱

翁方綱（1733～1818），字正三，號覃溪，順天大興人。乾隆十七年（1752）進士，歷任山東、江西、廣東學政等職。精滿文，宏覽多聞，掌握文衡，爲北學領袖。著有《兩漢金石記》、《經義考補正》、《粵東金石略》等。

乾隆三十三年（1768），桂馥以優行貢成均，於京師得交翁方綱，兩人皆事四庫館，翁方綱〈丁小疋傳〉云：「予在館中校讎數年，所時資取益者，盧抱經精校讎，王石臞、桂未谷精訓詁。〔註76〕」又二人皆喜金石之學，相與考訂之功，故所學益精，而二人文集，可見彼此論學金石、詩詞唱和不輟〔註77〕。桂馥嘗以〈說文統系圖〉示翁方綱屬題，翁氏見圖中有元吾衍，與桂君書，以爲吾衍不能承許愼統系〔註78〕。段玉裁與翁方綱亦有交往，段氏〈周漪塘七十壽序〉稱翁方綱爲彼之老友〔註79〕，然段、翁二人接觸之記載，未若桂馥與翁氏之多。

（六）丁　杰

丁杰（1738～1807），原名錦鴻，字升衢，號小山，又號小雅，浙江歸安人。丁氏長於校讎，乾隆三十七年（1772）入都，適四庫館開，四庫館任事者紛紛延之，久留都下。《四庫全書》小學一門，多出丁氏手校。乾隆四十六年（1781）進士，官寧波府教授。著有《周易鄭注後定》、《小酉山房文集》等。

桂馥與丁杰交往頗深，嘉慶二年（1797），桂氏赴雲南任官，過杭州，住徐家官房，而丁氏前去拜訪，並以梁玉繩《漢書人表考》一書相贈，後桂氏作〈與丁小雅教授書〉還之〔註80〕。由此，桂氏在京之時，已與丁杰友好，桂

〔註75〕段玉裁：《經韵樓集》〈與邵二雲書二〉，補編卷上、頁389。

〔註76〕翁方綱：《復初齋文集》（《續修四庫全書》本，第1455冊）卷十三，頁4。

〔註77〕桂馥：《晚學集》卷首附蔣祥墀〈桂君未谷傳〉。

〔註78〕翁方綱：《復初齋文集》卷十一，頁16。

〔註79〕段玉裁：《經韵樓集》卷八，頁199。

〔註80〕孫雅芬：《桂馥研究》，頁92。

氏亦自言治學觀念受丁氏之影響〔註81〕。乾隆六十年（1795），段玉裁游杭州，始與丁杰識面〔註82〕。丁氏於戴震之學頗致力焉，屢與段氏書信往返，切磋古韻之學，見段氏《經韵樓集》卷六〈答丁小山書〉。

（七）王念孫

王念孫（1744～1832），字懷祖，號石臞，江蘇高郵人。乾隆四十年（1775）進士，官至永定河道，著有《讀書雜志》、《廣雅疏證》等書。王氏與段玉裁皆曾師事戴震，《清史稿》即稱「震卒後，其小學，則高郵王念孫、金壇段玉裁傳之」〔註83〕，初王氏亦治《說文》、古音，聞段氏作《說文注》，遂棄而專治《廣雅》〔註84〕。王氏亦曾資助段玉裁《說文注》之刊刻，並為之作序，云：

> 吾友段氏若膺於古音之條理，察之精、剖之密，嘗為《六書音均表》，立十七部以綜核之。因是為《說文注》，……蓋千七百年來，無此作矣。……余交若膺久，知若膺深，而又皆從事於小學，故敢舉其犖犖大者，以告綴學之士〔註85〕。

據此，可知段王兩人為論學之至友。段氏卒後，王念孫嘗謂人曰：「若膺死，天下遂無讀書人矣。〔註86〕」

王念孫亦與桂氏相交論學，嘗為桂氏〈說文統系圖〉題記，云：「桂君專心《說文》，且為此圖以置諸坐右，其篤信好學，可謂加人一等矣。〔註87〕」桂馥亦曾與王念孫論字，桂氏《札樸》卷七「貢」條下，以「《廣雅》『憒，憤也。』『憒』為『慣』之誤」、「《文選・幽通賦》『周賈盪而貢憤兮。』『憤』亦為『慣』之誤」二說，質之王氏。王念孫則不贊同桂說，以為二字皆無煩

〔註81〕桂馥：《晚學集》〈上阮學使書〉，卷六、頁1。

〔註82〕陳師鴻森：〈丁杰行實輯考〉（上海社會科學院《傳統中國研究集刊》第六輯，上海：上海人民出版社，2009年），頁274-307。

〔註83〕趙爾巽等撰：《清史稿》卷四八一，頁13200。

〔註84〕阮元：《揅經室續集》（《續修四庫全書》本，第1479冊）〈王石臞先生墓誌銘〉，卷二下、頁4。

〔註85〕段玉裁：《說文解字注》，頁1。

〔註86〕趙爾巽等撰：《清史稿》卷四八一，頁13203。

〔註87〕引自《說文解字詁林正補合編》第一冊，頁1339。

改易。王氏之回覆，桂氏亦收於「貢」條後，可見桂氏之敬重王說〔註88〕。

（八）趙懷玉

趙懷玉（1747～1823），字憶孫，號味辛，江蘇武進人。乾隆四十五年（1780）南巡召試賜舉人，官至山東青州府同知。詩名甚著，著有《亦有生齋集》。段玉裁嘗與趙氏書，云：「弟日來刪定《說文》舊稿，冀得付梓，東原師集刻雖成而多未妥，容日再寄。〔註89〕」《戴集》刻成於乾隆五十七年（1792），則此札當在後。桂氏與趙懷玉亦時相唱和，見桂氏《未谷詩集》及趙氏《亦有生齋集》。

（九）莊述祖

莊述祖（1750～1816），字葆琛，江蘇武進人。乾隆四十五年（1780）進士，官山東東昌、濰縣知縣，曹州府桃源同知。著有《說文古籀疏證》、《尚書今古文考證》等書。

莊述祖嘗問學桂馥，桂氏《札樸》卷一「掭」條云：「吾友莊君述祖欲篆《毛詩》，凡假借字各還本體，寫至『掭』字，不得其義，舉以見問。余謂『掭』即『摛』之異文。〔註90〕」莊氏亦為段友，其〈毛詩故訓傳序〉云：「余以《毛詩故訓傳》授子又朔，僅就注疏中所載傳文錄之，未遑校正，嘗有疑義。嗣見吾友段若膺所校毛《傳》，謂引經附傳，時有多芟，并傳既單行，當為補正，喜其先得意所欲言。〔註91〕」

（十）陳鱣

陳鱣（1753～1817），字仲魚，號簡莊，浙江海寧人。嘉慶三年（1798）舉人，著有《說文解字正義》、《論語古訓》、《簡莊綴文》等書。陳鱣《說文解字正義》一書，王鳴盛於乾隆五十七年（1792）為之作序，云：「《說文解字》之學，今日為盛，就所知者有三人焉，一為金壇段玉裁若膺著《說文解字讀》三十卷，一為嘉定錢大昭晦之著《說文統釋》六十卷，一為海寧陳鱣仲魚著《說文解字正義》三十卷、《說文解字聲系》十五卷，皆積數十年之精

〔註88〕桂馥：《札樸》卷第七，頁274。

〔註89〕段玉裁：《經韵樓集》〈與趙味辛書〉，補編卷下、頁420。

〔註90〕桂馥：《札樸》卷第一，頁33。

〔註91〕莊述祖：《珍埶宦文鈔》（《續修四庫全書》本，第1475冊）卷五，頁11。

力為之。〔註92〕」由此可知，陳氏亦深於許學，惜其《說文》著作，今已不見。

乾隆五十四年（1789），段氏至都門，因王念孫介識陳氏。同年，陳鱣為桂馥《繆篆分韻》作序；次年，又為桂氏《續三十五舉》題辭〔註93〕。嘉慶十二年（1807），段氏為陳鱣《簡莊綴文》序，云：

> 予之識仲魚也，實因懷祖，時仲魚年方壯，學甚精進，余甚敬之。
> 既而壬子、癸丑間，余始僑居蘇之閶門外，錢辛楣詹事主講紫陽書
> 院，得時時過從討論，而仲魚十餘年間為人作計，常往來揚、鎮、
> 常、蘇數郡間，每歲亦必相見數回，見則各言所學，互相賞奇析疑，
> 朋友之至樂也〔註94〕。

陳鱣之年，雖少於段氏，然段氏甚敬其學，往來論學不輟。

（十一）阮　元

阮元（1764～1849），字伯元，號雲臺，江蘇儀徵人。乾隆五十四年（1789）進士，官至太子太傅。編著有《皇清經解》、《經籍纂詁》、《疇人傳》、《積古齋鐘鼎彝器款識》等書。

乾隆五十五年（1790），桂馥中進士，始謁阮元於京師。阮元為桂氏《晚學集》序云：「曲阜桂進士未谷，學人也，乾隆庚戌年（1790）見之於京師。」乾隆五十八年（1793），阮元任山東學政，桂氏亦謁阮氏於歷下，並為其幕僚，協編《山左金石志》〔註95〕。後阮元撰《小滄浪筆談》，稱桂馥「學博而精，尤深於《說文》小學，詩才隸筆，同時無偶。」並為桂氏《晚學集》序之〔註96〕。可知二人交往密切，且時有書信往返，如桂氏〈上阮學使書〉，乃自陳其治學經過，云：

> 前呈文稿，不以為謬，許作敘引，且叩其所學。馥之學，無一就也，
> 老而悔之，故以「晚學」名集。自束髮從師，授以高頭講章、雜家

〔註92〕此文收於謝啟昆《小學考》卷十，頁7。

〔註93〕桂馥：《續三十五舉》（《續修四庫全書》本，第1091冊）卷首，頁2。

〔註94〕段玉裁：《經韵樓集》〈陳仲魚簡莊綴文叙〉，補編卷上、頁376。

〔註95〕孫雅芬：《桂馥研究》，頁48。

〔註96〕阮元：《小滄浪筆談》（收於《叢書集成新編》第79冊，臺北：新文豐出版，1985年）卷一，總頁548。

帖括，雖勉強成誦，非性所近。既補諸生，遂決然舍去，取唐以來
文集説部，氾濫讀之，十年不休。三十後，與士大夫游，出應鄉舉，
接談對策，意氣自豪。周書昌見嘲，云：「君因不喜帖括，遂不治經，
得毋惡屋及鵝邪？涉躐萬卷，不如專精一藝，願君三思。」馥負氣
不從也，及見戴東原，為言江慎修先生不事博洽，惟熟讀經傳，故
其學有根據；又見丁小雅，自訟云「貪多易忘，安得無錯」。馥憬然
知三君之教我也，前所讀書，又決然舍去，取注疏伏而讀之，乃知
萬事皆本於經也。竊謂訓詁不明，則經不通，復取許氏《説文》，反
復讀之，知為後人所亂，欲加校治，二十年不能卒業〔註97〕。

據此可知，桂氏三十歲後入京，受戴震、丁杰、周書昌三人影響，始而專心經
傳，後形成「由小學入經學」之理念，治《説文》即是桂馥通小學之途徑。

嘉慶元年（1796），桂氏任雲南永平縣知縣後，與阮元寄書，嘗問及段玉
裁《説文注》，云：

馥所理《説文》，本擬七十後寫定，滇南無書，不能復有勘校，僅檢
舊錄籤條，排比付鈔。……聞段懋堂、王石臞兩君所定《説文》、《廣
雅》俱已開彫，及未填溝壑，得一過眼，借以洮汰累惑也〔註98〕。

職是之故，可知桂氏當時並未得及閱讀，段氏晚年所定之《説文注》。阮元對於
段玉裁經學、小學亦甚為推崇，嘉慶元年（1796），為段氏《周禮漢讀考》序，
對於段氏古音、《説文》學，皆有很高的評價。阮元亦資助段氏《説文注》之刊
刻，段氏曾書王念孫，云：「數年以文章而兼通財之友，唯藉阮公一人，拙著《説
文》，阮公為刻一卷。〔註99〕」

（十二）李宏信

李宏信，字柯溪，浙江山陰人。曾注《隨園駢體文》，段氏見之曰：「柯
溪博物，奈何作人尾學。」李氏於是忍屏棄之，終身不復道〔註100〕。嘉慶十

〔註97〕桂馥：《晚學集》〈上阮學使書〉，卷六、頁1。

〔註98〕桂馥：《晚學集》〈上阮中丞書〉，卷六、頁9。

〔註99〕段玉裁：《經韵樓集》〈與王懷祖第二書〉，補編卷下、頁415。

〔註100〕陳奐：《師友淵源記》（《清代傳記叢刊》第29冊，臺北：明文書局，1985年），
頁9。

七年（1812），李氏為亡友桂馥刻《札樸》方成，請段氏序之，段氏贊嘆李氏有古人風範，云：「柯溪亦官滇，與未谷時多商榷論定。柯溪之告歸也，未谷以此書授之，俾刻之江左。未谷是年沒於官，而柯溪乃於十年後解囊刻之，不負鄭重相託之意，是真古人之友誼，可以風示末俗者矣。抑柯溪言未谷尚有《說文正義》六十卷，為一生精力所聚，今其棄藏於家，吾知海內必有好事者刻而取之，持贈後學，庶不見未谷者可以見未谷之全也哉！〔註101〕」按段氏所云《說文正義》，當為《說文義證》。

三、後輩：龔麗正

龔麗正，字暘谷，號闇齋，浙江仁和人。楚雄知府龔敬身之子，娶段玉裁長女段馴為妻，生子自珍。嘉慶元年（1796）進士，曾官徽州知府擢蘇松太道，著有《國語韋昭注疏》。江藩《漢學師承記》云：「（龔氏）以懋堂為師，能傳其學。〔註102〕」段氏對龔麗正極為欣賞，嘗與邵晉涵書云：「小壻龔麗正者，……考據之學，生而精通，大兄午家子也，更得大兄教誨之，庶可成良玉。〔註103〕」又與劉端臨書云：「小壻龔麗正，中浙省第五名，冀其早成進士，壹意學問。〔註104〕」再者，龔氏曾為段氏《說文注》校刊，段《注》十五卷下，卷末有「受業壻仁和龔麗正校字」〔註105〕。

嘉慶元年（1796），桂馥授任雲南永平知縣，即將離京之際，龔麗正於是年中進，故兩人得以相交。桂氏〈與龔禮部麗正書〉云：

> 昨承枉過，以行李恩勮，未盡所懷。今將遠別，有望於足下者三事，幸留意。當四庫館初開，真定梁氏獻《孟子趙註章旨》及宋槧《說文解字》，官府以《孟子》、《說文》非遺書，不為上。有識者鈔其《章旨》，流布世間，《說文》則仍歸梁氏。馥所見《說文》不過元、明閒刻本，若就梁本證毛刻之誤，講小學者所大願也。《永樂大典》引《玉篇》分原本、重脩本，馥案：原本即孫強本，嘗

〔註101〕桂馥：《札樸》，段玉裁〈序〉。

〔註102〕江藩：《國朝漢學師承記》（《續修四庫全書》本，第179冊）卷五，頁22。

〔註103〕段玉裁：《經韵樓集》〈與邵二雲書二〉，補編卷上、頁389。

〔註104〕段玉裁：《經韵樓集》〈與劉端臨第十二書〉，補編卷下、頁400。

〔註105〕段玉裁：《說文解字注》，頁795。

　　恨宋人闌入之字，不加別白，後人無從持擇。幸孫本猶在，而《大
　　典》存翰林院，尚可依韻錄出，此小學家所深望也。白雲觀有《道
　　藏》全本，就觀中繙披，於儒書多所推證，不可謂非鈎沈探微之
　　助也。此三事皆雷京所急，他日遽去，無能爲矣。足下官事餘閒，
　　願一涉之，如不能，則勸同志。他年萬里歸來，得慰老眼，敢不
　　拜足下之賜〔註106〕。

桂馥以前輩之姿，提示龔氏進學之路三點，其態度可謂眞誠坦率。桂氏《說文
義證》亦有引用龔說，可見兩人之學術交流。

〔註106〕桂馥：《晚學集》〈與龔禮部麗正書〉，卷六、頁8。

第四章 注證《說文》徵引資料之分析

　　段桂二氏全面注證《說文》，其內容包括校勘、考據，而二氏所用資料，可分作四類：一是圖書文獻，其中有古書古注、他書所引《說文》，及其他從古書所輯佚之資料；二是金石資料，二氏或就自身所見、或採自書籍所錄；三為民俗資料，如祖居地及仕宦地之民俗；四為清代學者之說法，段玉裁《說文注》與桂馥《說文義證》，成書於清乾嘉年間，此間正是清代學風最盛之時，二氏承襲清初以來學者之考證成果，運用於注證《說文》上。

　　因此，本章乃比較分析段桂二氏，注證《說文》之資料徵引及其特點，並擇其可論者，以討論之。主要從兩方面探討，一為二氏所運用相同之資料，另一則討論其徵引材料之異者。

第一節　資料徵引之同者

一、《爾雅》

　　《爾雅》是今可見最早有系統之訓詁學著作，為古代詞語之總匯，西漢時被列入學官，漢代犍為舍人、劉歆、樊光、李巡、孫炎等為《爾雅》作注，然今皆已亡佚，清代臧庸有撰《爾雅漢注》，輯佚漢代諸家《爾雅》注。今可見最早注解《爾雅》者，當推晉代郭璞的《爾雅注》。清代研究《爾雅》者甚夥，較知名者有邵晉涵《爾雅正義》、郝懿行《爾雅義疏》二家。

　　《爾雅》成書在許慎《說文》之前，故許氏撰作《說文》，於《爾雅》必有資取，二書關係密切。因此，段桂二氏以《爾雅》作爲注證《說文》之重要參考，並有所議論。分述如次：

（一）《說文》所引《爾雅》爲古本

　　許慎《說文》所引《爾雅》有二十八條，而段桂二氏咸以許氏所引爲古本，故許氏所引與今本《爾雅》不同時，不以譌誤論之，看作是古本舊說，如《說文》「馺」字，段《注》云〔註1〕：

> 《說文》：「馺，馬行相及也。從馬及，及亦聲。讀若《爾雅》曰小
> 山馺。」

> 段《注》：「大徐本此下有『大山峘』三字，葢淺人所增耳。『小山
> 馺』今《爾雅》作『小山岌』，許所據古本也，『讀若』二字葢賸。
> 〔註2〕」

再如《說文》「襅」字，桂《證》云：

> 《說文》：「襅，重衣皃。從衣圍聲。《爾雅》曰襅襅禶禶。」

> 桂《證》：「本書及《玉篇》竝無『禶』字，疑作『憒憒』，葢許公解
> 釋襅襅之義。《漢舊儀》五帝初置博士，取曉古文《爾雅》者爲之，
> 此或舊說也。〔註3〕」

據此，可見段桂二氏以許慎所引《爾雅》，與今本不同時，視作古本舊說，不輕易校改。按桂馥引衛宏《漢舊儀》「五帝」，當爲「武帝」之誤。〔註4〕

　　次者，《說文》與《爾雅》相證而不同者，段桂二氏亦以爲許氏乃有所本，如《說文》「樸」字，二氏云：

> 《說文》：「樸，棗也。」

> 段《注》：「〈釋木〉言棗之名十有一，繼之言『櫬梧』，繼之言『樸

〔註1〕 本文所引《說文》，若與段《注》爲例者，則以段《注》本《說文》爲主；若與桂
　　　《證》爲例者，則以桂《證》本《說文》爲主；若段《注》與桂《證》俱引爲例者，
　　　仍以桂《證》本《說文》爲主。

〔註2〕 段玉裁：《說文解字注》十篇上，頁12b。

〔註3〕 桂馥：《說文解字義證》卷二十五，頁28b。

〔註4〕 孫星衍輯：《漢舊儀》（《續修四庫全書》本，第746冊）〈補遺〉，卷上、頁2。

柂』者，是今《爾雅》樸不謂枣也，疑許所據有不同。」

　　桂《證》：「許愼所引《爾雅》注在張揖以前，而今學官所列及臣鍇

　　所引是晉郭璞《注》，所以有與許愼不同也。〔註5〕」

「樸」與「樸」二字相通，今本《爾雅》釋「樸」爲「枹」，而許氏釋「樸」爲
「枣」，與今本《爾雅》不同，然段桂二氏皆以許氏所據爲古本。

　　王筠亦視《說文》所引《爾雅》爲善本，其《說文句讀》嘗云：「許君所
定《爾雅》句讀，最爲詳密。〔註6〕」又云：「自唐以上，經典善本皆在北方，
故陸氏在隋所据《爾雅》本，多與許君符合，而郭氏在晉，反異也。讀《爾
雅》者，其加意於《說文》乎！〔註7〕」王筠以爲陸德明《經典釋文》所引《爾
雅》爲善本，而多與許君符合，故《爾雅》研究者，亦當重視《說文》所引
《爾雅》。

（二）《爾雅》與《說文》用字之異同

　　關於《爾雅》用字，馬宗霍《說文解字引經考》云：「《說文》以文字爲
主，釋字必求本義；《爾雅》以詁訓爲主，用字多取通叚，故《爾雅》雖爲許
之所本，而亦不能盡符。〔註8〕」段桂二氏以《爾雅》注證《說文》，亦指出
《爾雅》用字與《說文》之異同，如《說文》「絲」字，桂《證》云：

　　《說文》：「絲，微也。」

　　桂《證》：「微也者，當爲散，經典通用微。……（絲）又通作幽，〈釋
　　詁〉『幽，微也』，……馥謂《爾雅》多假借，此借幽字。〔註9〕」

桂馥謂《爾雅》多假借，並據以校勘《說文》，以爲後人有據《爾雅》誤改《說
文》者。考「絲」字，甲骨作 𢆶（《合集》776正）〔註10〕、金文作 𢆶（〈𢎛尊〉，
《集成》6014）〔註11〕。胡厚宣（1911～1995）〈釋𢆶用𢆶御〉云：「卜辭無兹

〔註5〕段玉裁：《說文解字注》六篇上，頁12b。桂馥：《說文解字義證》卷十六，頁24a。

〔註6〕王筠：《說文句讀》（《續修四庫全書》本，第216冊）卷二十一，頁45。

〔註7〕王筠：《說文句讀》卷二十，頁31。

〔註8〕馬宗霍：《說文解字引經考》，頁1021。

〔註9〕桂馥：《說文解字義證》卷十一，頁4b。

〔註10〕《合集》爲郭沫若編《甲骨文合集》之簡稱（北京：中華書局，1982年）。

〔註11〕《集成》爲中國社會科學院考古研究所編《殷周金文集成》之簡稱（北京：中華

字，而丝字無慮數十百見，無一不讀爲茲此。除『丝用』、『丝不用』、『丝御』
諸例之外，卜辭中或言『丝鳳』，還有單言丝者。其『丝』字之義，或爲『今』，
或爲『此』，總之皆讀爲『茲』，亦曾無一例可以微小之義解之者。〔註12〕」
李孝定（1918～1997）《甲骨文字集釋》則云「丝」字：「象絲二束之形，卜
辭金文皆假此爲訓『此』之『茲』。茲絲音韻並同，故得通假。至許書之丝訓
微，乃絲義之引申。讀於蚓切，音義並後起。〔註13〕」

再如《說文》「茋」字，桂《證》云：

《說文》：「茋，菫艸也。」

桂《證》：「菫艸也者，菫當爲堇，後人據《爾雅》改之也。……〈釋
草〉『茋，堇艸』。〔註14〕」

再如《說文》「菧」字，桂《證》云：

《說文》：「菧，蚍虾也。」

桂《證》：「蚍虾也者，本書『芘，一曰芘芣』，《詩》毛傳同，蓋後
人據《爾雅》改之。〈釋草〉『菧，蚍蚳』。〔註15〕」

《爾雅》既爲許之所本，故二書訓釋多有相通之處，然二書之性質不同，《說
文》求本字、《爾雅》多假借，用字各有其例，後人不察，便產生以《爾雅》
誤改《說文》之現象。

段玉裁亦以爲後人有據《爾雅》，誤改《說文》者，如《說文》「苦」字，
段《注》云：

《說文》：「苦，大苦，苓也。」

段《注》：「見〈邶風〉、〈唐風〉毛傳。〈釋艸〉苓作蘦，……然則
〈釋艸〉作「蘦」，不若《毛詩》爲善。許君斷非於『苦』下襲《毛
詩》，於『蘦』下襲《爾雅》，劃分兩處，前後不相顧也。後文『蘦』

書局，1994年）。

〔註12〕 胡厚宣：〈釋丝用丝御〉，《中央研究院歷史語言研究所集刊》八本四分，1939年。

〔註13〕 李孝定：《甲骨文字集釋》（《中央研究院歷史語言研究所專刊》50，1974年）第四，
頁1413。

〔註14〕 桂馥：《說文解字義證》卷三，頁27b。

〔註15〕 桂馥：《說文解字義證》卷三，頁29b。

篆必淺人據《爾雅》妄增，而此『大苦，苓也』固不誤。〔註16〕」

段氏以爲「苦字」訓解既從毛《傳》，以全書體例論之，後文「藚」篆必淺人據《爾雅》妄增。桂馥《義證》據《説文》「藚，大苦也」與〈釋草〉所引，以爲「苓當爲藚」〔註17〕。徐灝《説文解字注箋》則云：「段以後文藚篆爲淺人所增，非也。此云『大苦，苓也』，與藚『大苦也』爲互訓，全書通例如是。此作苓爲假借字，令聲古音在眞部，周、秦以後轉入庚部，故與藚相通耳。〔註18〕」

再者，段氏又以爲今本《爾雅》爲後人改動，故與經典文字不能相應，如《説文》「舫」字，段《注》云：

《説文》：「舫，船也。」

段《注》：「《篇》《韵》皆曰『並兩船』，是認船爲方也。『舫』行而方之本義廢矣，舫之本義亦廢矣。《爾雅・釋言》曰『舫，舟也』，其字作『舫』不誤，又曰『舫，泭也』，其字當作『方』，俗本作舫。〈釋水〉『大夫方舟』，亦或作『舫』。則與《毛詩》『方，泭也』不相應。愚嘗謂《爾雅》一書多俗字，與古經不相應，由習之者多率肛改之也。〔註19〕」

章太炎則云：「船師也。《周禮》『舫人』即船師。段改云『船也』，非。舫訓舟者，乃『方舟』之方之借。〔註20〕」再如《説文》「飾」字，段《注》云：

《説文》：「飾，㕞也。」

段《注》：「飾、拭古今字，許有飾無拭，凡説解中『拭』字皆淺人改『飾』爲之。……〈聘禮〉『拭圭』字今作『拭』，蓋古經必作『飾』。鄭云『拭，清也』，此必經文作『飾』而以『清』訓之，倘經本作『拭』，又何用此注乎？〈釋詁〉云『拭，清也』，《爾雅》少古字，

〔註16〕段玉裁：《説文解字注》一篇下，頁12b。

〔註17〕桂馥：《説文解字義證》卷三，頁30a。

〔註18〕徐灝：《説文解字注箋》（《續修四庫全書》本，第225冊）第一下，頁25a。

〔註19〕段玉裁：《説文解字注》八篇下，頁5b。

〔註20〕王寧整理：《章太炎説文解字授課筆記（縮印本）》（北京：中華書局，2010年），頁358。

故往往與經典不合，古本當不作『拭』耳。〔註21〕」

段玉裁云《爾雅》「多俗字」、「少古字」，指今本《爾雅》爲後人改動，所謂「由習之者多率肊改之」，故與經典有不相合之處。蔡師信發嘗云：「古字少，今字多，《說文》以聲表名，多屬初文，而《爾雅》重在說解詞義，故多後起形聲專字，雖符合『六書』之法，段氏亦皆概以俗字視之。〔註22〕」

（三）以《爾雅》校勘《說文》

前論兩點，探討段桂二氏取證《爾雅》之觀念，如段氏提出《爾雅》「多俗字」，而桂氏則云《爾雅》「多假借」。是故，《爾雅》與專言本字之《說文》有所不同，然而，世傳《爾雅》成書在《說文》之前。且許慎之時，解釋字詞之專書必不多，故許慎編撰《說文》必以《爾雅》爲重要參考。因此，段桂亦以《爾雅》校勘《說文》，如《說文》「俔」字，二氏云：

《說文》：「俔，譬諭也，一曰聞見。」

段《注》：「聞，各本作聞，今正。〈釋言〉曰『閒，俔也』，正許所本。上訓用毛韓說，此訓用《爾雅》說。」

桂《證》：「一曰聞見者，當爲閒俔，〈釋言〉『閒，俔也』。〔註23〕」

此字段桂皆以〈釋言〉「閒俔」校勘《說文》「聞見」，而鈕樹玉《說文校錄》、嚴可均《說文校議》、沈濤《說文古本考》皆無改一曰者，王筠《說文句讀》則以爲「當作一曰俔閒也」〔註24〕。章太炎云：「諭也，譬也。譬有半見之義，故引申訓閒見。〔註25〕」再如《說文》「銀」字，段《注》云：

《說文》：「銀，白金也。」

〔註21〕段玉裁：《說文解字注》七篇下，頁50a。

〔註22〕蔡師信發：〈段玉裁謂《爾雅》多俗字〉，發表於第八屆中國訓詁學全國學術研討會，2007年。

〔註23〕段玉裁：《說文解字注》八篇上，頁22b。桂馥：《說文解字義證》卷二十四，頁32b。

〔註24〕鈕樹玉：《說文解字校錄》（《續修四庫全書》本，第212冊）卷八上，頁13b。嚴可均：《說文校議》卷八上，頁4b。沈濤：《說文古本考》（《續修四庫全書》本，第222冊）卷八上，頁9a。王筠：《說文句讀》卷十五，頁15。

〔註25〕王寧整理：《章太炎說文解字授課筆記（縮印本）》，頁337。

段《注》:「黃金既專金名,其外四者,皆各有名。《爾雅》曰『黃金
謂之璗,其美者謂之鏐』。然則黃金自有名,而許以璗系諸玉部,云
『金之美者,與玉同色』,與〈釋器〉不合,何也?璗爲金,而字從
玉,許書主釋字形,故其說如此也。《爾雅》又曰『白金謂之銀,其
美者謂之鐐。』此則許所本也。〔註26〕」

此字段氏區別《爾雅》與《說文》之不同,《說文》「主釋字形」,故「璗」字歸
於玉部,釋爲「金之美者,與玉同色」,而與《爾雅》所釋不同。「銀」字,《說
文》釋「白金也」,則本於《爾雅》。

　　要之,《爾雅》爲古代名物訓詁之專著,故段氏雖以爲今本《爾雅》用字爲
後人改動,而「少古字」、「多俗字」,古貌漸失,但若能據《爾雅》得證許氏所
本,仍是注證《說文》之重要依據。因此,雖然《爾雅》與《說文》之性質不
同、用字有異,段桂二氏注證《說文》,仍視《爾雅》爲不可偏廢之資料。

一、毛《傳》

　　《漢書・藝文志》稱毛《傳》爲毛公所作,錄其著作有《毛詩》二十九
卷、《毛詩故訓傳》三十卷,而毛《傳》即《毛詩故訓傳》之簡稱。許愼〈說
文敘〉嘗云:「其偁《易》孟氏、《書》孔氏、《詩》毛氏、《禮》、《周官》、《春
秋》左氏、《論語》、《孝經》,皆古文也。〔註27〕」據此,可知許書主用毛《傳》
釋字。

　　清代學者多以《說文》當宗《毛詩》,然而對於《說文》引《詩》語與今
傳不同之處,學者便以爲許愼所引爲三家《詩》,如馬宗霍《說文解字引經考》
云:

許君《詩》雖宗毛,然其引《詩》則不廢三家。蓋《說文》爲字書,
訓義必求其本,所偁諸經,固亦有說假借引申之義者,要之以證本
義爲主,《毛詩》古文多假借,以本義詁之,時則不遂,則不得不兼
采三家矣。……此例不明,或則疑許引皆《毛詩》古本,有議依《說
文》而改今《詩》者矣;或則疑引三家《詩》爲校者沾附,有議依

〔註26〕段玉裁:《說文解字注》十四篇上,頁1a。

〔註27〕段玉裁:《說文解字注》十五卷上,頁24a。

今《詩》而削《說文》者矣。其實賈侍中嘗撰三家《詩》與毛氏異同，許之兼引，正用其師法耳〔註28〕。

馬宗霍以爲《說文》雖以《毛詩》爲主，但因《說文》訓字必求其本，而《毛詩》古文多假借字，故有不得不採用三家《詩》之情形。再者，馬氏從許慎之師賈逵嘗撰三家《詩》與毛氏異同，據以爲許慎兼採三家，正是承繼師說。此論實頗牽強，因賈逵縱使撰有三家《詩》與毛氏異同，仍不能直接證明許慎亦能兼採。

再者，李先華〈《說文》兼采三家詩釋例〉一文，從許慎《五經異義》中，舉出許慎兼採三家之例證。李先華云：「試看許慎早期學術著作《五經異義》，其中即有權衡韓、毛後，取韓舍毛之例。〔註29〕」許慎《五經異義》宋時已亡佚，今所見乃輯佚本，清陳壽祺有撰《五經異義疏證》三卷。是書雖僅有輯本，但仍可見許慎引三家《詩》之例〔註30〕。且誠如馬宗霍所說，《說文》乃專釋本義之字書，而《毛詩》多假借，故釋字難免相隔。職是之故，許氏兼採三家實屬難免。

段玉裁與桂馥以爲毛《傳》與《說文》關係密切。如《說文》「叚」字，段《注》云：

《說文》：「叚，椎物也。」

段《注》：「後人以鍛爲叚字，以叚爲分段字，讀徒亂切。分段字自應作『斷』，蓋古今字之不同如此。〈大雅〉『取厲取碬。』毛曰『碬，叚石也。』鄭曰『叚石所以爲段質也。』古本當如是。石部『碬，叚石也。從石叚。《春秋傳》鄭公孫叚，字子石。』古本當如是。叚石與厲石各物，《說文》訓詁多宗毛《傳》。〔註31〕」

段氏以毛《傳》與《說文》互證「碬」字，二書同訓「叚石」，據以爲「《說文》訓詁多宗毛《傳》」。再如《說文》「橐」字，段《注》云：

〔註28〕馬宗霍：《說文解字引經考》，頁283-284。

〔註29〕李先華：〈《說文》兼采三家詩釋例〉（此文原載於中國許慎研究會編《說文解字研究》第一輯，引自《說文解字研究文獻集成・現當代卷》第八冊），總頁468〜471。

〔註30〕陳壽祺：《五經異義疏證》（《續修四庫全書》本，第171冊）卷上，頁9、12。

〔註31〕段玉裁：《說文解字注》三篇下，頁27a。

《說文》:「櫜,囊也。」

段《注》:「按許云『櫜,囊也。囊,櫜也。』渾言之也。〈大雅〉
毛傳曰『小曰櫜,大曰囊。』……許多用毛《傳》,疑當云『櫜,
小囊也。囊,櫜也。』則同異皆見,全書之例如此。此葢有奪字。
〔註32〕」

段氏以爲《說文》「櫜,囊也」,應據毛《傳》改爲「小囊」,段氏稱「許多用毛
《傳》」,故改之。再如《說文》「矇」字,段《注》云:

《說文》:「矇,童蒙也。」

段《注》:「此與《周易》童蒙異,謂目童子如冡覆也。毛公、劉熙、
韋昭皆云『有眸子而無見曰矇。』鄭司農云『有目朕而無見,謂之
矇。』其意略同。毛說爲長,許主毛說也。〔註33〕」

段氏以爲《說文》「矇,童蒙也」,與《周易》中所云「童蒙」不同,按《周易》
「童蒙」,《正義》云「童稚蒙昧之人」〔註34〕。毛《傳》云「有眸子而無見曰
矇」,正許氏「矇,童蒙也」訓釋所本。王筠《說文句讀》矇字,云「童子爲瞖
所蒙也。〔註35〕」

再者,段玉裁以爲毛《傳》之說,有較《爾雅》爲善者,如《說文》「苦」
字,段《注》云:

《說文》:「苦,大苦,苓也。」

段《注》:「見〈邶風〉、〈唐風〉毛傳。〈釋艸〉苓作蘦,……然則
〈釋艸〉作「蘦」,不若《毛詩》爲善。許君斷非於『苦』下襲《毛
詩》,於『蘦』下襲《爾雅》,劃分兩處,前後不相顧也。後文『蘦』
篆必淺人據《爾雅》妄增,而此『大苦,苓也』固不誤。〔註36〕」

《說文》:「苦,大苦,苓也。」見於毛《傳》,而《爾雅》〈釋艸〉苓作蘦,
與《說文》不同。段氏以爲《說文》所據即毛《傳》,而「〈釋艸〉作「蘦」,

〔註32〕段玉裁:《說文解字注》六篇下,頁9a。

〔註33〕段玉裁:《說文解字注》四篇上,頁12a。

〔註34〕阮元等:《十三經注疏》(北京:中華書局,1980年)〈周易正義〉,卷一、頁8。

〔註35〕王筠:《說文句讀》卷七,頁9。

〔註36〕段玉裁:《說文解字注》一篇下,頁12b。

不若《毛詩》爲善」。又，雖然段玉裁認爲《說文》多宗毛《傳》，但亦認爲《說文》有不從毛《傳》之情況，如《說文》「畬」字，段《注》云：

> 《說文》：「畬，二歲治田也。」

> 段《注》：「二各本作三，今正。《周易》音義云『畬，馬曰田三歲，《說文》云二歲治田。』此許作『二』之證。攷《釋地》曰『一歲曰菑，二歲曰新田，三歲曰畬。』〈小雅〉、〈周頌〉毛傳同，馬融、孫炎、郭璞皆同。鄭注《禮記·坊記》、許造《說文》、虞翻注《易·无妄》皆云『二歲曰畬』。許全書多宗毛公，而意有未安者則不從。此其一也。〔註37〕」

今本《說文》原作「畬，三歲治田也」，與毛《傳》相同，而段氏又據群書所引，改爲「畬，二歲治田也」，反與毛《傳》不同。對此情形，段氏爲論說云「許全書多宗毛公，而意有未安者則不從」。

次者，桂馥亦以毛《傳》爲注證《說文》之參考，並有以毛《傳》校勘《說文》者，如《說文》「柷」字，二氏云：

> 《說文》：「柷，樂木空也。」

> 段《注》：「樂上當有『柷』字，椌各本作空，誤。〈周頌〉毛傳曰『柷，木椌也。圉，楬也。』許所本也，今更正。」

> 桂《證》：「空當爲椌，《詩·有瞽》『鞉磬柷圉。』《傳》云『柷，木椌也』。〔註38〕」

段桂二氏皆以毛《傳》「柷，木椌也」，改《說文》「樂木空」爲「樂木椌」。嚴可均《說文校議》、王筠《說文句讀》改同，唐寫本《說文》木部亦作「樂木椌也」〔註39〕。章太炎云柷字：「猶今綽板，所以止音爲節，使有腔調也。故腔調之腔當作椌。〔註40〕」再如《說文》「𣃔」字，二氏云：

> 《說文》：「𣃔，未定也。」

〔註37〕段玉裁：《說文解字注》十三篇下，頁43a。

〔註38〕段玉裁：《說文解字注》六篇上，頁54b。桂馥：《說文解字義證》卷十七，頁44b。

〔註39〕嚴可均：《說文校議》卷六上，頁11a。王筠：《說文句讀》卷十一，頁37。莫友芝：《唐寫本說文解字木部箋異》（《續修四庫全書》本，第227冊），頁6。

〔註40〕王寧整理：《章太炎說文解字授課筆記（縮印本）》，頁251。

　　段《注》：「按未，衍字也。〈大雅〉『靡所止疑。』《傳》云『疑，定

也』。」

　　桂《證》：「未定也者，當爲定也，『未』字後人加。……《詩‧桑柔》

『靡所止疑。』《傳》云『疑，定也』。〔註41〕」

段桂據毛《傳》「疑，定也」，改《說文》「未定」爲「定」。王筠《說文句讀》
則以爲段桂之說恐非，云：「桂氏、段氏皆以『未』爲衍字，皆引《詩》『靡
所止疑』，《儀禮》『疑立以實之』。案如此則與變化意正相反，凡字與部首相
反者，必收之部末。𠤎與部首相繼，恐其說非也。《玉篇》此字作埃，魚其切，
未定也。亦作疑，嫌也，恐擬也，又古文矣字。据此則𠤎與疑同，而各有別義。
〔註42〕」

　　再次，毛《傳》與鄭《箋》關係密切，鄭《箋》爲毛《傳》之補充。桂氏
亦有據鄭《箋》校改《說文》者，如《說文》「範」字，桂《證》云：

　　《說文》：「範，範軷也。」

　　桂《證》：「範軷也者，當爲『犯軷』，範、犯聲相近。《周禮‧大馭》、

　　《詩‧生民》箋竝言『犯軷』。〔註43〕」

桂馥以鄭《箋》云「犯軷」，改《說文》「範軷」爲「犯軷」。段《注》、王筠《說
文句讀》皆無改者〔註44〕。

　　再後，沈濤承其師段玉裁，亦以爲《說文》多用毛《傳》，並據以爲校勘者。
如《說文》「瞝」字，沈濤《說文古本考》云：

　　《說文》：「瞝，迎視也。」

　　濤案：《文選‧東都賦》注引「瞝，視也」，蓋古本如是。《詩‧小雅‧

　　題彼脊令‧傳》云「題，視也」，題即「瞝」字之假借，許書正用毛

　　《傳》，可證古本無「迎」字〔註45〕。

〔註41〕段玉裁：《說文解字注》八篇上，頁 39b。桂馥：《說文解字義證》卷二十五，頁

　　　　1a。

〔註42〕王筠：《說文句讀》卷十五，頁 25。

〔註43〕桂馥：《說文解字義證》卷四十六，頁 34a。

〔註44〕段玉裁：《說文解字注》十四篇上，頁 52a。王筠：《說文句讀》卷二十七，頁 35。

〔註45〕沈濤：《說文古本考》卷四上，頁 6b。

沈濤據毛《傳》改作「視也」，段《注》仍作「迎視也」，然有引毛說爲證，桂馥《義證》、鈕樹玉《說文校錄》、王筠《說文句讀》亦作「迎視也」〔註 46〕。再如《說文》「頌」字，《說文古本考》云：

> 《說文》：「頌，大頭也。《詩》曰：有頌其首。」

> 濤案：《詩・魚藻》釋文引作「大首皃」，蓋古本如是。「首」與「頭」雖無區別，而許既偁《詩》，自當以《詩》字釋之，毛《傳》亦云「大首皃」，許君正用毛義耳〔註47〕。

「大首」、「大頭」義可兩通，而沈濤仍據毛說校改，段《注》、桂馥《義證》、鈕樹玉《說文校錄》仍作「大頭」。王筠《說文句讀》則改作「大首皃」，與沈濤同，但王筠未述理由〔註 48〕，且沈濤以爲「許既偁《詩》，自當以《詩》字釋之」，故判定「許君正用毛義」，此論雖待商榷，卻表現出採信毛《傳》之態度。

三、呂忱《字林》

《字林》爲晉朝呂忱所作，忱字伯雍，其弟即《韻集》的作者呂靜。是書承《說文》而作，分部五百四十部，與《說文》同，文字比《說文》多 3471 字。字體用隸書，但不違背篆書的筆勢〔註49〕。《字林》在唐以前頗受重視，唐張懷瓘稱爲「《說文》之亞」，亡佚於宋元之間。清任大椿廣搜佚文，作成《字林考逸》一書，其論《字林》之學術價值，云：「《唐六典》載書學博士以石經、《說文》、《字林》教士，《字林》之學閱魏晉、陳、隋，至唐極盛，故張懷瓘以爲《說文》之亞。今字書傳世者莫古於《說文》、《玉篇》，而《字林》實承《說文》之緒，開《玉篇》之先。《字林》不傳，則自許氏以後、顧氏以前，六書相傳之脈，中闕弗續。〔註50〕」《字林》成書在《說文》之後、《玉

〔註46〕段玉裁：《說文解字注》四篇上，頁 8b。桂馥：《說文解字義證》卷九，頁 14a。鈕樹玉：《說文解字校錄》卷四上，頁 8a。王筠：《說文句讀》卷七，頁 7。

〔註47〕沈濤：《說文古本考》卷九上，頁 2a。

〔註48〕段玉裁：《說文解字注》九篇上，頁 5a。桂馥：《說文解字義證》卷二十七，頁 7b。鈕樹玉：《說文解字校錄》卷九上，頁 3a。王筠：《說文句讀》卷十七，頁 4。

〔註49〕李恕豪：《中國古代語言學簡史》（成都：巴蜀書社，2003 年），頁 180。

〔註50〕任大椿：《字林考逸》卷一，頁 1。

篇》之前，對於注證《說文》有重要之價值。

（一）《字林》與《說文》之關係

段桂二氏皆重視《字林》一書，原因有二：一為《字林》近古，另一則是《字林》與《說文》之關係密切，如《說文》「湔」字，段《注》云：

> 《說文》：「湔，湔水。出蜀郡緜虒玉壘山，東南入江。从水歬聲。一曰湔，半澣也。」

> 段《注》：「各本作『手澣之』，今依《水經注》引《字林》，手作『半』。依《集韵》、《玉篇》之作『也』。此別一義，半澣者，澣衣不全濯之，僅濯其垢處曰『湔』。今俗語猶如此，此相沿古語，如云『湔裙』是也。《廣韵》『湔，洗也。一曰水名。』此用《說文》而互易其先後耳，《字林》蓋全襲《說文》語，而酈書於『湔水出縣虒玉壘山』下引呂忱云『一曰半浣水也，下注江。』此妄增『水』字，謂『半浣』為湔水別名。〔註51〕」

段氏據《水經注》所引《字林》校改，稱「《字林》蓋全襲《說文》語」，因此可知段氏以為《字林》之於《說文》，具有承襲關係。

桂氏評論《字林》，亦著眼於《字林》與《說文》之同，如桂氏《義證》〈附錄〉云：

> 《周易》釋文「窞」字引《說文》云「坎中更有坎」，又引《字林》云「坎中小坎，一曰旁入。」又「拯」字引《說文》云「舉也」，又引《字林》云「上舉」。《詩》釋文「穮」字引《說文》云「耕組田也」，又引《字林》云「耕禾閒也」。《周禮》釋文「鞮」字引許慎云「履也」，又引呂忱云「鞮，革履也」。《爾雅》釋文「蚔」字引《說文》作芉，又引《字林》作蚔，云搔蚔也。今《說文》皆《字林》之訓。又李善注《文選·秋興賦》「慨」字引《說文》「太息也」，又引《字林》「壯士不得志也」。今《說文》亦《字林》之訓所未能詳〔註52〕。

〔註51〕段玉裁：《說文解字注》十一篇上一，頁7a。

〔註52〕桂馥：《說文解字義證》卷五十，頁21a。

桂氏舉《經典釋文》所引《字林》諸例，說明《字林》與《說文》相通，可補充《說文》之訓，即其所謂「今《說文》皆《字林》之訓」。

任大椿作《字林考逸》，亦注意到《說文》與《字林》之異同，嘗云：

> 昔人謂《字林》補《說文》之闕，而實亦多襲《說文》。《爾雅‧釋天》釋文謂霡，《字林》作霢，而不知《說文》原作霢；《五經文字》謂《字林》以謐爲笑聲，而不知《說文》原以謐爲笑聲。於此見《字林》本集《說文》之成，非僅補闕而已[註53]。

任氏以爲《字林》雖是補《說文》之闕漏而出，但也多沿襲《說文》，而對於《字林》補《說文》之闕，任氏提出了二點說法：

> 其補闕又非一端：有《說文》本無而增之者，如《五經文字》所云「挑禰逍遙」是也；有《說文》本有而文各異體者，如《說文》作「蜡」、《字林》作「褚」，《說文》作「珌」、《字林》作「璍」是也[註54]。

據此，任氏以爲《字林》補《說文》闕者有二種情形，一爲《說文》本無者，另一爲「《說文》本有而文各異體者」，如珌、璍二字，商承祚《說文中之古文考》云：「《玉篇》珌，古文作璍。必、畢聲通同用。[註55]」黃錫全《汗簡注釋》云：「（璍字）今本《說文》脫，應據此增補。[註56]」

再者，段氏雖云《字林》承襲《說文》，但又以爲《說文》與《字林》，各有其時代侷限，具有時間性，如《說文》「厞」字，段《注》云：

> 《說文》：「厞，石閒見。」

> 段《注》：「《魏書》、《北史》〈溫子昇傳〉皆云『子昇詣梁客館，不修容止，謂人曰：詩章易作，逋峭難爲。』字當作『厞』。《廣韵》引《字林》云『嵲峭，好形皃也。』嵲卽厞之隸變。凡字書因時而作，故《說文》厞、《字林》作嵲；《說文》祇有殷、《字林》有黶。

〔註53〕任大椿：《字林考逸》卷一，頁1。

〔註54〕任大椿：《字林考逸》卷一，頁1。

〔註55〕商承祚：《說文中之古文考》（上海：上海古籍出版社，1983年），頁7。

〔註56〕黃錫全：《汗簡注釋》（臺北：台灣古籍出版有限公司，2005年），頁12。

〔註57〕」

《廣韻》引《字林》「峬峭，好形皃也。」「峬」字不見於《說文》，段氏以爲峬即庮之隸變，並稱「凡字書因時而作，故《說文》庮、《字林》作峬；《說文》祇有殷、《字林》有黰。」《說文》厂字訓「山石之厓巖」〔註58〕，與山字義近，故庮、峬可相通。《說文》庮字訓「石閒見」，指石頭之紋理，而《字林》「峬峭，好形皃也」，是其引伸義。再如《字林》黰字不見於《說文》，而考二字音韻，殷字於身切，屬段氏古音十三部〔註59〕；黰之聲符壷字於眞切，亦屬段氏古音十三部〔註60〕，二字聲音相通，且皆有「黑色」之義，如《左傳・成二年》「左輪朱殷」，杜預注曰：「朱，血色。血色久則殷，殷音近烟，今人謂赤黑爲殷色，言血多汙車輪。〔註61〕」故二字可通。再如《說文》「垛」字，段《注》云：

> 《說文》：「垛，門堂孰也。」

> 段《注》：「門字、孰字今補正。……孰字依《白虎通》及崔豹《古今注》則正作孰、俗作塾皆可。……據李賢引《字林》曰『塾，門側堂也。』是知漢後多用塾字，此《說文》、《字林》之分古今也。

〔註62〕」

孰、塾二字通用，段氏據《白虎通》及崔豹《古今注》，說明二字有正俗之關係。次據李賢引《字林》曰「塾，門側堂也」，以爲「漢後多用塾字」，認爲二字有古今關係，並據而推論《說文》與《字林》之古今分別。

（二）《字林》與《說文》對勘

段玉裁與桂馥注證《說文》時，並視《字林》爲校勘《說文》之重要資料，如《說文》「莖」字，段《注》云：

> 《說文》：「莖，艸木幹也。」

〔註57〕段玉裁：《說文解字注》九篇下，頁 21a。
〔註58〕段玉裁：《說文解字注》九篇下，頁 18b。
〔註59〕段玉裁：《說文解字注》八篇上，頁 48a。
〔註60〕段玉裁：《說文解字注》十三篇下，頁 34b。
〔註61〕阮元等：《十三經注疏》〈左傳正義〉，卷二十五、頁 192。
〔註62〕段玉裁：《說文解字注》十三篇下，頁 24a。

段《注》：「依《玉篇》所引，此言艸而兼言木，今本作『枝柱』。考
《字林》作『枝主』，謂爲衆枝之主也。蓋或用《字林》改《說文》，
而主又譌柱。」〔註63〕

段氏據《玉篇》所引改作「艸木榦也」，而今本《說文》作「枝柱」，《字林》
作「枝主」。段氏以《字林》相校，以爲今本《說文》作「枝柱」，蓋或用《字
林》改《說文》，而「主」字又譌爲「柱」。再如《說文》「禥」字，桂《證》
云：

《說文》：「禥，精气感祥。」

桂《證》：「精气感祥者，感當爲成，宋祁校《漢書‧匡衡傳》引《字
林》作『成』。〔註64〕」

桂氏據《字林》改《說文》「感祥」爲「成祥」，而段《注》於此無據改者。嚴
可均《說文校議》、王筠《說文句讀》改與桂同〔註65〕。再如《說文》「鮥」字，
桂《證》云：

《說文》：「鮥，叔鮪也。」

桂《證》：「《釋文》『鮥，《字林》作鮚，巨救切；又云鮚，《字林》
作鮥，音格。』本書鮥、鮚二字與《字林》異，或後人據《爾雅》
改之。〔註66〕」

《釋文》所引《字林》鮥、鮚二字與《說文》異，而與《爾雅》同，故桂氏以
爲「或後人據《爾雅》改之」。王筠《說文句讀》亦從桂說〔註67〕。

次者，段桂二氏注證《說文》，以《字林》比勘，並發現今本《說文》有爲
人誤改從《字林》之現象，如《說文》「鞮」字，桂《證》云：

《說文》：「鞮，革履也。」

桂《證》：「革履也者，履當爲屨，本書『屨，鞮也』，《周禮‧春官‧

〔註63〕段玉裁：《說文解字注》一篇下，頁33a。

〔註64〕桂馥：《說文解字義證》卷一，頁39b。

〔註65〕段玉裁：《說文解字注》一篇上，頁16a。嚴可均：《說文校議》卷一上，頁7b。王
筠：《說文句讀》卷一，頁11。

〔註66〕桂馥：《說文解字義證》卷三十六，頁36a。

〔註67〕王筠：《說文句讀》卷二十二，頁17。

鞮鞻氏》注云『鞻讀如屨也』,《釋文》『鞮,許愼云屨也。呂忱云鞮,

革屨也。』馥謂本書多爲人改從《字林》者,此其一也。《六經正誤》

引《字林》,與《釋文》同。〔註68〕」

桂氏據《釋文》並引《說文》、《字林》,而知今本《說文》乃改從《字林》者。

桂氏稱《說文》「多爲人改從《字林》」,可知此現象常見於《說文》校勘。王筠

《說文句讀》改同,而沈濤《說文古本考》則疑《釋文》所引乃傳寫之誤〔註69〕。

考呂忱《字林考逸》作「鞮,革屨也」〔註70〕,桂馥引作「革履」誤,而段《注》

無誤〔註71〕。再如《說文》「翩」字,段《注》云:

> 《說文》:「翩,飛聲也。」

> 段《注》:「《詩》釋文引『《說文》羽聲也,《字林》飛聲也。』此俗
> 以《字林》改《說文》之證。〔註72〕」

段氏據《釋文》並引《說文》、《字林》,以爲「此俗以《字林》改《說文》之

證」。再如《說文》「畱」字,段《注》云:

> 《說文》:「畱,獸牲也。」

> 段《注》:「《爾雅》釋文引『《字林》畱犙也。《說文》畱牲也。』今
> 本《說文》作『犙也』,乃後人以《字林》改《說文》耳。〔註73〕」

《釋文》並引《說文》、《字林》,段氏以爲「乃後人以《字林》改《說文》」。

王筠《說文句讀》改同,而沈濤《說文古本考》則云:「《匡謬正俗》二亦引

作『犙』,則當時自有二本,畜牲、畜犙義得兩通。〔註74〕」前引三例,可見

《釋文》並引《說文》、《字林》之方式,爲段桂二氏判定今本《說文》,是否

爲《字林》誤改之方法。

　　清代胡秉虔(1770～1840),亦應用《釋文》並引《說文》、《字林》之方

〔註68〕桂馥:《說文解字義證》卷八,頁24a。

〔註69〕王筠:《說文句讀》卷六,頁2。沈濤:《說文古本考》卷三下,頁2a。

〔註70〕任大椿:《字林考逸》卷二,頁17b。

〔註71〕段玉裁:《說文解字注》三篇下,頁3a。

〔註72〕段玉裁:《說文解字注》四篇上,頁22a。

〔註73〕段玉裁:《說文解字注》十四篇下,頁18b。

〔註74〕王筠:《說文句讀》卷二十八,頁13。沈濤:《說文古本考》卷十四下,頁7b。

式，辨析二書混淆之情形，其云：

> 唐人立《說文》、《字林》之學，合許、呂之書爲一，引者往往誤儱，
> 至唐末而《說文》或缺，校者又取《字林》以補《說文》，如《周
> 易・明夷》「用拯馬壯」，《釋文》「拯救之拯，《說文》『舉也』，子
> 夏作『抍』，《字林》『上舉，音承』。」是《說文》作「拯」、《字林》
> 作「抍」；《說文》「舉也」、《字林》「上舉」，極爲分明，乃今本《說
> 文》無「拯」字，亦云「抍，上舉也」。〈坎卦〉「入于坎窞」，《釋
> 文》引《說文》云「坎中更有坎」，又引《字林》云「坎中小坎，
> 一曰旁入」，乃今本《說文》正作「窞，坎中小坎也，一曰旁入也。」
> 反與《字林》同。蓋陸氏在唐初所引係許氏原書，今本則校者取《字
> 林》所補耳〔註75〕。

胡秉虔以爲造成二書混淆之因有二，一爲「唐人合許、呂之書爲一，引者往往
誤儱」，二爲「《說文》或缺，校者取《字林》以補《說文》」。

其次，王筠《說文句讀》亦據文獻並引《說文》、《字林》之方式，判斷
《說文》與《字林》之別，如：

> 《說文》：「阤，小崩也。」

> 王筠《說文句讀》：「〈長笛賦〉李注引《淮南》許注曰『阤，落也，
> 直紙切。』又引《字林》『阤，小崩也。』恐今本或以《字林》改許
> 說也。〔註76〕」

王氏據《文選》李善注並引《淮南》許愼注、《字林》不同，以爲「恐今本或以
《字林》改許說」。此種方法雖與《釋文》並引《說文》、《字林》類似，但許注
《淮南》與《說文》畢竟性質不同，《說文》爲字書，許注《淮南》意在疏通其
書，故二者注解必有所出入。是故王筠只以「恐」字表懷疑，不遽下論斷。

王筠亦視《字林》爲校勘《說文》重要之材料。其《說文句讀》說明其運
用《字林》校勘之方法，云：

> 玄應於《說文》、《字林》，無所偏主，陸氏則主《字林》，至有引《字

〔註75〕 胡秉虔：〈取字林補說文〉，引自《說文解字詁林正補合編》第一冊，頁1210。

〔註76〕 王筠：《說文句讀》卷二十八，頁3。

林》而謂《說文》同之者，且有引《說文》之音而引《字林》之義，及它處再引《說文》，仍同此義者，故以陸氏所不引，而疑《說文》本無此字，誣也〔註77〕。

《說文》在前，《字林》同之，宜也。故羣書所引，兩書皆有是說者，不復記。惟第引《字林》而實同今之《說文》者，蓋有兩種：一則因便引之也，一則《字林》始收是字，後人羼入《說文》也。吾不能別之，且《字林》增收引見羣書，而《說文》無之者尚多，故不可肊斷，惟記其下曰《字林》同，以示區別〔註78〕。

王筠以爲玄應《一切經音義》對於《說文》與《字林》皆一視同仁，而陸德明《經典釋文》則較偏好《字林》，故不可「以陸氏所不引，而疑《說文》本無此字」。且王筠對於《說文》與《字林》之異同，直云「吾不能別之」，只作標記以示區別，顯見分辨二書之困難。

四、顏師古《漢書注》與李善《文選注》

　　顏師古《漢書注》與李善《文選注》，皆爲初唐重要的注釋之作，具有極高之學術價值，其注釋中所引用之大量資料，是爲學者所重視的原因之一。二書所引，不見於今者，可用來輯佚補闕；見於今者，則可與傳本校勘異同。段玉裁與桂馥注證《說文》，即大量使用顏《注》與李《注》所引《說文》，比附校勘。本節以顏師古《漢書注》與李善《文選注》，合論於此。首論顏師古《漢書注》，次論李善《文選注》。

（一）顏氏《漢書注》引《說文》多有不言《說文》者

　　段桂引用顏氏《漢書注》注證《說文》，並認爲顏氏「引《說文》多有不言『《說文》曰』者」，如《說文》「督」字，二氏云：

　　《說文》：「督，察也。」

　　段《注》：「視字依師古《漢書注》補，凡師古引《說文》多有不言『說文曰』者。」

　　桂《證》：「察也者，字書同。《漢書・王褒傳》『如此則使離婁督

　　繩。』顏《注》『督，察視也』。〔註79〕」

此字段氏據顏《注》改，而桂氏雖無據改，然引顏《注》，亦可與段《注》對看。徐承慶《說文解字注匡謬》雖不滿意段氏之校改《說文》，但亦同意段玉裁對於顏《注》所引《說文》之看法，其云：「小顏釋字固多本《說文》，然不能以其言盡作《說文》也。『察』已包視意，不必增。〔註80〕」

　　桂馥亦察覺顏氏《漢書注》有不言引《說文》之現象，如《說文》「福」字，桂《證》云：

　　　　桂《證》：「小顏雖未明引《說文》，而云從衣畐聲，則本書之文也。
　　　　〔註81〕」

「福」字不見於今本《說文》，為桂氏所補逸字，其指出顏氏《漢書注》不言《說文》，然實引《說文》之文，故據而補之。再如《說文》「愊」字，桂《證》云：

　　　　《說文》：「愊，誠志也。」

　　　　桂《證》：「誠志也者，當為『至誠』。《廣韻》『悃愊，至誠。』《漢書‧楚元王傳》『發憤悃愊。』顏《注》云『悃愊，至誠也。』《後漢書‧章帝紀》『安靜之吏，悃愊無華。』《注》引『悃愊，至誠也』。
　　　　〔註82〕」

此例桂氏據《廣韻》、顏氏《漢書注》、李賢《後漢書注》所引《說文》，三者皆同，故改「誠志」為「至誠」。此校可謂信而有徵，亦可據李賢《後漢書注》所引《說文》，而知顏氏《漢書注》實引《說文》。嚴可均《說文校議》改同〔註83〕。

（二）李氏《文選注》引《說文》有就《文選》本字改者

　　桂馥以為李善《文選注》徵引《說文》，有就《文選》本字而引者。換言之，即以《文選》本字改易為《說文》字，如《說文》「瑕」字，桂《證》云：

〔註79〕段玉裁：《說文解字注》四篇上，頁9a。桂馥：《說文解字義證》卷九，頁14b。

〔註80〕徐承慶：《說文解字注匡謬》（《續修四庫全書》本，第214冊）卷四，頁8b。

〔註81〕桂馥：《說文解字義證》卷二十五，頁41b。

〔註82〕桂馥：《說文解字義證》卷三十二，頁7b。

〔註83〕嚴可均：《說文校議》卷十下，頁6a。

《說文》：「瑕，玉小赤也。」

桂《證》：「或借碬字，〈海賦〉『碬石詭暉。』李善云『《說文》云：碬，玉之小赤色者也。』馥案：李《注》引書多就《文選》本字，非《說文》別有從石之碬也。〔註84〕」

今《說文》無「碬」字，桂氏以爲李善所引，乃遷就《文選》本字，非《說文》本有此字。再如《說文》「誂」字，桂《證》云：

《說文》：「誂，相呼誘也。」

桂《證》：「相呼誘也者，呼當作評。……或借挑字，……司馬遷〈報任安書〉『橫挑彊胡。』李善《注》云『說文曰：挑，相呼也。』馥謂善多就本文，不易其字，實引誂訓也。〔註85〕」

誂、挑二字相通，桂氏以爲李善《注》所引「挑」訓，實即「誂」訓，故據而改之。

再者，李善《文選注》所引《說文》，亦是段桂校勘《說文》所使用之材料，如《說文》「讀」字，二氏云：

《說文》：「讀，中止也。」

段《注》：「中止者，自中而止，猶云內亂。〈魏都賦〉李注引《說文》『讀列，中止也。』此依賦文衍列字，〈賦〉云『齊被練而銛戈，襲偏裻以讀列。』非中止之訓也。」

桂《證》：「中止也者，上當有『讀列』二字。〈魏都賦〉『襲偏裻以讀列。』李善引《說文》云『讀列，中止也。』然讀列或止或列。〔註86〕」

此例段氏以爲李《注》所引《說文》「依賦文衍列字」，故無據改，而桂氏則據李《注》引補「讀列」。沈濤《說文古本考》則同段說〔註87〕。再如《說文》「韛」字，段《注》云：

〔註84〕桂馥：《說文解字義證》卷二，頁27b。

〔註85〕桂馥：《說文解字義證》卷七，頁52b。

〔註86〕段玉裁：《說文解字注》三篇上，頁25b。桂馥：《說文解字義證》卷七，頁54b。

〔註87〕沈濤：《說文古本考》卷三上，頁16a。

《說文》:「韝,臂衣也。」

段《注》:「各本作『射臂決也』,誤甚。決箸於右手大指,不箸於臂。

今依《文選·荅蘇武書》注正。〔註88〕」

段氏據李《注》引《說文》,改今本「射臂決」爲「臂衣」。沈濤《說文古本考》改同,又云:「《周禮·繕人》注曰『韝扞箸左臂裏,以韋爲之』,《漢書·東方傳》注引韋昭曰『韝形如射韝,以縛左右手,於事便也。』是韝爲臂衣之明證。〔註89〕」再如《說文》「硯」字,桂《證》云:

《說文》:「硯,石滑也。」

桂《證》:「石滑也者,當爲滑石也。〈江賦〉『綠苔鬖髿乎研上。』

李善曰『《說文》硯,滑石也。研與硯同』。〔註90〕」

此例李善因「研與硯」二字同,故而注之。桂馥據李《注》引,改「石滑」爲「滑石」。沈濤《說文古本考》改同〔註91〕。

五、玄應《一切經音義》

(一)玄應《音義》流傳概述

佛經音義乃是專門注釋及注音佛教經典的辭典,今可知最早的佛經音義,爲北齊僧人釋道慧撰《一切經音義》,是書見於《大唐內典錄》,今已亡佚。至唐代,佛教盛行於世,佛經音義亦應運而出,如:玄應《一切經音義》二十五卷、窺基《妙法蓮華經音義》八卷、慧苑《華嚴經音義》二卷、《大般涅槃經音義》二卷、慧琳《一切經音義》一百卷,其中玄應《一切經音義》是現在完整流傳下來的最早的佛典音義〔註92〕。

歷代的佛經音義之書,除了保存當時語音,在語言學上有重要之價值外,佛經音義中也引用了許多今已亡佚、或可用以校勘今本之文獻資料,故清代

〔註88〕段玉裁:《說文解字注》五篇下,頁40b。

〔註89〕沈濤:《說文古本考》卷五下,頁20a。

〔註90〕桂馥:《說文解字義證》卷二十九,頁17a。

〔註91〕沈濤:《說文古本考》卷九下,頁9b。

〔註92〕于亭:《玄應《一切經音義》研究》(北京:中國社會科學出版社,2009年),頁217。

學者對於此項材料，亦相當看重，其中最廣爲清代學者所研究之佛經音義，即是玄應《一切經音義》、慧苑《華嚴經音義》〔註93〕。莊炘對於玄應《音義》之價值，有所評介：「小學書自《方言》、《說文》、《廣雅》而外，僅存《玉篇》，已爲孫強所亂。後學鑽仰，唯陸德明《經典釋文》、李善《文選注》最稱博贍，引書至數十百種，……而玄應所著，實與陸、李抗行，良足貴矣。〔註94〕」莊炘將玄應《音義》與陸德明《經典釋文》、李善《文選注》相比，益可見是書之重要。

　　清代學者引用玄應《音義》者，首推任大椿〔註95〕，陳垣（1880～1971）云：「（玄應、慧苑）二書久在釋藏，然未有人注意。焦竑《國史經籍志》釋家類收羅釋典最多，二書獨不著錄；乾隆初，翻刻全藏，二書亦獨被遺落。乾隆四十七年（1782），任大椿撰《字林考逸》，始利用之。〔註96〕」此後，乾隆五十一年（1786）有莊炘整理玄應《音義》。莊氏據咸寧大興善寺之《轉輪釋藏》，並與錢坫、孫星衍等人整理校勘，玄應《音義》於是刊行，此即「莊本」。是書之刊布，世之校勘輯佚學者，由是多有引用。再後，嘉慶初年，阮元撫浙，採購《四庫全書》未收書，各撰提要進呈，賜名《宛委別藏》，貯養心殿，凡一百六十種，《一切經音義》即在其中。自此以後，各家書目多著錄，不以釋典視之〔註97〕。

（二）清代「以玄應《音義》注證《說文》」之發端

　　前論清代學者引用玄應《音義》首推任大椿，然段玉裁與桂馥於乾隆中期注證《說文》之始，對於玄應《音義》亦多所引用，可謂引用玄應《音義》校勘《說文》之先聲。如《說文》「薽」字，桂《證》云：

　　《說文》：「薽，艸出吳林山。」

　　桂《證》：「艸者當爲香艸，《一切經音義》二『薽，字書與蘭同。薽，

〔註93〕清代學者亦有研究慧苑《華嚴經音義》，然因慧苑書卷數較少，只有二卷，不若玄應書二十五卷爲多，故文獻價值相對較少。

〔註94〕玄應：《一切經音義》（臺北：新文豐出版股份有限公司，1980年），頁1-2。

〔註95〕任大椿（1738～1789），字子田，長於三禮和小學，爲乾嘉時期著名之學者，江藩《漢學師承記》卷六有傳。

〔註96〕陳垣：《中國佛教史籍概論》（上海：上海書店出版社，2005年），頁62。

〔註97〕陳垣：《中國佛教史籍概論》，頁55。

蘭也。《說文》蒹，香草也』。〔註98〕」

桂氏據《一切經音義》改「艸出吳林山」爲「香艸出吳林山」，段《注》亦據玄應《音義》改，沈濤《說文古本考》、王筠《說文句讀》亦皆改同〔註99〕。再如《說文》「釁」字，二氏云：

> 《說文》：「釁，抒滿也。」

> 段《注》：「扁各本作滿，誤。玄應作漏爲是，依許義當作扁，謂抒而扁之有所注也。」

> 桂《證》：「抒滿也者，滿當爲漏。本書灓，漏流也。《一切經音義》四『《通俗文》汲取曰釁，《說文》抒漏也』。〔註100〕」

段桂皆據玄應《音義》，改「抒滿」爲「抒漏」，唯段氏又以《說文》本字，改「漏」爲「扁」。沈濤《說文古本考》、王筠《說文句讀》皆據玄應改爲「抒漏」〔註101〕。

段桂對於玄應《音義》所引《說文》，多所重視，視爲唐前古本，如《說文》「榸」字，桂《證》云：

> 《說文》：「榸，木也。」

> 桂《證》：「木也者，徐鍇曰『案說文無榛字，此即榛字也』。《一切經音義》十引『《說文》榛，叢木也。』是唐本有榛字。〔註102〕」

徐鍇云「《說文》無榛字」，桂氏據玄應《音義》引「《說文》榛，叢木也」，以爲唐本有榛字。再如《說文》「苹」字，桂《證》云：

> 《說文》：「苹，蓱也。無根浮水而生者。」

> 桂《證》：「『蓱也，無根浮水而生者』者，非原文，後人亂之。……《一切經音義》四云『苹，無根浮水上者也。』然則唐本已亂矣，

〔註98〕桂馥：《說文解字義證》卷三，頁21a。

〔註99〕段玉裁：《說文解字注》一篇下，頁8b。沈濤：《說文古本考》卷一下，頁4b。王筠：《說文句讀》卷二，頁6。

〔註100〕段玉裁：《說文解字注》十四篇上，頁34b。桂馥：《說文解字義證》卷四十六，頁9b。

〔註101〕沈濤：《說文古本考》卷十四上，16a。王筠：《說文句讀》卷二十七，頁25。

〔註102〕桂馥：《說文解字義證》卷十六，頁22a。

蓋苹藻生於水原，文當有『根生水』諸字。淺者遂以爲浮苹而改之，

不知本書別有萍字也。〔註103〕」

此例桂氏以爲玄應所引與今本《說文》同誤，故稱「唐本已亂」。再如《說文》

「岺」字，段《注》云：

《說文》：「岺，艸初生其香分布也。」

段《注》：「《衆經音義》兩引《說文》『芬，芳也。』其所據本不同，

按艸部『芳，艸香也』，《詩》說馨香，多言苾芬。〈大雅〉毛傳曰

『芬芬，香也』，然則玄應所據正是古本。〔註104〕」

段氏據玄應引《說文》「芬，芳也」，核以經傳，以爲玄應所據正是古本。

（三）後學以玄應《音義》注證《說文》之研究

沈濤《說文古本考》與王筠《說文句讀》皆成書於道光、咸豐年間，且受

段桂《說文》學影響很深，故並舉之，論後學以玄應《音義》注證《說文》之

現象。

1. 王筠《說文句讀》

王筠《說文句讀》成於道光、咸豐年間，是書〈自序〉即明言採段玉裁、

桂馥及嚴可均三家所輯材料，校勘《說文》。其中桂馥《說文義證》雖有據玄

應改者，然更多的情形是只引玄應，而不據改，如《說文》「淀」字，桂《證》

云：

《說文》：「淀，回泉也。」

桂《證》：「回泉也者，《一切經音義》十八引作『洄淵也』。〔註105〕」

此字段氏無引玄應，而王筠《說文句讀》及沈濤《說文古本考》，皆據玄應改泉

爲淵，稱此乃唐人避諱改之〔註106〕。再如《說文》「蟹」字，桂《證》云：

《說文》：「蟹，有二敖八足，旁行，非蛇鱓之穴無所庇。」

桂《證》：「『有二敖八足，旁行』者，《一切經音義》十六引作『水

〔註103〕桂馥：《說文解字義證》卷三，頁17b。

〔註104〕段玉裁：《說文解字注》一篇下，頁2a。

〔註105〕桂馥：《說文解字義證》卷三十四，頁38a。

〔註106〕王筠：《說文句讀》卷二十一，頁37。沈濤：《說文古本考》卷十一上，頁14b。

蟲也，八足兩螯穴行也』。〔註107〕」

此例段氏無引玄應，而王筠《說文句讀》及沈濤《說文古本考》，皆據玄應補「水蟲也」三字〔註108〕。

前引二例，可見桂馥《義證》所列玄應引《說文》，為後學者所採用。再者，王筠對於前輩引用玄應亦有所評論，云：「桂氏所引有出《校議》外者，余所輯有出二家外者，蓋二家忽之也。〔註109〕」王筠《句讀》有參酌桂馥《義證》、嚴可均《校議》二書所引者，又云「余所輯有出二家外者」，可見王筠對於玄應亦用功甚深。另可見桂馥《義證》雖有臚列資料，而不下論斷者，但正以此而啟發後學者之研究。次者，王筠所輯玄應乃在桂馥、嚴可均二家之基礎而成，自是更能掌握玄應《音義》之價值，王氏論玄應引書例，云：

> 玄應所引，原文居多，且率以《說文》居首。其先《三蒼》、《字詁》之類，而《說文》居末者，必其于本文之義不相比附者也，間亦刪節以就本文，僅十之二、三。至如以「譽」字之說說「酤」字，必先明著之曰酤又作譽㤪，婁引之後，或不言而直引之，校者為之失方，則非玄應之過〔註110〕。

王筠以玄應書校勘，云是書多以《說文》居首，可知玄應《音義》於《說文》校勘之作用頗大。

2. 沈濤《說文古本考》

沈濤（1792～1861）為段玉裁之弟子，其《說文古本考》一書，乃以大量輯佚材料校勘《說文》之專書。此書於段玉裁及桂馥之說，多所引用，分佔全書所引清代學者次數之第一、二名，可見段玉裁與桂馥對於沈濤之影響頗深。

沈濤相當重視玄應《音義》於《說文》之校勘，其《銅熨斗齋隨筆》有二條專門討論《說文》與玄應《音義》之關係，一曰〈玄應釋字皆本說文〉，此條舉玄應書不明引《說文》，而實本於《說文》者十一例，沈濤並云：「凡

〔註107〕桂馥：《說文解字義證》卷四十二，頁41b。

〔註108〕王筠：《說文句讀》卷二十五，頁42。沈濤：《說文古本考》卷十三上，頁23b。

〔註109〕王筠：《說文句讀》〈凡例〉。

〔註110〕王筠：《說文句讀》〈凡例〉。

此皆不明引《說文》，而實本《說文》。玄應深於許學如此，則其明引《說文》
而與今本不同者，惡得不從之哉！〔註111〕」另一條曰〈玄應釋字與說文不同〉，
舉玄應書之說解與今本《說文》不同者數例，而又稱讚玄應說解，云：「其他
雖不必與《說文》盡同，而釋義甚精，必小學家相傳舊訓，皆可與《說文》
相表裏。況今本《說文》爲二徐所刊削者不一而足，焉知玄應所釋不皆盡出
許書哉！〔註112〕」職是，可知沈濤對於玄應《音義》用於校勘《說文》，有極
高的評價，而《說文古本考》用於玄應書校勘者，偏重程度更勝於清代諸家
之校勘。試舉數例論之：

如《說文》「皰」字，段桂二氏云：

《說文》：「皰，面生气也。」

段《注》：「《玉篇》作『面皮生氣也』，玄應書一作『面生熱氣也』，
《淮南》『潰小皰而發痤疽。』高曰『皰，面氣也。』玄應引作皰。」

桂《證》：「面生氣也者，《一切經音義》十四引作『面生熱氣也』。

〔註113〕」

沈濤《說文古本考》云：

濤案：《一切經音義》卷十四、卷十六、卷十八引作「面生熱氣也」，
卷二十二引「面生熱氣曰皰」，是古本「生」下多一「熱」字。下文
「皯，面黑氣也」，蓋面之熱氣爲皰、面之黑氣爲皯，熱字不可少。
玄應書卷二、卷六、卷七、卷九、卷十七、卷二十、卷二十四所引
皆同今本，疑後人據今本改〔註114〕。

此字沈濤改作「面生熱氣也」，段《注》、桂《證》仍作「面生气也」。沈濤據玄
應《音義》四處所引而改，又稱其他七處所引同今本，疑後人據今本改。據此
與段桂比較，可見沈濤於玄應《音義》用功之深。

再如「瀸」字，沈濤《說文古本考》云：

《說文》：「瀸，汙灉也。」

〔註111〕沈濤：《銅熨斗齋隨筆》（《續修四庫全書》本，第1158冊）卷三，頁7。

〔註112〕沈濤：《銅熨斗齋隨筆》卷三，頁9。

〔註113〕段玉裁：《說文解字注》三篇下，頁31a。桂馥：《說文解字義證》卷八，頁71b。

〔註114〕沈濤：《說文古本考》卷三下，頁13a。

濤案:《一切經音義》卷十五、卷十七引「瀸，水汙灑也」，卷七引「水汙洒曰瀸也」，是古本有「水」字，卷十四、卷十六、卷二十皆引同今本，乃傳寫偶奪「水」字耳，卷三引「水」字作「相」，亦傳寫之誤〔註115〕。

此字段桂雖引玄應，然與校勘《說文》無涉〔註116〕，而沈濤將《一切經音義》所引《說文》「瀸」字注，綜合歸納分析，以爲古本當作「水汙灑也」，並以爲作「相汙灑」者乃傳寫之誤。因此，沈濤全面分析《一切經音義》所引《說文》，實有超越前人之處。次者，沈濤雖以段玉裁爲師，並廣引其說，仍有訂正師說者。試看「嚊」字，《說文古本考》云：

《說文》:「嚊，嚊兒。」

濤案:《一切經音義》卷四引作「嚊，嘑一専也，味口也。」卷十五、十六兩引作「嚊兒也」，卷十六又引作「嚊，嘑嚊聲也」，卷十九引作「嚊，嘑嚊嚼聲兒也」。古本當如卷十五、十六所引，其卷四所引有誤字，卷十六第二引及卷十九所引又有牽并他字處，皆非古本如此。段先生曰:「玄應書三引皆云『嚊，嘑 嚊兒也』。」今檢本書不如是，恐是先生誤記〔註117〕。

沈濤所引，見於段玉裁《說文注》，段氏原文云:「釋玄應書三引《說文》皆云『嚊，嘑嚊兒也』，《廣韻》〈十九鐸〉、〈二十六緝〉皆云『嚊，嘑嚊兒』，釋行均同。《說文》古本當先『嚊』字，云『嚊，嘑嚊兒也』；次『嘑』字，云『嚊，嘑也』。今嚊字、嘑字廁兩處，無『嚊嘑』之語，蓋口部脫誤多矣。〔註118〕」據沈濤所校，則段氏當誤。

六、張參《五經文字》及唐玄度《九經字樣》

唐大曆十一年（776），唐代張參撰成《五經文字》三卷。此編之成，乃在

〔註115〕沈濤:《說文古本考》卷十一上，頁26b。

〔註116〕段玉裁:《說文解字注》十一篇上二，頁40a。桂馥:《說文解字義證》卷三十五，頁25a。

〔註117〕沈濤:《說文古本考》卷二上，頁9。

〔註118〕段玉裁:《說文解學注》二篇上，頁15。

刊正經典文字之形體，辨明異同。是書以部首分部，分成 160 部，而有參酌於《說文》，〈序例〉云：「近代字樣，多依四聲，傳寫之後，偏旁漸失。今則采《說文》、《字林》諸部，以類相從，務於易了，不必舊次。自非經典文義之所在，雖切於時，略不集錄，以明爲經不爲字也。〔註 119〕」再者，據筆者統計，《五經文字》取證於《說文》者，有 194 處，可知《五經文字》於《說文》之引用頻繁。

段玉裁與桂馥注證《說文》，於《五經文字》常有徵引，如《說文》「榖」字，二氏云：

《說文》：「榖，楮也。」

段《注》：「此篆體依《五經文字》正。各本作𣞤者，從隸便也。」

桂《證》：「篆當爲榖，《五經文字》『榖、穀，上《說文》』。〔註 120〕」

此字段桂皆以《五經文字》所載《說文》篆體，改今本《說文》篆形，而段桂對於《五經文字》之取證，即偏重於此，如段氏稱張參《五經文字》，爲「經典字書之砥柱也」〔註 121〕，而桂氏則云：「唐宋以來小學分爲二派，遵守點畫者，《五經文字》、《九經字樣》、《干祿字書》、《佩觿》、《復古編》、《字鑑》是也。〔註 122〕」

職是，桂氏多以《五經文字》，校勘《說文》字之構形，再如《說文》「承」字，桂《證》云：

《說文》：「承，奉也。受也。從手從卪從廾。」

桂《證》：「從手從卪從廾者，戴侗曰『唐本從手從丞』，張參曰『從手從丞』，張參之說必有所本。馥案：本書無丞字，《五經文字》云『丞，時證反』，唐〈嵩陽觀碑〉『陛下承紫氣之眞宗。』承字上從丞下從手。〔註 123〕」

〔註 119〕張參：《五經文字》（《叢書集成新編》第 35 冊，臺北：新文豐出版，1985 年）〈序例〉。

〔註 120〕段玉裁：《說文解字注》六篇上，頁 16a。桂馥：《說文解字義證》卷十六，頁 32a。

〔註 121〕段玉裁：《說文解字注》十三篇上，頁 15a。

〔註 122〕桂馥：《說文解字義證》卷五十，頁 23a。

〔註 123〕桂馥：《說文解字義證》卷三十八，頁 18b。

《五經文字》「承」字構形作「從手從丞」，與《說文》異，且「丞」字不見於
《說文》，桂氏仍云「張參之說必有所本」，可知其對《五經文字》之徵信。再
如《說文》「涅」字，桂《證》云：

> 《説文》：「涅，黑土在水中也。從水從土、日聲。」

> 桂《證》：「日聲者聲不相近，《五經文字》云『從日從土』。馥案：
> 本書陧從毀省，五結切。疑涅亦從星。〔註124〕」

此字例，桂氏據《五經文字》「從日從土」，以為今本《說文》從「日聲」有誤，
而疑當從星。考「涅」字奴結切，屬舌聲泥紐；「日」字人質切，屬日紐，為泥
之變聲，古歸泥紐〔註125〕，故二字雙聲〔註126〕。且皆屬段氏十二部，涅、日二
字古音相同。因此，涅字從日得聲可證，而桂氏所校為誤。

再者，《五經文字》中對於文字形構之說解，亦為桂馥所特為徵引，如《說
文》「盜」字，桂《證》云：

> 《説文》：「盜，私利物也。從次，次欲皿者。」

> 桂《證》：「次欲皿者者，《五經文字》盜從皿，利於物欲器皿者盜之
> 〔註127〕。」

再如《說文》「軍」字，桂《證》云：

> 《説文》：「軍，圜圍也。四千人為軍。從車從包省。軍，兵車也。」

> 桂《證》：「從包省者，當為勹。本書勹，裹也。《五經文字》『古者以
> 車戰，故軍字從勹下車』。〔註128〕」

桂氏據《五經文字》解形云「從勹下車」，改《說文》「從包省」為「從勹」。

沈濤《說文古本考》亦多以《五經文字》，校勘《說文》文字之形構，如《說
文》「目」字，《說文古本考》云：

> 《説文》：「目，人眼，象形，重童子也。」

〔註124〕桂馥：《說文解字義證》卷三十四，頁43a。

〔註125〕娘紐、日紐古歸泥紐之說，乃章太炎之發明。

〔註126〕本文所使用之上古聲類，採陳新雄校定之「古音正聲十九紐」說。

〔註127〕桂馥：《說文解字義證》卷二十六，頁38a。

〔註128〕桂馥：《說文解字義證》卷四十六，頁32a。

濤案:《五經文字・上》作「象重童子之形」,以全書通例證之,古
本當如是〔註129〕。

再如《說文》「兩」字,《說文古本考》云:

《說文》:「兩,覆也,从冂上下覆之。」

濤案:《五經文字》云「兩,从冂上下相覆之形。」蓋古本如是,今
本爲二徐妄節〔註130〕。

今本作「从冂上下覆之」,其實與「从冂上下相覆之形」義可兩通。蔡師信發
《六書釋例》云:「兩字本義爲『弁冕』,而《說文》以『覆也』釋其義,是
誤以引伸義爲本義;以『从冂上下覆之』解其形,是誤以獨體象形爲合體指
事。〔註131〕」

桂馥與沈濤,對於《五經文字》文字形構之說解常有引用,然學者對《五
經文字》是有所批評的,如余嘉錫《四庫提要辨證》嘗云:

（張）參之爲是書,意在辨識群經諸字之讀音,及經典相承隸省隸
變,與《說文》字體之異同。既病舊刊《字樣》以四聲分字,偏旁
傳寫訛替之多,乃依《說文》、《字林》,分部以攝字。其部目固與《說
文》不盡相同,而偏旁之分析,多與六書諧聲之旨不合,誠可異也。
夫《說文》之分辨諧聲,凡一部之字,皆以部首爲形,而《五經文
字》則不盡然。蓋一部之字,有以部首爲形者,亦有以部首爲聲者。
如木部、手部,皆以木、手爲形矣;而才部、且部,則皆以才、且
爲聲。……是匪特與《說文》不合,抑且有乖分部之意,幾令人無
由索檢〔註132〕。

余嘉錫認爲《五經文字》之分部,與《說文》不盡相同。且偏旁之分析,多與
六書諧聲之旨不合,並云是書「有乖分部之意,幾令人無由索檢」。因此,余氏
對於《五經文字》,可謂深加貶抑。

次者,唐代又有唐玄度《新加九經字樣》一卷,別名《九經字樣》。是書乃

〔註129〕沈濤:《說文古本考》卷四上,頁1a。

〔註130〕沈濤:《說文古本考》卷七下,頁18a。

〔註131〕蔡師信發:《六書釋例》(臺北:臺灣學生書局有限公司,2006年),頁45。

〔註132〕余嘉錫:《四庫提要辨證》(昆明:雲南人民出版社,2004年11月),頁95-96。

爲補《五經文字》所未備，收 421 字。因此，段桂有以此書證《說文》者，如《說文》「卵」字，段《注》云：

> 《說文》：「卵，凡物無乳者卵生。象形。凡卵之屬皆从卵。㐰，古文卵。」

> 段《注》：「（㐰）各本無，今依《五經文字》、《九經字樣》補。《五經文字》曰『㐰，古患反。見《詩·風》，《字林》不見。又古猛反，見《周禮》。《說文》以爲古卵字。』《九經字樣》曰『《說文》作㐰，隸變作卵。』是唐本《說文》有此無疑，但張引《說文》『古文卵』，刪去『文』字未安。張之意當云『㐰、卵，上《說文》，下隸變。』乃上字誤舉其重文之古文，非是，然正可以證唐時《說文》之有㐰。〔註133〕」

段玉裁據《五經文字》、《九經字樣》補「㐰」字，稱唐本《說文》有此。段氏於《說文》雖多所校改，但卻不輕易校補《說文》逸字，由此益可見段氏對於此項材料之重視。再如《說文》「㢑」字，二氏云：

> 《說文》：「㢑，廣臤也。從臤巳聲。卮，古文㢑從戶。」

> 段《注》：「按此古文从戶，疑當作从尸，凡人體字多从尸，不當从戶也。……又按《九經字樣》云『《說文》作卮，經典作㢑。』然則今本《說文》異於唐時也，然唐時已从戶則亦誤矣。」

> 桂《證》：「《九經字樣·雜辨部》『卮、㢑，上《說文》、下經典相承。』馥謂唐本戶在巳上。〔註134〕」

此例段桂二氏皆引《九經字樣》，桂馥據此改古文形體作「卮」，段氏以爲「凡人體字多从尸，不當从戶」，而稱《九經字樣》及今本《說文》「从戶」並誤。

七、《玉篇》

《玉篇》原書共三十卷，成於梁武帝大同九年（543），作者爲顧野王（519－581），字希馮，南朝吳郡吳人。後經宋代陳彭年、吳銳及邱雍等人重修，《四

〔註133〕段玉裁：《說文解字注》十三篇下，頁 12b。

〔註134〕段玉裁：《說文解字注》十二篇上，頁 19b。桂馥：《說文解字義證》卷三十七，頁 38a。

庫全書總目》卷四十一〈重修《玉篇》〉條，云：「梁大同九年，黃門侍郎兼太學博士顧野王撰（《玉篇》）。唐上元元年，富春孫強增加字。宋大中祥符六年，陳彭年、吳銳、邱雍等重修，凡五百四十二部。〔註135〕」陳彭年等人又將原本《玉篇》更名爲《大廣益會玉篇》，即今所流傳之版本，又稱《宋本玉篇》。清代治小學者多重視《玉篇》，孫詒讓（1848～1908）嘗云：「竊謂字書自《說文》、《字林》外，以顧氏書較爲近古。〔註136〕」《字林》今已亡佚，故學者若要研究《說文》，必不能忽略《玉篇》，段玉裁與桂馥注證《說文》，亦大量徵引此項材料。

（一）清代以《玉篇》校勘《說文》之起始

關於清代學者引用《玉篇》校勘《說文》之發端，學者頗有爭論，如鈕樹玉（1760～1827），《段氏說文注訂·序》云：

> 余昔著《新附攷》，又著《說文攷異》，曾以就正，今《注》中多有采錄。余於《說文》之學，自知淺陋，無足重輕，然專以《玉篇》諸書參校異同，實自余始〔註137〕。

據此，鈕氏自認其先於段玉裁《說文注》，乃最早以《玉篇》校勘《說文》者。考鈕氏著作，《說文新附考》成書最先，約撰於嘉慶初年，書前有嘉慶三年（1798）錢大昕序。次爲《說文解字校錄》，是書之重要特點，即以《玉篇》爲主。鈕氏《說文解字校錄·序》嘗云：

> 樹玉不揣鄙賤，有志是書。竊以毛氏之失，宋本及《五音韻譜》、《集韻》、《類篇》足以正之。至少溫之失，可以糾正者，唯《玉篇》爲最古，因取《玉篇》爲主，旁及諸書所引，悉錄其異，互相參攷〔註138〕。

鈕樹玉因《玉篇》最古，可正李陽冰之失，故特別重視。

鈕氏自以爲先於段玉裁，乃最早以《玉篇》校勘《說文》之人，然考段氏

〔註135〕永瑢等：《四庫全書總目》（北京：中華書局，2003年），頁347。

〔註136〕《說文解字詁林正補合編》第十冊，頁425。

〔註137〕鈕樹玉：《段氏說文注訂》〈序〉。

〔註138〕鈕樹玉：《說文解字校錄》〈序〉。

注證《說文》之時間，段氏自云乾隆四一年（1776）起作《說文注》〔註139〕，時年鈕樹玉十七歲，學術尚不致有所成就，而《玉篇》乃古代重要字書，段氏注證《說文》，於《玉篇》必有所徵引。再者，嘉慶元年（1796）六月，段玉裁告鈕樹玉云：「《玉篇》有未經陳彭年修者，在《永樂大典》中，惜無人修出。〔註140〕」可見鈕氏有就教於段者。因此，鈕氏自云乃最早以《玉篇》校勘《說文》之人，其實頗爲虛妄。且鈕氏《說文新附考》、《說文解字校錄》，運用了大量《玉篇》材料，其成就不因誰先誰後引用《玉篇》，而有所喪失。況且，段玉裁與桂馥同時，鈕氏若要追究引用《玉篇》先後之問題，肯定會大失所望。

再者，近人張舜徽以爲鈕樹玉引用《玉篇》，實受桂馥之啓發。張舜徽云：

> （桂馥）用《玉篇》、《廣韵》校許書至仔細也。清儒取《篇》、《韵》考正《說文》者，實自馥始。集中跋《玉篇》、《廣韵》諸文，皆排比異同，極見經心。其後鈕樹玉輩，專以《篇》、《韵》校許書，亦實自馥啓之〔註141〕。

張氏以爲「清儒取《篇》、《韵》考正《說文》者，實自馥始」，而鈕樹玉「專以《篇》、《韵》校許書，亦實自馥啓之」。張氏之論，其實頗值探究。考桂氏研究《說文》之始，桂氏自云乾隆二十一年（1756），取許氏《說文》與諸經之義相疏證〔註142〕。由此觀之，桂氏研究《說文》不僅早於鈕樹玉，甚且可能先於段氏。再者，桂氏《說文義證》徵引資料，特爲重視《玉篇》，且《義證》據諸書校勘者，亦以《玉篇》爲最多。

職是，張舜徽以爲「清儒取《篇》、《韵》考正《說文》者，實自馥始」，其實是可據的。但是，筆者以爲段玉裁與桂馥之《說文》學，既齊名於時，又皆大量徵引《玉篇》，故爭論二人誰先徵引《玉篇》之問題，其實難有定論，且意義不大。唯就段桂對於《玉篇》之徵引，作一比勘，研究二人之得失高下，才是較重要之問題，次節即嘗試討論此一問題。

〔註139〕見本文第三章第一節〈段桂《說文》學年表〉。

〔註140〕劉盼遂：《段玉裁先生年譜》（《經韵樓集》後附），頁461。

〔註141〕張舜徽：《清人文集別錄》，頁214。

〔註142〕見本文第三章第一節〈段桂《說文》學年表〉。

（二）段桂徵引《玉篇》之研究

1. 以《玉篇》列字次第校勘

《說文》之後之字典，今存者以《玉篇》最爲近古，二書關係密切，如《玉篇》分部首爲五百四十二部，與《說文》大體相同，而其歸部之異者，主要在於《說文》收字以小篆爲主，而《玉篇》則以楷書爲主。段玉裁亦注意此現象，云：

> 《說文》：「大，籒文大改古文。」

> 段《注》：「謂古文作『大』，籒文乃改作『亣』也，本是一字，而凡字偏旁或从古、或从籒不一。許爲字書乃不得不析爲二部，猶人、儿本一字，必析爲二部也。顧野王《玉篇》乃用隸法合二部爲一部，遂使古籒之分不可攷矣。〔註143〕」

段氏稱《說文》因「字偏旁或从古、或从籒不一」，故同字仍析爲二部，而「顧野王《玉篇》乃用隸法合二部爲一部」，將同字異體之字合爲一部。

再者，段桂運用《玉篇》注證《說文》，亦注意到《玉篇》與《說文》列字次第之相合，並據以證《說文》列字之誤，如《說文》「眛」字，二氏云：

> 《說文》：「眛，目不明也。」

> 段《注》：「攷从末之字見於《公》《穀》二傳及〈吳都賦〉，从未之字未之見，其訓皆曰目不明，何不類居而畫分二処。且《玉篇》於眼、瞤二字之間，云『眛，莫達切，目不明。』蓋依《說文》舊次。則知《說文》原書从末之眛當在此，淺人改爲从未，則又增从末之眛於前也。」

> 桂《證》：「據《玉篇》次弟，此文從本末之末。〔註144〕」

段桂皆據《玉篇》次弟，改《說文》眛字爲眛。王筠《說文句讀》改同〔註145〕。再如《說文》「菣」字，二氏云：

> 《說文》：「菣，艸大也。」

〔註143〕段玉裁：《說文解字注》十篇下，頁 17b。

〔註144〕段玉裁：《說文解字注》四篇上，頁 11a。桂馥：《說文解字義證》卷九，頁 16b。

〔註145〕王筠：《說文句讀》卷七，頁 6。

段《注》：「案各本篆作莪，訓同。《玉篇》、《廣韵》皆無莪字，荔之誤也。後人檢荔字不得，則於艸部末綴荔篆，訓曰『艸木倒』，語不可通，今更正。《爾雅》釋文、《廣韵·四覺》皆引《說文》『荔，艸大也』。」

桂《證》：「《廣韻》、《玉篇》竝無『莪』字，《廣韻》『荔』字明引《說文》，玉篇『荔』字在蘄、薔、菜三字之間，次敘與本書同，然則『莪』本『荔』字，傳寫誤也。……本書又有荔字，云『艸木倒』，蓋後人加之。〔註146〕」

段桂以爲《玉篇》、《廣韵》皆無莪字，桂氏又舉玉篇『荔』字在蘄、薔、菜三字之間，次敘與本書同，故以爲《說文》莪字乃荔字之誤。嚴可均《說文校議》、沈濤《說文古本考》、王筠《說文句讀》改同〔註147〕。再如《說文》「酴」字，段《注》云：

《說文》：「酴，重釀酒也。」

段《注》：「此篆各本作醝，解云『酒也，从酉茸聲。而容切。』《廣韵》、《玉篇》皆有酴無醝，解云『重釀也』，《玉篇》列字正與《說文》次弟相合，然則古本《說文》作酴可知矣。〔註148〕」

段氏以《玉篇》與《說文》列字次第比較，以爲《說文》醝字當爲酴。鈕樹玉《說文校錄》改同〔註149〕。

次者，段桂亦有據《玉篇》次第，校勘《說文》之次第者，如《說文》「柳」字，桂《證》云：

《說文》：「柳，柶也。」

桂《證》：「此『柳』字當依《玉篇》次於『椐』字上。〔註150〕」

再如《說文》「稤」字，段《注》云：

〔註146〕段玉裁：《說文解字注》一篇下，頁41b。桂馥：《說文解字義證》卷四，頁44a。

〔註147〕嚴可均：《說文校議》卷一下，頁8b。沈濤：《說文古本考》卷一下，頁21a。王筠：《說文句讀》卷二，頁30。

〔註148〕段玉裁：《說文解字注》十四篇下，頁35b。

〔註149〕鈕樹玉：《說文解字校錄》卷十四下，頁25b。

〔註150〕桂馥：《說文解字義證》卷十七，頁6a。

《説文》：「稈，稭也。」

段《注》：「小徐本此篆與秅篆相屬，古本也，《玉篇》次第正同。自

淺人不知秅解而改竄之，乃又移易篆之次第矣。〔註151〕」

段氏稱此字小徐本與秅篆相屬，且《玉篇》次第正同，當爲古本。

2. 正宋人重修《玉篇》之誤

　　前論段玉裁於嘉慶元年（1796）曾告鈕樹玉「《玉篇》有未經陳彭年修者，

在《永樂大典》中，惜無人修出。〔註152〕」同年，桂馥亦與段氏女夫龔麗正書，

云：

《永樂大典》引《玉篇》分原本、重脩本，馥案：原本即孫強本，

嘗恨宋人闌入之字，不加別白，後人無從持擇。幸孫本猶在，而《大

典》存翰林院，尚可依韻錄出，此小學家所深望也〔註153〕。

據此，可知《玉篇》經宋人重修，段桂皆遺憾不能見顧氏原木。

　　桂馥對於宋人重修之《玉篇》，頗爲不滿，故訂正《説文》時，亦白兼訂

《玉篇》之誤者。如《説文》「炆」字，桂《證》云：

《説文》：「炆，交木然也。」

桂《證》：「交木然也者，《玉篇》『交木然之，以燎柴天也。』燎當

爲尞，本書『尞，柴祭天也』。〔註154〕」

桂氏以《玉篇》「以燎柴天」，當據《説文》改爲「尞」。再如《説文》「𣏳」字，

桂《證》云：

《説文》：「𣏳，楄也。」

桂《證》：「楄也者，楄當爲牖。《類篇》『𣏳、牀，簀。』《玉篇》『𣏳，

牗也。』牗即牖之誤。〔註155〕」

桂馥以《玉篇》與《説文》同，皆改爲「牖」。

〔註151〕段玉裁：《説文解字注》七篇上，頁 46b。

〔註152〕劉盼遂：《段玉裁先生年譜》（《經韻樓集》後附），頁 461。

〔註153〕桂馥：《晚學集》〈與龔禮部麗正書〉，卷六、頁 8。

〔註154〕桂馥：《説文解字義證》卷三十一，頁 6a。

〔註155〕桂馥：《説文解字義證》卷十七，頁 59b。

再者，桂馥據《玉篇》注證《說文》，亦分辨宋人重修之誤，如《說文》「鞁」字，桂《證》云：

> 《說文》：「鞁，勒鞁也。」

> 桂《證》：「鞁《玉篇》、《廣韻》竝誤作粗，復造粗字，音則古切，云『粗，勒名』。《集韻》『粗，馬鞁也。』《玉篇》『鞁，馬頭上粗。』《廣韻》『馬頷上粗。』馥謂《玉篇》、《廣韻》初無粗字，皆宋人重修加之。〔註156〕」

桂氏謂《玉篇》原無粗字，乃宋人重修加之。再如《說文》「騮」字，桂《證》云：

> 《說文》：「騮，馬豪骭也。」

> 桂《證》：「馬豪骭也者，本驒字訓，此當云『騮馬黃脊』。《玉篇》『騮，驒馬黃脊，又馬豪骭。』馥謂又云者，乃宋人據本書增入。〔註157〕」

桂氏稱《玉篇》云「又」者，乃宋人據本書增入。

3. 桂較段側重《玉篇》

筆者以段氏《說文注》與桂馥《說文義證》對勘，發見二氏雖大量徵引《玉篇》，然桂氏對於《玉篇》之取證，實有超越段氏者。如《說文》「譇」字，二氏云：

> 《說文》：「譇，譇諑也。」

> 段《注》：「《廣雅》曰『譇，諑也。』《篇》《韵》皆曰『譇，諑也。諑，譇也。』按許書有諑無諑，故仍之。」

> 桂《證》：「譇諑也者，諑當爲諑。《廣雅》『譇，諑也。』《玉篇》『譇，諑也。諑，譇也。』本書脫諑字，寫者改爲諑。〔註158〕」

此例段氏以爲《說文》無此字，故不改。桂氏則據《玉篇》改「諑」爲「諑」，並認爲《說文》脫諑字。據此，可見桂氏之側重《玉篇》。

〔註156〕桂馥：《說文解字義證》卷八，頁32a。

〔註157〕桂馥：《說文解字義證》卷三十，頁7b。

〔註158〕段玉裁：《說文解字注》三篇上，頁19b。桂馥：《說文解字義證》卷七，頁39b。

　　再者，段桂之注證《說文》，多有桂氏據《玉篇》改，而段氏無改之情形。如《說文》「齋」字，桂《證》云：

> 《說文》：「齋，炊鯆疾也。」

> 桂《證》：「炊鯆疾也者，鯆當為釜，《玉篇》作釜。〔註159〕」

桂馥據《玉篇》改「鯆」為「釜」，而段《注》無改。再如《說文》「漀」字，桂《證》云：

> 《說文》：「漀，側出泉也。」

> 桂《證》：「側出泉也者，《玉篇》『漀，出酒也。』……馥按本書上下文皆言酒，疑此亦言『側出酒』。《玉篇》必有所受，後人以《爾雅》有側出泉改之也。〔註160〕」

桂氏稱「《玉篇》必有所受」，以為《說文》當依《玉篇》，改「出泉」為「出酒」，而段《注》亦無改者，可見桂馥之徵信《玉篇》。王筠《說文句讀》改同〔註161〕。考原本《玉篇》「漀」字下引《說文》作「側酒出也」〔註162〕，可證桂氏之說。

八、《廣韻》

　　《廣韻》是今可見最早且完整之韻書，為宋代陳彭年、邱雍等撰。唐寫本《切韻》、《唐韻》及王仁昫《刊謬補缺切韻》之時代雖較《廣韻》早，但皆為斷簡殘篇，未若《廣韻》完整。《四庫全書總目》卷四十二〈重修廣韻〉條，論《廣韻》之沿革及體例，云：

> 《重修廣韻》五卷，宋陳彭年、邱雍等奉勅撰。初，隋陸法言以呂靜等六家韻書各有乖互，因與劉臻、顏之推、魏淵、盧思道、李若、蕭該、辛德源、薛道衡八人，撰為《切韻》五卷，書成於仁壽元年。唐儀鳳二年，長孫訥言為之註，後郭知元、關亮、薛峋、王仁煦、祝尚邱遞有增加。天寶十載，陳州司法孫愐重為刊定，改名《唐韻》。

〔註159〕桂馥：《說文解字義證》卷三十一，頁9a。

〔註160〕桂馥：《說文解字義證》卷三十五，頁17a。

〔註161〕王筠：《說文句讀》卷二十一，頁58。

〔註162〕顧野王：《原本玉篇殘卷》（北京：中華書局，2004年5月），頁372。

後嚴寶文、裴務齊、陳道固又各有添字。宋景德四年，以舊本偏旁差誤，傳寫漏落，又注解未備，乃命重修，大中祥符四年書成，賜名《大宋重修廣韻》，卽是書也。舊本不題撰人，以丁度《集韻》考之，知爲彭年、雍等爾。其書二百六韻，仍陸氏之舊，所收凡二萬六千一百九十四字。考唐封演《聞見記》，載陸法言韻凡一萬二千一百五十八字，則所增凡一萬四千三十六字矣〔註163〕。

《廣韻》雖是宋代所修，而實據唐時韻書編纂而成，又有非常豐書的引書，故文獻價值頗高。王勝忠《〈廣韻〉引〈說文〉之研究》統計《廣韻》引《說文》即有 1954 例〔註164〕，可見是書於《說文》校勘之參考價值。

（一）段桂之《廣韻》研究

段桂二人對於《廣韻》皆有研究，如段玉裁《經韵樓集》〈校本《廣韵》跋〉，云：

> 《廣韻》，句容裴生名玉字蘭珍物也。乾隆戊子，予館于裴，此書相隨三十餘年，手訂譌字極多，後之人將有取於此〔註165〕。

乾隆戊子即乾隆三十三年（1768），由此可見，段玉裁注述《說文》之前，已開始校訂《廣韻》。段氏《說文注》中，亦載其闡釋《廣韻》體例，顯見段氏於《廣韻》之學識，如：

> 《說文》：「窺，至也。」

> 段《注》：「《廣韵·真韵》曰『窺，古文親也。』〈震韵〉曰『窺，屋空皃。』此今義，非古義。凡《廣韵》之例，今義與《說文》義異者，必先舉今義而後儞《說文》。故〈震韵〉先云『屋空皃』，而後云《說文》『至也』。〔註166〕」

段氏將《廣韻》應用於注證《說文》，稱《廣韻》之體例，爲「今義與《說文》義異者，必先舉今義而後儞《說文》」。

〔註163〕永瑢等：《四庫全書總目》，頁 358。

〔註164〕王勝忠：《〈廣韻〉引〈說文〉之研究》（屏東：屏東師範學院語文教育學系碩士論文，2005 年 8 月），頁 149。

〔註165〕段玉裁：《經韵樓集》〈校本《廣韵》跋〉，補編卷上、頁 384。

〔註166〕段玉裁：《說文解字注》七篇下，頁 9b。

桂馥於《廣韻》亦頗有研究，已將《廣韻》與《說文》對校。桂氏《晚學集》〈書《廣韻》後〉，云：

> 《廣韻》出於《唐韻》，《唐韻》出於《切韻》，小學家之津梁也。宋
> 人增字與原本雜廁，惜未分析，難盡依據。今就張氏刊本與《說文》
> 毛本勘校，則《說文》之闕誤，尚足證明〔註167〕。

《廣韻》前有所承，桂氏稱「小學家之津梁」，並將《廣韻》與《說文》勘校，證《說文》闕誤。再者，桂氏並點出《廣韻》之弊，以爲「宋人增字與原本雜廁，惜未分析，難盡依據」。後學者亦有此昇，如沈濤《說文古木考》云：

> 《說文》：「櫑，龜目酒尊，刻木作雲雷象，象施不窮也。」
>
> 濤案：《御覽》七百六十一〈器物部〉引《說文》「罍，龜目酒尊也，
> 刻木爲雲雷，象其施不窮。」……又《廣韻·十五灰》引「雲雷」
> 下尚有「之」字，餘皆同今本。……《廣韻》爲宋人所修，非盡陸
> 氏、孫氏之舊，終當以《御覽》所引爲可據〔註168〕。

此例沈濤據《太平御覽》改，云「《廣韻》爲宋人所修，非盡陸氏、孫氏之舊」。考唐寫本《說文》木部殘卷，作「龜目酒罇，刻木爲雲雷，象施不窮。〔註169〕」與《太平御覽》引同，是沈濤校勘之證。

（二）段桂以《廣韻》注證《說文》之研究

1. 校勘《說文》者

段桂二氏校勘《說文》，皆大量引用《廣韻》爲證，如《說文》「獺」字，二氏云：

> 《說文》：「獺，如小狗也。」
>
> 段《注》：「小徐作小狗，大徐作如小狗，今依《廣韵》訂。」
>
> 桂《證》：「如小狗也者，徐鍇本作小狗也，無『如』字。馥謂『小』
> 字誤，當云『水狗也』，《廣韻》『獺，水狗』。〔註170〕」

〔註167〕桂馥：《晚學集》〈書《廣韻》後〉，卷四、頁12。

〔註168〕沈濤：《說文古本考》卷六上，頁19b。

〔註169〕莫友芝：《唐寫本說文解字木部箋異》，頁3。

〔註170〕段玉裁：《說文解字注》十篇上，頁36a。桂馥：《說文解字義證》卷三十，頁54a。

二氏皆據《廣韻》，改《說文》「如小狗」爲「水狗」。沈濤《說文古本考》據《太平御覽》及玄應《一切經音義》合訂，改作「形如小狗，水居食魚者獱屬也」。王筠《說文句讀》亦據玄應《一切經音義》，作「形如小犬，水居食魚者也」〔註171〕。再如《說文》「鉏」字，二氏云：

> 《說文》：「鉏，立薅所用也。」

> 段《注》：「斫也，各本作所用也，今依《廣韵》正。」

> 桂《證》：「立薅所用也者，所當爲斫，後人加用字。《御覽》引作薅斫也，《廣韻》引作立薅斫也，《增韻》、《五音集韻》並同。〔註172〕」

段桂皆引《廣韻》，改《說文》「立薅所用」爲「立薅斫」。嚴可均《說文校議》、沈濤《說文古本考》、王筠《說文句讀》改同〔註173〕。

　　次者，比較段桂二氏徵引《廣韻》之情形，可知桂馥引《廣韻》校改《說文》者，較段氏爲多。如《說文》「憚」字，桂《證》云：

> 《說文》：「憚，忌難也。」

> 桂《證》：「忌難也者，難當爲惡，《廣韻》『憚，忌惡也。』本書『忌，憎惡也』。〔註174〕」

桂氏據《廣韻》，改《說文》「忌難」爲「忌惡」，而段《注》於此例則無引《廣韻》。鈕樹玉《說文校錄》、嚴可均《說文校議》、沈濤《說文古本考》、王筠《說文句讀》亦無改者。再如《說文》「撃」字，桂《證》云：

> 《說文》：「撃，別也。」

> 桂《證》：「別也者，別當爲引，《廣韻》『撃，引也』。〔註175〕」

桂氏據《廣韻》改，而段《注》、沈濤《說文古本考》皆據《文選注》改〔註176〕。

〔註171〕沈濤：《說文古本考》卷十上，頁22a。王筠：《說文句讀》卷十九，頁26。

〔註172〕段玉裁：《說文解字注》十四篇上，頁10b。桂馥：《說文解字義證》卷四十五，頁22b。

〔註173〕沈濤：《說文古本考》卷十四上，頁5b。王筠：《說文句讀》卷二十七，頁9。嚴可均：《說文校議》卷十四上，頁3a。

〔註174〕桂馥：《說文解字義證》卷三十二，頁49a。

〔註175〕桂馥：《說文解字義證》卷三十八，頁38a。

〔註176〕段玉裁：《說文解字注》十二篇上，頁45a。沈濤：《說文古本考》卷十二上，頁

再如《說文》「墉」字，桂《證》云：

> 《說文》：「墉，城垣也。」

> 桂《證》：「城垣也者，當云『城也，垣也』，《廣韻》『墉，城也，垣也』。」〔註177〕

桂氏據《廣韻》改，而段《注》則無引《廣韻》者。王筠《說文句讀》亦無改者，云：「許君合兩義爲一者，城亦祇是垣也」〔註178〕。據此數例，可知桂馥較段玉裁之側重《廣韻》。

2. 與《玉篇》合證

《玉篇》與《廣韻》，學者常以「篇韻」合稱，因二書關係密切，皆爲宋人陳彭年、邱雍等人所修，而學者多以二書合證《說文》。如《說文》「郇」字，段《注》云：

> 《說文》：「郇，周文王子所封國。」

> 段《注》：「文，各本作武，誤，今依《篇》《韵》止。《左傳》『富辰曰：郇，文之昭也。』毛《傳》口『郇伯，郇矦也。』《左傳》曰：『軍於郇。』曰：『盟於郇。』曰：『必居郇瑕氏之地。』皆是也。」〔註179〕

段氏據《玉篇》、《廣韻》引同，改《說文》「周武王子所封國」爲「周文王子所封國」。桂馥《說文義證》、鈕樹玉《說文校錄》、王筠《說文句讀》改同〔註180〕。再如《說文》「齻」字，二氏云：

> 《說文》：「齻，齒堅也。」

> 段《注》：「《玉篇》『齞堅皃。』《廣韵》『齞聲』，各本齞作齒，恐誤。」

> 桂《證》：「齒堅也者，當爲齞堅。《玉篇》『齻，齞堅貌。』《廣韻》

23a。

〔註177〕桂馥：《說文解字義證》卷四十四，頁22b。

〔註178〕段玉裁：《說文解字注》十三篇下，頁29b。王筠：《說文句讀》卷二十六，頁19。

〔註179〕段玉裁：《說文解字注》六篇下，頁36b。

〔註180〕桂馥：《說文解字義證》卷十九，頁25b。鈕樹玉：《說文解字校錄》卷六下，頁21a。王筠：《說文句讀》卷十二，頁27。

『齷，齧堅聲。別作嚙，云齧堅』。〔註181〕」

段桂皆據《玉篇》、《廣韻》引，改《說文》「齒堅」爲「齧堅」。王筠《說文句讀》改同〔註182〕。再如《說文》「褚」字，二氏云：

　　《說文》：「褚，卒也。從衣者聲。一曰製衣。」

　　段《注》：「裝，各本作製，誤。今依《玉篇》、《廣韵》正。」

　　桂《證》：「一曰製衣者，製當爲裝，《玉篇》、《廣韻》竝作裝。〔註183〕」

段桂據《玉篇》、《廣韻》引同，改《說文》一曰義「製衣」爲「裝衣」。徐承慶《說文解字注匡謬》云：「《春秋傳》『陳成子衣製杖戈立於阪上』，《注》『製雨衣也』。是《篇》《韻》『裝衣』固有據，而《說文》『製衣』非誤字，不必用彼改此」〔註184〕。

　　再者，《篇》《韻》關係密切，桂馥亦有以二書互校者，如《說文》「彑」字，桂《證》云：

　　《說文》：「彑，豕之頭，象其銳而上見也。」

　　桂《證》：「豕之頭者，《廣韻》『彑，彙頭。』《玉篇》『彑，彙類也。』馥謂類當作頭。〔註185〕」

桂氏以《廣韻》，改《玉篇》「彙類」爲「彙頭」。王筠《說文句讀》改同〔註186〕。

九、郭忠恕《汗簡》

　　《汗簡》爲北宋郭忠恕所撰，字恕先，河南洛陽人。工篆隸，通小學。《宋史》卷四四二有傳。關於《汗簡》之體例，黃錫全嘗云：

　　《汗簡》，是北宋初年郭忠恕彙集的一部「古文」字書。……書中正

〔註181〕段玉裁：《說文解字注》二篇下，頁23a。桂馥：《說文解字義證》卷六，頁50a。

〔註182〕王筠：《說文句讀》卷四，頁19。

〔註183〕段玉裁：《說文解字注》八篇上，頁65b。桂馥：《說文解字義證》卷二十五，頁40a。

〔註184〕徐承慶：《說文解字注匡謬》卷四，頁22b。

〔註185〕桂馥：《說文解字義證》卷二十九，頁30a。

〔註186〕王筠：《說文句讀》卷十八，頁29。

編「古文」六卷，後有「略敘、目錄」一卷，共七卷。正編前有郭氏序言。正編收字是每字一體，正文是篆書古體，釋文爲楷書。錄字采用《說文》「分別部居」、「始一終亥」的原則，把收集的「古文」「據形繫聯」，使其「不相間雜，易於檢討」。在一部之內的文字次第，基本是「以《尚書》爲始，石經、《說文》次之，後人綴緝者殿末焉」〔註187〕。

據此，可知《汗簡》收字以古文爲主，體例採《說文》「分別部居」、「始一終亥」之原則。

（一）清儒對於《汗簡》之評價及引用

1. 清儒於《汗簡》之批評

現代學者常以爲清代學者對於《汗簡》多所批評，其中代表性之說法，如今人李學勤云：

> 到清代，《說文》之學風行，金文研究日益深入，以《汗簡》爲代表的「古文」，被認爲上不合於商周，下有悖於《說文》，受到不應有的蔑視。惟一專門研究此書的，是光緒時刊刻的《汗簡箋正》〔註188〕。

李學勤提出，以《汗簡》爲代表的「古文」，被認爲上不合於商周金文，下有悖於《說文》，故受到蔑視。李氏又云清代唯一專門研究此書的，是光緒時刊刻的《汗簡箋正》，然而《汗簡箋正》對於《汗簡》，亦是採批判態度，稱其爲「溷亂許學而僞託古文者」。

《汗簡箋正》成於鄭珍（1806～1864）、鄭知同父子二人之手，歷經咸豐、同治之編寫修定，至光緒年間始刊定。是書編纂之動機，鄭知同〈序〉云：

> 先君子爲古篆籀之學，奉《說文》爲圭臬，恆苦後來溷亂許學而僞託古文者二，在本書中有徐氏新附，在本書外有郭氏《汗簡》，世不深攷，漫爲所掩。……國朝書學昌明，小學家始寖覺二者之非古，然未有追窮根株、精加研覈，顯揭真贋所由來者。先君子有慨，於

〔註187〕黃錫全：《汗簡注釋》〈自序〉，頁5。

〔註188〕黃錫全：《汗簡注釋》，李學勤〈序〉、頁2。

是自少壯輒致力潛探確求，所以推本詳證，各得所當〔註189〕。

鄭珍稱「溷亂許學而僞託古文者二」，一爲徐鉉新附字、另一即《汗簡》，可見其對《汗簡》之評價甚低。鄭知同並徹底否定《汗簡》之文獻價值，其云：

其歷采諸家，自《説文》、石經而外，大抵好奇之輩，影附詭託、務爲僻怪，以炫末俗。……其間偶有眞書出許祭酒網羅之外，賴其著錄以存，編中正寥寥可指屈，初無補於全文之蹖駁也〔註190〕。

鄭知同對於《汗簡》之評價，幾可說是一無可取。

其他清代學者對《汗簡》亦有批評，如光緒九年（1883）六月，吳大澂云：

郭宗正之《汗簡》、夏英公之《古文四聲韻》，援据雖博，蕪襍滋疑。

小子不敏，誠不敢襲其舊、蹈其轍也〔註191〕。

吳大澂作《説文古籀補》，而視《汗簡》與《古文四聲韻》爲前車之鑑，可知吳氏於二書之評價甚低。同年十一月，潘祖蔭亦云：

郭忠恕《汗簡》所輯，皆漢、唐、六朝文字，點畫不眞、詮釋不當，

夏竦《四聲韻》相爲表裏，其謬則同。所謂商周遺迹，無有也〔註192〕。

潘祖蔭以爲《汗簡》與《古文四聲韻》「點畫不眞、詮釋不當」，並稱其「所謂商周遺迹，無有也」，可見潘氏對二書之評價不高。

2. 清儒引用《汗簡》之研究

前列清代學者論《汗簡》者三人，皆予《汗簡》頗低之評價，而由此形成清代不重視《汗簡》之印象。然而，前列三家皆在光緒年間，已近清末，其意見能否代表清代對於《汗簡》之看法，筆者以爲可作一商兌。如錢大昕《潛研堂文集》〈跋《汗簡》〉嘗云：

郭忠恕《汗簡》，談古文者奉爲金科玉律，以予觀之，其灼然可信者，多出於《説文》。或取《説文》通用字，而郭氏不推其本，反引它書以實之。其它偏旁詭異，不合《説文》者，愚固未敢深信

〔註189〕鄭珍：《汗簡箋正》（《續修四庫全書》本，第 240 冊），鄭知同〈序〉。

〔註190〕鄭珍：《汗簡箋正》，鄭知同〈序〉。

〔註191〕吳大澂等：《説文古籀補三種》（北京：中華書局，2011 年 6 月），吳大澂〈敍〉。

〔註192〕吳大澂等：《説文古籀補三種》，潘祖蔭〈敍〉。

也〔註193〕。

錢大昕爲乾嘉時期著名學者，其以《說文》爲本，認爲《汗簡》灼然可信者，多出於《說文》，不合《說文》者，則未敢深信。據此觀之，錢大昕對於《汗簡》之態度，相較於鄭珍等人之全面批判《汗簡》，則顯得較爲和緩，仍能點出是書可信之處。職是，清代仍有學者肯定《汗簡》之學術價值。

段玉裁與桂馥注證《說文》，亦曾引用《汗簡》，據筆者統計，段氏《說文注》引用《汗簡》二十八次，而桂馥《說文義證》引用《汗簡》五十五次，顯見段桂徵引資料，並未忽略《汗簡》。且段桂又有以《汗簡》校改《說文》者，如《說文》「磬」字，段《注》云：

　　《說文》：「磬，石樂也。殸，古文从巠。」

　　段《注》：「各本篆體誤，今依《汗簡》正。〔註194〕」

《說文》磬字，古文爲殸。段氏據《汗簡》改爲殸。再如《說文》「紹」字，段《注》云：

　　《說文》：「紹，繼也。𦃟，古文紹从邵。」

　　段《注》：「今本譌，依《玉篇》、《廣韵》、《汗簡》改正。〔註195〕」

段氏據《汗簡》及《玉篇》、《廣韵》，改古文𦃟爲𦃟。嚴可均《說文校議》、沈濤《說文古本考》引《汗簡》改同〔註196〕。再如《說文》「彈」字，段《注》云：

　　《說文》：「彈，行丸也。从弓單聲。弓，或說彈从弓持丸如此。」

　　段《注》：「各本篆形作弘，今正。《汗簡》云『弓，彈字也，出《說文》』，又《佩觿》、《集韵》皆有『弓』字。蓋古本《說文》从弓而象丸形，與玉部朽玉字同意。」

　　桂《證》：「（弘）《汗簡》作弓，云出《說文》。〔註197〕」

〔註193〕錢大昕：《潛研堂集》（上海：上海古籍出版社，2009年1月），總頁470。
〔註194〕段玉裁：《說文解字注》九篇下，頁29b。
〔註195〕段玉裁：《說文解字注》十三篇上，頁6a。
〔註196〕嚴可均：《說文校議》卷十三上，頁2a。沈濤：《說文古本考》卷十三上，頁2a。
〔註197〕段玉裁：《說文解字注》十二篇下，頁60a。桂馥：《說文解字義證》卷四十，頁39b。

此例段桂皆引《汗簡》證，而段氏又據改古文弜爲。嚴可均《說文校議》、沈濤《說文古本考》亦以爲有古文，而鈕樹玉《段氏說文注訂》對段氏所改，持質疑態度，云「《汗簡》、《古文四聲韻》所引之書多不可信」〔註 198〕。由此可見，清代學者對於《汗簡》之看法，是有歧異的。章太炎亦云：「段从《汗簡》正，《汗簡》不可恃也。〔註 199〕」

桂馥亦徵引《汗簡》校證《說文》，如《說文》「教」字，桂《證》云：

> 《說文》：「教，上所施下所效也。，古文教。，亦古文教。」
>
> 桂《證》：「《汗簡》見《說文》，下有字，云『一本如此作』。郭氏所見兩本，祇有古文一字，各本不同，無字。〔註 200〕」

桂氏又云：

> 《汗簡》力部「勞」下云「見舊《說文》」，謂非李監新定本也。攴部有兩教字，上云見《說文》，下云一本如此作。然則唐本各有異同，故《汗簡》所引與今本互異〔註 201〕。

桂馥以爲《汗簡》所引《說文》，非大徐本，而所引與大徐本不同者，則以唐本視之，並注意到唐本《說文》亦各有異同。由是，可見桂氏並不完全否定《汗簡》之文獻價值。次者，桂馥嘗云：「唐宋以來小學分爲二派，遵守點畫者，《五經文字》、《九經字樣》、《干祿字書》、《佩觿》、《復古編》、《字鑒》是也。〔註 202〕」桂氏稱《佩觿》「遵守點畫」，而作者即是郭忠恕。由此亦可知，桂氏對於郭氏學術乃是有所肯定的。

再者，桂馥校補《說文》逸字，據《汗簡》補五字，亦可見桂氏之徵信《汗簡》，如：

> ，桂《證》：「《汗簡》瘇下引。〔註 203〕」

〔註 198〕鈕樹玉：《段氏說文注訂》卷六，頁 19a。嚴可均：《說文校議》卷十二下，頁 13b。沈濤：《說文古本考》卷十二下，頁 17a。

〔註 199〕王寧整理：《章太炎說文解字授課筆記（縮印本）》，頁 536。

〔註 200〕桂馥：《說文解字義證》卷八，頁 90b。

〔註 201〕桂馥：《說文解字義證》卷五十，頁 19b。

〔註 202〕桂馥：《說文解字義證》卷五十，頁 23a。

〔註 203〕桂馥：《說文解字義證》卷二十二，頁 69a。

，桂《證》：「《汗簡》疢下引。〔註204〕」

，桂《證》：「《汗簡》古文身，云『見《說文》』。〔註205〕」

，桂《證》：「《汗簡》引。〔註206〕」

，桂《證》：「《汗簡》二部，出《說文》。〔註207〕」

上列五字，為桂氏據《汗簡》所引《說文》，校補之《說文》逸字。段桂之後，亦有學者大量使用《汗簡》校勘《說文》，如沈濤《說文古本考》據《汗簡》，改《說文》正篆字形者四、重文字形者二十九，又補《說文》正篆者二、重文二十一〔註208〕。沈濤使用《汗簡》校勘《說文》，較之於段桂，更為側重。

要之，清代學者對於《汗簡》並非全予惡評，亦有學者廣泛運用於《說文》校勘上，而在清代以《說文》學為大宗之背景下，學者能以《汗簡》校改《說文》，即是對《汗簡》價值最重要之肯定。

（二）段桂徵引《汗簡》之比較

1. 桂氏徵引《汗簡》較段為全面

段桂二氏應用《汗簡》注證《說文》，多與《說文》重文有關，其中又以《說文》古文為主要對象，此種現象在段玉裁《說文注》尤為明顯，而段氏對於《汗簡》所引文獻，尤有批評。如《說文》「茜」字，段《注》云：

> 《說文》：「茜，禮，祭束茅加於裸圭，而灌鬯酒。是為茜。像神歆之也。从酉艸。」

> 段《注》：「按《周禮》、《禮記‧內則》二鄭所引《左傳》皆作縮，然則縮者，古文叚借字；茜者，小篆新造字。……或疑古文酉作丣，則茜卽艸部之茆，故古文《尚書》以茆為縮，不知《汗簡》所載古文《尚書》皆妄人所為，好言六書而不知其所以然者也。〔註209〕」

〔註204〕桂馥：《說文解字義證》卷二十二，頁69a。

〔註205〕桂馥：《說文解字義證》卷二十五，頁15a。

〔註206〕桂馥：《說文解字義證》卷二十五，頁54a。

〔註207〕桂馥：《說文解字義證》卷四十四，頁3a。

〔註208〕鍾哲宇：《沈濤《說文古本考》研究》（桃園：中央大學中國文學研究所碩士論文，2009年6月），頁148。

〔註209〕段玉裁：《說文解字注》十四篇下，頁40b。

段氏以爲「《汗簡》所載古文《尚書》皆妄人所爲」，故絕少據改者。

桂馥《義證》引用《汗簡》，亦多證《說文》古文，且較之段氏，桂氏徵引《汗簡》更爲全面。如《汗簡》收入大量古文經書，桂氏能引證《說文》，舉例如是：

> 《說文》：「顉，待也。」

> 段《注》：「今字多作需、作須，而顉廢矣。」

> 桂《證》：「《五經文字》須今借爲須待字，本作顉，今不行已久。……

> 案《汗簡》須，古文《尚書》作顉。〔註210〕」

桂氏引書，證須、顉之行廢，段氏則無。再如《說文》「孕」字，段《注》云：

> 《說文》：「孕，裹子也。」

> 桂《證》：「《玉篇》古文作𦜕，《汗簡》『古文《尚書》以𦜕爲孕』。

> 〔註211〕」

桂氏據《汗簡》所引古文《尚書》，證《玉篇》古文。上列二例，桂氏所引《汗簡》載古文《尚書》，皆爲段氏所未引。

再者，桂氏亦有引《汗簡》載古《爾雅》者，如《說文》「諒」字，二氏云：

> 《說文》：「諒，事有不善言諒也。《爾雅》『諒，薄也』。」

> 段《注》：「按《爾雅》無此文，《爾雅》二字淺人所增耳。」

> 桂《證》：「《爾雅》『諒，薄也』者，今《爾雅》無此文，《汗簡》引

> 古《爾雅》涼作諒。〔註212〕」

今《爾雅》無「諒」字，段氏以爲《爾雅》二字爲淺人所增，而桂氏則以《汗簡》所引古《爾雅》證，較段氏更爲有據。惠棟《讀說文記》、王筠《說文句讀》亦引《汗簡》證〔註213〕。再如《說文》「鞊」字，桂《證》引《汗簡》載古《論

〔註210〕段玉裁：《説文解字注》十篇下，頁 21a。桂馥：《説文解字義證》卷三十一，頁59b。

〔註211〕桂馥：《説文解字義證》卷四十八，頁 13b。

〔註212〕段玉裁：《説文解字注》八篇下，頁 28a。桂馥：《説文解字義證》卷二十六，頁38b。

〔註213〕惠棟：《惠氏讀説文記》（《續修四庫全書》本，第 203 冊）第八，頁 16a。王筠：《説

語》證，云：

> 《說文》：「斄，彊曲毛也。」
>
> 桂《證》：「《汗簡》『斄，見古《論語》。』馥按《論語》『孟公綽』，
> 《釋文》『本又作斄』。〔註214〕」

桂氏引《汗簡》載古《論語》證《說文》，段氏則無，且諸家亦無引《汗簡》證《說文》者〔註215〕。次者，桂氏有引《汗簡》釋字者，如《說文》「聖」字，桂《證》云：

> 《說文》：「聖，通也。」
>
> 桂《證》：「漢石經聽作聖，《汗簡》耼字釋云『聽亦作聖』。〔註216〕」

桂氏引《汗簡》釋耼，證漢石經「聽作聖」。黃錫全《汗簡注釋》云：「聽、聖古本同字。中山王鼎『虜老貯奔走不聽命』之聽作𦔮，三體石經《多方》聽字古文作𦔮，此形類同。古璽『聖人』之聖亦作𦔮（璽彙4511），馬王堆漢墓帛書《老子》乙本卷前古佚書聖作𦔮。〔註217〕」藉由前舉數例，可知杜氏徵引《汗簡》，實較段氏爲全面。

2. 段氏常與《古文四聲韻》合證

《古文四聲韻》爲北宋夏竦所作，書成於慶曆四年（1044），凡五卷。此二書之關係，大陸學者李零云：「《古文四聲韻》是在《汗簡》的基礎上編成，但體例不同。《汗簡》是宗《說文》，以部首隸字；《古文四聲韻》則是以聲韻隸字，『準唐《切韻》分爲四聲，庶令後學易於檢討』。〔註218〕」然學者對《古文四聲韻》之評價，多不超過《汗簡》，如錢大昕〈跋《古文四聲韻》〉云：

> 英公博覽好古而未通六書之原，不能別擇去取，故踳譌複沓，較之《汗簡》爲甚。如崔希裕《纂古》多繆妄不經之字，《籀韻》亦後人

文句讀》卷十六，頁19。

〔註214〕桂馥：《說文解字義證》卷四十一，頁60b。

〔註215〕《說文解字詁林正補合編》第十冊，頁785。

〔註216〕桂馥：《說文解字義證》卷三十七，頁32a。

〔註217〕黃錫全：《汗簡注釋》，頁405。

〔註218〕李零等整理：《汗簡　古文四聲韻》（北京：中華書局，2010年）〈出版後記〉，頁161。

妄作，精於六書者自能辨之〔註219〕。

錢氏稱《古文四聲韻》「不能別擇去取，故踦誤複沓，較之《汗簡》爲甚」，可知其評價低於《汗簡》。

段氏徵引《汗簡》，常以《古文四聲韻》合證，而桂馥則無。《汗簡》和《古文四聲韻》，既有前後相承之關係，故段氏以二書合證《說文》，其證據力應可加強。如《說文》「珌」字，段《注》云：

《說文》：「珌，佩刀下飾，天子以玉。从王必聲。璋，古文珌。」

段《注》：「(璋) 各本無，《玉篇》曰『珌，古文作璋』，《汗簡》、《古文四聲韻》皆曰璋見《說文》，今據補。必、畢古通用，同在十二部。〔註220〕」

段氏補古文璋，據《玉篇》，又據《汗簡》、《古文四聲韻》引「璋見《說文》」同。諸家皆無並引《汗簡》、《古文四聲韻》證者，鈕樹玉《段氏說文注訂》則云：「《玉篇》不引《說文》，《廣韻》無古文璋，《汗簡》、《古文四聲韻》所引多不足信」〔註221〕。再如《說文》「骼」字，段《注》云：

《說文》：「骼，骨閒黃汁也。从骨易聲。讀若《易》曰夕惕若屬。」

段《注》：「讀若二字小徐無，非也。《汗簡》、《古文四聲韵》皆云骼出古《周易》，正因《說文》奪讀若字，遂徑作夕骼也。〔註222〕」

段氏舉《汗簡》、《古文四聲韵》皆云骼出古《周易》，增強其徵引之可信度。

再如《說文》「仝」字，段《注》云：

《說文》：「仝，完也。全，古文仝。」

段《注》：「按下體未宷其所從。《汗簡》作全、《古文四聲韵》載〈王庶子碑〉亦作全，疑近是。」

桂《證》：「《汗簡》作全，屬門部。〔註223〕」

〔註219〕錢大昕：《潛研堂集》，總頁 472。

〔註220〕段玉裁：《說文解字注》一篇上，頁 27b。

〔註221〕鈕樹玉：《段氏說文注訂》卷一，頁 1b。

〔註222〕段玉裁：《說文解字注》四篇下，頁 17a。

〔註223〕段玉裁：《說文解字注》五篇下，頁 18b。桂馥：《說文解字義證》卷十五，頁 6a。

仝之古文，段氏據《汗簡》及《古文四聲韵》引〈土庶子碑〉，皆作 ，而疑此爲古文全。桂氏僅引《汗簡》作 ，無有論斷，而諸家亦無據《汗簡》及《古文四聲韵》證者〔註224〕。再如《說文》「堯」字，段《注》云：

《說文》：「堯，高也。，古文堯。」

段《注》：「此从二土，而二人在其下。小徐本、《汗簡》、《古文四聲韵》尚不誤，汲古閣乃大誤。〔註225〕」

堯之古文，段氏徵引小徐本、《汗簡》、《古文四聲韻》證，以爲《說文》汲古閣本有誤。諸家亦無據《汗簡》及《古文四聲韵》證堯之古文者〔註226〕。

桂馥引用《汗簡》，雖較段玉裁爲多，然對《古文四聲韻》卻頗爲忽略。就筆者所見，僅《說文》「友」字，桂《證》引之，云：

《說文》：「友，同志爲 。，亦古文 。」

桂《證》：「《古文四聲韻》引石經作 ，馥謂艸當爲 ，譌爲羽。

〔註227〕｜

桂氏據《古文四聲韻》引石經，以爲古文從羽者乃譌。羅振玉《增訂殷墟書契考釋》同杜說，以爲《說文》古文從羽者乃傳寫之譌〔註228〕。

十、清儒之學說

段玉裁《說文注》與桂馥《說文義證》，皆引用了清代學者之學術成果。據筆者統計，桂氏《義證》引用清代學者五十家，共計484條；段《注》引用清代學者四十二家，共計261條〔註229〕。兩相對照，可見桂馥引用清儒之學說，較段玉裁爲多，而從段桂引用清代學者之情形，可析分出兩項特點，分別爲：

（一）承襲清初學術之成果

從段桂二氏引用清儒之學說，可知二人引用最多之學者，皆爲乾嘉以前

〔註224〕《說文解字詁林正補合編》第五冊，頁169。

〔註225〕段玉裁：《說文解字注》十三篇下，頁40a。

〔註226〕《說文解字詁林正補合編》第十冊，頁1261。

〔註227〕桂馥：《說文解字義證》卷八，頁52b。

〔註228〕羅振玉：《增訂殷墟書契考釋》（臺北：藝文印書館，1981年），頁22。

〔註229〕詳細之統計表，見本節文後之附表。

之清代學者，這代表段桂承襲了清初學術之考證成果。段玉裁《說文注》與桂馥《說文義證》之所以具有崇高之學術價值，原因之一即是段桂二人吸收了清初之學術成果。再者，雖然段桂都能大量運用清初學者之說法，但是從文後所附統計表可見，段桂二人所偏重之清初學者並不相同。學者不同，故引用學說之領域亦不同，而這正表現出段桂學養之異同。段玉裁《說文注》引用清初學者，次數最多者依序爲：顧祖禹二十六次、齊召南二十三次、惠棟十一次。桂馥《說文義證》引用清初學者，次數最多者依序爲：顧炎武七十七次、陳啓源六十三次、惠棟二十九次、閻若璩二十五次、胡渭二十一次。

1. 段玉裁引用之清初學者

段玉裁引用清初學者最多之二家，爲顧祖禹及齊召南，然而桂馥《義證》於二家之說，卻不見徵引，由此可見段桂之異。顧祖禹（1631～1692），字復初，江蘇無錫人，精於歷史地理之學，代表作爲《讀史方輿紀要》，魏禧（1624～1680）稱是書爲「此數千百年絕無僅有之書也」。徐乾學（1631～1694）奉敕修《一統志》，曾延致顧祖禹，力辭罷，後終於家。《清史稿》卷五百一有傳。段氏引用顧祖禹之說，主要集中於《說文》邑部字及水部字，可見段氏善用顧祖禹地理考證成果，於注解《說文》上。齊召南（1703～1768），字次風，浙江天台人。幼有神童之稱，精於地理之學，曾參修《大清一統志》。乾隆二十六年（1761）完成《水道提綱》二十八卷，是其代表作。段氏《說文注》引用齊召南之說，集中於《說文》水部字，而關於中國河道研究，正是齊召南之專長。

段玉裁亦能同時引用顧祖禹、齊召南二家之說，作一互補及對照，如《說文》「澮」字，段《注》云：

《說文》：「澮，澮水。出河東虒霍山，西南入汾。」

段《注》：「《水道提綱》曰『澮河，源出翼城縣東南山，西流經中衛鎮，又西稍北至城南，又西經曲沃縣南，又西至絳州城南入汾。』

《方輿紀要》『翼城縣有澮高山，有澮水入曲沃縣畎，至絳州南入汾』。〔註230〕」

顧、齊二家之說各有繁簡，段氏並引二家，可增加其《說文注》之可信度。再

〔註230〕段玉裁：《說文解字注》十一篇上一，頁21b。

者，段氏亦能考訂前說，如《說文》「淯」字，段《注》云：

《說文》：「淯，淯水。出弘農盧氏山，東南入沔。」

段《注》：「《水道提綱》云『漢水經襄陽府城北、樊城南，有白河、唐河。東北自河南新野合南陽府諸縣及鄧州水南流，又合西來之清河，東來棗陽之滾河來會。』齊氏所謂白河，卽淯水也，南陽之水淯最大。《水經注》云『合魯陽關水、洱水、梅谿水、朝水、棘水、濁水、湍水、比水、白水入漢。』〈南都賦〉曰『淯水盪其胷，推淮引湍，三方是通。』知淯最大，齊氏召南以趙河當之，非也。〔註231〕」

段氏據《水經注》及〈南都賦〉，訂正齊召南所謂白河，卽淯水也，而非趙河。

惠棟，字定宇，江蘇元和人，與祖父惠周惕、父惠士奇，皆治《易經》，學者稱「東吳三惠」。惠棟治學特重漢儒，錢大昕《潛研堂文集》卷三十九〈惠先生棟傳〉稱「漢學之絕者千有五百餘年，至是而粲然復章矣」〔註232〕，爲清代治漢學之代表人物，爲「吳派」經學名家。惠棟學沿顧炎武，能以小學治經，近人梁啓超稱惠棟爲清代《說文》研究之發端者，云：「乾隆中葉，惠定宇著《讀說文記》十五卷，實清儒《說文》專書之首。〔註233〕」主要著作有《周易述》、《易漢學》、《古文尚書考》、《後漢書補注》、《九經古義》、《左傳補注》等書。

段桂二氏於惠棟之說，多所引用，段氏引用惠說十一次，桂氏引用二十九次。段玉裁徵引惠說，遍及其《周易述》、《古文尚書考》、《九經古義》、《左傳補注》等書，可知段氏於惠學之用功。如《說文》「威」字，段《注》云：

《說文》：「威，姑也。从女戌聲。漢律曰『婦告威姑』。」

段《注》：「惠氏定宇曰『《爾雅》君姑卽威姑也。』古君、威合音差近。〔註234〕」

段氏引用惠氏之說，並以古音佐證，增強惠說之證據力。段氏亦時有訂正惠說者，如《說文》「昴」字，段《注》云：

〔註231〕段玉裁：《說文解字注》十一篇上一，頁 19b。

〔註232〕錢大昕：《潛研堂集》，總頁 699。

〔註233〕梁啓超：《中國近三百年學術史》，頁 232。

〔註234〕段玉裁：《說文解字注》十二篇下，頁 7b。

《說文》:「昴，白虎宿星。从日卯聲。」

段《注》:「丣古音讀如某，丣古文酉字，字別而音同在三部。雖同在三部而不同紐，是以丣聲之劉、畱、聊、桺、珋、駵、𦝙、茆、窌為一紐，卯聲之昴為一紐。古今音讀皆有分別，丣聲之不讀莫飽切，猶卯聲之不讀力九切也。惠氏棟因毛《傳》之語，謂昴必當从丣，其說似是而非。王氏鳴盛《尚書後案》襲之，非也。〔註235〕」

惠棟以為「昴」字從「丣」，而段氏以為卯、丣二字雖是疊韻，但不同聲。故惠氏之說不可信，而王鳴盛亦沿惠氏之誤。再如《說文》「娓」字，段《注》云:

《說文》:「娓，順也。」

段《注》:「按此篆不見於經傳，《詩》、《易》用亹亹字。學者每不解其何以會意形聲，徐鉉等乃妄云當作娓，而近者惠定宇氏從之，挍李氏《易集解》及自為《周易述》皆用『娓娓』。抑思毛、鄭釋《詩》皆云『勉勉』。康成注《易》亦言『沒沒』，釁之古音讀如門，勉、沒皆疊韵字，然則亹為釁之譌體，釁為勉之叚借。古音古義於今未泯，不當以無知妄說，擅改宣聖大經。〔註236〕」

惠棟改《易》亹亹字為娓娓，段氏以音學考之，云亹為釁之譌體，而釁為勉之假借。故段氏認為惠氏有誤，並批評惠氏「不當以無知妄說，擅改宣聖大經」。惠棟為段氏之前輩，且門人弟子頗眾，而段氏《說文注》雖常徵引惠說，亦多加批評，是故段氏《說文注》屢招時人非議，其來有自。

相較於段氏對惠說之多所批判，桂馥《義證》引用惠說，較為平和，大多數之情形是引之備考，且不下評論。若桂馥與惠說看法不同時，桂氏亦不像段氏刻意批評，如《說文》「腬」字，桂《證》云:

《說文》:「腬，嘉善肉也。」

桂《證》:「嘉善肉也者，惠棟曰當云腬嘉善肉也。馥謂當作柔嘉，腬、柔音相近，《國語》『舅犯曰母亦柔嘉是食』，張協〈洛禊賦〉『布椒

〔註235〕段玉裁:《說文解字注》七篇上，頁8b。

〔註236〕段玉裁:《說文解字注》十二篇下，頁18a。

醓薦柔嘉』，摯虞〈觀魚賦〉『羨鮮肴之柔嘉』。〔註237〕」

惠氏改《説文》「嘉善肉」爲「腬嘉善肉」，桂氏則以爲當作「柔嘉」，並引古書語例證之，對惠説不多加攻擊。

2. 桂馥引用之清初學者

桂馥《義證》引用清初學者最多者，依次爲：顧炎武、陳啓源、惠棟、閻若璩、胡渭，與段玉裁《説文注》比較，只有惠棟是段桂二氏同時徵引較多者，而桂氏引用最多之顧炎武、陳啓源，與段氏引用最多之顧祖禹、齊召南，則不相同。顧炎武（1613～1682），字寧人，江蘇崑山人。學者稱爲亭林先生，與黃宗羲、王夫之並稱爲明末清初三大儒。顧氏學問淵博，影響清代考據學風之形成，主要著作有：《日知錄》、《天下郡國利病書》、《音學五書》、《金石文字記》、《左傳杜解補正》。桂馥對於亭林學術，極爲嘆服，桂氏《義證》引用顧説，遍及經史、地理、金石。如《説文》「虤」字，桂《證》云：

《説文》：「虤，分別也。從虤對爭貝。」

桂《證》：「顧炎武曰『〈唐李勣碑〉虤字倒一虎，《廣韻》、《五經文字》從二虎從貝。俗以二虎顛倒，與《説文》、《字林》不同，蘇文舉〈開業寺碑〉亦用此體』。〔註238〕」

按虤字「二虎顛倒」之形，由來已久，非顧氏所云俗用而已，如金文作𪊨（〈即𣪘〉，《集成》4250），甲骨作𤢨，羅振玉《增訂殷虛書契考釋》云：「𤢨從二虎顛倒，怒而將相鬥之狀。篆文作兩虎並立，則失怒而相鬥之狀矣。〔註239〕」李孝定《甲骨文字集釋》云：「虤、虤當爲同字，貝乃後增。卜辭爲地名，金文或從虤從鼎。〔註240〕」桂氏大量繼承了顧氏之考證成果，尤其是顧氏關於金石文字之研究，更是常爲桂氏《義證》所引錄。

對於顧氏考證謬誤之處，桂馥亦爲之回護。如顧氏《日知錄》有條對於《説文》訓釋之批評，云：「若夫訓參爲商星，此天文之不合者也；訓亳爲京

〔註237〕桂馥：《説文解字義證》卷十一，頁48b。

〔註238〕桂馥：《説文解字義證》卷十四，頁27a。

〔註239〕羅振玉：《增訂殷虛書契考釋》，頁30。

〔註240〕李孝定：《甲骨文字集釋》第五，頁1698。

兆杜陵亭，此地理之不合者也。〔註241〕」顧氏以爲，《說文》釋「參」字爲商星、釋「亳」字爲京兆杜陵亭，皆不合天文及地理之實況。顧氏此說，後學者群起攻之，直指其誤，如孫星衍〈與段大令若膺書〉云：「詆《說文》參爲商星，爲不合天文；亳爲京兆杜陵亭，爲不合地理，則顧氏尤疏陋。〔註242〕」今未得知段玉裁對孫氏此說是否有回應，然從段氏《說文注》僅引用顧說二條，可見段氏對於顧說並不特別重視。《說文》「亳」字，段《注》亦引用錢大昕《史記攷異》，說明「亳」字訓京兆杜陵亭之由。桂馥《義證》引同，又引丁杰之說，對於顧氏之誤徹底訂正，但桂馥並不多加批評顧氏，並爲之回護，云：「顧氏經史貫穿地理之學，冠絕諸家而不免於誤，甚矣考訂之難也。〔註243〕」

　　陳啓源（1606～1683）則是桂馥《義證》引用第二多者，陳啓源字長發，江蘇吳江人。代表作爲《毛詩稽古編》，是書從文字訓詁入手，務求還原經書本字，以印證古義原旨。桂馥《義證》即多徵引陳啓源對於《毛詩》之名物訓詁，如《說文》「萊」字，桂《證》云：

　　《說文》：「萊，蔓華也。」

　　桂《證》：「陳啓源曰『萊亦名藜，《本草綱目》云即灰藋之紅心者，莖葉稍大。河朔人名落藜，南人名胭脂菜，亦曰鶴頂草。娷時可食，老則莖可爲杖，〈原憲〉藜杖應門，即是物也』。〔註244〕」

桂氏引用陳啓源之考證，以補充《說文》之訓釋。再者，陳啓源文字訓詁之成果，亦爲桂馥引用，如《說文》「岨」字，桂《證》云：

　　《說文》：「岨，石戴土也。從山且聲。《詩》曰陟彼岨矣。」

　　桂《證》：「《詩》曰陟彼岨矣者，〈周南・卷耳〉文，彼作砠，《傳》云『石山戴土曰砠』。陳啓源曰『砠、岨實同一字，今本《詩》及《爾

〔註241〕顧炎武撰、黃汝成集釋：《日知錄集釋》（《續修四庫全書》本，第1144冊）卷二十一、頁21。

〔註242〕孫星衍：《問字堂集》（《叢書集成初編》第2528冊，北京：中華書局，1985年）卷四、頁96。

〔註243〕段玉裁：《說文解字注》五篇下，頁25b。桂馥：《說文解字義證》卷十五，頁18b。

〔註244〕桂馥：《說文解字義證》卷四，頁63b。

雅》皆作岨，《說文》引《詩》作岨。《爾雅》云『土戴石爲岨』，而
毛《傳》反之，《疏》以爲傳寫之誤』。〔註245〕」

陳啓源能從文字訓詁考證經書，並大量運用《說文》，與顧炎武同爲清代考據
學風之先聲。洪文婷《陳啓源《毛詩稽古編》研究》亦云：「陳啓源重視文字
本形、本音、本義的辨識，除了因爲藉由識字才能讀書、解經外，並想要釐
清文字在使用過程中所產生之變異，而還原妄造俗字、俚俗沿僞的眞相，亦
是他重要目的所在。這樣的工作，與解經不必然完全相關，對於文字的整理
卻有確實的助益。〔註246〕」因此，桂氏大量引用陳啓源之說，乃因其考證成
果對於《說文》注證有重要之助益。

　　次者，閻若璩與胡渭，亦是桂馥《義證》引用清初學者較多者，而段玉
裁《說文注》亦引用閻、胡之說各三條。閻若璩（1636～1704），字百詩，號
潛丘，山西太原人。主要著作有《尚書古文疏證》、《四書釋地》、《潛邱札記》
等。其《尚書古文疏證》一書，證得《古文尚書》爲東晉梅賾所僞作，是閻
氏學術之代表成就。桂氏引用閻若璩之說，遍及經史考證、文字訓詁，展現
出乾嘉考證學風之特色。如《說文》「嵞」字，桂《證》云：

　　《說文》·「嵞·會稽山。一曰九江當嵞也，民以辛工癸甲之日嫁娶。
　　從山余聲。〈虞書〉曰：予娶嵞山。」

　　桂《證》：「閻若璩曰『《說文》所引《書》重在字，多約其成文，如
　　重嵞字，則約予創若時娶于塗山，爲予娶嵞山；重載字，則約有大
　　艱于西土，西土人亦不靜，越茲蠢，爲我有載於西。非眞有是句，
　　他可類推』。〔註247〕」

據此可見，閻若璩已將今本《尚書》與《說文》所引《尚書》對勘，能知《說
文》引《書》之例。

　　胡渭（1633～1714），字朏明，號東樵，浙江德清人。著有《易圖明辨》、
《禹貢錐指》等書。胡渭以地理學知名於世，其《禹貢錐指》一書，整理歷

〔註245〕桂馥：《說文解字義證》卷二十八，頁 15b。

〔註246〕洪文婷：《陳啓源毛詩稽古編研究》（桃園：中央大學中國文學研究所博士論文，
　　　　2007 年 7 月），頁 112。

〔註247〕桂馥：《說文解字義證》卷二十八，頁 22a。

來研究《尚書・禹貢》之成果，具有很高之評價。桂馥《義證》引用胡渭，主要即在地理考證方面，而徵引於《說文》水部字者居多。如《說文》「澗」字，桂《證》云：

> 《說文》：「澗，山夾水也。從水閒聲。一曰澗水，出弘農新安，東南入洛。」
>
> 桂《證》：「一曰澗水，出弘農新安者。〈禹貢〉『伊洛瀍澗。』《傳》云『澗出澠池山』。胡渭曰『新安、澠池本二縣，澗水出新安、穀水出澠池，流同而源異。今乃云澗出澠池山，是以穀源爲澗源也』。〔註248〕」

桂氏注證《說文》，並引胡渭之地理考證補充內容，可說是充分運用胡渭之學術成就。

（二）展現個人之學術交遊

藉由段桂引用之清代學者，可看出二人之學術交遊，其中可從師長、友朋、後輩三方面論之。

1. 師　長

戴震爲段桂引用最多之前輩學者，段《注》引用五十九次、桂《證》引用三十六次，可知戴震於二人影響頗深。其中段《注》引用戴震，稱「戴先生」，亦可見段氏尊師之意。段桂二氏引用戴震之說，主要以戴氏所擅長之經學考證爲主，而戴震《考工記圖》對於古代車具之考證，尤爲段桂所常徵引。如《說文》「軾」字，段《注》云：

> 《說文》：「軾，車耒也。」
>
> 段《注》：「此當作車輿前也，不言輿者，輿人爲車，車即輿也。輿之在前者曰軾，在旁者曰輢，皆輿之體，非與輿二物也。戴先生曰『軾與較皆車闌上之木，周於輿外，非橫在輿中。較有网，在网旁，軾有三面，故《說文》緫言之曰車前。軾卑於較者，以便車前射御執兵，亦因之伏以式敬。』玉裁謂輿四圍，旁謂之輢，前謂之軾，

軾卑於較二尺二寸，説詳先生《考工記圖》。〔註249〕」

段氏引用戴震《考工記圖》，明軾、軹皆車之一體，補充《說文》「軾」字之說解。再如《說文》「靬」字，桂《證》云：

《説文》：「靬，軹或從革。」

桂《證》：「或從革者，《考工記》『轐必負幹。』鄭注『轐負幹者，革轂相應，無羸不足。』戴君震〈釋車〉曰『以革轐轂謂之軹，《説文》亦作靬，從革。〈小雅〉約軹錯衡，毛《傳》曰軹，長轂之軹也，朱而約之。《疏》誤以軹爲長轂名，非也。軹即《考工記》轐革，朱而約之者，朱其革以轐於幹也。惟長轂盡飾大車，短轂則無飾，故曰長轂之軹』。〔註250〕」

桂馥引用戴震對於車具「軹」之考據，增益己書之內容。從段桂廣引戴震古代車具之考證，可知戴氏此方面之研究，於清代當時已負盛名。

再者，段玉裁引用戴說，不限於經史考據，亦有用戴震之義理思想，如《說文》「理」字，段《注》云：

《説文》：「理，治玉也。」

段《注》：「《戰國策》『鄭人謂玉之未理者爲璞』，是理爲剖析也。玉雖至堅，而治之得其鰓理以成器不難，謂之理。凡天下一事一物，必推其情至於無憾，而後即安，是之謂天理，是之謂善治，此引伸之義也。戴先生《孟子字義疏證》曰『理者，察之而幾微，必區以別之名也，是故謂之分理。在物之質曰肌理、曰腠理、曰文理，得其分則有條而不紊，謂之條理。鄭注〈樂記〉曰：理者，分也。許叔重曰：知分理之可相別異也。古人之言天理，何謂也？曰理也者，情之不爽失也。未有情不得而理得者也。天理云者，言乎自然之分理也。自然之分理，以我之情絜人之情，而無不得其平是也』。〔註251〕」

〔註249〕段玉裁：《説文解字注》十四篇上，頁 41a。

〔註250〕桂馥：《説文解字義證》卷四十六，頁 27a。

〔註251〕段玉裁：《説文解字注》一篇上，頁 30b。

段氏引用戴震《孟子字義疏證》，說明「理」與「天理」之別，戴氏云天理即「自然之分理，以我之情絜人之情，而無不得其平是也」。段氏又以爲「天下一事一物，必推其情至於無憾，而後卽安，是之謂天理」，並引伸爲善治。又，段氏雖極尊戴氏，然《說文注》中亦有改訂戴說者，唯數量較少，且絕不多加批評。如《說文》「笍」字，段《注》云：

> 《說文》：「笍，析竹筵也。」
>
> 段《注》：「析，各本譌折，今正。《方言》『笍，析也。析竹謂之笍。』郭云『今江東呼箴竹裏爲笍，亦名笍之也。』按此注謂己析之箴爲笍，人析之亦偁笍之，本無誤字。戴氏《疏證》改『笍之』二字爲筵字，非也。《爾雅》『簡，笍中』，蓋此義之引伸。肉薄好大者謂之笍中，如析去青皮而薄也。醫方『竹笝』音如，卽此字。《別錄》從竹，俗從艸。〔註252〕」

段氏訂正戴震《方言疏證》，以爲戴氏改郭璞《方言注》「笍之」爲「筵」有誤。

2. 友　朋

段玉裁《說文注》和桂馥《說文義證》引用之清代學者中，有很多是段桂二人生平論學之友，而這些人多是知名學者。段玉裁之學友中，徵引次數較多者，如程瑤田三十三次、錢大昕十五次、王念孫九次、江聲六次、汪龍六次、姚鼐五次。桂馥之學友中，徵引次數較多者，如程瑤田三十五次、王念孫二十次、盧文弨十五次、邵晉涵十一次、阮元九次、莊述祖九次。

上列可見，段桂注證《說文》引用最多之學友，皆是程瑤田。程氏擅禮學與名物訓詁，在清時已享有令名，段桂亦有不約而同，某字皆引用程說之情形。如《說文》「穄」字，二氏云：

> 《說文》：「穄，黍屬。」
>
> 段《注》：「禾之別爲稗，黍之屬爲穄。言別而屬見，言屬而別亦見。穄之於黍，猶稗之於禾也。《九穀攷》曰『余目驗之，穄與穀皆如黍，農人謂之野稗，亦曰水稗』。」

〔註252〕段玉裁：《說文解字注》五篇上，頁2b。

桂《證》：「黍屬者，程君瑤田曰『穄音卑，今穀名中無卑音者，余
以意斷之，曰禾別曰稗、黍別曰穄，而未敢信也。丙申歲居京師，
芒種，後庭中生一本數十莖，貼地橫出，至生節處乃屈而上聳，節
如鶴膝，莖淡紫色，葉色深綠，每一莖又節節抽莖成數穗，穗疏散。
至大暑後而穀熟，光澤如黍，余以爲此必穄也，見農人問之，則曰
稗也。余曰農家所種稗似粟，與此殊不類，則對曰此野稗也，亦曰
水稗。余乃檢《玉篇》、《廣韻》中，穄皆有稗音，穄爲黍別無疑也。
梁太清三年鄱陽王範屯濡須，糧乏，采菰稗、菱稗以自給。其所謂
稗即野稗也』。〔註253〕」

從段桂皆引程瑤田《九穀攷》之說，可知程氏學術之聞名，段桂於注證《說文》
禾部、黍部字，徵引程說尤多，然而段桂引用方式卻大相逕庭。從上例可見，
段氏較爲明快簡要，而桂氏則原文照錄，務求本末，由此顯現出段桂注證《說
文》之風格差異。

　　再者，桂馥與友論學之經過，小記於《義證》中，如《說文》「鷮」字，桂
《證》云：

　　《說文》：「鷮，走鳴長尾雉也。乘輿以爲防釳箸馬頭上。」

　　桂《證》：「馥與宋君葆淳同看漢人石刻畫，駕車之馬頭上有雉尾。

　　宋君爲問，余曰：即防釳也。〔註254〕」

桂氏舉與友人宋葆淳看漢人石刻畫之經驗，明「防釳」之意。桂氏此種注證
《說文》之方式，可說是其《義證》之特點。又，桂馥所引用之金石資料中，
會註明是某友所藏，如《說文》「昔」字，桂《證》云：

　　《說文》：「昔，乾肉也。𦖋，籀文從肉。」

　　桂《證》：「紀尚書所藏銅鐘，銘文『玄鏐赤𨬿』，從籀文𦘎。〔註255〕」

從桂氏引用學友所藏之金石，展現出其對於金石資料之交流，並可窺見乾嘉學

〔註253〕段玉裁：《說文解字注》七篇上，頁 57a。桂馥：《說文解字義證》卷二十一，頁
　　　　 43a。

〔註254〕桂馥：《說文解字義證》卷十，頁 46b。

〔註255〕桂馥：《說文解字義證》卷二十，頁 19a。

風之一側面。

3. 後　輩

段桂徵引之對象中，雖多為當時成名學者，然亦有段桂之後輩弟子，頗有提攜後輩之意。如段玉裁之弟子，江沅（1767～1838），字子蘭，江蘇吳縣人，江聲之孫。段氏居蘇洲時，江沅從遊段氏數十年。段氏著《六書音均表》後，嘗屬江沅以〈十七部諧聲表〉，撰《說文解字音均表》，段氏並為之序。段氏《說文注》引用江沅之說九次，如《說文》「塹」字，段《注》云：

> 《說文》：「塹，院也。」

> 段《注》：「江沅曰『院，閬也。閬，門高大之皃。門之高大、院之深廣相似也，故𣏾部院，閬也，卽〈絲〉傳之院高貌，古《毛詩》葢作皋門有院耳，塹則與院之深廣同義。玉裁按：江說是也，左氏《傳》注塹，溝塹也，《廣韵》曰遶城水也。《史記·李斯列傳》隄塹之勢異，塹乃漸之叚借，謂斗直者與陂陀者之勢不同也』。〔註256〕」

江氏以為阬、閬二字意義相通，段氏亦表贊同，引用於《說文注》內。

再者，桂馥《義證》有引用段氏女婿龔麗正之說。龔氏於嘉慶元年（1796）中進入京時，與桂相交。同年，桂氏授任雲南永平知縣，離京之際，撰〈與龔禮部麗正書〉，對龔氏學術多所提點。桂馥作《義證》，亦引用龔麗正之說五次，頗為看重。如《說文》「諽」字，桂《證》云：

> 《說文》：「諽，飾也。一曰更也。從言革聲。讀若戒。」

> 桂《證》：「讀若戒者，戒當為悈。本書悈，飾也，飾當為飭，《玉篇》諽或作愅。龔君麗正曰『古音戒、革、諽皆紀力反，今則戒音古拜切，革、諽皆古核切，而音殊矣』。〔註257〕」

龔氏論戒、革、諽三字之古今音變，桂氏引之以增益己書。

〔註256〕段玉裁：《說文解字注》十三篇下，頁34b。

〔註257〕桂馥：《說文解字義證》卷七，頁67a。

附表：段《桂》引用清代學者統計表

序　號	引用之清代學者	桂氏引用次數（引用最多者排前）	段氏引用次數（括號數字為引用排序）
一	顧炎武（1613～1682）	77 次	2 次
二	陳啓源（1606～1683）	63 次	
三	戴　震（1723～1777）	36 次	59 次[1]
四	程瑤田（1725～1814）	35 次	33 次[2]
五	惠　棟（1697～1758）	29 次	11 次[6]
六	錢大昭（1744～1813）	26 次	
七	閻若璩（1636～1704）	25 次	3 次
八	胡　渭（1633～1714）	21 次	3 次
九	王念孫（1744～1832）	20 次	9 次[7]
十	錢大昕（1728～1804）	16 次	15 次[5]
十一	盧文弨（1717～1795）	15 次	4 次
十二	邵晉涵（1743～1796）	11 次	3 次
十三	阮　元（1764～1849）	9 次	1 次
十四	莊述祖（1750～1816）	9 次	2 次
十五	仵大椿（1738～1789）	8 次	2 次
十六	畢以珣	8 次	
十七	丁　杰（1738～1807）	6 次	
十八	楊　峒	6 次	
十九	龔麗正	5 次	
二　十	朱文藻（1736～1806）	3 次	
二十一	李　威	3 次	
二十二	武　億（1745～1799）	3 次	
二十三	段玉裁（1735～1815）	3 次	
二十四	孫星衍（1753～1818）	3 次	3 次
二十五	盛百二（1720～？）	3 次	
二十六	惠士奇（1671～1741）	3 次	2 次
二十七	翁樹培（1765～1809）	3 次	
二十八	趙一清（1709～1764）	3 次	
二十九	王聘珍	2 次	
三　十	王引之（1766～1834）	2 次	2 次
三十一	朱鶴齡（1606～1683）	2 次	
三十二	江　聲（1721～1799）	2 次	6 次[8]
三十三	紀　昀（1724～1805）	2 次	
三十四	洪亮吉（1746～1809）	2 次	

三十五	程 瑤	2次	
三十六	程 敦	2次	
三十七	翟 灝（1711～1788）	2次	
三十八	錢 坫（1744～1806）	2次	
三十九	何 焯（1661～1722）	1次	1次
四 十	沈 彤（1688～1752）	1次	2次
四十一	沈德潛（1673～1769）	1次	
四十二	沈清瑞	1次	
四十三	宋葆淳	1次	
四十四	汪梧鳳（1726～1772）	1次	
四十五	袁 枚（1716～1797）	1次	
四十六	張爾岐（1612～1677）	1次	
四十七	畢 沅（1730～1797）	1次	1次
四十八	陳 鱣（1753～1817）	1次	1次
四十九	陳 鱛	1次	
五 十	余蕭客（1729～1777）	1次	
五十一	顧祖禹（1631～1692）		26次[3]
五十二	齊召南（1703～1768）		23次[4]
五十三	江 沅（1767～1838）		9次[7]
五十四	汪 龍		6次[8]
五十五	姚 鼐（1731～1815）		5次[9]
五十六	金 榜（1735～1801）		4次
五十七	焦 循（1763～1820）		3次
五十八	鈕樹玉（1760～1827）		3次
五十九	江 永（1681～1762）		2次
六 十	劉台拱（1751～1805）		2次
六十一	臧 庸（1767～1811）		2次
六十二	王鳴盛（1722～1797）		2次
六十三	錢 馥		1次
六十四	何 煌		1次
六十五	顧藹吉		1次
六十六	顧廣圻（1770～1839）		1次
六十七	桂 馥（1736～1805）		1次
六十八	陳壽祺（1771～1834）		1次
六十九	高士奇（1642～1704）		1次
七 十	全祖望（1705～1755）		1次
七十一	汪元亮		1次

十一、民俗資料

段玉裁《説文注》與桂馥《説文義證》，皆有引用民俗資料佐證《説文》之情形，這些民俗資料由段桂之生平經歷而成，可展現出個人特色，而段桂此種方法，其實亦是沿襲許慎《説文》之作法。許慎爲汝南召陵人，其著《説文》亦多記家鄉汝南之事，如：

> 《説文》：「戡，戡戡，盛也。从十甚聲。汝南名弃盛曰戡。〔註258〕」

> 《説文》：「宕，過也。一曰洞屋。从宀，碭省聲。汝南項有宕鄉。〔註259〕」

家鄉之語言及事物，畢竟爲人所最熟悉，故許慎加於《説文》中，實屬自然。段《注》「戡」字亦加入家鄉語，云「今江蘇俗語多云密戡，戡音如蟄。〔註260〕」可說是沿襲了許慎之作法，而段桂皆有相同之現象，但由於二人經歷不同，故同中又各自有異〔註261〕。

段桂所徵引之民俗資料，依資料性質，可分爲方言俗語及民俗物象兩種；依資料來源，則分爲祖居之地及仕宦之地，依此論之。

（一）祖居地之民俗資料

段桂注證《説文》時，常徵引家鄉之民俗資料，以作一考證及補充，而二氏中，以段玉裁較常引用，桂馥較少，如文後附表，筆者整理段《注》引用之民俗資料47條中，41條皆是與江蘇有關之資料。段玉裁爲江蘇金壇人，生平約有十年赴四川任知縣，其餘皆居於江蘇一帶，是其終老之地，而段氏《説文注》亦在此完成。筆者以爲，段氏作《説文注》時，身居江蘇，耳目所及且生長於此，故自然徵引江蘇民俗較多。關於段《注》徵引之江蘇資料，可分爲方言俗語及民俗物象兩種：

1. 方言俗語

段玉裁爲語言文字學家，故對於方言俗語，必有相當之興趣。段氏注《説

〔註258〕段玉裁：《説文解字注》三篇上，頁6a。

〔註259〕段玉裁：《説文解字注》七篇下，頁14b。

〔註260〕段玉裁：《説文解字注》三篇上，頁6a。

〔註261〕王筠亦運用家鄉之民俗資料注證《説文》，劉家忠、魏紅梅《王筠"以俗證雅"論考》（北京：中國社會科學出版社，2011年）有所論說，可參見。

文》時，即常以江蘇方言俗語比較詞語異同，而相同者可作為《說文》旁證。
如《說文》「獀」字，段《注》云：

> 《說文》：「獀，南越名犬，玃獀也。」

> 段《注》：「玃、獀疊韵字，南越人名犬如是，今江、浙尚有此語。
> 〔註262〕」

《說文》「南越名犬，玃獀也」，段氏云今江、浙仍有此語。再如《說文》「蒔」
字，段《注》云：

> 《說文》：「蒔，更別種。」

> 段《注》：「今江蘇人移秧插田中曰蒔秧。〔註263〕」

段氏云當時江蘇稱「移秧插田中曰蒔秧」，與《說文》「更別種」之義相通。再
者，段氏校改《說文》，亦有舉蘇州俗語為證者，如《說文》「尲」字，段《注》
云：

> 《說文》：「尲，尲尬，行不正也。」

> 段《注》：「各本奪尲尬二字，今依全書通例補。又補行字，《集韵·
> 二十五沾》、《廣韵·二十六咸》皆云『尲尬，行不正也。』可證。
> 今蘇州俗語謂事乖剌者曰尲尬。〔註264〕」

大徐本原為「尲，不正也」，段氏據書例及《集韻》、《廣韻》改，並以蘇州俗
語為旁證。

段氏並注意到江蘇方言與《說文》字，有語音改變之現象，如《說文》「雒」
字，段《注》云：

> 《說文》：「雒，忌欺也。」

> 段《注》：「鵒卽雒字，各家音格，但今江蘇此鳥尚呼鉤雒鵒，雒音
> 同洛，則音格者南北語異耳。〔註265〕」

「雒」、「鵒」、「洛」三字皆盧各切，收於段氏五部，古音相同。段氏以為今音

〔註262〕段玉裁：《說文解字注》十篇上，頁26b。

〔註263〕段玉裁：《說文解字注》一篇下，頁38a。

〔註264〕段玉裁：《說文解字注》十篇下，頁10b。

〔註265〕段玉裁：《說文解字注》四篇上，頁24b。

格者，與江蘇音洛者，是南北之語異。再如《說文》「鬻」字，段《注》云：

> 《說文》：「鬻，炊、釜鬻溢也。」

> 段《注》：「今江蘇俗謂火盛水鬻溢出爲鋪出，鬻之轉語也，正當作鬻字。〔註266〕」

「鬻」字蒲沒切，脣聲並紐、十五部；「鋪」字普胡切，脣聲滂紐、五部，二字爲同類雙聲，故段氏稱「鬻之轉語」。再如《說文》「涫」字，段《注》云：

> 《說文》：「涫，鬻也。」

> 段《注》：「今江蘇俗語鬻水曰滾水，滾水卽涫，語之轉也。〔註267〕」

「涫」字古丸切，十四部；「滾」字不見於《說文》，爲後起字，屬十四部，二字具有聲音關係，段氏云轉語。今稱沸騰之開水，亦爲「滾水」。

再者，江蘇方言與《說文》字，又有語義變化之情形，如《說文》「巢」字，段《注》云：

> 《說文》：「巢，鳥在木上曰巢，在穴曰窠。」

> 段《注》：「今江蘇語言通名禽獸所此曰窠。〔註268〕」

《說文》云「鳥在木上曰巢，在穴曰窠」，此析言之，而江蘇方言則統言爲「窠」，是語義之擴大。再如《說文》「匙」字，段《注》云：

> 《說文》：「匙，匕也。」

> 段《注》：「《方言》曰『匕謂之匙』，蘇林注《漢書》曰『北方人名匕曰匙』，玄應曰『匕或謂之匙』，今江蘇所謂榚匙、湯匙也，亦謂之調羹，實則古人取飯、載牲之具。〔註269〕」

段氏云江蘇所謂榚匙、湯匙也，亦謂之調羹，實則古人取飯、載牲之具，由此可見器物使用方式之改變。

2. 民俗物象

許慎《說文》不僅解釋文字形義，更包含許多自然界之知識，許沖〈上

〔註266〕段玉裁：《說文解字注》三篇下，頁13a。

〔註267〕段玉裁：《說文解字注》十一篇上二，頁31b。

〔註268〕段玉裁：《說文解字注》六篇下，頁7b。

〔註269〕段玉裁：《說文解字注》八篇上，頁41a。

《說文解字》表〉即云:「天地鬼神、山川艸木、鳥獸蚰蟲、襍物奇怪、王制禮儀、事閒人事,莫不畢載。〔註270〕」而段氏注《說文》,亦舉家鄉江蘇之民俗物象,與《說文》所云作一實證及補充。如《說文》「芧」字,段《注》云:

> 《說文》:「芧,艸也。」

> 段《注》:「江蘇蘆灘中極多,呼爲馬芧,音同宁。莖可繫物,亦可辮之爲索。〔註271〕」

《說文》釋「芧」爲「艸」,段氏則以家鄉所見,補充芧草之產地及功用。再如《說文》「葖」字,段《注》云:

> 《說文》:「葖,葖餘也。」

> 段《注》:「按苔菜,今江、浙池沼閒多有,葉不正圜,花黃六出。北方以人莧當之,南方以蓴絲當之,皆非也。〔註272〕」

《說文》釋「葖」爲「葖餘」,段氏云即「苔菜」,並說明產地及外貌,是爲《說文》之補。再如《說文》「鸕」字,段《注》云:

> 《說文》:「鸕,鸕鷀也。」

> 段《注》:「今江蘇人謂之水老鴉,畜以捕魚。鸕者謂其色黑也,鷀者謂其不卵而吐生。多者生八九,少生五六,相連而出,若絲緒也。〔註273〕」

《說文》釋「鸕」爲「鸕鷀」,段氏更進一步析論「鸕」、「鷀」二字之義,云「鸕者謂其色黑也,鷀者謂其不卵而吐生」,並說明其生活特性。

次者,桂馥爲山東曲阜人,其著《說文義證》亦引家鄉方言,如《說文》「侹」字,桂《證》云:

> 《說文》:「侹,長皃。一曰箸地。一曰代也。」

> 桂《證》:「一曰箸地者,吾鄉謂倒地臥爲侹。〔註274〕」

〔註270〕段玉裁:《說文解字注》十五卷下,頁11a。
〔註271〕段玉裁:《說文解字注》一篇下,頁10b。
〔註272〕段玉裁:《說文解字注》一篇下,頁30a。
〔註273〕段玉裁:《說文解字注》四篇上,頁48b。
〔註274〕桂馥:《說文解字義證》卷二十四,頁16b。

桂氏以山東俗語，釋《說文》「伀」字一曰義。又，桂馥所引家鄉方言，雖較段氏少，然桂氏《義證》常錄其遊歷經驗以爲考，如《說文》「橘」字，桂《證》云：

> 《說文》：「橘，果出江南。」
>
> 桂《證》：「《元和志》『杭州富陽縣出橘，爲江東之最。』今見進貢。〔註275〕」

再如《說文》「砮」字，桂《證》云：

> 《說文》：「砮，石可以爲矢鏃。」
>
> 桂《證》：「今青州都統慶霖贈余以器，言得自黑龍江，色黑而堅，似木似石，謂之木變石，蓋即砮石也。〔註276〕」

再如《說文》「魴」字，桂《證》云：

> 《說文》：「魴，赤尾魚。」
>
> 桂《證》：「《詩·汝墳》『魴魚頳尾。』《傳》云『魚勞則尾赤。』《正義》『魴魚尾本不赤，赤，故爲勞也。』馥案：此誤也，曾在沅江得一魚，鱗白肉細而尾赤，眞魴也。〔註277〕」

上列三例，皆爲桂氏以自身所見，補證《說文》之內容，故例證生動而可信。

（二）仕宦地之民俗資料

段玉裁生平約有十年赴四川任知縣，而桂馥於嘉慶元年（1796），選授雲南知縣，卒於官，仕宦雲南亦約有十年。段桂來自江蘇、山東等文化中心，發配至四川、雲南等偏遠之地，皆有適應困難之問題，如段氏四十六歲，不及致仕，即引疾而歸。桂氏雖終於雲南任上，從文集亦可見其抱怨，如《晚學集》〈寄顏運生書〉，云：

> 僕來雲南，求友無人，借書不得。日與蠻獠雜處，發一言誰賞？舉一事誰解？此中鬱鬱，惟酒能銷之耳〔註278〕。

〔註275〕桂馥：《說文解字義證》卷十六，頁1b。

〔註276〕桂馥：《說文解字義證》卷二十九，頁3b。

〔註277〕桂馥：《說文解字義證》卷三十六，頁39a。

〔註278〕桂馥：《晚學集》〈寄顏運生書〉，卷六、頁10b。

然而，段桂二氏所任知縣之官，在清代爲親民之官，與百姓生活最爲密切，而知縣必須了解百姓生活，才能進行治理。如桂氏《未古詩集》嘗記雲南民俗，云：

> 甲子秋、冬之際，昆明疫氣大作，死者無數，鼠先人死，病人皮膚中生羊毛，蔬果亦生之，俗名羊子，即吳梅村《綏寇紀畧》所謂羊毛瘟也。相傳天燈可以祈禳，一時風靡，各家門首，樹竿懸燈，火亮燭天，限滿一百八日始罷。計清油之費，萬金不敷，亦異事也〔註279〕。

桂氏雖是將此事當作異事記之，然亦可知其對於當地民俗之認識。

再者，段桂二書皆有引用仕宦地之民俗資料，注證《說文》，而以桂氏較多。筆者以爲，或因桂氏《義證》成於雲南任上，耳目所及，故印象較深，而多引之。此與段氏《說文注》成於江蘇，引江蘇民俗較多，同理。關於段桂二書徵引仕宦地之資料，分爲方言俗語及民俗物象論之：

1. 方言俗語

段氏引用之四川方言，如《說文》「淹」字，段《注》云：

> 《說文》：「淹，淹水。出越巂徼外，東入若水。」

> 段《注》：「巂音先蘂反，今四川語言讀如西上聲。〔註280〕」

西字之音，段氏云：「今音先稽切，古音讀如訑、讀如儨，如西施亦作先施，古音在十二、十三部。〔註281〕」再者，段氏亦能統整比較江蘇、四川之方言，如《說文》「泭」字，段《注》云：

> 《說文》：「泭，編木吕渡也。」

> 段《注》：「凡竹木蘆葦皆可編爲之，今江蘇、四川之語曰箯。〔註282〕」

江蘇、四川皆云「泭」爲「箯」，二字同屬脣聲，是爲同類雙聲。再如《說文》「腔」字，段《注》云：

〔註279〕桂馥：《晚學集》卷四，頁19。

〔註280〕段玉裁：《說文解字注》十一篇上一，頁10b。

〔註281〕段玉裁：《說文解字注》十二篇上，頁4a。

〔註282〕段玉裁：《說文解學注》十一篇上二，頁20b。

《說文》：「塍，稻田中畦埓也。」

段《注》：「今四川謂之田繩子，江、浙謂之田緶，緶亦繩也。

〔註283〕」

《說文》釋「塍」爲「稻田中畦埓」，段氏云「四川謂之田繩子，江、浙謂之田緶」，明各地用語之異。

又，桂馥《義證》徵引雲南方言，數量較少，如《說文》「芀」字，桂《證》云：

《說文》：「芀，葦華也。」

桂《證》：「雲南人呼芀茅，語轉爲刀茅。〔註284〕」

芀、刀二字同屬舌聲、同類雙聲，又同屬段氏第二部、二字疊韻，聲音關係密切，故桂氏云語轉。

2. 民俗物象

桂馥《義證》所引民俗資料，相較於段氏以方言俗語爲多，桂氏則著重徵引雲南之民俗物象。如《說文》「篼」字，桂《證》云：

《說文》：「篼，飲馬器也。」

桂《證》：「今雲南人編竹筐挂樹木上以飼馬，即馬兜也。〔註285〕」

桂氏以雲南飼馬之方式，證「篼」之義，頗具特色。再如《說文》「醓」字，桂《證》云：

《說文》：「醓，血醢也。」

桂《證》：「今雲南人取豬血雜以肉骨，同鹽豉作之，名曰豆豉醓，音轉如沈姓之沈。〔註286〕」

《說文》所云「醓」，是用動物血作成的一種肉醬，而雲南之「豆豉醓」，則以「豬血雜以肉骨，同鹽豉作之」。再如《說文》「襀」字，桂《證》云：

〔註283〕段玉裁：《說文解字注》十三篇下，頁21a。

〔註284〕桂馥：《說文解字義證》卷四，頁6a。

〔註285〕桂馥：《說文解字義證》卷十三，頁26a。

〔註286〕桂馥：《說文解字義證》卷十四，頁33b。

《說文》:「襁，負兒衣。」

桂《證》:「苞注《論語》『負者以器曰襁也』，皇氏《疏》曰『襁者以竹為之，或云以布為之，今蠻夷猶以布帊裹兒，負之背也。』馥案：貴州、雲南婦人負兒操作或遠行，皆用布裹於背，未見用竹者。〔註287〕」

皇侃稱「襁者以竹為之」，而桂氏則舉當地民俗為證，云「貴州、雲南婦人負兒操作或遠行，皆用布裹於背，未見用竹者」。

關於段氏所引四川民俗資料，如《說文》「薇」字，段《注》云：

《說文》:「薇，菜也，似藿。」

段《注》:「薇，今之野豌豆也，蜀人謂之大巢菜。按今四川人掐豌豆媆梢食之，謂之豌豆顛顛。古之采於山者，野生者也。〔註288〕」

段氏云四川人謂大巢菜為薇菜，即今之野豌豆。再如《說文》「貘」字，段《注》云：

《說文》:「貘，似熊而黃黑色。出蜀中。」

段《注》:「今四川川東有此獸，薪采攜鐵飯甑入山，每為所齧，其齒則奸民用為偽佛齒。〔註289〕」

「貘」相傳為食鐵之獸，然段氏所云恐亦傳聞，而奸民用貘為偽佛齒，或為段氏任官之事。再如《說文》「澠」字，段《注》云：

《說文》:「澠，江水大波謂之澠。」

段《注》:「專謂江水也。玉裁昔署理四川南谿縣，攷故碑，大江在縣，有揚澠灘。〔註290〕」

《說文》云「江水大波謂之澠」，段氏署理四川南谿縣時，見故碑云「大江在縣，有揚澠灘」，故云澠字專謂江水也。

〔註287〕桂馥：《說文解字義證》卷二十五，頁19b。

〔註288〕段玉裁：《說文解字注》一篇下，頁6a。

〔註289〕段玉裁：《說文解字注》九篇下，頁41b。

〔註290〕段玉裁：《說文解字注》十一篇上二，頁7a。

附表一：段《注》引用民俗資料一覽表

序號	《說文》	段《注》	出　處
1	《說文》「薇，菜也，似藿。」	段《注》：「薇，今之野豌豆也，蜀人謂之大巢菜。按今四川人掐豌豆媆梢食之，謂之豌豆顛顛。古之采於山者，野生者也。」	段玉裁《說文注》一篇下，頁6a
2	《說文》「芧，艸也。」	段《注》：「江蘇蘆灘中極多，呼為馬芧，音同宁。莖可繫物，亦可辮之為索。」	段玉裁《說文注》一篇下，頁10b
3	《說文》「菱，蔆餘也。」	段《注》：「按荅菜，今江、浙池沼閒多有，葉不正圓，花黃六出。北方以人莧當之，南方以蓴絲當之，皆非也。」	段玉裁《說文注》一篇下，頁30a
4	《說文》「蒔，更別種。」	段《注》：「今江蘇人移秧插田中曰蒔秧。」	段玉裁《說文注》一篇下，頁38a
5	《說文》「八，別也。」	段《注》：「今江、浙俗語以物與人謂之八與人，則分別矣。」	段玉裁《說文注》二篇上，頁1b
6	《說文》「戡，戡戡，盛也。从十甚聲。汝南名彑盛口戡。」	段《注》：「此汝南方言也，今江蘇俗語多云密戡，戡音如蟄。」	段玉裁《說文注》三篇上，頁6a
7	《說文》「鬻，鍵也。」	段《注》：「〈釋言〉『餬，饘也。』當作此字。今江蘇俗粉米麥為粥曰餬。」	段玉裁《說文注》三篇下，頁11b
8	《說文》「鬻，炊、釜鬻溢也。」	段《注》：「今江蘇俗謂火盛水灒溢出為鋪出，鬻之轉語也，正當作鬻字。」	段玉裁《說文注》三篇下，頁13a
9	《說文》「瞟，瞟也。」	段《注》：「今江蘇俗謂以目伺察曰瞟，音如瓢上聲。」	段玉裁《說文注》四篇上，頁6a
10	《說文》「雒，忌欺也。」	段《注》：「鴝即雒字，各家音格，但今江蘇此鳥尚呼鉤雒鴝，雒音同洛，則音格者南北語異耳。」	段玉裁《說文注》四篇上，頁24b
11	《說文》「雎，雎也。」	段《注》：「今江蘇俗呼鷂鷹，盤旋空中，攫雞子食之。」	段玉裁《說文注》四篇上，頁27b
12	《說文》「鸕，鸕鷀也。」	段《注》：「今江蘇人謂之水老鴉，畜以捕魚。鸕者謂其色黑也，鷀者謂其不卵而吐生。多者生八九，少生五六，相連而出，若絲緒也。」	段玉裁《說文注》四篇上，頁48b
13	《說文》「肘，臂節也。」	段《注》：「肘，今江蘇俗語曰手臂掙注是也。」	段玉裁《說文注》四篇下，頁25a
14	《說文》「箆，取蟣比也。」	段《注》：「云取蟣比者，比之至密者也。今江、浙皆呼篦箆，比當依俗音毗。」	段玉裁《說文注》五篇上，頁6a
15	《說文》「筳，緯絲筦也。」	段《注》：「按絡絲者必以絲耑箸於筳，今江、浙尚呼筳。」	段玉裁《說文注》五篇上，頁6a

16	《說文》「籔，漉米籔也。」	段《注》：「《方言》曰『炊籔謂之縮，或謂之筲，或謂之匠。』郭注『漉米籔，江東呼淅籤。』按《史記》索隱引《纂要》云『籔，淅箕也。』此注籤字正箕之誤，今江蘇人呼淘米具曰溲箕是也。」	段玉裁《說文注》五篇上，頁 7b
17	《說文》「籯，吕判竹。圜吕盛穀者。」	段《注》：「用竹篾圍其外，殺其上，高至於屋，蓋以盛穀。近底之處爲小戶，常閉之，可出穀，今江蘇謂之土籧是也，古曰筦。今江蘇編稻艸爲之，容數石，謂之筦。」	段玉裁《說文注》五篇上，頁 11b
18	《說文》「餈，稻餅也。」	段《注》：「以稯米蒸孰餅之如麵餅曰餈，今江蘇之餈飯也。粉稯米而餅之而蒸之則曰餌，鬻部云『鬻，粉餅也』是也，今江蘇之米粉餅、米粉團也。粉餅則傅之以熬米麥之乾者，故曰糗餌，米部云『糗，熬米麥也』可證。餈則傅之以大豆之粉，米部曰『粉，傅面者也』可證也。」	段玉裁《說文注》五篇下，頁 8a
19	《說文》「餲，飯餲也。」	段《注》：「飯餲者，謂飯久而味變。餲之言鬱也，今江蘇俗云餲生，當作此字。」	段玉裁《說文注》五篇下，頁 14a
20	《說文》「櫻，栟櫚也。」	段《注》：「《玉篇》云『櫻櫚，一名蒲葵。』今按《南方艸木狀》云『蒲葵如栟櫚而柔薄，可爲簦笠，出龍川。』是蒲葵與櫻樹各物也。謝安之蒲葵扇，今江蘇所謂芭蕉扇也。櫻葉縷析，不似蒲葵葉成片可爲笠與扇。」	段玉裁《說文注》六篇上，頁 7b
21	《說文》「枅，所吕涂也。」	段《注》：「按此器今江、浙以鐵爲之，或以木。」	段玉裁《說文注》六篇上，頁 36b
22	《說文》「楣，門樞之橫梁。」	段《注》：「根言樞之下，楣言樞之上，門上爲橫梁，鑿孔以貫樞，今江、浙所謂門龍也。」	段玉裁《說文注》六篇上，頁 36b。
23	《說文》「欈，楔也。」	段《注》：「玄應書曰《說文》欈，子林切。……按子林切蓋本《說文音隱》，今江、浙語正作知林切，不作子林也。」	段玉裁《說文注》六篇上，頁 38a
24	《說文》「荂，艸木華也。」	段《注》：「郭曰『今江東呼華爲荂，音敷。』按今江蘇皆言花，呼瓜切。」	段玉裁《說文注》六篇下，頁 5b
25	《說文》「巢，鳥在木上曰巢，在穴曰窠。」	段《注》：「今江蘇語言通名禽獸所此曰窠。」	段玉裁《說文注》六篇下，頁 7b
26	《說文》「巷，里中道也。」	段《注》：「十七史言弄者，皆卽巷字，語言之異也。今江蘇俗尚云弄。」	段玉裁《說文注》六篇下，頁 58b
27	《說文》「啓，雨而晝姓也。」	段《注》：「康禮切，十五部。按《集韵》又輕甸切，語之轉也。今蘇州俗語云『啓晝不是好晴』，正作此音。」	段玉裁《說文注》七篇上，頁 5a

28	《說文》「寤，臥驚也。」	段《注》:「《廣雅》曰『寤，覺也。』義相近，今江蘇俗語曰睡一寤。」	段玉裁《說文注》七篇下，頁 26a
29	《說文》「疥，搔也。」	段《注》:「搔音穌到切，疥急於搔，因謂之搔。俗作瘷，或作瘷，穌到切，今四川人語如此。」	段玉裁《說文注》七篇下，頁 30b
30	《說文》「匙，匕也。」	段《注》:「《方言》曰『匕謂之匙』，蘇林注《漢書》曰『北方人名匕曰匙』，玄應曰『匕或謂之匙』，今江蘇所謂榚匙、湯匙也，亦謂之調羹，實則古人取飯、載牲之具。」	段玉裁《說文注》八篇上，頁 41a
31	《說文》「貘，佀熊而黃黑色。出蜀中。」	段《注》:「今四川川東有此獸，薪采攜鐵飯甑入山，每爲所齧，其齒則奸民用爲僞佛齒。」	段玉裁《說文注》九篇下，頁 41b
32	《說文》「猺，南越名犬，獿猺也。」	段《注》:「獿、猺疊韵字，南越人名犬如是，今江、浙尚有此語。」	段玉裁《說文注》十篇上，頁 26b
33	《說文》「尲，尲尬行不正也。」	段《注》:「各本奪尲尬二字，今依全書通例補。又補行字，《集韵·二十五沾》、《廣韵·二十六咸》皆云『尲尬，行不正也。』可證。今蘇州俗語謂事乖刺者曰尲尬。」	段玉裁《說文注》十篇下，頁 10b
34	《說文》「淹，淹水。出越巂徼外，東入若水。」	段《注》:「巂音先藥反，今四川語言讀如西上聲。」	段玉裁《說文注》十一篇上一，頁 10b
35	《說文》「灊，江水大波謂之灊。」	段《注》:「專謂江水也。玉裁昔嘗理四川南谿縣，攷故碑，大江在縣，有揚灊灘。」	段玉裁《說文注》十一篇上二，頁 7a
36	《說文》「泭，編木㠯渡也。」	段《注》:「凡竹木蘆葦皆可編爲之，今江蘇、四川之語曰簰。」	段玉裁《說文注》十一篇上二，頁 20b
37	《說文》「洍，灌釜也。」	段《注》:「灌者，沃也。沃，今江蘇俗云燠，烏到切。《廣韵·三十七號》云『燠金，以水添金也』。」	段玉裁《說文注》十一篇上二，頁 30b
38	《說文》「湣，灊也。」	段《注》:「今江蘇俗語灊水曰滾水，滾水卽湣，語之轉也。」	段玉裁《說文注》十一篇上二，頁 31b
39	《說文》「汏，淅灊也。」	段《注》:「今蘇州人謂搖曳洒之曰汏，音如俗語之大，在禡韵。」	段玉裁《說文注》十一篇上二，頁 31b
40	《說文》「渮，多汁也。」	段《注》:「《淮南·原道訓》曰『甚淖而渮。』高云『渮亦淖也，饘粥多瀋者曰渮，讀歌謳之歌。』按今江蘇俗語謂之稠也。」	段玉裁《說文注》十一篇上二，頁 35a
41	《說文》「鮸，鮸魚也。」	段《注》:「按今江、浙人所食海中黃花魚，乾之爲白鯗，卽此魚也。」	段玉裁《說文注》十一篇下，頁 24a

42	《說文》「絬，衣堅也。」	段《注》：「衣堅者，今蘇州人所謂勘箸也。」	段玉裁《說文注》十三篇上，頁27a
43	《說文》「蟠，鼠婦也。」	段《注》：「按此溼生蟲，今蘇州人所謂鞵底蟲也。」	段玉裁《說文注》十三篇上，頁49b
44	《說文》「埴，黏土也。」	段《注》：「按《廣韵》常職、昌志二切，今江、浙俗語皆用昌志一切。」	段玉裁《說文注》十三篇下，頁20a
45	《說文》「塍，稻田中畦埒也。」	段《注》：「今四川謂之田繩子，江、浙謂之田緬，緬亦繩也。」	段玉裁《說文注》十三篇下，頁21a
46	《說文》「勘，勞也。」	段《注》：「今人謂物消磨曰勘是也，蘇州謂衣久箸曰勘箸。」	段玉裁《說文注》十三篇下，頁53a
47	《說文》「鎗，鎗鎗也。从金恩聲。一曰大鑿中木也。」	段《注》：「今四川富順縣卬州鑿鹽井，深數十丈，口徑不及尺，以鐵爲杵，架高繩而鑿之，俗偁中井。中讀平聲，其實當作此鎗字。」	段玉裁《說文注》十四篇上，頁17a

附表二：桂《證》引用民俗資料一覽表

序號	《說文》	桂《證》	出　處
1	《說文》「黃，兔瓜也。」	桂《證》：「雲南人多賣者，謂爲土瓜，形似扁蘆菔，色白，食之甘脆。」	桂馥《說文義證》卷三，頁38b
2	《說文》「茚，昌蒲也。從艸卬聲。益州生。」	桂《證》：「滇南多生菖蒲，順寧尤多，滇本屬益州。」	桂馥《說文義證》卷四，頁5b
3	《說文》「芀，葦華也。」	桂《證》：「雲南人呼芀茅，語轉爲刀茅。」	桂馥《說文義證》卷四，頁6a
4	《說文》「鞻，或從革。」	桂《證》：「今雲南以麂皮作之，即舞人之蠻鞻。」	桂馥《說文義證》卷六，頁65a
5	《說文》「瞤，目動也。」	桂《證》：「北俗謂之眼跳，占小吉兇。」	桂馥《說文義證》卷九，頁11a
6	《說文》「鵠，鳩屬。」	桂《證》：「戴祚《西征記》『祚至雍邱始見鵠，大小如鳩，色似鸚鵡，戲時兩兩相對。』馥案：戴所見乃綠鳩，非鵠也。馥於滇南見一綠鳩，色近鸚鵡。」	桂馥《說文義證》卷十，頁20b
7	《說文》「箯，飲馬器也。」	桂《證》：「今雲南人編竹筐挂樹木上以飼馬，即馬兜也。」	桂馥《說文義證》卷十三，頁26a
8	《說文》「䣊，血醢也。」	桂《證》：「今雲南人取豬血雜以肉骨，同鹽豉作之，名曰豆豉䣊，音轉如沈姓之沈。」	桂馥《說文義證》卷十四，頁33b
9	《說文》「亼，三合也。」	桂《證》：「北人呼市爲集，所謂合市也。」	桂馥《說文義證》卷十五，頁1a
10	《說文》「橘，果出江南。」	桂《證》：「《元和志》『杭州富陽縣出橘，爲江東之最。』今見進貢。」	桂馥《說文義證》卷十六，頁1b

11	《說文》「枇，擊禾連枷也。」	桂《證》：「宋慶歷初，知并州楊偕上所製鈇連枷，詔藏之秘府。此是兵器，與擊禾之器相似，故狄武襄以鈇連枷破儂智高。今雲南戍樓設之。」	桂馥《說文義證》卷十七，頁24a
12	《說文》「𦒀，囮或從繇。」	桂《證》：「通作游，〈射雉賦〉『恐吾游之晏起。』徐注『游，雉媒名，江淮間謂之游。』〈賦〉又云『良游呃喔，引之規裏。』徐注『良，媒也，言媒呃喔，其聲誘引，令入可射之。規，內也。』馥案：雲南人猶呼游子。」	桂馥《說文義證》卷十八，頁24b
13	《說文》「伲，長皃。一曰箸地。一曰代也。」	桂《證》：「一曰箸地者，吾鄉謂倒地臥爲伲。」	桂馥《說文義證》卷二十四，頁16b
14	《說文》「襁，負兒衣。」	桂《證》：「苞注《論語》『負者以器曰襁也』，皇氏《疏》曰『襁者以竹爲之，或云以布爲之，今蠻夷猶以布帊裹兒，負之背也。』馥案：貴州、雲南婦人負兒操作或遠行，皆用布裹於背，未見用竹者。」	桂馥《說文義證》卷二十五，頁19b
15	《說文》「砮，石可以爲矢鏃。」	桂《證》：「今青州都統慶霖贈余以器，言得自黑龍江，色黑而堅，似木似石，謂之木變石，蓋即砮石也。」	桂馥《說文義證》卷二十九，頁3b
16	《說文》「駮，獸如馬，倨牙，食虎豹。」	桂《證》：「今河陝之間有此獸，俗呼馬頭，所在無虎。」	桂馥《說文義證》卷三十，頁23a
17	《說文》「魴，赤尾魚。」	桂《證》：「《詩·汝墳》『魴魚頳尾。』《傳》云『魚勞則尾赤。』《正義》『魴魚尾本不赤，赤，故爲勞也。』馥案：此誤也，曾在沅江得一魚，鱗白肉細而尾赤，眞魴也。」	桂馥《說文義證》卷三十六，頁39a
18	《說文》「嫛，奢也。」	桂《證》：「徐鍇本有『一曰小妻也』五字，《六書故》、《廣韻》竝同。馥案：北人謂妾曰小婆子。」	桂馥《說文義證》卷三十九，頁35a
19	《說文》「妒，量也。」	桂《證》：「量也者，本書『揣，量也』，聲義與妒同。……馥案：北人言揣妒，又言故妒，是也。」	桂馥《說文義證》卷三十九，頁43a
20	《說文》「釘，鍊鉼黃金。」	桂《證》：「今俗以金爲一錠是也。」	桂馥《說文義證》卷四十五，頁7b
21	《說文》「𣁰，量溢也。」	桂《證》：「今雲南順寧以一斗爲一𣁰。」	桂馥《說文義證》卷四十六，頁9b
22	《說文》「軫，車後橫木也。」	桂《證》：「今北方呼車枕者，專指輿後橫闌。」	桂馥《說文義證》卷四十六，頁24a

第二節　資料徵引之異者

一、段玉裁側重之資料

（一）應劭《風俗通》

應劭，東漢末年人，應奉之子、應瑒叔父。著有《風俗通義》，別名《風俗通》，是書之內容，主要為考證古代名物制度及風俗，對於漢代風俗尤有駁正。原書三十卷，今僅存十篇，分為十卷。清代學者對此書有校勘、輯佚之功，如朱筠著有《風俗通義校正》，嚴可均輯有《風俗通義》佚文六卷，收入氏著《全後漢文》。段桂二人注證《說文》皆有引用《風俗通》者，然桂馥對此項資料之運用，多為臚列，不如段氏側重。桂馥論《風俗通》云：

> 世傳《風俗通》殘闕太甚，見引於《太平御覽》諸書者，今本多失載。余觀書中名義，不無疏違，蓋少年之作也。……然其書多沿襲《說文》，是漢人之好許學者〔註291〕。

據此，桂馥稱《風俗通》「多沿襲《說文》，是漢人之好許學者」，然或許是殘闕頗多，且有所疏違，故桂氏對其評價不高，而較少應用於校勘《說文》。

段玉裁亦以為應劭《風俗通》多襲用《說文》，然較桂氏徵信此書，故常以《風俗通》校勘《說文》，如《說文》「池」字，段《注》云：

> 《說文》：「池，陂也。」
>
> 段《注》：「此篆及解各本無，今補。……攷《左傳‧隱三年》正義引應劭《風俗通》云『池者，陂也。从水也聲。』《風俗通》一書訓詁多襲《說文》，然則應所見固有池篆，別於沱篆顯然。徐堅所見同應。〔註292〕」

段氏據《左傳》正義引《風俗通》「池者，陂也。从水也聲」，補《說文》「池」字，並稱「《風俗通》一書訓詁多襲《說文》」。段氏雖大量校改《說文》，但卻不輕易校補《說文》逸字，由此可見段氏對於《風俗通》之重視。章太炎則云：「《說文》本無池字，段氏从應氏《風俗通》增。《初學記》引《說文》

不甚可信，蓋有引《說文》注爲《說文》正文者。」而朱希祖云：「池本字當作隄，古皆舌頭音，《說文》云『唐也』。四面及中央空皆可稱唐。隄亦有二誼，邊岸曰隄，四邊亦曰隄，唐人稱邊曰隄，池甿是也，又『魚躍弗池』是也。故池之正字爲隄，借字爲沱。〔註293〕」

再如《說文》「鶾」字，段《注》云：

> 《說文》：「鶾，雞肥翰音者也。从鳥倝聲。魯郊吕丹雞祝曰：『吕斯翰音赤羽，去魯侯之咎』。」

> 段《注》：「此引〈魯郊禮〉文，證翰音之爲肥雞也。各本翰作鶾，誤。田部曰『〈魯郊禮〉畜字從田茲作薔』，《五經異義》曰『〈魯郊禮〉祝延帝尸』，《風俗通》亦言魯郊祀常以丹雞祝，曰『以斯翰聲赤羽，去魯矦之咎』。〔註294〕」

又如《說文》「湖」字，段《注》云：

> 《說文》：「湖，大陂也。从水胡聲。楊州瀆有五湖。瀆，川澤所仰以溉灌者也。」

> 段《注》：「《風俗通》曰『湖者，言流瀆四面所猥也，川澤所仰以溉灌也。』用許語。〔註295〕」

再如《說文》「渠」字，段《注》云：

> 《說文》：「渠，水所居也。」

> 段《注》：「《風俗通》亦云『渠者，水所居也』。〔註296〕」

上列數例，可見段氏引《風俗通》注證《說文》，而二者多有相同，故可知《風俗通》確有本於《說文》者，而段氏所言不虛。

再者，段玉裁「《風俗通》多襲用《說文》」之觀點，亦爲弟子沈濤所用，如《說文》「膢」字，段《注》云：

> 《說文》：「膢，楚俗以二月祭飲食也。」

〔註293〕王寧整理：《章太炎說文解字授課筆記（縮印本）》，頁458。

〔註294〕段玉裁：《說文解字注》四篇上，頁55a。

〔註295〕段玉裁：《說文解字注》十一篇上二，頁17b。

〔註296〕段玉裁：《說文解字注》十一篇上二，頁18a。

段《注》：「《風俗通》曰『韓子書：山居谷汲者，腰臘而買水。楚俗常以十二月祭飲食也。』按買水，今本韓子作『相遺以水』，皆謂水少耳。《風俗通》作十二月，劉昭引同，與許書二月異。疑十為衍字，仲遠書多襲用《說文》也。〔註297〕」

此例段氏雖不以《風俗通》引改，然反以為《風俗通》引有衍字，故與《說文》異，仍是持「《風俗通》多襲用《說文》」之觀點。沈濤亦承此見，其《說文古本考》云：

仲遠書皆襲用《說文》，可見今本之譌誤。合諸書互訂之，古本當曰「腰，楚俗以十二月祭飲食也」〔註298〕。

沈濤據《風俗通》校改《說文》，雖然所得結論與段玉裁不同，但所據之理卻是相同。

次者，段氏亦稱《風俗通》有竄改《說文》之現象，如《說文》「羌」字，段《注》云：

《說文》：「羌，西戎。羊穜也。从羊儿、羊亦聲。」

段《注》：「各本作『从羊人』也，《廣韵》、《韵會》、《史記》索隱作牧羊人也，學者多言牧羊人為是，其實非也。……各本作牧羊人，似取《風俗通》竄改，《御覽》引《風俗通》曰『羌本西戎卑賤者也，主牧羊，故羌字从羊人，因以為號。』按應氏《風俗通》其語有襲用《說文》者，有竄改說文者。其說貉不从豸穜之說，亦見《御覽》，則說羌不从羊穜正同，今正。〔註299〕」

段氏改「从羊人」為「羊穜」，云《風俗通》之語有襲用《說文》者，亦有竄改《說文》者。諸家無據《風俗通》改者，且鈕樹玉《段氏說文注訂》、王紹蘭《說文段注訂補》、徐承慶《說文解字注匡謬》皆駁段氏「羊穜」之改，如徐承慶云：「羌為西戎牧羊人，故字从羊从人，《繫傳》及各本皆同，惟《六書故》謂許氏說非。段氏以字从羊而以蠻閩、貉、狄字例之，改為『羊穜』，其言似是而實非，蓋奉戴侗為奧主，特未明言耳。至『此六種也』句，非束

〔註297〕段玉裁：《說文解字注》四篇下，頁29b。

〔註298〕沈濤：《說文古本考》卷四下，13a。

〔註299〕段玉裁：《說文解字注》四篇上，頁35b。

上語，謂此有六種，惟『西南僰人焦僥从人』、『東夷从大』非除此二種，而另為六種。段未曾體味，乃云『上文止有四種，不得言六』，誤矣。『南方蠻閩』下所云乃言其字之从某，非上文作羊種，而申明其義。〔註300〕」因此，段氏為證明己說，雖向所重視之《風俗通》，亦能言其有誤，可見段氏校勘之專斷，故諸家群起而攻之。

再如《說文》「琯」字，段《注》云：

《說文》：「琯，古者管吕玉。舜之時，西王母來獻其白琯。前零陵文學姓奚，於泠道舜祠下得笙玉琯。夫吕玉作音，故神人吕和，鳳皇來儀也。从王官聲。」

段《注》：「按此疑出後人用《風俗通》沾綴，許書祇當云『古者管以玉，或从玉』。〔註301〕」

段玉裁懷疑此字乃後人據《風俗通》增改，原書當云「古者管以玉，或从玉」。諸家與段氏改異，而徐承慶《說文解字注匡謬》云：「說解之文有詳有略，書中似此者多，非由沾綴」〔註302〕。

（二）熊忠《古今韻會舉要》

《古今韻會舉要》為元代熊忠所作，是書乃承元代黃公紹《古今韻會》而成。熊忠為黃公紹之同鄉館客，因《古今韻會》卷帙龐大，故撰《古今韻會舉要》三十卷，而黃公紹《古今韻會》今已亡佚，學者簡稱熊忠《古今韻會舉要》為《韻會》或《舉要》。《韻會》表面沿習傳統韻書以平、上、去、入四聲分卷，用反切注音的體例，而韻目使用劉淵《禮部韻略》107韻，但實際上，作者亦根據當時之語音，對傳統分韻作了相應之修改，可見元代語音之概況。

《韻會》中亦大量引用《說文》，對於《說文》校勘具有重要之價值，據呂慧茹《《古今韻會舉要》引《說文》考》之統計，《韻會》引《說文》計有6626條，其中包括未言出《說文》者57字、字重複者286字、引大徐新附者

〔註300〕徐承慶：《說文解字注匡謬》卷二，頁14a。《說文解字詁林正補合編》第四冊，頁341。

〔註301〕段玉裁：《說文解字注》五篇上，頁18a。

〔註302〕徐承慶：《說文解字注匡謬》卷九，頁17b。

68 字、不見於今本《說文》者 35 字〔註303〕。段桂對於《韻會》所引《說文》，皆有引用，而以段氏特爲側重，試論之。

1. 《韻會》所引《說文》之版本問題

關於《韻會》所引《說文》，段玉裁及桂馥皆認爲所引是小徐本《說文》。呂慧茹《《古今韻會舉要》引《說文》考》，將《韻會》與大、小徐本《說文》比對，得出《韻會》說解同於大小徐者，計有 3120 字；大徐者，計有 319 字；同於小徐者，計有 741 字，可證《韻會》所引《說文》是以小徐本爲主〔註304〕。再者，段氏以爲《韻會》所引是小徐善本，如氏著《汲古閣說文訂》〈序〉云：

> 今世所存小徐本，乃宋張次立所更定，而非小徐眞面目，小徐眞面
>
> 目僅見於黃氏公紹《韻會舉要》中〔註305〕。

段氏以爲今所見小徐本《說文》，爲宋代張次立改定本，而小徐本原貌則見於《古今韻會舉要》所引《說文》。段氏《說文注》亦主此說，如《說文》「橢」字，段《注》云：

> 《說文》：「橢，尺二書。」
>
> 段《注》：「各本作二尺書，小徐《繫傳》已佚，見《韻會》者，作
>
> 『尺二書』，蓋古本也。〔註306〕」

今《繫傳》作「二尺書」，段氏云當依《韻會》引小徐作「尺二書」，稱小徐《繫傳》已佚。沈濤《說文古本考》、王筠《說文句讀》改同，而唐寫本《說文》木部亦作「二尺」〔註307〕。

對於段氏云《韻會》引小徐原本之說，呂慧茹《《古今韻會舉要》引《說文》考》，則以爲《韻會》所引小徐本，爲張次立未改動本之可能性不高。呂慧茹提出三點理由：一爲今《韻會》所引《說文》，有九字涉及「臣次立曰」之內容，其中劃、佞、委三字可確定《韻會》引用張次立改動本。二爲黃公紹

〔註303〕呂慧茹：《《古今韻會舉要》引《說文》考》（臺北：東吳大學中國文學研究所碩士論文，2001 年 6 月），頁 18。

〔註304〕呂慧茹：《《古今韻會舉要》引《說文》考》，頁 482。

〔註305〕段玉裁：《汲古閣說文訂》〈序〉。

〔註306〕段玉裁：《說文解字注》六篇上，頁 55b。

〔註307〕莫友芝：《唐寫本說文解字木部箋異》，頁 6。

《古今韻會》在張次立之後，故難見張次立未改動前之小徐本。三為《集韻》成書早於張次立改動小徐本之前，故《集韻》所引為小徐真面目，而《集韻》所引與《韻會》有所出入，二書所引內容並非全同〔註308〕。呂慧茹之說，甚為用心，然筆者以為可再作討論，如《韻會》引《說文》計有6626條，只據《韻會》九字涉及「臣次立曰」之內容，論《韻會》引用張次立改動本，證據稍嫌薄弱。且所持《集韻》引為小徐真面目之說，亦頗有武斷之嫌。

2. 段《注》之偏重《韻會》

段玉裁與桂馥注證《說文》，皆有徵引《韻會》所引小徐《說文》，而段氏對於《韻會》特為重視，是其校改《說文》，最倚重之資料。如《說文》「三」字，段《注》云：

> 《說文》：「三，數名。天地人之道也。於文一耦二為三，成數也。」

> 段《注》：「此依《韻會》所引，《韻會》多據鍇本，今鍇本又非舊矣。
>
> 耦，各本作偶，今正。〔註309〕」

段氏據《韻會》引改，並云今鍇本非舊，而桂《證》此字則無據改者。徐承慶《說文解字注匡謬》、徐灝《說文解字注箋》皆非段說，如徐灝云：「此黃公紹之說，非許語，且『於文一耦二為三』，《說文》亦無此句法。《韻會》所據者《繫傳》，今《繫傳》各本，皆與鼎臣本同，而不如《韻會》所言，然則未可輕信以改原文矣。段氏輕信《韻會》，凡與今本文異者，多改從之，今亦不悉論」〔註310〕。再如《說文》「珩」字，段《注》云：

> 《說文》：「珩，佩上玉也。从玉行，所以節行止也。」

> 段《注》：「依《韻會》所引訂。从玉行者，會意。所以節行止也者，
>
> 謂珩所以節行止，故字从玉行，發明會意之恉也。〔註311〕」

《說文》原作「珩，佩上玉也，所以節行止也。从玉行聲」，而段氏據《韻會》

〔註308〕呂慧茹：《《古今韻會舉要》引《說文》考》，頁488。

〔註309〕段玉裁：《說文解字注》一篇上，頁17b。

〔註310〕徐灝：《說文解字注箋》第一上，頁30b。徐承慶：《說文解字注匡謬》卷二，頁2b。

〔註311〕段玉裁：《說文解字注》一篇上，頁26a。

引改。桂《證》無改者，鈕樹玉《說文校錄》以爲《韻會》所引恐非〔註312〕。

再如《說文》「棶」字，段《注》云：

《説文》：「棶，削木朴也。從木桼聲。陳楚謂之札棶。」

段《注》：「各本作陳楚謂櫝爲棶，今依《韵會》所引鍇本正。〔註313〕」

此字段氏據《韻會》引小徐改，而徐承慶《說文解字注匡謬》云：「按大徐本作陳楚謂櫝爲棶，《繫傳》作陳楚謂之札棶，校《說文》而以《韵會》爲本，不檢《繫傳》，翻客爲主，是謂失當。〔註314〕」此字《韻會》引小徐與今傳小徐同，而段氏只引《韻會》，故徐承慶謂之失當。對此，鮑國順（1947～2013）《段玉裁校改說文之研究》亦云：

校勘之資料，本以最原始者爲最可靠，而段氏於小徐本一書，則往往多從韵會所引，全書之中，注中明言據韵會校改者，計有二百三十四字，其本韵會改易而注中不言者，尚不在此數，可見段氏偏信韵會之一斑〔註315〕。

據此，可知段玉裁之偏重《韻會》所引小徐《說文》，甚至有忽略今傳小徐本之現象。

段氏雖特重《韻會》，但於《韻會》卻非全數採用，亦有訂正其誤者，如《說文》「佼」字，段《注》云：

《説文》：「佼，交也。」

段《注》：「佼見《管子·明法解》，曰『羣臣皆忘主而趨私佼。』又曰『養所與佼而不以官爲務。』又曰『小臣持祿養佼，不以官爲事。』其訓皆交也，而《韵會》引小徐本作『好也』，鍇引《史記》『後有長姣美人』。按小徐本女部『姣，好也』，引《史記》『長姣美人』。《韵會》移入此，甚誤。〔註316〕」

<hr>

〔註312〕桂馥：《説文解字義證》卷二，頁 20b。鈕樹玉：《說文解字校錄》卷一上，頁 13a。

〔註313〕段玉裁：《說文解字注》六篇上，頁 60a。

〔註314〕徐承慶：《說文解字注匡謬》卷十四，頁 3a。

〔註315〕鮑國順：《段玉裁校改說文之研究》（臺北：政治大學中國文學研究所碩士論文，1974 年 6 月），頁 563。

〔註316〕段玉裁：《説文解字注》八篇上，頁 3a。

《說文》「佼，交也」，而《韻會》引小徐本作「好也」，段氏云《韻會》誤引
「姣」字說解。再如《說文》「紬」字，段《注》云：

> 《說文》：「紬，絳也。」

> 段《注》：「此紬之本義而廢不行矣，《韵會》絳作縫，非也。〔註317〕」

再如《說文》「蜎」字，段《注》云：

> 《說文》：「蜎，肙也。」

> 段《注》：「肙，各本作蜎，仍複篆文不可通。攷肉部肙下云『小蟲
> 也』，今據正。《韵會》引《說文》『井中蟲也』，恐是據《爾雅》注
> 改。〔註318〕」

據此，可見段氏雖大量採用《韻會》所引小徐，仍是有所去取，並非任意徵引。
章太炎云：「蜎肙實一字，即今到干蟲」〔註319〕。再者，桂馥《義證》亦有引
用《韻會》所引小徐者，如《說文》「議」字，二氏云：

> 《說文》：「議，語也。一曰謀也。」

> 段《注》：「《韵會》引有此四字。」

> 桂《證》：「《韻會》引徐鍇本下有『一曰謀也』四字，案本書『譔，
> 議謀也』、《廣雅》『議，言也，謀也』，當具二義。〔註320〕」

段桂皆據《韻會》引徐鍇，補「議」字一曰之義，而此例並可見桂氏引用《韻
會》外，又引《說文》本書、《廣雅》證，例證豐富，不似段氏單引《韻會》據
改。

因此，段氏側重《韻會》所引小徐《說文》，而桂馥《義證》對於《韻會》
取證之程度，遠不及段氏。徐承慶《說文解字注匡謬》對於段《注》太信《韻
會》，有所批評，云：

> 《韻會》雖本小徐，往往就己意增刪，或用鍇語并入正文、或襍以
> 他說，未可盡據。乃與《繫傳》不合，非云淺人所改，即云張次立

〔註317〕段玉裁：《說文解字注》十三篇上，頁 14a。

〔註318〕段玉裁：《說文解字注》十三篇上，頁 57a。

〔註319〕王寧整理：《章太炎說文解字授課筆記（縮印本）》，頁 555。

〔註320〕段玉裁：《說文解字注》三篇上，頁 12a。桂馥：《說文解字義證》卷七，頁 21b。

改從鉉本，豈篤論乎？且《說文》果誤，而《韻會》據小徐善本是
正固宜。如段所改悉，現行之本涉筆便誤，甚至大相懸殊，似鍇書
竟有兩本，其信《韻會》未免太過。亭林顧氏曰：學者生兩千餘年
之後，信古而闕疑，乃其分也。若自詡博通，習於百家之言，任意
武斷，致本書之面目全非，其於作注之意，左矣〔註321〕。

徐氏以爲《韻會》雖本小徐，但仍是有所增刪，不可盡信，而段《注》大量依
據《韻會》校改《說文》，實是過分偏執。

二、桂馥側重之資料

（一）金石文獻

桂馥對金石學頗有研究，於石刻、古印涉獵尤深，著作等身，主要有《繆
篆分韻》、《歷代石經略》、《續三十五舉》、《再續三十五舉》、《重定續三十五
舉》。《繆篆分韻》乃據《廣韻》編次古印文而成。《歷代石經略》，則是研究
歷代石經文字及其歷史。《續三十五舉》、《再續三十五舉》、《重定續三十五舉》
等書則是摹印之作，爲續元吾丘衍《學古編》〈三十五舉〉而成。再者，桂氏
《札樸》卷八，亦專論金石文字。乾隆五十八年（1793），阮元任山東學政，
桂氏嘗爲協編《山左金石志》〔註322〕。凡此，皆可見桂馥於金石學研究之深
厚。

段玉裁雖是著述等身，金石學相關著作卻是闕如，周祖謨即云：「段氏對
周代銅器文字既很少研究，對秦漢篆書石刻和漢人隸書也不重視。〔註323〕」
然而，段氏對於出土文物是持肯定態度的，嘗云：「許氏以後，三代器銘之見
者日益多，學者摩挲研究，可以通古六書之條理，爲六經輔翼。〔註324〕」但
是段氏《說文注》所引金石材料，不論質或量，都較桂氏《說文義證》爲少，
筆者以爲，金石文獻是桂氏較爲側重者。職是，本節主要研究桂馥《義證》
引用金石文獻之作用與內容，並輔以段氏所引用之金石資料，以求段桂比較

〔註321〕徐承慶：《說文解字注匡謬》卷四，頁34b。

〔註322〕孫雅芬：《桂馥研究》，頁48。

〔註323〕周祖謨：《問學集》〈論段氏說文解字注〉，頁871。

〔註324〕段玉裁：《經韻樓集》〈薛尚功《歷代鐘鼎彝器款識法帖》二十卷寫本書後〉，卷七、
頁150。

研究之完備。

　　桂馥《説文義證》引用金石文獻之作用有四，論述如次：

1. 校改《説文》文字

　　桂馥《説文義證》有以金石文字，校勘《説文》字形者。如《説文》「荆」字，桂《證》云：

　　　《説文》：「荆，楚木也。從艸刑聲。」

　　　桂《證》：「刑聲者當爲荆聲，篆文誤也。〈魏王基碑〉『遷荆州刺史』、古銅印『孫荆』，其文竝從井。荆，法也。荆以立法，故從荆。本書鉶字猶不誤。〔註325〕」

桂氏據魏碑及古銅印，以爲「荆」字當從井。黃錫全《汗簡注釋》云：「《説文》刑當是荆字形譌，本爲一字，許氏分列二部。〔註326〕」張書巖〈試談「刑」字的發展〉云：「刑的來源其實只有一個荆字，刑是因誤解而產生出來的一個訛字。〔註327〕」據此，則《説文》「荆」字當從井。再如《説文》「禾」字，桂《證》云：

　　　《説文》：「禾，嘉穀也。以二月始生，八月而熟，得之中和，故謂之禾。禾，木也。木王而生，金王而死。」

　　　桂《證》：「禾當爲禾，鐘鼎文穆、季等字作禾，漢印私字作禾。〔註328〕」

桂氏舉金文、漢印爲證，以爲禾字篆形禾，當爲禾，以示禾穗左傾下垂之形。孫詒讓《名原》云：「蓋原始象形禾字，上象禾，下象秆葉參差旁出形，實非从木也。其後或省變作禾，最後又定作禾，則皆葉葉相當，與木形同。小篆因之，遂有『木王而生』之說，實則諸穀皆艸非木，此與象形之義不合。〔註329〕」

　　次者，桂馥有據金文補充古文者，如《説文》「保」字，桂《證》云：

《説文》:「保，養也。」

　　桂《證》:「古文作𩇫，見〈楚邘仲南和鐘〉。〔註330〕」

桂氏據〈楚邘仲南和鐘〉，説明「保」字古文有作𩇫者，但必須強調的是，桂氏於此，僅是對於《説文》收字的一種補充，並不表示其以爲是「《説文》古文」。關於《説文》之逸字，桂馥《説文義證》另有體例，乃補於《説文》部首字之後。另，金文「保」字，又有作𠈌、𠈑、𠈵、𠈶者，李孝定《金文詁林讀後記》云:「字實象人負子於背之形。其字初與圖畫相類，後因形聲字之例類化，分人形與子形爲二，而於『子』下存一斜畫者，手形之遺也。……又或增『玉』若『貝』者，以『保』、『寶』音近通用，涉『寶』字而誤增。〔註331〕」

　　其次，段玉裁有據石刻文字校改《説文》者，如《説文》「矜」字，云:

《説文》:「矜，矛柄也。從矛今聲。」

　　段《注》:「各本篆作矜，解云今聲。今依漢石經《論語》、〈溧水校官碑〉、〈魏受禪表〉皆作『矜』正之。」

　　桂《證》:「今聲者，石經《論語》殘碑、〈校官碑〉、〈魏受禪碑〉竝從令。〔註332〕」

段氏據漢石經《論語》、〈溧水校官碑〉、〈魏受禪表〉，改「矜」爲「矜」。桂氏徵引資料同段，僅存而不論。

2. 明文字形變

　　桂氏引用金石文字，臚列金文、石刻字形，可明文字之形變。如《説文》「逡」字，桂《證》云:

《説文》:「逡，遷徙也。」

　　桂《證》:「〈尹宙碑〉『支判流徙』，變辵從彳。〔註333〕」

〔註330〕桂馥:《説文解字義證》卷二十四，頁3a。

〔註331〕李孝定:《金文詁林讀後記》(《中央研究院歷史語言研究所專刊》80，1982年)卷八，頁309。

〔註332〕段玉裁:《説文解字注》十四篇上，頁36b。桂馥:《説文解字義證》卷四十六，頁12a。

〔註333〕桂馥:《説文解字義證》卷六，頁12a。

桂氏舉漢〈尹宙碑〉，明遷、徙之形變。按从辵、从彳之字，常有相通之現象，如《説文》徙字从辵止，其或體从彳作徙〔註334〕。再如金文通、徧二字同，高田忠周云：「从辵从彳，本同意耳。〔註335〕」考「辵」字，蔡師信發《六書釋例》云：「該字由彳、止構成，二文都屬獨體象形。彳，是『行』的省形，作『道路』解；止，據左腳掌構形，此引伸作『行走』解。當二文相合成「辵」，以示路上行走之意。〔註336〕」再如《説文》「誊」字，桂《證》云：

> 《説文》：「誊，咨也。」

> 桂《證》：「〈魯峻碑〉『能不唬蒼』，隸體從省。〔註337〕」

《説文》誊字，桂氏引〈魯峻碑〉作蒼，乃隸體從省。

再如《説文》「籩」字，桂《證》云：

> 《説文》：「籩，竹豆也。☒，籀文籩。」

> 桂《證》：「〈漢校官碑〉『☒豆用賑』，隸改匚作匸。〔註338〕」

☒籀文，桂氏引〈漢校官碑〉作☒，云隸改匚作匸。「匚」字，蔡師信發《六書釋例》云：「該字上、下像方器中剖正視的兩側，左像器底，正像方形之器，據貝體實像造字，屬獨體象形。就其構形視之，應以『方形受物之器』為本義。……籀文作匸，許氏鍇輝說：像編竹之形。〔註339〕」再如《説文》「彎」字，桂《證》云：

> 《説文》：「彎，馬彎也。」

> 桂《證》：「石鼓文作☒、〈周憬功勳銘〉作☒、〈夏承碑〉作☒，隸變止為心。〈後魏文帝弔比干墓文〉作☒，〈唐李邕岳麓寺碑〉、〈娑羅樹碑〉竝作☒，明毛晉刻《左傳》、《禮記》、《韓詩外傳》作☒，惟〈宇文周豆盧恩碑〉作☒。〔註340〕」

〔註334〕段玉裁：《説文解字注》二篇下，頁6a。

〔註335〕高田忠周：《古籀篇》（臺北：大通書局，1982年）卷六十五，頁28a。

〔註336〕蔡師信發：《六書釋例》，頁146。

〔註337〕桂馥：《説文解字義證》卷七，頁58b。

〔註338〕桂馥：《説文解字義證》卷十三，頁21b。

〔註339〕蔡師信發：《六書釋例》，頁80。

〔註340〕桂馥：《説文解字義證》卷四十一，頁61a。

桂氏舉石鼓文及漢碑，明釁字隸變之形，後又舉歷代字形，見釁字演變之情況。由此亦可見，桂氏以古文字形與《說文》互證，所下工夫頗深。

3. 通文字假借

桂馥引金石文字，亦有通文字假借者。如《說文》「番」字，桂《證》云：

《說文》：「番，獸足謂之番。𥸨，古文番。」

桂《證》：「〈漢幽州刺史朱君碑〉『𥸨芳馨』、〈魏橫海將軍呂君碑〉『遂𥸨聲分方表』，竝借為播字。〔註341〕」

桂氏引漢碑二，說明番之古文𥸨，有借為播字之情形。段氏《說文注》「播」字云：「〈九歌〉『𥸨芳椒兮成堂』，《補注》『𥸨，古播字』。〔註342〕」𥸨、播，即為一字。高田忠周《古籀篇》亦云：「字亦作𨀔。𥸨為播古文，將播種粒在於手也。楚辭九歌『𥸨芳椒兮成堂』，此為正字正用。而播番同音，故借𥸨為番。許氏未詳。〔註343〕」李孝定《金文詁林讀後記》以為高田忠周說可從〔註344〕。再如《說文》「眈」字，桂《證》云：

《說文》：「眈，視近而志遠。」

桂《證》：「通作覘，〈張壽碑〉『覘覘虎視』。〔註345〕」

眈、覘二字音同，桂氏云眈通作覘。段《注》「覘」字亦云：「《隸釋》張壽碑『覘覘虎視，不折其節』，覘與眈音義皆同。『眈』下曰視近，此曰內視。〔註346〕」再如《說文》「攻」字，桂《證》云：

《說文》：「攻，擊也。」

桂《證》：「顧炎武曰『〈嶧山刻石〉功戰日作，當是攻字。古人以攻、功二字通用，〈齊矦鎛鐘銘〉肇敏于戎功，作攻』。〔註347〕」

桂氏引顧炎武之說，舉〈嶧山刻石〉、〈齊矦鎛鐘銘〉，證古以攻、功二字通用。

〔註341〕桂馥：《說文解字義證》卷五，頁5b。

〔註342〕段玉裁：《說文解字注》十二篇上，頁49a。

〔註343〕高田忠周：《古籀篇》卷十九，頁12a。

〔註344〕李孝定：《金文詁林讀後記》卷二，頁20。

〔註345〕桂馥：《說文解字義證》卷九，頁8b。

〔註346〕段玉裁：《說文解字注》八篇下，頁15a。

〔註347〕桂馥：《說文解字義證》卷八，頁87a。

孫詒讓《古籀拾遺》「〈齊侯鎛鐘〉」下，云：「『女肇敏于戎攻』者，即《詩·江漢》之『肇敏戎公』。攻、公、功三字並通，攻字當訓大事。〔註348〕」

另，段氏《說文注》亦有引石刻證文字假借者，如《說文》「蟲」字，云：

《說文》：「蟲，蟲食艸根者。𧒒，古文從虫從牟。」

段《注》：「〈竹邑相張君碑〉『蟲賊不起』，凡漢人言『侵牟』，皆蟲之叚借。」

桂《證》：「〈漢張壽碑〉『蟲賊不起』，〈王元賓碑〉『蟲賊遠屏』。

〔註349〕」

「蟲賊」原指吃禾苗之害蟲，亦喻壞人，而「侵牟」亦有侵害掠奪之意。段氏舉石刻，並以為漢人言「侵牟」，皆蟲之假借，桂馥引石刻同。

次者，桂馥引用金石，說明文字假借外，亦有訓詁金石文字者，如《說文》「討」字，桂《證》云：

《說文》：「討，治也。」

桂《證》：「漢碑多言治《易》、治《詩》、治《春秋》，治即討論也。

〔註350〕」

桂馥考釋漢碑語例，亦與《說文》作一對照。王筠《說文句讀》引同，而未云引桂說〔註351〕。章太炎云：「今人索物曰討，即誅求之意，如討賬是也。引申為討飯之討，無誅求意。討亂者，治也。〔註352〕」再如《說文》「龔」字，段《注》云：

《說文》：「龔，給也。」

段《注》：「《尚書》〈甘誓〉、〈牧誓〉『龔行天之罰』，謂奉行也。漢、魏、晉、唐引此無不作龔，與供給義相近，衞包作恭，非也。〈秦

〔註348〕孫詒讓：《古籀拾遺》（《續修四庫全書》本，第243冊）卷上，頁10。
〔註349〕段玉裁：《說文解字注》十三篇下，頁4b。桂馥：《說文解字義證》卷四十三，頁8a。
〔註350〕桂馥：《說文解字義證》卷七，頁69a。
〔註351〕王筠：《說文句讀》卷五，頁24。
〔註352〕王寧整理：《章太炎說文解字授課筆記（縮印本）》，頁116。

和鐘銘〉『龔豷天命』，言奉敬天命也。〔註353〕」

段氏舉《尚書》「龔行天之罰」及〈秦和鐘銘〉「龔豷天命」，與《說文》龔字給義作一例證，乃兼訓詁金文義。章太炎云「龔」字，乃「供奉也，『龔行天之罰』即『奉行天之罰』。〔註354〕」

4. 以所見金石注證《說文》

桂馥所舉金石文獻之作用，除上列三種，另有桂氏以自身所見所聞之金石相關資料，充實《說文義證》之內容，亦是對於《說文》之旁證。如《說文》「鷐」字，桂《證》云：

《說文》：「鷐，走鳴長尾雉也。乘輿以爲防釳箸馬頭上。」

桂《證》：「馥與宋君葆淳同看漢人石刻畫，駕車之馬頭上有雉尾。

宋君爲問，余曰即防釳也。〔註355〕」

桂氏舉與友人宋葆淳看漢人石刻畫之經驗，明「防釳」之意，亦頗爲生動。王筠《說文句讀》亦引用桂氏此論〔註356〕。

再如《說文》「艮」字，桂《證》云：

《說文》：「艮，很也。從匕目。猶目相匕不相下也。《易》曰『艮其限，匕目爲艮，匕目爲眞也』。」

桂《證》：「匕目爲眞也者，眞從匕不在此部，李燾本改作匕，亦非。

曾見古銅印文曰『張青旨印』，疑古有旨字。〔註357〕」

桂氏舉曾見古銅印有旨字，疑古有旨字。王筠《說文句讀》則不贊同桂說，云：「案其說謂艮、旨正相顛倒，亦是同意，然單文孤證，又恐古銅模糊難辨，未敢從也。〔註358〕」再如《說文》「染」字，桂《證》云：

《說文》：「染，以繒染爲色。從水杂聲。」

〔註353〕段玉裁：《說文解字注》三篇上，頁38a。

〔註354〕王寧整理：《章太炎說文解字授課筆記（縮印本）》，頁121。

〔註355〕桂馥：《說文解字義證》卷十，頁46b。

〔註356〕王筠：《說文句讀》卷七，頁42。

〔註357〕桂馥：《說文解字義證》卷二十五，頁5b。

〔註358〕王筠：《說文句讀》卷十五，頁27。

桂《證》:「杂聲者，本書無杂字。漢銅印文作染，從朵。〔註359〕」

《說文》染字從杂聲，桂氏引漢銅印文作染，有從朵者。王筠《說文句讀》則不同桂說，云:「繆篆多不足據，況朵亦非聲。〔註360〕」由此可知，王筠對於古印文字較不看重。再如《說文》「鬹」字，桂《證》云：

《說文》:「鬹，三足釜也。有柄喙。」

桂《證》:「有柄喙者，徐鍇云『今見有古銅器如此，觜爲鳥喙。』馥亦見一器，有『上林』字。〔註361〕」

桂氏舉自身所見古器，證徐鍇之說。

次者，桂馥亦有引友人所藏金石者，如紀昀所藏。《說文》「羿」字，桂《證》云：

《說文》:「羿，引給也。」

桂《證》:「紀尚書昀所藏古鐘，有銘云『羿乃吉金』。〔註362〕」

再如《說文》「昔」字，桂《證》云：

《說文》:「昔，乾肉也。𦠓，籀文從肉。」

桂《證》:「紀尚書所藏銅鐘，銘文『玄鏐赤鑪』，從籀文𦠓。〔註363〕」

桂馥舉紀昀所藏金石，可作爲籀文昔字之例證。

（二）緯　書

所謂緯書，乃指依託經義專論符籙感應之書，可溯源至周、秦。劉師培（1884～1919），〈國學發微〉嘗云：

周秦以還，圖籙遺文漸興，儒道二家相雜，入道家者爲符籙，入儒家者爲讖緯。董、劉大儒，競言災異，實爲讖緯之濫觴。哀平之間，讖學日熾，而王莽、公孫述之徒，亦稱引符命，惑世誣民。及光武以符籙受命，而用人行政，悉惟讖緯之是從，由是以讖緯爲祕經，

〔註359〕桂馥：《說文解字義證》卷三十五，頁24a。

〔註360〕王筠：《說文句讀》卷二十一，頁62。

〔註361〕桂馥：《說文解字義證》卷八，頁35a。

〔註362〕桂馥：《說文解字義證》卷八，頁11a。

〔註363〕桂馥：《說文解字義證》卷二十，頁19a。

稍加貶斥，即伏非聖無法之誅。……是則東漢之學術，乃緯學盛昌
之時代也〔註364〕。

東漢一代，自光武帝以符籙受命，即以讖緯作爲統治之手段，知識份子亦需熟
悉此說，故緯書風行，地位等同經書。

1. 段玉裁之鄙視緯書

許愼生於東漢，且《說文》作於東漢和帝之時，故其人其書，應受讖緯思
潮所影響，今見《說文》引用陰陽五行之說，即爲當時學風影響。然而，許愼
自陳著述動機，乃因當時人對於文字之好奇及穿鑿，故作《說文》以正此弊。
緯書之字說，即多穿鑿附會，日本學者阿辻哲次〈緯書字說考〉云：「若論及其
說的正確與否，當然其中不足取的說法相當多。〔註365〕」職是，段玉裁對於緯
書字說，甚爲鄙視，如《說文》「鐂」字，段《注》云：

《說文》：「鐂，殺也。从金刀、丣聲。」

段《注》：「東漢一代持卯金刀之說，謂東卯西金，從東方王於西也。
此乃讖緯鄙言，正馬頭人、人持十、屈中、止句一例，所謂不合孔
氏古文，謬於史籀之野言。許之所以造《說文》者，正爲此等，矯
而燦之，騋而栝之，使六書大明。〔註366〕」

段氏以爲「劉」字從卯金刀之說，爲讖緯鄙言，應從丣金刀。段氏並云許愼之
所以造《說文》，即是爲正讖緯之說。再如《說文》「昌」字，段《注》云：

《說文》：「昌，美言也。从日从曰。一曰日光也。」

段《注》：「裴松之引《易運期讖》曰『兩日並光日居午。兩日，昌
字』，圖讖說字多不合本義。裴引《孝經中黃讖》『曹爲日載東』，
曹字亦本从日，非从日。葢昌之本義訓美言，引伸之爲凡光盛之偁。
則亦有訓爲日光者，日光祇爲餘義，例所不載。『一曰日光也』五

〔註364〕劉師培：《劉師培史學論著選集》〈國學發微〉（上海：上海古籍出版社，2006 年），
　　　　頁 136。

〔註365〕阿辻哲次著、吳新江譯：〈緯書字說考〉（《文教資料》2003 年 04 期，原文載於日
　　　　本京都大學人文科學研究所編《漢語史諸問題》，1988 年），頁 18-26。

〔註366〕段玉裁：《說文解字注》十四篇上，頁 26a。

字，恐魏時因許昌之說而妄增之。〔註367〕」

段氏舉裴松之引《易運期讖》、《孝經中黃讖》爲例，以爲「圖讖說字多不合本義」。並以爲昌字「一曰日光也」之訓，爲後人所增。

　　緯書雖多臆說，然《說文》與緯書之關係密切，阿辻哲次嘗云：

　　《說文》中有一些與緯書字說同樣的解釋，就時代而言，當然後者

　　較早。我們認爲，儘管許慎猛烈批評了那類俗說，但對自己能夠同

　　意的看法，還是完整地吸收進了《說文》而未予排斥〔註368〕。

段氏注解《說文》，亦意識《說文》於緯書之承繼，如《說文》「易」字，段《注》云：

　　《說文》：「易，蜥易，蝘蜓，守宮也。象形。祕書說曰：日月爲易，

　　象陰易也。」

　　段《注》：「(祕書) 謂上從日象陽，下從月象陰。緯書說字多言形而

　　非其義，此雖近理，要非六書之本，然下體亦非月也。〔註369〕」

許慎引緯書說「易」字，云「日月爲易，象陰陽也」，可知許慎亦有引用緯書說字，而段氏注《說文》是尊許的，故其云「近理」，但仍強調六書觀念，才是《說文》大旨。段氏並云「下體亦非月」，亦表現出對於緯書字說之不滿。

2. 桂馥之徵引緯書

　　相較於段氏，桂馥更能引用緯書校改《說文》，而不只是作一負面評價之資料。如《說文》「士」字，桂《證》云：

　　《說文》：「士，事也。數始於一，終於十。從一從十。孔子曰：推

　　十合一爲士。」

　　桂《證》：「孔子曰『推十合一爲士』者，《玉篇》、《六書故》竝引作

　　『推一合十』。馥案：《春秋元命包》『木者，其字八推十爲木。』則

　　作推一合十者是也，問一知十爲士。〔註370〕」

〔註367〕段玉裁：《說文解字注》七篇上，頁9b。

〔註368〕阿辻哲次著、吳新江譯：〈緯書字說考〉，頁18-26。

〔註369〕段玉裁：《說文解字注》九篇下，頁45a。

〔註370〕桂馥：《說文解字義證》卷二，頁43a。

《說文》士字·，引「孔子曰：推十合一爲士」，是緯書所云，非孔子言。桂氏舉《玉篇》、《六書故》皆引作「推一合十」，又引緯書《春秋元命包》「木者，其字八推十爲木」爲證，以爲作推一合十者是也。段氏《說文注》則據大徐本及《廣韻》，以爲作「推十合一」爲長，云「學者由博返約，故云推十合一。博學、審問、愼思、明辨、篤行，惟以求其至是也。若一以貫之。則聖人之極致矣。〔註371〕」再如《說文》「桎」字，桂《證》云：

> 《說文》：「桎，足械也。」

> 桂《證》：「《正義》云『《說文》云：桎，車鐯也』，則桎是鐯之別
> 名耳。馥案：高注《戰國策》『鐯，轂闌也』，《孝經鉤命決》『孝道
> 者，萬世之桎鐯』，馥謂本書當有車鐯一義，今闕。〔註372〕」

桂氏據《正義》所引《說文》，以爲今本闕車鐯一義，並引《孝經鉤命決》「孝道者，萬世之桎鐯」作爲語例。王筠《說文句讀》引同，亦補車鐯之義，段《注》則無〔註373〕。

再者，桂馥《義證》對於字之構形，常引緯書字說證之，如《說文》「史」字，桂《證》云：

> 《說文》：「史，記事者也。從又持中。中，正也。」

> 桂《證》：「從又持中。中，正也者。文元年《左傳》『舉正於中』，
> 《春秋元命苞》『屈中挾一而起者爲史，史之爲言紀也，天度文法
> 以此起也』。〔註374〕」

桂氏引《春秋元命苞》「屈中挾一而起者爲史」，證史字「從又持中」之形構。再如《說文》「仁」字，桂《證》云：

> 《說文》：「仁，親也。從人從二。」

> 桂《證》：「從二者，……《春秋元命苞》『仁者，情志好生愛人，其
> 立字二人爲仁』。〔註375〕」

〔註371〕段玉裁：《說文解字注》一篇上，頁39b。

〔註372〕桂馥：《說文解字義證》卷十七，頁61b。

〔註373〕段玉裁：《說文解字注》六篇上，頁64b。王筠：《說文句讀》卷十一，頁43。

〔註374〕桂馥：《說文解字義證》卷八，頁54b。

〔註375〕桂馥：《說文解字義證》卷二十四，頁3b。

桂氏引《春秋元命苞》，云仁者愛人，故形構二人爲仁。再如《說文》「甲」
字，桂《證》云：

> 《說文》：「甲，位東方之孟，陽气萌動。從木戴孚甲之象。一曰人
> 頭宜爲甲，甲象人頭。」

> 桂《證》：「甲象人頭者，徐鍇曰『其字形亦取象人頭』。馥案：此猶
> 緯書配身也，《乾坤鑿度》云『乾爲頭首，坤爲胃腹，兌口，離目，
> 艮手，震足』。〔註376〕」

《說文》云甲象人頭，桂馥以爲猶緯書配身也，並引《乾坤鑿度》證之。據
此，可見桂馥能以緯書注證《說文》，且尋求二者之關係，視緯書爲有價值之
資料。

次者，桂馥注意到緯書說字，有多據隸體之傾向，如《說文》「粟」字，桂
《證》云：

> 《說文》：「粟，嘉穀實也。從卤從米。孔子曰：粟之爲言續也。」

> 桂《證》：「《春秋說題辭》云『其字西米爲粟，西者金所立，米者陽
> 精，故西字合米而爲粟。』馥案：西米爲粟，緯書解字多依隸體。
> 〔註377〕」

「粟」字小篆作「粟」，緯書《春秋說題辭》云「西米爲粟」，可知是依隸書而
說。再如《說文》「巍」字，桂《證》云：

> 《說文》：「巍，高也。從嵬委聲。」

> 桂《證》：「《易運期》說『魏字云：鬼在山，禾女爲連』，隸作巍，
> 故云鬼在山。〔註378〕」

「巍」字小篆爲「鬼下山」，《易運期》引「鬼在山，禾女爲連」，是據隸書「巍」
字而云。隸書是漢代通行文字，亦是讖緯大盛之時代，許多緯書由此而出，故
緯書說字多依隸體，反映出當時之用字習慣。

其次，清代沈濤亦重視緯書之資料，其所居名「十經齋」，即取《南史》

〔註376〕桂馥：《說文解字義證》卷四十八，頁 1a。

〔註377〕桂馥：《說文解字義證》卷二十一，頁 3a。

〔註378〕桂馥：《說文解字義證》卷二十七，頁 56b。

周續之「五經五緯」之言。沈濤對於緯書中所載字說，尤加信服，並舉《說文》為證，云：「濤以為緯書八十一篇，大有裨於聲音訓詁之學，故許君解字如：天，顛也。帝，諦也。……皆用緯書說。〔註379〕」又云：「嘗攷緯書八十一篇，其說字多古音古義，實為許氏九千言所本。〔註380〕」且沈濤對於緯書字說乖違者，亦有所辯駁，云：

> 分別部居，乖牾形聲，蓋或緯文三寫未審。召陵之書亦有譌本，據此疑偽未為篤論。（本注：予謂緯文之不合六書者，率皆傳寫之譌。戴侗《六書故》引唐本《說文》，與今本不同者甚多，則《說文》亦非完書矣）〔註381〕。

據此，沈濤以為緯書字說不合六書者，皆傳寫之譌，可見其側重緯書之價值。

因此，沈濤《說文古本考》常以緯書校勘《說文》，如「曐」字，《說文古本考》云：

> 《說文》：「曐，萬物之精。上為列星。从晶生聲。星，曐或省。」

> 濤案：《五行大義・論七政》引云「星者，萬物之精，或曰『日分為星』，故其字『日下生』。」此釋重文「星」字之義，本《春秋說題辭》，許君解字多用緯書說，今本為二徐所妄刪〔註382〕。

沈濤據《五行大義》引，補「曐」字重文之說解。桂馥《義證》亦引《春秋說題辭》為證，王筠《說文句讀》則云：「《春秋說題辭》『陽精為日，日分為星，故其字日下生為星。』案緯書不知古籀源流，故其立說固陋如此。〔註383〕」再如「羊」字，《說文古本考》云：

> 《說文》：「羊，祥也。」

> 濤案：《初學記》二十九〈獸部〉引「羊，詳也。」古祥、詳二字通用。《易・履上九》「視履考祥」，《釋文》云「本亦作詳」。《書・

〔註379〕沈濤：《十經齋文集》（據清道光二十四年刊本影印，民國間中國書店影印本）〈答段茂堂先生書〉，卷一。

〔註380〕沈濤：《十經齋文集》〈與馬珊林書〉，卷三。

〔註381〕沈濤：《十經齋文集》〈十經齋考室文〉，卷一。

〔註382〕沈濤：《說文古本考》卷七上，頁10b。

〔註383〕王筠：《說文句讀》卷十三，頁14。桂馥：《說文解字義證》卷二十，頁33a。

呂刑》「告爾祥刑」,《後漢書・劉愷傳》引作「詳」。《初學記》、《御覽・獸部》引《春秋說題辭》云「羊者,詳也。」許書率本緯文,古人皆以「羊」爲「祥」字,無煩更訓爲「祥」,似當作「詳」爲是〔註384〕。

古時「羊、祥」二字相通,古書古注有作「羊,詳也。」而《春秋說題辭》亦云「羊者,詳也。」故沈濤據而校改,而諸家並無據此改者〔註385〕。眾家對於緯書字說,常不予正面評價,而沈濤徵信如此,屢言「許書率本緯文」,可謂特異。

（三）徐鍇《說文解字韻譜》

《說文解字韻譜》,南唐徐鍇撰,又名《說文解字篆韻譜》,凡十卷。是書將《說文》所收文字依韻編次,包括重文、古文,每字下注楷書、音切及字義。《四庫全書總目》云:

> 其書取許慎《說文解字》,以四聲部分,編次成書。凡小篆皆有音訓,其無音訓者,皆慎書所附之重文。註史字者籀書,註古字者古文也,所註頗爲簡略,蓋六書之義已具於《說文繫傳》中,此特取便檢閱,故不更複贅耳〔註386〕。

據此,可知《說文韻譜》原是徐鍇爲便於檢閱《說文》而作,故歷來《說文》學者多忽略其書,段氏《說文注》即無引是書。

桂馥則注意到《說文韻譜》之價值,且應用於《說文》校勘上,如《說文》「逡」字,桂《證》云:

> 《說文》:「逡,復也。」
>
> 桂《證》:「復也者,復當爲復。徐鍇《韻譜》『逡,復也』,《玉篇》『逡,退』,〈釋言〉『逡,退也』。〔註387〕」

桂氏據《韻譜》、《玉篇》及〈釋言〉,改復爲復。諸家校勘皆無引徐鍇《韻譜》

〔註384〕沈濤:《說文古本考》卷四上,頁17a。

〔註385〕《說文解字詁林正補合編》第四冊,頁311。

〔註386〕永瑢等:《四庫全書總目》卷四十一,頁346。

〔註387〕桂馥:《說文解字義證》卷六,頁17b。

者〔註388〕。再如《說文》「踵」字，桂《證》云：

　　《說文》：「踵，追也。」

　　桂《證》：「《一切經音義》四『《說文》踵，相迹也，亦追也，往來

　　之貌也。』馥案：相迹義今闕，徐鍇《韻譜》『踵，迹也』。〔註389〕」

桂氏引《一切經音義》及《韻譜》爲證，以爲《說文》踵字當有相迹之義。諸

家校勘皆無引徐鍇《韻譜》者〔註390〕。再如《說文》「繙」字，桂《證》云：

　　《說文》：「繙，冕也。」

　　桂《證》：「冕也者，徐鍇《韻譜》刻本作冤，寫本誤作冕。〔註391〕」

桂氏據《韻譜》，改冕爲冤。且能比較《韻譜》刻本與寫本之異，可見其徵引《韻

譜》乃有意爲之，非隨意參考。王筠《說文句讀》承桂氏之說，亦引徐鍇《韻

譜》爲說，而其他諸家無有引用〔註392〕。

　　再者，桂馥並能比較《韻譜》與《繫傳》之異，相互勘正，如《說文》「琚」

字，桂《證》云：

　　《說文》：「琚，瓊琚。」

　　桂《證》：「《五音集韻》『琚，佩玉名』，徐鍇《韻譜》『琚，玉也』，

　　其《繫傳》亦作『瓊琚』，蓋後人改之，以同鉉本也。〔註393〕」

桂氏以爲《說文》琚字當爲玉名，引《五音集韻》、《韻譜》證。並以爲《繫傳》

作「瓊琚」，爲後人改同鉉本。段《注》、王筠《句讀》亦改作佩玉，而無引《韻

譜》〔註394〕。再如《說文》「迦」字，段桂云：

　　《說文》：「**迦**，迦互，令不得行也。」

　　段《注》：「牙，各本作互，今依《玉篇》正。」

〔註388〕《說文解字詁林正補合編》第三冊，頁101。

〔註389〕桂馥：《說文解字義證》卷六，頁57a。

〔註390〕《說文解字詁林正補合編》第三冊，頁310。

〔註391〕桂馥：《說文解字義證》卷四十一，頁9b。

〔註392〕《說文解字詁林正補合編》第十冊，頁560。

〔註393〕桂馥：《說文解字義證》卷二，頁30b。

〔註394〕段玉裁：《說文解字注》一篇上，頁32a。王筠：《說文句讀》卷一，頁21。

桂《證》:「**迦**互,令不得行也者。互當為牙,劉貢父云唐人書互作𦉪,
故𦉪、牙易誤,《玉篇》、徐鍇《韻譜》竝作牙,鍇《繫傳》云『猶
大牙左右相制』是也。〔註395〕」

段桂二氏皆改互為牙,唯桂氏引用《韻譜》,並引《繫傳》云「猶大牙左右相
制」為證。諸家校勘皆無引徐鍇《韻譜》者〔註396〕。又,桂馥亦能訂正《韻
譜》之誤,如《說文》「雈」字,桂《證》云:

《說文》:「雈,小爵也。」

桂《證》:「小爵也者,《後漢書‧班固傳》注引作『雈,雀也』,小
當為水,《集韻》、《類篇》、徐鍇《韻譜》、張有《復古編》竝誤作小。
《玉篇》『雈,水鳥』,《白帖》『鸛,水鳥也』。〔註397〕」

桂氏以為「小當為水」,而《韻譜》作小為誤。諸家校勘皆無引徐鍇《韻譜》
者〔註398〕。

(四)《禽經》

《禽經》,舊題師曠撰,晉張華注,收入《四庫全書》。漢、隋、唐諸志及
宋《崇文總目》皆無著錄,其書引用自宋陸佃《埤雅》始,其稱師曠亦自佃始,
故《四庫總目》疑《禽經》為後人偽作,云:

疑即傳王氏(安石)學者所偽作,故陸佃取之。此本為左圭《百川
學海》所載,則其偽當在南宋之末,流傳已數百年,文士往往引用,
姑存備考,固亦無不可也〔註399〕。

《禽經》雖疑似後人偽作,但畢竟流傳已數百年之久,文士多有引用,故《四
庫全書》仍是收錄此書,肯定其文獻價值。

桂馥亦同《四庫總目》肯定其文獻價值之觀點,注證《說文》鳥類相關字
彙時,多所引錄,如《說文》「雔」字,桂《證》云:

《說文》:「雔,雙鳥也。從二隹。」

〔註395〕段玉裁:《說文解字注》二篇下,頁11b。桂馥:《說文解字義證》卷六,頁25a。
〔註396〕《說文解字詁林正補合編》第三冊,頁144。
〔註397〕桂馥:《說文解字義證》卷九,頁56a。
〔註398〕《說文解字詁林正補合編》第四冊,頁292。
〔註399〕永瑢等:《四庫全書總目》卷一一五,頁994。

桂《證》:「雙鳥也者,《禽經》『一鳥曰隹,二鳥曰雔』。〔註400〕」

再如《說文》「鳥」字,桂《證》云:

《說文》:「鳥,長尾禽總名也。」

桂《證》:「長尾禽總名也者,《禽經》『山禽之尾多修』。〔註401〕」

桂馥引《禽經》中,可與《說文》互證者,豐富注證《說文》之內容。

段玉裁《說文注》對於《禽經》,則無採用,以僞書視之。如《說文》「鷻」字,段《注》云:

《說文》:「**鷻**,鳥黑色多子。師曠曰:南方有鳥,名曰羌**鷻**。黃頭赤目,五色皆備。」

段《注》:「藝文志小說家有《師曠》六篇,豈許所偁與?今世有《禽經》係之師曠,其文理淺陋,蓋因《說文》此條而僞造,〈吳都賦〉『彈鸑鷻』,劉注引師曠曰云云,蓋本《說文》,不知字何以作鷻。〔註402〕」

段氏以爲今世所傳《禽經》,文理淺陋,乃因《說文》引師曠語所造,不足爲信,故注證《說文》之時,無有引用。

（五）趙宧光之說

趙宧光(1559～1625),字凡夫,吳縣人。生於晚明,先祖爲宋太宗之後。文字學著作有《說文長箋》一百四卷、《六書長箋》七卷,並錄於《四庫存目》。趙氏《說文長箋》爲明代文字學之巨著,學者多有討論,然以惡評居多,如顧炎武《日知錄》即深斥其誤,四庫館臣承顧氏之說,對《說文長箋》亦多有貶詞,云:

其書用李燾《五音韻譜》之本,而凡例乃稱爲徐鍇、徐鉉奉南唐敕定,殊爲昧於源流。所列諸字,於原書多所增刪,增者加方圍於字外,刪者加圓圍於字外,其字下之註謂之長語,所附論辨謂之箋文,故以「長箋」爲名。然所增之字往往失畫方圍,與原書淆亂,所註

〔註400〕桂馥:《說文解字義證》卷十,頁10a。

〔註401〕桂馥:《說文解字義證》卷十,頁11a。

〔註402〕段玉裁:《說文解字注》四篇上,頁43a。

所論亦疏舛百出。顧炎武《日知錄》摘其以《論語》「虎兕出於柙」，

誤稱《孟子》，為四書亦未嘗觀。雖詆之太甚，然炎武所指摘者，……

凡十餘條皆深中其失，然則炎武以宦光為好行小慧，不學牆面，不

為太過矣〔註403〕。

趙氏《說文長箋》雖為明代文字學少見之巨構，卻常為學者批評，稱其人為「好
行小慧，不學牆面」，稱其書則為「疏舛百出」。

段玉裁於趙宦光亦有所批評，如《說文》「突」字，段《注》云：

《說文》：「突，深也。·　口竈突。」

段《注》：「《廣雅》『竈窻謂之堗』，《呂氏春秋》云『竈突決，則火
上焚棟』，蓋竈上突起以出烟火，今人謂之煙囪，卽《廣雅》之竈窻，
今人高之，出屋上，畏其焚棟也。以其顛言，謂之突，以其中深曲
通火言，謂之突。《廣雅》『突下謂之突』，今本正奪突字耳。《漢書》
云『曲突徙薪』，則有曲之令火不直上者矣。趙宦光欲盡改故書之竈
突為竈突，眞瞀說也。〔註404〕」

趙宦光以為突、突二字義異，欲改竈突為竈突，而不知兩詞意義相通。段氏直
以「瞀說」視之，可見其鄙視之意，且段氏《說文注》僅此字載趙宦光之說，
對趙氏文字學甚為忽略。

桂馥於趙宦光之說，亦有貶論，如桂氏云：「唐宋以來小學分為二派，遵
守點畫者，《五經文字》、《九經字樣》、《干祿字書》、《佩觿》、《復古編》、《字
鑒》是也。私逞臆說者，王氏《字說》、周氏《六書正譌》、楊氏《六書統》、
戴氏《六書故》、趙氏《長箋》是也。〔註405〕」據此，桂氏以為趙宦光《說文
長箋》，乃「私逞臆說」一派。然而，桂馥《義證》於趙宦光之說，仍是多所
引用，與段氏對其忽略之態度不同。如《說文》「餳」字，桂《證》云：

《說文》：「餳，飴和饊者也。」

桂《證》：「飴和饊者也者，《釋名》『餳，洋也，煮米消爛，洋洋然

〔註403〕永瑢等：《四庫全書總目》卷四十三，頁377。

〔註404〕段玉裁：《說文解字注》七篇下，頁18b。

〔註405〕桂馥：《說文解字義證》卷五十，頁23a。

也』，趙宧光曰『南方之膠餳，一曰牛皮糖，香稻粉熬成者』，馥案：

今以蔗作者，沙餳也。〔註406〕」

此字諸家皆無引趙宧光說證者〔註407〕。再如《説文》「𡼞」字，桂《證》云：

《説文》：「𡼞，北地高樓無屋者。」

桂《證》：「北地高樓無屋者者，趙宧光曰『北地多以磚石壘壁作庫

樓，以避火盜。外不見屋，望之如臺，故曰北地高樓無屋』。〔註408〕」

此字諸家亦無引趙宧光說證者〔註409〕。趙氏《説文長箋》有一百四卷，內容博
大，雖多有缺點，然其中所載名物知識，頗具價值。因此，桂氏《義證》廣爲
徵引，增補己書之內容，此爲段《注》所無者。

再者，趙宧光對於《説文》之校訂，桂氏亦有引用，如《説文》「槅」字，
二氏云：

《説文》：「槅，大車枙。」

段《注》：「枙當作軶，隸省作軛。」

桂《證》：「大車枙者，趙宧光曰『《説文》無枙，當是軶』。〔註410〕」

桂氏引趙說，云「大車枙」當爲「大車軶」，桂氏雖無云改者，然其引趙說於
首，是可見重視之意，且段《注》、鈕樹玉《説文校錄》、嚴可均《説文校議》、
王筠《説文句讀》雖無引趙說，然皆改同趙說，故可知趙說仍有其價值〔註411〕。
再如《説文》「稀」字，桂《證》云：

《説文》：「稀，疏也。從禾希聲。」

段《注》：「許書無希字，而希聲字多有，與由聲字正同，不得云無

希字、由字也。許時奪之，今不得其說解耳。」

桂《證》：「希聲者，本書無希字。趙宧光曰：莃、瓶、唏、欷、睎、

〔註406〕桂馥：《説文解字義證》卷十四，頁49b。

〔註407〕《説文解字詁林正補合編》第五冊，頁67。

〔註408〕桂馥：《説文解字義證》卷三十一，頁61a。

〔註409〕《説文解字詁林正補合編》第八冊，頁1079。

〔註410〕段玉裁：《説文解字注》六篇上，頁56b。桂馥：《説文解字義證》卷十七，頁49b。

〔註411〕鈕樹玉：《説文解字校錄》卷六上，頁32a。嚴可均：《説文校議》卷六上，頁11b。

　　　王筠：《説文句讀》卷十一，頁38。

　　腗、晞、絺、郗、俙、豨十一字從希，竝不言希省，則希爲正文審

矣。〔註412〕」

《說文》「稀」字從希得聲，而《說文》無希字，段《注》以爲當有希字，桂氏

引趙說同。趙氏引《說文》十一字皆從希構形，例證豐富，以爲《說文》當有

希字。

（六）唐宋文學作品

　　桂馥《義證》所徵引之資料中，放入了許多文學經典作品，特別是唐、宋

作品，此爲段氏《說文注》所無。然而，此點卻常爲學者所詬病，如王筠〈《說

文釋例》自敘〉云：

　　桂氏書徵引雖富，脈絡貫通，……唯是引據之典，時代失於限斷，

　　且泛及藻繢之詞〔註413〕。

王筠以爲，《義證》徵引資料雖多，但所引資料缺乏時代性，且引錄許多文學作

品，性質又與《說文》不同。

　　筆者以爲，桂馥既以「義證」名其著作，故其書廣搜群書之義以爲證，而

涉及詩詞文學，亦合乎桂氏著述之旨。桂氏所徵引之文學作品，主要爲宋以前

之詩詞歌賦，而其作用有二：一爲證字之意義及其作用，兼明字詞之語例；二

爲明字之異體。如《說文》「琤」字，桂《證》云：

　　《說文》：「琤，玉聲也。」

　　桂《證》：「玉聲也者。韓愈詩『泉聲玉琮琤』。〔註414〕」

桂氏引韓愈詩，證「琤」字「玉聲」之義，且兼明「琤」字之語例。諸家皆無

引韓愈詩證者〔註415〕。再如《說文》「身」字，桂《證》云：

　　《說文》：「身，歸也。從反身。」

　　桂《證》：「惠棟曰『古依字作身』，……《魏書・釋老志》『佛道其

〔註412〕段玉裁：《說文解字注》七篇上，頁40a。桂馥：《說文解字義證》卷二十一，頁
　　　　17a。

〔註413〕王筠：《說文釋例》〈序〉。

〔註414〕桂馥：《說文解字義證》卷二，頁29b。

〔註415〕《說文解字詁林正補合編》第二冊，頁343。

始修心，則依佛法僧，謂之三歸』，梵書作皈依。馥案：皈依即歸

身。唐李頎〈禪房聞梵詩〉『始覺浮生無住著，頓令心地欲歸依』。

〔註416〕」

桂氏引唐李頎〈禪房聞梵詩〉為證，明皈依即歸身。諸家皆無引李頎詩證者

〔註417〕。再如《說文》「嫋」字，二氏云：

《說文》：「嫋，姌也。」

段《注》：「〈九歌〉『嫋嫋兮秋風。』王曰『嫋嫋，秋風搖木兒』。」

桂《證》：「《楚詞・九歌》『嫋嫋兮秋風』，鮑照詩『嫋嫋柳垂條』，

傅毅〈舞賦〉『蜲蛇姌嫋』。或作嬝，李白詩『花腰呈嬝娜』。〔註418〕」

此字段桂皆引《楚詞・九歌》「嫋嫋兮秋風」為證，而桂氏又引南朝詩人鮑照
詩「嫋嫋柳垂條」，可與〈九歌〉作一例證，再引東漢辭賦家傅毅〈舞賦〉，
明「嫋」字之語例。再後，又引李白詩「花腰呈嬝娜」，證嫋、嬝為一字之異
體。諸家皆無引李白詩證者〔註419〕。

因此，桂馥《義證》引用歷代之文學作品，乃有其意義與作用，可視作桂
氏《義證》之一項特色。

〔註416〕桂馥：《說文解字義證》卷二十五，頁15a。

〔註417〕《說文解字詁林正補合編》第七冊，頁413。

〔註418〕段玉裁：《說文解字注》十二篇下，頁15a。桂馥：《說文解字義證》卷三十九，頁
27a。

〔註419〕《說文解字詁林正補合編》第十冊，頁112。

第五章 《說文》義例之觀念

　　清代研究《說文》時，特別注重《說文》義例觀念之發掘，而越能掌握書中義例，也代表對於是書之認識越深，進而能據以校勘《說文》，建立全書體系。黃侃（1886～1935）嘗云「治小學不可講無條例之言、與無證據之言。〔註1〕」可知義例之研究，是治小學者重要之方法。因此，本章旨在探討段桂對於《說文》義例之觀念，比較二人異同。

第一節 六書觀

　　本節主旨在於比較段桂之六書觀，擇其可論者，分作象形、亦聲、轉注、假借等四項論之，至於指事、會意二項，則因相關材料不足，且本文著眼於段桂之比較，故闕而無論。沈寶春《桂馥的六書學》即有此見，如論桂馥的指事觀念，云：「桂氏《義證》在《說文‧敍》的指事定義字例中，僅僅作臚列證據的工作，無法完全呈顯出他對指事的具體主張，加上《義證》對指事字例的確立也沒有清楚的指陳。〔註2〕」再如論桂馥的會意觀念，云：「透過桂氏在《義證》中對會意的說解，可知在理論的部分，桂氏的論說架構得很少，顯得相當薄弱；至於實例說解的部分，意見不多，創見也嫌少了些。〔註3〕」職是之故，

〔註1〕黃侃：《黃侃國學講義錄》〈文字學筆記〉（北京：中華書局，2006 年），頁 50。

〔註2〕沈寶春：《桂馥的六書學》（臺北：里仁書局，2004 年），頁 72。

〔註3〕沈寶春：《桂馥的六書學》，頁 130。

本節乃以象形、亦聲、轉注、假借等四項，比較段桂之六書觀。

一、象　形

　　許慎〈說文敘〉為象形字定義，云：「象形者，畫成其物，隨體詰詘，日、月是也〔註4〕。」指象形字所表現的是物像之形構，這是象形字最主要之定義，而在《說文》全書中，許慎對於象形仍有其他看法。如許慎認為較珍貴之物種，是為象形字。此種看法，帶有當時流行之讖緯思想，故學者對此多置而不論。

　　段桂研究《說文》，皆是尊崇許慎，對於許氏「字貴者，故皆象形」之說，亦是服膺。如《說文》「焉」字，段《注》云：

> 《說文》：「焉，焉鳥。黃色，出於江淮。象形。凡字，朋者羽蟲之長，烏者日中之禽，舄者知大歲之所在，燕者請子之候，作巢避戊己。所貴者，故皆象形，焉亦是也。」

> 段《注》：「鳥多矣，非所貴皆為形聲字。……焉亦象形，必有可貴者也。按烏、舄、焉皆可入鳥部，云從鳥省，不爾者，貴之也。貴燕，故既有燕部，又有乙部。朋何以不別為部也，冠於羣鳥之首矣，故傅諸小篆也。〔註5〕」

段氏承許慎之說，云鳥類字眾多，不貴重者為形聲字，故「焉」字為象形，「必有可貴者也」。再者，段氏又依許氏「凡字貴者象形」之說釋例，如烏、舄、焉三字，形構可歸入鳥部，為鳥之省形，而《說文》貴重其字，故獨立成文。貴重燕字，故有燕部，又有乙部。鳳之古文「朋」，則系於鳳字下，故不別為部。職是，段氏因鳳為羣鳥之首，故古文朋字繫於此。試考「鳳」字，甲骨作 （《合集》3372）、金文作 （〈鳳作且癸毀〉，《集成》3712），近人金祥恆（1918～1989），文〈釋鳳〉云：「卜辭中假鳳為風，而鳳之書體有繁簡之不同，亦有益聲符而為形聲的。周代金文中之鳳字，僅繪其身省其華冠，而孳乳為朋者，與金文從人從朋之倗及甲文朋貝之朋相混。〔註6〕」而鳳之古文「朋」，甲骨作 、金文作 ，《甲骨文編》、容庚《金文編》皆以為《說文》

〔註4〕段玉裁：《說文解字注》十五卷上，頁 4b。

〔註5〕段玉裁：《說文解字注》四篇上，頁 57a。

〔註6〕金祥恆：〈釋鳳〉，《中國文字》第三冊，1961 年。

有誤，如《甲骨文編》云：「《說文》以鳳字古文爲朋，與古文朋字之形不類，疑有譌奪。今系朋字於貝部之後。〔註7〕」

　　次者，段氏將許氏「凡字貴者象形」之說，引伸至部首歸字上。如《說文》「桑」字，段《注》云：

　　《說文》：「桑，蠶所食葉木。从叒木。」

　　段《注》：「榑桑者，桑之長也，故字从叒。桑不入木部而傅於叒者，

　　所貴者也。〔註8〕」

段氏以爲，《說文》桑字歸於叒部，乃因叒部爲貴，叒即榑桑，爲桑之長者。蔡師信發云：「桑字甲文作 𣘸，從木象形，屬合體象形，篆文譌變作 𣙇，《說文》就據以解爲『从叒木』，看作異文會意，當誤，而應改入『木』部。〔註9〕」

　　桂馥亦是服膺許愼「凡字貴者象形」之說，如《說文》「焉」字，桂《證》亦云「象形者，焉鳥當有表異之處，本書無明文」〔註10〕。再如《說文》「龍」字，桂《證》云：

　　《說文》：「龍，鱗蟲之長，能幽能明，能細能巨，能短能長，春分

　　而登天，秋分而潛淵。從肉飛之形，童省聲。凡龍之屬皆从龍。」

　　桂《證》：「從肉飛之形，童省聲者，《韻會》引作从肉𢎘，肉飛之形。

　　戴侗引唐本从肉从飛，及童省。馥案：古人制字，凡貴者象形，魚

　　既象形，則龍不應諧聲。王君念孫曰『古龍字當作 𢒸，上象其角，

　　下象其飛騰之形』。〔註11〕」

龍爲鱗蟲之長，所以桂氏以爲此字不該爲形聲字，故引《韻會》、戴侗《六書故》爲證，並引王念孫說，云古龍字爲象形。段氏《說文注》則仍以形聲視之，不若桂氏能引古龍字形，示象形之義。考「龍」字甲文作 𢒸（《合集》902 正），是龍首長尾之象形字。蔡師信發亦以爲《說文》龍字，是誤以獨體象形爲形聲

〔註7〕中國科學院考古研究所編輯：《甲骨文編》（北京：中華書局，1965 年），頁 280。
　　　　容庚：《金文編》（北京：中華書局，2007 年），頁 438。

〔註8〕段玉裁：《說文解字注》六篇下，頁 1b。

〔註9〕蔡師信發：《說文部首類釋》（臺北：臺灣學生書局有限公司，2002 年），頁 47。

〔註10〕桂馥：《說文解字義證》卷十，頁 52b。

〔註11〕桂馥：《說文解字義證》卷三十六，頁 57b。

〔註12〕。

二、亦　聲

所謂「亦聲字」，乃指《說文》「從某某，某亦聲」、「從某從某，某亦聲」之構形，段玉裁與桂馥對此皆有論說，析論如次：

（一）段桂對於亦聲字之看法

1. 段玉裁亦聲說

段玉裁對於亦聲字之看法，爲「凡言亦聲者，會意兼形聲也」，如《說文》「吏」字，段《注》云：

> 《說文》：「吏，治人者也。從一從史，史亦聲。」

> 段《注》：「凡言亦聲者，會意兼形聲也。凡字有用六書之一者，有兼六書之二者。〔註13〕」

據此，可見段氏以爲《說文》形構凡言「亦聲」者，皆爲會意、形聲兩兼之字，換言之，即兼六書之二者。段氏對於《說文》中不云亦聲，但其認爲是亦聲字者，則稱許慎「省文」，並云此種情形爲「會意包形聲」、「形聲包會意」，或「會意兼形聲」、「形聲兼會意」。如《說文》「朙」字，段《注》云：

> 《說文》：「朙，照也。從月囧。」

> 段《注》：「從月者，月以日之光爲光也。從囧，取窗牖麗廔闓明之意也。囧亦聲，不言者，舉會意包形聲也。〔註14〕」

再如《說文》「寷」字，段《注》云：

> 《說文》：「寷，大屋也。從宀豐聲。」

> 段《注》：「此以形聲包會意，當云從宀豐，豐亦聲也。〔註15〕」

從上列二例可見，段氏對於《說文》作「從某某」，而不言其字偏旁得聲者，稱爲「會意包（兼）形聲」；對於《說文》作「從某某聲」，而當改作「從某某，

〔註12〕蔡師信發：《說文部首類釋》，頁86。

〔註13〕段玉裁：《說文解字注》一篇上，頁2a。

〔註14〕段玉裁：《說文解字注》七篇上，頁26a。

〔註15〕段玉裁：《說文解字注》七篇下，頁7b。

某亦聲」者，則以「形聲包（兼）會意」視之。

再者，段氏以爲《説文》亦聲字之產生，乃因聲義同源之故，如《説文》「禛」字，段《注》云：

《説文》：「禛，以眞受福也。从示眞聲。」

段《注》：「此亦當云从示从眞，眞亦聲，不言者省也。聲與義同原，故龤聲之偏旁多與字義相近，此會意、形聲兩兼之字致多也。《説文》或偁其會意、略其形聲，或偁其形聲、略其會意。雖則渻文，實欲互見，不知此則聲與義隔。〔註16〕」

段氏從聲義同源之理論，以爲「龤聲之偏旁多與字義相近」，換言之，即指形聲字之聲符，多與字義相關，故「聲符兼義」之字，段氏稱爲亦聲字，亦即「會意、形聲兩兼之字」。

2. 桂馥亦聲說

桂馥對於亦聲字之定義，主要有二點：

（1）從部首得聲曰亦聲

桂馥之論，較能符合今本《説文》「亦聲字」出現之情況。桂氏以爲，凡某字從部首得聲者，得曰亦聲。如八部分下云「從重八，八，別也，亦聲」，半部胖下云「從半從肉，半亦聲」，句部拘、笱下皆云「句亦聲」，吅部單下云「從吅甲，吅亦聲」，辵部䢦、㺿下皆云「辵亦聲」，丩部䜌下云「從丩，丩亦聲」，㐭部㒼下云「從㐭，㐭亦聲」，幵部迸下云「從幵，幵亦聲」，井部荆下云「從井從刀，井，法也，井亦聲」，后部垢下云「從口后，后亦聲」。上舉十二例，可見某字從某部首，而又從某部首得聲者，桂氏即稱爲亦聲字〔註17〕。

（2）解說所從偏旁之義，而曰亦聲

桂氏以爲，某字說解之義，與所從聲符相合，亦曰亦聲。如示部禬下云「會福祭也，從會，會亦聲」，玉部瑁下云「諸侯執圭朝天子，天子執玉以冒之，從玉冒，冒亦聲」，釆部釆下云「從八，八，分之也，八亦聲」，晨下云「從辰，辰，時也，辰亦聲」，叓下云「屮，財見也，屮亦聲」，虫部蛓下云「叓

〔註16〕段玉裁：《説文解字注》一篇上，頁4b。
〔註17〕桂馥：《説文解字義證》卷五十，頁23b。

乞貸則生蟘，從貸，貸亦聲」〔註18〕。

按桂氏所舉「禬」字「會福祭也，從會，會亦聲」之例，其《義證》又有校改，云：

> 《説文》：「禬，會福祭也。從示從會，會亦聲。《周禮》曰：禬之祝號。」

> 桂《證》：「會福祭也者，《初學記》引同，《藝文類聚》引云『除惡之祭』。按《類篇》『禬，除殃之祭』，又引《説文》『會福祭也』。《玉篇》『禬，除災害也，會福祭也』。馥謂唐本《説文》各異，故歐陽與徐氏所引不同，《玉篇》則兩存之。《廣雅》『禬，祭也』，《周禮·大祝》……注云『除災害曰禬，禬猶刮去也』，又庶氏掌毒蠱以攻說禬之，鄭司農云『禬，除也』。馥謂此皆言除惡祭也，會福之祭未聞。『從會，會亦聲』者，當依徐鍇本作會聲。〔註19〕」

桂馥以為「禬」字之義，應為「除惡祭」，而非「會福祭」。因此，「禬」字說解無從會之義，故桂氏改「會亦聲」為「會聲」。

桂馥並云，如《説文》言亦聲字，不符其所舉二例，皆為後人改之，可見其對於己說之自信。

（二）段桂亦聲說之檢討

關於段玉裁與桂馥亦聲說之檢討，可從二點論之：

1. 曲護許慎之說

在《説文》中，亦聲字術語之運用，頗為混亂，而段玉裁和桂馥為求《説文》義例之一致，皆提出亦聲字之理論。二人建構理論之目標，實即為曲護許慎之說，而理論之功能，是要解釋今本《説文》中對於亦聲字術語之使用，故段氏不惜淆亂六書之分別，提出亦聲為「兼六書之二」者，即會意兼形聲字，使其六書學出現許多缺失，得不償失。如蔡師信發云：「段氏會意兼形聲之誤，緣於許慎以亦聲字之聲符歸部，不合許慎以形分部之例，遂以『從某某，某亦聲』的『從某某』為會意，『某亦聲』為形聲，以曲護許慎分部之誤。

〔註18〕桂馥：《説文解字義證》卷五十，頁23b。

〔註19〕桂馥：《説文解字義證》卷一，頁33b。

〔註20〕」桂氏則主張從部首得聲者得曰亦聲，反而違背《說文》以形分部之律，因形聲字以形符歸部、以聲符得聲爲常態，於理不應出現以聲符爲部首之情形。因此，桂氏之說又不免自相矛盾。

再者，段桂雖極力解釋《說文》亦聲字，然在其理論下之今本《說文》，猶有不合者。此時，桂馥會藉由校勘之法，試圖自圓其說，如《說文》「舌」字，桂《證》云：

　　《說文》：「舌，在口所以言也。別味也。從干從口，干亦聲。」

　　桂《證》：「從干者，《六書故》引李陽冰曰『開口則干人，故從干』。

　　干亦聲者，後人加之。〔註21〕」

《說文》舌字構形爲「從干從口，干亦聲」，而舌字從舌部，說解亦無從偏旁之義，與桂馥亦聲字之理論不符，故桂氏舉《六書故》引李陽冰，以爲《說文》作干亦聲者，乃後人加之。甚者，若校勘之法再不能自圓其說，桂氏亦不加解釋，直接校改《說文》，前引桂氏亦聲說，即自言《說文》亦聲字，若不符其所舉二例，皆爲後人改之，是可見桂馥對其說之勇於自信。考「古」字，甲骨作 茜（《合集》1730 正）、金文作 茜（〈舌方鼎〉，《集成》1220），龍宇純《《說文》讀記》云：「此字本象形，於甲骨義金文歠字分析知之。所以舌作多片，取其動態，以別於古字。〔註22〕」而「歠」字，甲骨作 𩚴（《合集》35346）、金文作 𩚴（〈善夫山鼎〉，《集成》2825）。蔡師信發《六書釋例》則以爲「舌」字屬異文會意，云：「口據人嘴構形，屮像飪氣的上昇，都據具體實像造字，屬獨體象形。當二文相合成『舌』，以示進食知味之意，形義契合，又和二文沒聲音關係，所以屬異文會意。〔註23〕」

段玉裁所主張之亦聲說，其實較桂氏更能符合今本《說文》之情況，而這與段氏對於《說文》之解釋有關。如《說文》「祫」字，段《注》云：

　　《說文》：「祫，大合祭先祖親疏遠近也。从示合。」

〔註20〕蔡師信發：〈段注《說文》會意有輕重之商兌〉，《先秦兩漢學術》第三期，2005 年 3 月。

〔註21〕桂馥：《說文解字義證》卷七，頁 2a。

〔註22〕龍宇純：《《說文》讀記》（臺北：大安出版社，2011 年），頁 25。

〔註23〕蔡師信發：《六書釋例》，頁 147。

段《注》:「會意,不云『合亦聲』者,省文、重會意也。〔註24〕」
再如《說文》「禛」字,段《注》云:

《說文》:「飍,馬疾步也。从馬風聲。」

段《注》:「此當云从馬風,風亦聲。或許舉聲包意,或轉寫奪屚,不可知也。〔註25〕」

段氏對於今傳《說文》不符其亦聲理論者,一律以會意形聲兩兼字、或許慎省文處理,雖然《說文》校改較少,但段氏之說,卻較桂說更為混亂,難以成立。

2. 聲符兼義觀念未備

從段桂二氏對於《說文》亦聲之看法,可見二氏聲符兼義之觀念未備。如段氏提出會意兼形聲之說法,其實許慎《說文》所謂「從某某,某亦聲」構形之字,與「從某某聲」之字,並無差異,只是亦聲字的聲符示義,比一般形聲字的聲符示義更易看出〔註26〕。再如桂氏云「某字說解之義,與所從聲符相合,得曰亦聲」,其實聲符多有示義,只是聲符示分別義,而形符示類別義。如魯實先先生「形聲必兼會意」之說,云形聲字之聲符,除「狀聲之字」、「識音之字」、「方國之名」、「假借之文」聲不示義外,餘皆示義。後蔡師信發針對魯氏之說提出修正,云:

一字之義,原則上,應有本義、引伸義、比擬義和假借義〔註27〕,是不能排除的。站在訓詁學的立場,魯先生所謂的「狀聲之字,聲不示義」,按理其聲符並非不示義,只是示的不是本義、引伸義、比擬義,而是假借義;「方國之名,聲不示義」,其聲符也非不示義,只是示的是假借義;「假借之文,聲不示義」,只是強調其聲符示的是假借義。此外,只剩下「識音之字,聲不示義」。這類字的形構,

---

〔註24〕段玉裁:《說文解字注》一篇上,頁11a。

〔註25〕段玉裁:《說文解字注》十篇上,頁13b。

〔註26〕蔡師信發:《說文答問》(臺北:臺灣學生書局有限公司,2006年),頁156。

〔註27〕所謂「比擬義」,是由某字形體比擬而產生之意義,如《說文》解頭為「百也。从頁豆聲」,該字以頁為形,是示人首之義。此說由蔡師信發所提出。(見氏著《說文答問》,頁64)

是在原先的「文」和「字」上另外加個聲符，標示其音，以便辨識易讀罷了，其聲符自不示義〔註28〕。

蔡師之說，以爲「狀聲之字」、「方國之名」、「假借之文」之聲符皆示假借義。「識音之字」的聲符，則因其功能僅在於注音，故聲符自不示義，如：

《說文》：「片，判木也。从半木。」

《說文》：「版，片也。从片反聲。」

案：「片」是「木」的省體象形。片屬滂紐，反屬非紐，古歸幫紐，同是重脣音，又片、反都收陽聲安攝（段氏古音第十四部），二字疊韻。片加反聲爲「版」，旨在標音，而不示義〔註29〕。

職是之故，形聲字之聲符除了「識音之字」，餘皆示義。

次者，雖然段桂二氏聲符兼義之觀念未備，但其實皆注意到聲符兼義之現象，如桂馥，《說文》「單」字，桂《證》云：

《說文》：「單，大也。從吅甲，吅亦聲。闕。」

桂《證》：「大也者，大下有闕文，既云亦聲，則當有吅意。闕者，不知甲義也。〔註30〕」

再如《說文》「喪」字，桂《證》云：

《說文》：「喪，亡也。從哭從亡，會意，亡亦聲。」

桂《證》：「從哭從亡，會意，亡亦聲者。徐鍇本作『從哭亡聲』，《禮記》釋文引作『從哭亡，亡亦聲』，皆無會意二字，不當言亦聲。〔註31〕」

據此，可知桂氏將聲符示義之字，限定於有「亦聲」術語之字。

段玉裁對於聲符兼義之理論，較桂氏更爲深入，藉由聲義同源之理論，歸納出「凡從某聲皆有某義」之說。如《說文》「齮」字，段《注》云：

《說文》：「齮，齧也。」

〔註28〕蔡師信發：《訓詁答問》（臺北：臺灣學生書局有限公司，2004年），頁99。
〔註29〕蔡師信發：《訓詁答問》，頁95。
〔註30〕桂馥：《說文解字義證》卷五，頁56a。
〔註31〕桂馥：《說文解字義證》卷五，頁57a。

　　段《注》：「按凡從奇之字多訓偏，如掎訓『偏引』、齮訓『側齧』。

　　索隱注〈高紀〉云『許慎以爲側齧』。〔註32〕」

再如《說文》「詖」字，段《注》云：

　　《說文》：「詖，辨論也。从言皮聲。」

　　段《注》：「凡从皮之字皆有分析之意，故詖爲辨論也。〔註33〕」

段氏對於聲符兼義之觀念，已不限於亦聲字，然其無法得出「形聲必兼義」之論，又受限於《說文》「亦聲」術語之影響，不知「從某某，某亦聲」構形之字，其實與「從某某聲」之字，並無差異。且因段氏爲聲韻大家，校理《說文》時，發覺許多作「從某某」之會意字，其偏旁常有得聲之現象，數量一多，遂以爲是《說文》義例，故產生會意兼形聲、會意兼形聲之論。

　　其次，王筠對於亦聲字之看法，則較爲中肯，可作一參考，如：

　　《說文》：「料，量物分半也。從斗，半亦聲。」

　　王筠《說文句讀》：「義聲互相備，本不必言亦，或許君偶然變文。

　　〔註34〕」

蔡師信發所見亦同，嘗云：「《說文》原所謂的『从某某，某亦聲』和『从某某聲』應無別，可一併以『異文形聲』視之，只是其解形術語欠統一罷了，而這個歧異到底是原著者許慎的失察，還是出自後人的竄改，因年代久遠，文獻不足，已無從查攷了。〔註35〕」所謂「異文形聲」，乃相對於「同文形聲」而言，而「同文形聲」即指聲符、形符相同之字，如「珏」字，從玉、玉亦聲；「異文形聲」則指聲符、形符相異之字，如「鍾」字，從金重聲。

三、轉　注

　　戴震於段桂二氏，皆有重要之影響，而其關於轉注之說法，對段桂尤有啓發。如桂氏《義證》注〈說文敘〉「轉注者，建類一首，同意相受，考、老是也」，即摘錄戴震〈答江慎修先生論小學書〉，云：

〔註32〕段玉裁：《說文解字注》二篇下，頁21b。

〔註33〕段玉裁：《說文解字注》三篇上，頁10b。

〔註34〕王筠：《說文句讀》卷二十七，頁25。

〔註35〕蔡師信發：《說文商兌》〈《說文》「从某某，某亦聲」之商兌〉，頁177。

《說文》老从人毛匕，言須髮變白也。考从老省，丂聲。其解字體一會意、一諧聲甚明，而引之於〈敘〉以實其所論轉注，不宜自相矛盾，是故別有說也。使許氏說不可用，亦必得其說然後駁正之，何二千年閒紛紛立說者眾，而以猥云「左迴右轉」之謬悠目爲許氏，可乎？震謂考、老二字屬諧聲、會意者，字之體；引之言轉注者，字之用。轉注之云，古人以其語言立爲名類，通以今人語言，猶曰互訓云爾。轉相爲注，互相爲訓，古今語也。《說文》於「考」字訓之曰「老」也，於「老」字訓之曰「考」也，是以〈敘〉中論轉注舉之。《爾雅·釋詁》有多至四十字共一義，其六書轉注之法歟！別俗異言，古雅殊語，轉注而可知，故曰「建類一首，同意相受」。大致造字之始，無所馮依，宇宙閒事與形兩大端而已。指其事之實曰指事，一、二、上、下是也；象其形之大體曰象形，日、月、水、火是也。文字既立，則聲寄於字，而字有可調之聲；意寄於字，而字有可通之意，是又文字之兩大端也。因而博衍之，取乎聲諧曰諧聲，聲不諧而會合其意曰會意。四者書之體止此矣，由是之於用，數字共一用者，如初、哉、首、基之皆爲始，卬、吾、台、予之皆爲我，其義轉相爲注曰轉注。一字具數用者，依於義以引伸，依於聲而旁寄，假此以施於彼曰假借。所以用文字者，斯其兩大端也。六者之次弟，出於自然，立法歸於易簡。震所以信許叔重論六書必有師承，而考、老二字，以《說文》證《說文》，可不復疑也〔註36〕。

戴氏以爲，《說文》所謂轉注，即「轉相爲注，互相爲訓」，換言之，即指「轉注爲互訓」。由此可見桂氏亦注意到戴震之轉注說，惜桂氏《義證》對於六書學，少有發揮，是以無法得知桂氏對戴說之應用及評論。

段玉裁論《說文》轉注，亦承戴震「轉注爲互訓」之說，其注〈說文敘〉「轉注者，建類一首，同意相受，考、老是也」，亦受戴說之啓發，云：

> 建類一首，謂分立其義之類，而一其首，如《爾雅·釋詁》第一條
> 說「始」是也。同意相受，謂無慮諸字意恉略同，義可互受相灌注，

〔註36〕桂馥：《說文解字義證》卷四十九，頁 4b。戴震全文，見於氏著《戴東原集》（《續修四庫全書》本，第 1434 冊）卷三，頁 21。

而歸於一首，如初、哉、首、基、肇、祖、元、胎、俶、落、權輿，
其於義或近或遠，皆可互相訓釋，而同謂之「始」是也。獨言考、
老者，其最明親切者也，老部曰「老者，考也」、「考者，老也」，以
考注老、以老注考，是之謂轉注〔註37〕。

段氏認為轉注之型態有二種：一是「建類一首，謂分立其義之類，而一其首」，
如《說文》「殘，賊也」、「戔，賊也」之訓〔註38〕。二是「同意相受，謂無慮
諸字意恉略同，義可互受相灌注」，如《說文》「更，改也」、「改，更也」之
訓〔註39〕。近人黃侃有一簡明的解釋，云：「凡一意可以種種不同之聲音表現
之，故一意可造多字，即此同意之字為訓，或互相為訓。〔註40〕」即指「轉注
為互訓」之二種情形。

　　再者，段氏並將戴氏轉注說，視為《說文》義例，廣泛運用於注證《說
文》。如《說文》「下」字，段《注》云：

　　《說文》：「下，底也。」

　　段《注》：「許氏解字多用轉注，轉注者，互訓也。『底』云下也，故
　　『下』云底也，此之謂轉注，全書皆當以此求之。〔註41〕」

段氏此段簡要說明了「轉注即互訓」之看法，將「互訓」看作六書之一，並以
為《說文》「全書皆當以此求之」。

　　次者，段氏《六書音均表》三〈古異部假借轉注說〉，指出轉注與聲音之關
係，云：

　　古六書假借以音為主，同音相代也；轉注以義為主，同義互訓也。

　　作字之始有音，而後有字，義不外乎音，故轉注亦主音〔註42〕。

段氏認為轉注字除了義通外，並應有聲音上之關係，換言之，互訓字也應有
聲音關係，但不是所有的互訓字，都具有聲音關係。如《說文》「目，眼也」、

〔註37〕段玉裁：《說文解字注》十五卷上，頁5b。
〔註38〕段玉裁：《說文解字注》四篇下，頁12a；十二篇下，41b。
〔註39〕段玉裁：《說文解字注》三篇下，頁35a。
〔註40〕黃侃：《黃侃國學講義錄》〈訓詁學筆記〉，頁236。
〔註41〕段玉裁：《說文解字注》一篇上，頁3b。
〔註42〕段玉裁：《六書音韻表》〈表三〉，頁3。

「眼，目也」，目屬脣聲明紐、幽攝入聲，段氏古音第三部；眼屬牙聲疑紐、陽聲盈攝，段氏古音第十三部，二字不諧聲〔註43〕。因此，段氏所持「互訓即轉注」之說，不免有所矛盾。後世學者欲解釋此一問題，如劉師培，便將有聲音關係的互訓字看作「轉注的正例」，而沒有聲音關係的互訓字則看作「轉注的變例」〔註44〕。

四、假　借

（一）戴震假借說之繼承

關於戴震對於假借之看法，其〈答江愼修先生論小學書〉嘗云：「一字具數用者，依於義以引伸，依於聲而旁寄，假此以施於彼曰假借。〔註45〕」由此可知，戴氏將假借分爲兩類，一爲「依於義以引伸」，二爲「依於聲而旁寄」。再者，段玉裁與桂馥對於假借之觀念，皆受戴說之影響。

1. 段玉裁之引伸假借

段玉裁所謂「引伸假借」之說，即承戴說而成，如《說文》「殖」字，段《注》云：

《說文》：「殖，脂膏久殖也。」

段《注》：「脂膏以久而敗，財用以多藏而厚亡，故多積者謂之殖貨，引伸假借之義也。〔註46〕」

殖字本義爲「脂膏久殖」，引伸爲「多積」之義，爲「依於義以引伸」，段氏稱之「引伸假借」。再如《說文》「止」字，段《注》云：

《說文》：「止，下基也。象艸木出有阯，故吕止爲足。」

段《注》：「此引伸假借之法，凡以韋爲皮韋、以朋爲朋黨、以來爲行來之來、以西爲東西之西、以子爲人之偁皆是也。〔註47〕」

〔註43〕段玉裁：《說文解字注》四篇上，頁 1b。蔡師信發：《訓詁答問》，頁 39。

〔註44〕劉師培：《左盦集》（收於《劉申叔先生遺書（三）》，臺北：大新書局，民國 23 年寧武南氏校印、25 年印成）卷四，頁 1-3。

〔註45〕戴震：《戴東原集》卷三，頁 25。

〔註46〕段玉裁：《說文解字注》四篇下，頁 13a。

〔註47〕段玉裁：《說文解字注》二篇上，頁 39a。

蔡師信發云:「該字甲文作 ∅，金文作 ∅、∅，都像左腳掌之形，據具體物像造字，屬獨體象形，所以其本義應爲『左腳掌』，而《說文》僅以「下基」釋之，是誤以引伸義爲本義。〔註48〕」再者，《說文》釋足字云「人之足也」，可知《說文》云「从止爲足」，爲「依於義以引伸」之引伸義關係。段氏云《說文》「以止爲足」爲引伸假借之法，再觀段氏所舉諸例，所示皆爲「依於聲而旁寄」之假借。

　　職是，段氏「引伸假借」之說，將戴氏「依於義以引伸」、「依於聲而旁寄」之二種假借，混而論之，造成了理解上之淆亂，故招致學者之批評。如許錟輝〈段玉裁「引伸假借說」平議〉嘗云:「段氏『引伸假借』之說，承師說而有別，戴氏以引申、旁寄對舉，屬之假借。而段氏云『引申假借』，其意含混不明。或與師說同，或與朱（駿聲）氏、魯（實先）師之說同，或又異於二者之說，殊難明其實指。〔註49〕」魯實先先生則云:「所謂引伸者，乃資本義而衍繹；所謂假借者，乃以同音而相假，是其原流各異，而許氏乃合爲同原，此近人所以有引伸假借之謬說，益不可據以釋六書之假借也。〔註50〕」

2. 桂馥之假借觀

　　桂馥之假借觀，亦受戴震影響，如《說文》「長」字，桂《證》云:

　　《說文》:「長，久遠也。」

　　桂《證》:「本書〈序〉『假借者，本無其字，依聲託事，令、長是也』，馥案:此字借義獨多，《書》『咸建五長』、《周禮》『乃施則於都鄙而建其長』，此借爲官長也。《書》『立敬惟長』，借爲長幼也。《易》『元者，善之長』，借爲宗長也。《孟子》『無物不長』，借爲生長也。《易》『君子道長』，借爲消長也。《孟子》『今交九尺四寸以長』，借爲長短也。《論語》『長一身有半』，借爲宂長也。《釋文》音直亮反，《文選·文賦》『故無取乎宂長』，《世說》『王恭曰:恭

〔註48〕蔡師信發:《說文部首類釋》，頁 17。

〔註49〕許錟輝:〈段玉裁「引伸假借說」平議〉，發表於第七屆中國文字學全國學術研討會，1996 年。

〔註50〕魯實先:《假借遡源》（臺北:黎明文化事業股份有限公司，2003 年），頁 32。

作人無長物』，皆此音。〔註51〕」

對此，沈寶春《桂馥的六書學》嘗云：「如桂氏所說，不管『長』字借爲『官長』、『長幼』、『宗長』、『生長』、『消長』、『長短』、『冗長』，在本義與借義之間，都具有語義引申的關係，……可見桂氏的假借觀點，直是承襲戴氏而來的。〔註52〕」

（二）假借形成之探討

1. 段玉裁之假借三變

段玉裁與桂馥對於假借之形成，皆有論及，如段氏提出「假借三變說」，云：

> 大氐叚借之始，始於本無其字。及其後也，既有其字矣，而多爲叚借。又其後也，且至後代，譌字亦得自冒於叚借。博綜古今，有此三變〔註53〕。

段氏以爲，假借之形成，始於「本無其字」之假借，即無本字之假借。後產生「既有其字」之假借，即有本字之假借，再後，「譌字亦得自冒於叚借」。此即段氏之假借三變說。

在此三變中，段氏以爲最常用者，即有本字之假借，亦即訓詁學所謂之通假，如《說文》「帥」字，段《注》云：

> 《說文》：「帥，佩巾也。帨，帥或从兌聲。」
>
> 段《注》：「帥、率、帨、說、取、刷六字古同音通用，後世分文析字，帨訓巾，帥訓率導、訓將帥，而帥之本義廢矣。率導、將帥字在許書作達、作衛，而不作帥與率，六書惟同音叚借之用最廣。〔註54〕」

帥、率、帨、說、取、刷六字古同音通用，而帥字本義爲佩巾，今訓「率導」、「將帥」之義，故段氏云六書中，以有本字之同音假借，運用最廣。再者，

〔註51〕桂馥：《說文解字義證》卷二十九，頁 19a。

〔註52〕沈寶春：《桂馥的六書學》，頁 134。

〔註53〕段玉裁：《說文解字注》十五卷上，頁 8a。

〔註54〕段玉裁：《說文解字注》七篇下，頁 45a。

段氏以爲，壁中古文是有本字假借之發端。如《說文》「姂」字，段《注》云：

> 《說文》：「姂，人姓也。从女丑聲。〈商書〉曰：無有作姂。」
>
> 段《注》：「〈鴻範〉文，今《尚書》姂作好，此引經說叚借也。姂本訓人姓，好惡自有眞字，而壁中古文叚姂爲好，此以見古之叚借不必本無其字，是爲同聲通用之肇耑矣。〔註55〕」

段氏所見古文字資料有限，故以爲壁中古文之假借，是有本字假借之肇端，其實在甲文、金文中，已可見眾多之有本字假借。如「春」字，篆文作萅，魯實先先生云卜辭作 𣎆、𣎆、𣎆，而萅字於卜辭，有作「允」之假借。例云：

> 丙寅卜，甲戌酌勺歲，𣎆 雨《鄴羽初集下》三二、四片？
>
> 案萅雨猶它辭之允雨，允雨見《前編》五、二五、五片、三六、二片、四四、一、片、《林氏》一、四、九片、二七、十七片、《明氏》二三四八片等。此乃卜於甲寅日行酌、勺、歲祭，眞會下雨不〔註56〕？

再如「不」字，魯實先先生云卜辭作 𣎆、𣎆、𣎆、𣎆、𣎆，而有作「弗」之假借。例云：

> 癸巳卜何貞：王不邁雨《契卜》五〇五片？
>
> 案邁，遇也，此卜王於途中不會遇到下雨吧〔註57〕。

前列二例，可見古文字假借之例證。

次者，段氏假借三變說之「譌字亦得自冒於叚借」，蔡師信發以爲，此論是就《說文》而發，云：

> 他所謂的「譌字亦得自冒於叚借」，是針對《說文》這本書說的。因他認爲《說文》是部講本形、本音、本義的字書，他書可用假借字來解釋文字的形、音、義，《說文》卻不可以。於是，他認爲凡《說文》中不用本字解釋形、音、義的，就是「譌字亦得自冒於叚借」〔註58〕。

〔註55〕段玉裁：《說文解字注》十二篇下，頁4a。

〔註56〕魯實先講授、王永誠編輯：《甲骨文考釋》（臺北：里仁書局，2009年），頁10。

〔註57〕魯實先講授、王永誠編輯：《甲骨文考釋》，頁42。

〔註58〕蔡師信發：《說文答問》，頁181。

所謂譌字，亦即錯字。段氏以爲《說文》全書不用假借字，故稱「譌字亦得自冒於叚借」。如《說文》「鱻」字，段《注》云：

《説文》：「鱻，新魚精也。」

段《注》：「許書『玼』下云新玉色鮮也、『黨』下云不鮮也，其字蓋皆本作鱻。凡鮮明、鮮新字皆當作鱻，自漢人始以鮮代鱻，如《周禮》經作鱻、注作鮮是其證，至《說文》全書不用叚借字，而『玼』下、『黨』下亦皆爲淺人所改，今則鮮行而鱻廢矣。〔註59〕」

段氏云《說文》全書不用假借字，而鮮爲鱻之假借，故《說文》「玼」字下云新玉色鮮也、「黨」字下云不鮮也，皆爲後人所改，鮮字當改爲鱻。再如《說文》「陟」字，段《注》云：

《説文》：「陟，登也。」

段《注》：「〈釋詁〉曰『陟，陞也』，毛《傳》曰『陟，升也』。陞者，升之俗字。升者，登之叚借。《禮・喪服》注曰『今文《禮》皆登爲升，俗誤已行久矣』，據鄭說則古文《禮》皆作登也。許此作登不作升者，許書說解不用叚借字也。漢人用同音字代本字，旣乃不知有本字。所謂本有其字，依聲託事者然也。〔註60〕」

段氏舉《爾雅》〈釋詁〉及毛《傳》之訓詁爲證，又據鄭玄〈喪服〉注，以爲「古文《禮》皆作登」，是爲本字。許書說解不用叚借字，故許亦作登不作升。

2. 桂馥之隸變假借

桂氏以爲，小篆變爲隸書，亦是造成假借形成的原因之一，其云：

篆變爲隸，凡不順隸體者，多借同音之字。當其始也，皆知爲假借，行之旣久，或沒其本體，如溺字本水名，借爲沈休之休。《釋名》云『外於水曰溺。溺，弱也，不能自勝也。』直以溺爲休〔註61〕。

字形從小篆變爲隸書者，凡筆劃與隸書風格不合者，桂氏云多借爲同音之字，即有本字之假借，而行之旣久，假借字通行而本字廢，並舉「溺」、「休」二

〔註59〕段玉裁：《說文解字注》十一篇下，頁29b。

〔註60〕段玉裁：《說文解字注》十四篇下，頁4a。

〔註61〕桂馥：《說文解字義證》卷五十，頁23a。

字為例。桂氏對於篆隸之變，多有研究，其〈說隸〉一文嘗云：「作隸不明篆體，則不能知其變通之意；不多見碑版，則不能知其增減假借之意。隸之初變乎篆也，尚近於篆，既而一變再變，若耳孫之於鼻祖矣。〔註62〕」職是，桂馥能發現篆文不順於隸體時，多借為同音之字，然而篆隸字體之變，與六書假借，畢竟是不同層次之論題。隸變為字形之變，而假借則是同音相假，不宜混而論之。

　　案「溺」、「㲻」二字皆見於《說文》，溺字釋「溺水」，為水名；㲻字釋「沒也」，即沉沒之義。段《注》「㲻」下云：「此沈溺之本字也，今人多用溺水水名字為之，古今異字耳。〔註63〕」次者，「溺」字而灼切，齒聲日紐、二部；「㲻」字奴歷切，舌聲泥紐、二部。日紐古歸泥紐，二字雙聲；同屬古音第二部，二字疊韻，故「溺」、「㲻」二字同音。因此，「溺」、「㲻」二字同音相假，為典型之有本字假借，亦即通假字。

　　次者，王筠亦注意到《說文》以隸書為篆文者，如：

　　　《說文》：「嫛，惡也。」

　　　王筠《說文句讀》：「言部『誣，相毀也』，彼省嫛為毀，此借惡為誣，
　　　皆用隸書假借字，此轉注之別派也。〔註64〕」

王筠以為，惡為誣之隸書假借，換言之，即以隸書體改小篆體之假借，且王筠本戴震「互訓即轉注」之說，稱隸書假借字之互訓，為「轉注之別派」。

第二節　《說文》體例

一、段玉裁對於《說文》體例之整理

　　段氏之《說文》研究，最為人所稱道者，即在於能全面發掘《說文》體例。如梁啟超《中國近三百年學術史》云：

　　　凡名家著書，必有預定之計畫，然後駕馭材料，即所謂義例是也。

　　　但義例很難詳細臚舉出來，令在好學者通觀自得，《說文》自然也是

〔註62〕桂馥：《晚學集》卷二，頁6。

〔註63〕段玉裁：《說文解字注》十一篇上二，頁23a。

〔註64〕王筠：《說文句讀》卷二十四，頁23。

如此。又《說文》自大徐以後，竄亂得一塌糊塗，已爲斯學中人所公認，怎樣纔能全部釐整他呢？必須發見出原著者若干條公例，認定這公例之後，有不合的便知是竄亂，纔能執簡御繁，戴東原之校《水經注》即用此法。段茂堂之於《說文》，雖未嘗別著釋例，然在注中屢屢說「通例」如何如何（原注：我們可以輯一部「說文段注例」），他所以敢於校改今本，也是以他所研究出的「通例」爲標準〔註65〕。

因此，段氏承戴震校《水經注》之法，其《說文注》亦申明全書條例，啓發後學者之研究。

清代整理段《注》之例者，首推馬壽齡《說文段注撰要》，是書舉段《注》之論說，析其義爲九例，分別爲〔註66〕：

（一）誤字：

如「玉」，〈釋草〉「蒙，王女。」王作玉，誤。

（二）譌音：

如「瑞」，是僞切，讀如銳，誤。

（三）通用字：

如「屮、艸」，屮，古文或以爲艸字。

（四）《說文》所無字：

如「趾」，止即趾也。

（五）俗字：

如「草」，俗以草爲艸。

（六）段借字：

如「采」，古多以采爲菜。

（七）引經異字：

如「維周之禎」，出《注》，今《詩》作楨。

〔註65〕梁啓超：《中國近三百年學術史》，頁233。

〔註66〕馬壽齡：《說文段注撰要》，臺北：世界書局，2009年。

（八）引經異句：

如「惡居下而訕上者」，出《注》，今《論語》多流字。

（九）異解：

如「瑤琨」，皆石之美者，謂爲玉者，非是。

胡樸安《中國文字學史》，對於馬壽齡《説文段注撰要》之整理所得，不甚滿意，其云：「以上九例，散見於段《注》中者極多，馬氏摘錄，亦頗豐富。惟段《注》有發明許氏之例、有闡明文字之例，馬氏九例，斷不足以盡之。」因此，胡樸安於馬氏九例之外，更得三十二例，爲讀段《注》之助。述之如次〔註67〕：

（一）分部例：

分部者謂分五百四十部，統攝九千三百五十三字也。

（二）列字次第例：

謂每部列字之先後次第也，或以類相次第，或以義聯屬相次第。

（三）説解例：

説解者，謂説解文字之形聲義也。

（四）象形例：

段氏詳細注于許〈敘〉「二曰象形」下，更于全書中隨字舉例言之。

（五）指事例：

段氏詳細注于許〈敘〉「一曰指事」下，更于全書中隨字舉例言之。

（六）會意例：

段氏詳細注于許〈敘〉「四曰會意」下，更于全書中隨字舉例言之。

（七）形聲：

段氏詳細注于許〈敘〉「三曰形聲」下，更于全書中隨字舉例言之。

（八）轉注：

段氏詳細注于許〈敘〉「五曰轉注」下，更于全書中隨字舉例言之。

段氏轉注，本其師戴氏之説，每以轉注校訂《説文》之誤字，故其

〔註67〕胡樸安：《中國文字學史》，頁274。

注中關于轉注之説尤多。

（九）假借：

段氏詳細注于許〈敍〉「六曰假借」下，更于全書中隨字舉例言之。

（十）象古文之形例：

象古文之形者，言篆文象古文之形也，於篆文而言，不能定其象形或形聲，惟其依仿古文之形而來。如革，象古文革之形，古文作革，爲形聲字也。

（十一）古音例：

古音有三代秦漢之音也，段《注》既用《切韻》，以明今音矣，復言古音，以明三代秦漢之音。

（十二）疊韻爲訓例：

疊韻者，未有韻書以前，每字收音之韻同者，謂之疊韻。凡韻同者，義即同。

（十三）雙聲爲訓例：

雙聲者，未發見聲母以前，每字發音之聲同者，謂之雙聲。凡聲同者，義即同。

（十四）辨古籀例：

古籀者，古文籀文而非篆文也。《説文解字》以篆文爲主，何以復出古籀？其復出者，蓋以篆文之不同于古籀也。

（十五）辨或體例：

或體者，許叔重時通行之又一體也，其字體亦不違於六書之例，與俗體異。

（十六）引經證形例：

凡字所從之形，未能以説明者，則引注證之，或字之形不常見者，亦引注證之。

（十七）引經證義例：

凡字之義，未能以説明者，則引經證之，或引經證假借之義。

（十八）讀若例：

讀若未有反切以前，譬況其音也。其最易明者，如中讀若徹、唉讀若塵埃。其音不易譬況者，或讀若俗語之某、或讀若經之某，讀若經之某者，即段氏所謂引經證聲也。

（十九）一曰例：

一曰者，言形聲義之外，又有一形聲義之說不同也，但義爲多。

（二十）闕例：

闕者，篆文之形或義或聲，許所不知，闕而不言也。

（二十一）同意例：

同意者，言此字所从之形，與彼字所从之形，其意同。因其所从之形，意不正明，故舉另一字以明之。

（二十二）古文以爲或以爲例：

古文以爲者，古文之假借字也。或以爲者，與依聲之假借稍別。

（二十三）方言例：

方言者，此字之義，係某處之方言而非通語也。

（二十四）辨音義同例：

音義同者，隸于兩部之字。其形不同，而音義皆相同，特標而出之。

（二十五）音變例：

音變者，言周時之音，至漢時已變也。

（二十六）經傳以爲例：

此言經傳之假借字，段於注中發明之。其言經傳以爲者，固經傳之假借，其不明言者，亦經傳之假借也。

（二十七）漢人用字例：

言許叔重之說解，多有漢人用字之例，既不同于本義，又遠違於今義，故特標出之。

（二十八）古今字例：

古今字者，言古人所用之字，與今人所用之字不同。其字甚多，段

于注中隨字記之。

（二十九）廢字例：

廢字者，經典廢爲不用之字也。其廢也因于假借，段于注中隨字記之。

（三十）俗語之原例：

今日之俗語，原于古者甚多，段于注中隨字記之，然未盡也。

（三十一）統言析言例：

中國文字之義，極其籠統，然此統言也。若析言則分之頗嚴謹，段注于此等處，記之綦詳。

（三十二）單呼絫呼例：

凡物之名偶，在文字上大概單，在語言上大概絫，皆與聲韻有關係，段氏亦標而出之。

上列三十二例，胡樸安云：「自第一例至二十三例，段氏發明許書之例；自二十四例至三十二例，段氏讀許書自創之例。〔註68〕」

再者有呂景先《說文段註指例》，是書更加全面地整理段《注》所云之義例，共分爲六大類，分別爲：段氏自明作注之例、說明許書之例、論古來造字命名之例、闡明古今形音義演變之例、兼明注書解字之例、附述他書體例〔註69〕。上列六大類，依性質可分作三種：一是注書之方法，如「段氏自明作注之例」、「兼明注書解字之例」、「附述他書體例」。二是申明許書之體例，如「說明許書之例」。三是文字理論之建構，如「論古來造字命名之例」、「闡明古今形音義演變之例」。

在段氏《說文注》之條例中，以申明許書之體例爲最多，茲錄呂景先《說文段註指例》所列「說明許書之例」之綱要，以見段氏對於《說文》體例之整理。呂氏將段《注》所云之《說文》體例，分爲十八例，引錄如次〔註70〕：

〔註68〕胡樸安：《中國文字學史》，頁298。

〔註69〕呂景先：《說文段註指例》，臺北：正中書局，1978年。

〔註70〕呂景先：《說文段註指例》，頁7-58。

（一）許書分部之例：

1. 凡一字有他字从之者，則必立部，如「珏」字。

2. 文體不一，或有从此者，或有从彼者，如此即雖係一字，亦必
　析爲二部，如「大」與「介」、「人」與「儿」。

3. 亦間有省併者，如「棗」字。

（二）羅部立文之例：

1. 部之先後，以形之相近爲次；文之先後，以義之相引爲次，如
　「傑」、「誦」、「珣」等字。

2. 凡上諱必列於首，所以尊君也，如「祜」、「隆」二字。

3. 以類相從，如「道」字。

4. 難曉之篆，先於易知之篆，如「甄」字。

5. 先人後物，如係部首，則雖屬物，亦必先之，如「肉」字。

（三）字體先後之例：

1. 正例：先小篆後古籀。

2. 變例：先古籀後小篆，其由有：

　　（1）以其屬皆从古文，如「上」字。

　　（2）尊經之故，如「榮」字。

又，古、籀二者之次第，則是先籀文後古文，如「四」字。

（四）許書複見附見各字之例：

此謂字有兩體二義，便可複見，且不嫌附見，如「變」與「嬌」字。

（五）會意字入部之例：

會意字之入部，以所重者爲主，如「鉤」字。

（六）異部合讀之例：

此謂文雖異部，而以名或實均有相關，故應異部合讀，如「惟」字。
其他如以轉注爲訓者，亦多類此。

（七）《說文》古本體例：組織與說解之例。

1. 篆下複舉例字，如「靈」字。

2. 《說文》多云某或某字，如「阩」字。

3. 《說文》無音，如「楝」字。

（八）行文屬辭之例。

（九）說解之例：

1. 形式：即以說解釋文字。

2. 內容：前者爲怎樣釋，此蓋謂釋什麼。

3. 條例：許作說解之原則。

    （1）二字成文，義見上字，如「瑜」字。

    （2）凡綿連字不可分釋，如「綊」字。

    （3）嚴人物之辨，物中之辨，如「尾」字。

4. 方法：許作說解之方法。

    （1）依形立訓，謂依字形而說解之，如「慎」字。

    （2）疊韻爲訓，謂訓字與被訓字同韻也，如「天」字。

    （3）雙聲爲訓，謂訓字與被訓字同聲也，如「地」字。

    （4）轉注互訓，謂訓字與被訓字可以倒言，如「銓」字。有各部互見者、同部類見者。

    （5）不以他字爲訓，謂以本字訓本字也，如「紡」字。

    （6）以義釋形，謂被訓字與訓字同爲一字，而以本字之義釋本字之形，如「河」字。

    （7）以今字釋古字，謂被訓字與訓字有古今字之關係，如「突」字。

    （8）析言、渾言互包，渾言不分，析言有別，在說解中，常有分合渾析不定之處，如「蟲」字。

    （9）引經傳以訓，謂引經傳辭句以爲訓也，如「輔」字。

    （10）兼采異說以訓，此謂通人有傳，而有保存之價值者，如「社」字。

（11）析本字以訓，謂分析本字之形，以訓其義也，如「判」字。

（十）許書皆本形本義及其用字之例：

《說文》皆本形本義之說，爲清代小學家之基本概念，其說雖不無刺謬，然影響於段《注》本身者甚巨，蓋乃例中之例也，如備字。惟亦有自亂其例者，如「份」字。且更有用方言俗字者，如「彙」字。

（十一）許書取材之例：

1. 原則：

（1）字體不一者，擇善而從，如「儠」字。

（2）尊經、尊古文，如「𩰚」字。

（3）法後王，尊漢制，如「一」字。

2. 本體：

（1）以小篆爲質，而兼錄古文、籒文，如「一」字。

（2）大篆之應省改而不省改者，如「蕙」字。

（3）或字不能悉載，蓋字書因時而作，而或體字尚未通行，欲兼顧，實良難。此所以同爲字書，而所收並不同也，如「庸」字。外此，實有其字而無此字之部首者，亦不收錄，如「翱」字。

（十二）許於經傳從違之例：

1.《詩》主宗古文，意有未安者則不從，故主毛而猶不廢三家。

2.《書》主宗古文，亦不廢今文。

3.《禮》則古今並重，惟其是而已，但若從今文，則不收古文；從古文，則不收今文。

4.《春秋》則主《左氏》而不廢《公羊》。

（十三）許書引經之例：

1. 言字形者，如「蘇」字。

2. 言假借者，如「假」字。

3. 言字音者，如「珡」字。

4. 證字義者，如「歈」字。

（十四）許書稱古之例：

此所謂古，蓋指古語、古書或古人而言，當合引經之例並言，然情勢所及，亦時有異同。

（十五）許書用語之例：指許書之慣用詞語。

 1. 凡某之屬皆從某，如「一」字。

 2. 從某某聲，如「元」字。

 3. 古文，如「一」字。

 4. 闕，如「旁」字。

 5. 以爲，如「子」字。

 6. 讀若、讀與某同，如「厸」字。

 7. 屬別，如「屬」字。

 8. 一曰，如「俓」字。

 9. 所以，如「聿」字。

10. 某與某同意，如「工」字。

11. 某縣某亭，如「莪」字。

12. 孔子曰，如「黍」字。

13. 有，如「洨」字。

14. 之，如「始」字。

15. 亦，如「瓊」字。

16. 从，如「从」字。

17. 某詞，如「曷」字。

（十六）許於郡縣川藪之例。

（十七）許書所無之例：

所謂「所無」，蓋指某些詞語，許書本無，而後人所益。段氏發之而

為例，乃有關於體例校勘者。

1. 不言「名」，如「邧」字。

2. 不言「某名」，如「銅」字。

3. 不言「一名」，如「苢」字。

4. 不言「音」，如「宧」字。

5. 不言「《尚書》」，如「堣」字。

6. 自女部外不言姓，如「俒」字。

7. 不言「古某字」，如「蚤」字。

8. 不言「今文」，如「瀘」字。

9. 不言「城」，如「邟」字。

10. 不言「縣」，如「溳」字。

11. 不言「所謂」，如「頖」字。

（十八）其他：

其他如「諞」、「昏」、「象」、「婼」四注之推定本形，「禥」下云部末
之糾正訛亂，第一篇下明許書立文之本意，「欲」下讚《說文》體例
之精審。

藉由上列段《注》所整理之《說文》體例，可知段氏對於《說文》研究之深，
且段氏具有過人之歸納及組織能力，故能探求《說文》全書義例。此項特點，
亦是段氏《說文》學之一大特色。

二、桂馥對於《說文》體例之認識

桂馥之《說文》學，亦有申明義例者，然其所整理之《說文》義例，質
與量固遠遜於段氏，故少為人所研究，但亦有可觀者。桂馥《義證》「纛」字
下引阮元語，云：「《說文解字》人人讀之，而許氏全書之例未之知，則許之
可疑者多矣。〔註71〕」是桂氏亦注意到《說文》義例之重要性。且《說文》義
例雖是段氏之長，但本文旨在比較段桂二氏《說文》學，故仍須討論桂氏對

―――――――――――――――

〔註71〕桂馥：《說文解字義證》卷一，頁 29a。

於《說文》義例之認識，以見二氏異同。桂馥於《說文》體例之認識，論列
如是：

（一）羅部立文之例

此例主要討論桂氏對於《說文》各部首中，諸字排列次第之看法。前論段
氏於列字次第，有「以義爲次」、「以類相從」之觀念，而桂氏《義證》亦有此
論。如《說文》「蝑」字，二氏云：

《說文》：「蝑，蟲也。」

段《注》：「許書上文云蚣蝑、下文口蝗，蝑亦蝗也，故列字之次如
此。」

桂《證》：「《集韻》『蝑，一曰蝗類。』馥案：《方言》所謂蝑蟒是也，
本書次於蝑、蝗之間，或主此義。〔註72〕」

《說文》「蝑」字釋爲「蟲也」，而次於蝑、蝗之間，桂氏云當爲蝗類。此即列
字「以義爲次」之觀念，段說亦同。再如《說文》「蛕」字，二氏云：

《說文》：「蛕，馬蛈也。」

段《注》：「此篆不與下文蛈、蟬、蟓、蚗諸篆爲伍，不得其故，恐
是淺人亂之耳。」

桂《證》：「《玉篇》蛕與蚵同，本書蚵次於蛈、蟬諸字下，以類相
從，而蛕獨廁於此，疑後人亂之。蛕當爲蚵之正文。〔註73〕」

桂氏以爲「蚵」、「蛈」、「蟬」諸字「以類相從」，而「蛕」亦當與諸篆爲伍，
不應獨廁於此，疑後人亂之。段亦同桂說，而鈕樹玉《說文校錄》云：「此字
疑後人本〈釋蟲〉增，蓋〈釋蟲〉作蛕、《說文》作蚵。〔註74〕」

再者，桂馥提出「凡竝偏旁及合三四爲一字者，皆在部末」，如《說文》
「祘」字，桂《證》云：

〔註72〕段玉裁：《說文解字注》十三篇上，頁50a。桂馥：《說文解字義證》卷四十二，頁
26a。

〔註73〕段玉裁：《說文解字注》十三篇上，頁47b。桂馥：《說文解字義證》卷四十二，頁
20a。

〔註74〕鈕樹玉：《說文解字校錄》卷十三上，頁28b。

《說文》:「祢，明視以筭之。」

桂《證》:「本書之例，凡竝偏旁及合三四爲一字者，皆在部末，如

瓜、㗊、𤕫是也。今祢字不居示部之末，後人亂之。〔註75〕」

桂氏以爲《說文》祢字不居示部之末，爲後人亂之。鈕樹玉《說文校錄》、嚴
可均《說文校議》亦同桂說〔註76〕。再如《說文》「禫」字，二氏云:

《說文》:「禫，除服祭也。」

段《注》:「祢字重示，當居部末，如頪、聅、轟、驫、猋皆居部末
是也。祢字下出禫字，疑是後人增益。」

桂《證》:「徐鍇曰『古無禫字，借導字爲之。』馥謂此禫後人所加，
故居部末。〔註77〕」

祢字重示，當居部末，然今示部末之字爲禫，故桂氏以爲此字是後人所增。
段說亦同桂說，而鈕樹玉《說文校錄》、嚴可均《說文校議》亦同〔註78〕。

要之，桂氏對於《說文》羅部立文之例，雖不似段氏能析分出「部之先
後，以形之相近爲次；文之先後，以義之相引爲次」、「凡上諱必列於首」、「以
類相從」、「難曉之篆，先於易知之篆」、「先人後物」等五種體例，但仍能掌
握到《說文》部次「以義爲次」、「以類相從」之最重要觀念，猶可見桂氏於
《說文》義例之得。

（二）許書用語之例

所謂「許書用語」，乃指許愼《說文》之慣用術語，而桂氏所論《說文》
用語之例如次:

1. 讀若某

（1）讀若之功能

關於《說文》術語「讀若」之功能，段玉裁以爲單純擬音，如《說文》
「橐」字，段《注》云:

〔註75〕桂馥:《説文解字義證》卷一，頁42b。

〔註76〕鈕樹玉:《説文解字校錄》卷一上，頁7b。嚴可均:《説文校議》卷一上，頁8a。

〔註77〕段玉裁:《説文解字注》一篇上，頁17a。桂馥:《説文解字義證》卷一，頁43a。

〔註78〕鈕樹玉:《説文解字校錄》卷一上，頁8a。嚴可均:《説文校議》卷一上，頁8a。

《説文》：「禁，禁數祭也。从示毳聲。讀若春麥爲桑之桑。」

段《注》：「凡言『讀若』者，皆擬其音也。〔註79〕」

段《注》禁字下，稱凡言「讀若」者，皆擬其音。故可知段氏以爲「讀若」之功能，是單純擬音。桂馥亦以爲「讀若」具擬音之功能，如《説文》「品」字，桂《證》云：

《説文》：「品，眾口也。讀若戢，又讀若呶。」

桂《證》：「呶乃字義、非字音，不當言讀若。〔註80〕」

再如《説文》「朋」字，桂《證》云：

《説文》：「朋，瘢也。從肉引聲。一曰遽也。」

桂《證》：「引聲者，《廣韻》朋『《説文》音酳』。馥案：凡言《説文》
音某者，皆讀若之字，疑引聲下有『讀若酳』三字。〔註81〕」

上列桂《證》二例，皆可見桂馥以「讀若」爲擬音之觀念。

再者，桂馥以爲《説文》讀若除擬音之功能外，並能通其字，如《説文》「疋」字，桂《證》云：

《説文》：「疋，門户疏窻也。從疋疋亦聲。囪象疋形。讀若疏。」

桂《證》：「疋亦聲者，徐鍇本無此文，鍇以爲指事也。馥謂此部三
字當有『讀若疏』者，故諸書皆借疏字。〔註82〕」

桂氏云「疋部三字當有『讀若疏』者，故諸書皆借疏字」，是可知其以爲《説文》讀若，有明文字假借之功用。

且桂氏《義證》屢屢證以「讀若」字義，可見桂氏以爲讀若字與被讀字之字義相通，如《説文》「尌」字，桂《證》云：

《説文》：「尌，立也。從壴，從寸、持之也。讀若駐。」

桂《證》：「讀若駐者，本書駐，馬立也。〔註83〕」

〔註79〕段玉裁：《説文解字注》一篇上，頁12a。

〔註80〕桂馥：《説文解字義證》卷七，頁1a。

〔註81〕桂馥：《説文解字義證》卷十一，頁45a。

〔註82〕桂馥：《説文解字義證》卷六，頁68a。

〔註83〕桂馥：《説文解字義證》卷十四，頁11a。

再如《說文》「侸」字，桂《證》云：

> 《說文》：「侸，立也。從人豆聲。讀若樹。」

> 桂《證》：「讀若樹者，當為尌。本書尌，立也，讀若駐。〔註84〕」

王筠《說文句讀》改同，云：「樹當作尌，言與尌同字也。〔註85〕」又如《說文》「箈」字，桂《證》云：

> 《說文》：「箈，蔽絮簀也。從竹沾聲。讀若錢。」

> 段《注》：「按『讀若錢』者，合韵也。」

> 桂《證》：「讀若錢者，錢當為棧。簀，棧也。〔註86〕」

此字云「讀若錢」，段氏以為合韵，而桂氏卻改錢為棧，以求二字意義相通。

　　要之，段玉裁以為《說文》讀若，是單純擬音，而桂馥則以為讀若不僅擬音，並可通借其字。錢大昕對於《說文》讀若之看法，則與桂馥相同，如錢氏《潛研堂文集》卷三〈古同音假借說〉云：「漢人言『讀若』者，皆文字假借之例，不特寓其音，并可通其字。……以是推之，許氏書所云『讀若』，云『讀與同』，皆古書假借之例，假其音并假其義，音同而義亦隨之，非後世譬況為音者可同日而語也。〔註87〕」

（2）讀若之用字

　　關於《說文》讀若某之用字，段桂皆有說法，如《說文》「窾」字，段《注》云：

> 《說文》：「窾，塞也。从宀叔聲。讀若〈虞書〉曰：竄三苗之竄。」

> 段《注》：「二『竄』，本皆作窾，妄人所改也，今正。《說文》者，說字之書，凡云讀若，例不用本字。倘《尚書》作窾，又不當言讀若也。改此者直疑『竄，七亂反』，與窾音殊。不知《易‧訟》象傳、宋玉〈高唐賦〉、班固〈西都賦〉、〈魏大饗碑〉、張協〈七命〉、潘岳〈西征賦〉、呂忱《字林》，竄皆音七外反。〔註88〕」

〔註84〕桂馥：《說文解字義證》卷二十四，頁26a。

〔註85〕王筠：《說文句讀》卷十五，頁12。

〔註86〕段玉裁：《說文解字注》五篇上，頁13a。桂馥：《說文解字義證》卷十三，頁24b。

〔註87〕錢大昕：《潛研堂集》，總頁44。

〔註88〕段玉裁：《說文解字注》七篇下，頁14a。

段氏改《說文》「讀若〈虞書〉曰：竅三苗之竅」，爲「讀若〈虞書〉曰：竄三苗之竄」，並稱「凡云讀若，例不用本字」，指讀若之字與被讀之字，不爲同一字。

桂馥所持看法，則與段氏不同，其《晚學集》〈答楊書巖孝廉論音况書〉，嘗云：

> 前承示書，謂《說文》凡言「讀若」，例舉異文以况其音，無即用本字者，如示部禜下、言部該下、宀部窱下、馬部駬下、大部戴下、手部擘下皆有誤。馥因考漢魏音况，舉異文者固多，用本字者亦復不少。……蓋字非一音一義，有以本字取况，而音義始明者，不嫌同文也〔註89〕。

桂氏在此篇書信中，因楊書巖持「《說文》讀若無即用本字」之說，故舉經書、《史記》、《呂氏春秋》、《淮南・鴻烈》等書傳注一八五例，說明古注以本字擬音，實一常見之現象。所謂「蓋字非一音一義，有以本字取况，而音義始明者，不嫌同文也」。據此推之，可知桂氏並不排斥《說文》讀若用本字。

再者，錢大昕亦不排斥《說文》讀若用本字，其《潛研堂文集》卷十一〈答問八〉云：

> 問：《說文》「瓯，讀若抵破之抵。」徐鉉謂「抵音瓦」。字書無從手從瓦之字，不知大徐何據？
>
> 曰：《廣雅》「鼓鼙謂之柢」，此字當從木旁，然亦漢魏間俗字，不可以證《說文》。蓋古人言「讀若」者，往往即用本字，而以方俗語曉之。高誘注《淮南》書，「屈」讀秋雞无尾屈之屈，「易」讀河間易縣之易，是其證也。「瓯破」當是漢人方言，如「春麥爲麴」之類。徐氏疑「讀若」者必異文，輒改「瓯」爲「柢」，不知《說文》元無「柢」字也。以是推之，諸部言「讀若」字爲後人竄易者諒不少矣〔註90〕。

大徐云《說文》瓯字讀若「抵」，然此字不見於《說文》，錢大昕以爲此字當從木旁，是漢魏間之俗字。沈濤《銅熨斗齋隨筆》即云「六朝木旁、手旁字

〔註89〕桂馥：《晚學集》卷六，頁2。
〔註90〕錢大昕：《潛研堂集》，總頁176。

多通作」〔註91〕，故抌、柉二字因而相亂。且錢氏又云「古人言讀若者，往往即用本字，而以方俗語曉之」，並舉高誘注《淮南》二例以爲證，此論正與桂馥之說相通，以爲古人以本字擬音，爲一普遍情形。因此，《說文》瓵字之讀若，非作抌、柉，而應爲本字瓵。

次者，桂馥以爲《說文》讀若用字之例，不與諧聲字同，如《說文》「蓴」字，桂《證》云：

> 《說文》：「蓴，華葉布。从艸傳聲。讀若傳。」

> 桂《證》：「讀若與諧聲同，本書無此例。當是讀若專，本書『專，布也』。〔註92〕」

《說文》「蓴」字從傳諧聲，桂氏以爲讀若與諧聲之字，無同字之例，故改爲「讀若專」。段《注》於此則無改。

2. 故謂之某

許書說解「故謂之某」之術語，桂馥以爲乃「取聲同之字以爲訓」，如《說文》「觵」字，桂《證》云：

> 《說文》：「觵，兕牛角可以飲者也。從角黃聲。其狀觵觵，故謂之觵。」

> 桂《證》：「其狀觵觵，故謂之觵者。觵觵當爲橫橫，觵、橫聲相近，《後漢書・郭憲傳》『關東觟觟郭子橫』。本書之例，凡故謂之云者，皆取聲同之字以爲訓也，橫謂充滿、強大。〔註93〕」

《說文》云「其狀觵觵，故謂之觵」，而桂氏以爲《說文》云「故謂之」，乃取同聲字爲訓，故觵觵當爲橫橫，而觵、橫二字，音、義相通。段《注》於此則無改。再如《說文》「禾」字，桂《證》云：

> 《說文》：「禾，嘉穀也。二月始生，八月而孰，得時之中，故謂之禾。」

> 桂《證》：「二月始生，八月而孰，得時之中，故謂之禾者。《藝文

〔註91〕沈濤：《銅熨斗齋隨筆》卷二，頁1。

〔註92〕桂馥：《說文解字義證》卷四，頁29b。

〔註93〕桂馥：《說文解字義證》卷十二，頁30a。

類聚》引云『以二月而種，八月始孰』，《齊民要術》引云『得時之中和』，李善注〈思元賦〉引云『二月生，八月孰，得中和，故曰禾』，《五經文字》『禾之言和也，以二月始生，八月而孰，得時之中，名之曰禾』。馥謂當云『得時之中和，故謂之禾』，禾、和聲相近。……馥案：凡故謂之云者，皆聲義相兼，此本書之例。〔註94〕」

桂氏引《藝文類聚》、《齊民要術》、李善注〈思元賦〉、《五經文字》等書，以爲《說文》「得時之中，故謂之禾」當爲「得時之中和，故謂之禾」。且禾、和二字，聲義相兼，桂氏云此爲《說文》故謂之云者之例。段《注》改同，依〈思元賦〉注、《齊民要術》訂〔註95〕。

　　段玉裁亦認爲，《說文》云「故謂之」者，是「於其音求其義」。如《說文》「豕」字，段《注》云：

　　　《說文》：「豕，彘也，竭其尾，故謂之豕。」

　　　段《注》：「此與『後蹏廢，故謂之彘』，相對成文，於其音求其義也。〔註96〕」

段氏云《說文》「彘」下「後蹏廢，故謂之彘」，與「豕」下「竭其尾，故謂之豕」，相對成文，皆從音求其義。此說正與桂說相近，桂氏《義證》亦云「豕、尾聲相近」〔註97〕。

3. 闕

　　《說文》有所謂「闕」之術語，許慎〈說文敘〉嘗云「其於所不知，蓋闕如也」，故學者多以《說文》云闕，表許慎不知之意。如《說文》「旁」字，二氏云：

　　　《說文》：「旁，溥也。从二，闕，方聲。」

　　　段《注》：「『闕』謂从冂之說未聞也。……按〈自序〉云『其於所不知，蓋闕如也。』凡言闕者，或謂形、或謂音、或謂義，分別讀

〔註94〕桂馥：《說文解字義證》卷二十一，頁10b。

〔註95〕段玉裁：《說文解字注》七篇上，頁38a。

〔註96〕段玉裁：《說文解字注》九篇下，頁35a。

〔註97〕桂馥：《說文解字義證》卷二十九，頁23b。

之。」

　　桂《證》：「闕者，許公〈自敘〉云『其於所不知，蓋闕如也。』此
　　言闕，不知門意也。〔註98〕」

旁字《說文》云闕，段桂咸以爲，此謂不知从門之意。再如段氏注〈說文敘〉
「其於所不知，蓋闕如也」，云：

　　許全書中多箸闕字，有形、音、義全闕者，有三者中闕其二、闕其
　　一者，分別觀之。書凡言闕者十有四，容有後人增竄者〔註99〕。

段氏云《說文》闕者，可分爲形、音、義三種全闕者，或缺其一、其二者。且
段氏以爲《說文》云闕者，有後人增竄之情形。

　　再者，桂馥從《說文》著書之材料思考，以爲《說文》凡字義未明，而云
闕者，爲所承之資料有缺。如桂《證》云：

　　《說文》凡字義未明者，注云「闕」，謂所承本闕也。若使許氏刱作，
　　何言闕乎？氐部䣜下云「家本無注」，謂其家所藏之《蒼頡篇》等書
　　無注也，徐鍇疑許沖語。按沖進書時，慎猶在，沖豈得妄有羼入乎
　　〔註100〕！

桂氏以爲，許慎作《說文》，如言有闕，是許氏所參考之資料有缺。且桂氏舉小
徐本《說文》，氐部䣜下云「家本無注」，即「謂其家所藏之《蒼頡篇》等書無
注」。如此，其說可證。

（三）許書說解之例

1. 不以假借字說解

　　本章首節嘗論段玉裁之「假借三變說」，其中段氏「譌字亦得自冒於假借」
之說，蔡師信發以爲，此說是專就《說文》而言。因《說文》爲一講本形、本
義之字書，故他書可用假借，而《說文》則不可以。職是，段氏以《說文》說
解爲假借字者，往往以本字改之。且桂馥《義證》校改《說文》，亦有改假借字
爲本字之情形。如《說文》「地」字，二氏云：

〔註98〕段玉裁：《說文解字注》一篇上，頁3a。桂馥：《說文解字義證》卷一，頁8a。
〔註99〕段玉裁：《說文解字注》十五卷上，頁25a。
〔註100〕桂馥：《說文解字義證》卷五十，頁19a。

《說文》：「地，元气初分，輕清陽爲天，重濁陰爲地，萬物所陳𠛱也。」

段《注》：「𨻲，各本作陳，今正。攴部曰『𨻲者，列也。』凡本無其字，依聲託事者，如『萬』，蟲，終古叚借爲千萬，雖唐人必用万字，不可從也。若本有其字，如叚陳國爲𨻲列，在他書可，而許書不可。」

桂《證》：「萬物所陳𠛱也者，陳當爲𨻲。〔註101〕」

段桂二氏皆改陳爲𨻲，因陳爲𨻲之假借。段氏並云「叚陳國為𨻲列，在他書可，而許書不可」，此即段氏所謂「譌字亦得自冒於假借」。段《注》「𨻲」下云「此本𨻲列字，後人假借陳爲之，陳行而𨻲廢矣。〔註102〕」王筠《說文句讀》則不同段桂之改，以爲「經典皆借陳爲𨻲，許亦用之，從隸法也」〔註103〕。

再如《說文》「譽」字，二氏云：

《說文》：「譽，稱也。」

段《注》：「稱當作偁，轉寫失之也。偁，舉也。譽，偁美也。」

桂《證》：「稱也者，稱當爲偁。《廣雅》『偁，譽也』，本書『偁，揚也』。〔註104〕」

二氏改稱爲偁，《說文》稱字訓「銓也」，又段《注》云：「偁，揚也。今皆用稱，稱行而再、偁廢矣」〔註105〕。是故，稱爲偁之假借，而段桂皆改爲本字「偁」。嚴可均《說文校議》、王筠《說文句讀》改同〔註106〕。再如《說文》「份」字，二氏云：

《說文》：「份，文質僃也。」

段《注》：「僃當作箷，許訓箷曰具，訓僃曰愼。說解內字多自亂其

〔註101〕段玉裁：《說文解字注》十三篇下，頁16a。桂馥：《說文解字義證》卷四十四，頁4a。

〔註102〕段玉裁：《說文解字注》三篇下，頁35b。

〔註103〕王筠：《說文句讀》卷二十六，頁11。

〔註104〕段玉裁：《說文解字注》三篇上，頁18a。桂馥：《說文解字義證》卷七，頁36a。

〔註105〕段玉裁：《說文解字注》七篇上，頁51b。

〔註106〕嚴可均：《說文校議》卷三上，頁4b。王筠：《說文句讀》卷五，頁13。

例，蓋許時所用固與古不同，許以後人又多竄改，二者皆有之矣。」

桂《證》：「文質備也者，文質當爲炎嘖。本書炎，臧也。嘖，野人之言。備當爲葡，本書葡，具也。〔註107〕」

段桂改備爲葡，是改爲《說文》本字，且桂馥又改文質爲炎嘖，亦是改爲本字，而段氏此則無改，然而段《注》臧字下，改其訓「文章」爲「炎彰」〔註108〕。因此，段氏「份」下說解之「文」，亦應改爲「炎」，此爲段《注》之失。

段玉裁之學生沈濤，承段氏之論，亦以爲《說文》全書當用正字訓解。如《說文》「徼」字，沈濤《說文古本考》云：

《說文》：「徼，循也。」

濤案：《後漢書・董卓傳》注引「循」作「巡」，蓋古本如此。《漢書・趙敬肅王彭祖傳》注「徼謂巡察也。」《後漢・班彪傳》注「徼道，徼巡之道。」《荀子・富國篇》注「徼，巡也。」是古「徼巡」字作巡，不作循，其作「徼循」者皆假借字，許君解字自當用正字也〔註109〕。

沈濤以爲「許君解字自當用正字」，故改「循」爲「巡」，乃承段氏之論。

再後，學者對於段氏校改《說文》說解之假借字，多言其求之過甚。如嚴章福《說文校議議》「示」字下，云：

余謂許書篆文皆正字，說解不拘通俗，積習使然也。開章第一句已用「太」字，無此篆體未必非許君原文，若欲悉依篆體據改說解，《說文》之學反隱矣。蓋古時字少，恆多假借，至秦漢而文字大備，習見者仍以假借爲正字。六書而外又多隸俗，許君誤爲訓詁，以隸釋篆，欲人之易曉，故不避通俗。全書說解中不下數萬字，豈皆後人所改〔註110〕！

訓詁之功能，本在釋義，故嚴章福認爲，許書說解既在解釋字義，是以「欲人之易曉，故不避通俗」，況且《說文》之說解中，隨處可見不用正字者，若皆改

〔註107〕段玉裁：《說文解字注》八篇上，頁7b。桂馥：《說文解字義證》卷二十四，頁12a。

〔註108〕段玉裁：《說文解字注》七篇上，頁25b。

〔註109〕沈濤：《說文古本考》卷二下，頁6a。

〔註110〕嚴章福：《說文校議議》（《續修四庫全書》本，第214冊）卷一上，頁3-4。

作正字訓解，將令人難以卒讀。

近人黃侃承嚴章福之論，亦云：「夫文字與文辭之不可併爲一談者久矣，如許氏《說文》說解中即多借字及俗字，而段氏每爲更正，是不明此義也。〔註111〕」黃侃從文字應用之角度，以爲段氏校改《說文》說解之俗字，乃是不明文字與文辭之不同。次者，蔡師信發亦以爲，段氏以本字改《說文》之說解字，是不合理的。「因文字的構造，是講本形、本音和本義；可是，應用卻多假借。再說，用本字來解本字，怎麼解得清楚？何況那有這麼多的本字來解本字？〔註112〕」

2. 不以本書所無之字說解

桂馥《義證》對於許書說解不見於本書之字，多標舉出來，改爲見於本書之字。可知桂氏以爲，《說文》說解之字應爲本書之字。如《說文》「叚」字，桂《證》云：

> 《說文》：「叚，借也。」

> 桂《證》：「借也者，本書無借字，當爲耤。〔註113〕」

再如《說文》「郵」字，桂《證》云：

> 《說文》：「郵，境上行書舍。」

> 桂《證》：「本書無境字，當爲竟。〔註114〕」

又如《說文》「唬」字，桂《證》云：

> 《說文》：「唬，嚎聲也。一曰虎聲。從口從虎。讀若暠。」

> 桂《證》：「讀若暠者，本書無暠字，誤也。〔註115〕」

據此可見，桂氏不僅認爲說解字應用本書之字，讀若之字亦當見於本書。

段玉裁亦持此例校改《說文》，如《說文》「蟆」字，段《注》云：

> 《說文》：「蟆，蟆鹿，蛂蟟也。」

> 段《注》：「蟟舊作蟟，許書無此字，淺人增虫耳，今作尞。〔註116〕」

〔註111〕黃侃：《黃侃國學講義錄》〈訓詁學筆記〉，頁236。

〔註112〕蔡師信發：《說文答問》，頁181。

〔註113〕桂馥：《說文解字義證》卷八，頁51b。

〔註114〕桂馥：《說文解字義證》卷十九，頁7a。

〔註115〕桂馥：《說文解字義證》卷五，頁52b。

段氏改獠爲寮，云「許書無此字，淺人增虫耳」。由此可知，段氏亦有《說文》以本書字爲說解之觀念。可是，對於《說文》出現本書所收以外之字，段氏卻也能包容此種現象，如《說文》「桵」字，段《注》云：

> 《說文》：「桵，白桵，棫也。从木妥聲。」

> 段《注》：「鉉曰『當從綏省聲』，按鉉因《說文》無妥字，故云介。綏下則又云『當作從爪從安省』。抑思『妥』字見於《詩》、《禮》，不得因許書偶無妥字，而支離其說也。〔註117〕」

《說文》「桵」字構形作「从木妥聲」，而「妥」字不見於《說文》，但段氏以爲，「妥」字既見於《詩》、《禮》等經書，故「不得因許書偶無妥字，而支離其說」。換言之，段氏以爲《說文》之字不必皆見於《說文》。

此例於清代影響頗深，陳韻珊《清嚴可均之說文學研究》對於此例之發展淵源，有所闡述，云：「『《說文》不用本書所無之字』，初爲乾嘉諸儒之共識，嚴可均遵行此例通校《說文》，篤信不疑；略爲晚期的學者王筠或不免猶疑其說，⋯⋯。但道光間學者如許瀚、嚴章福等就有了明確的改變。許瀚認爲說解可用隸字，嚴章福認爲說解不拘俗字，不必逐一改從《說文》所有之字，逐漸脫離了所謂『《說文》用字與經典互證』的影響。〔註118〕」

3. 不以兩訓義複

桂氏《義證》云本書之例，不以兩訓義複，如《說文》「鉊」字，桂《證》云：

> 《說文》：「鉊，大鎌也。從金召聲。鎌謂之鉊，張徹說。」

> 桂《證》：「張徹說，鎌謂之鉊者。《方言》『刈鉤，江淮陳楚之間謂之鉊。』馥案：既訓大鎌，又云鎌謂之鉊，兩訓義複，非本書例。〔註119〕」

桂氏以爲鉊字《說文》既訓大鎌，不應再訓爲鉊，如此則兩訓義複。嚴可均《說

〔註116〕段玉裁：《說文解字注》十三篇上，頁51a。

〔註117〕段玉裁：《說文解字注》六篇上，頁9b。

〔註118〕陳韻珊：《清嚴可均之說文學研究》（臺北：臺灣大學中國文學研究所博士論文，1996年1月），頁123。

〔註119〕桂馥：《說文解字義證》卷四十五，頁23a。

文校議》據小徐、《韻會》所引，改爲「鎌或謂之鉊」，段《注》改同〔註120〕。

又，桂馥有以此例校《廣韻》者，如《說文》「轚」字，桂《證》云：

《說文》：「轚，車堅也。」

桂《證》：「車堅也者，《廣韻》『轚，車𨌰，又車堅牢。』馥案：𨌰即堅牢，兩訓義同當有誤。〔註121〕」

《廣韻》「轚」字訓車𨌰，又訓車堅牢。桂氏云𨌰即堅牢，兩訓義同當有誤。

〔註120〕段玉裁：《說文解字注》十四篇上，頁 11b。嚴可均：《說文校議》卷十四上，頁 3a。

〔註121〕桂馥：《說文解字義證》卷四十六，頁 40a。

第六章　《說文》校勘之比較

在清代《說文》學中，校勘是清代學者研究《說文》，最主要之研究方法，本文第二章第四節「清代《說文》學之內容方法」，曾有所討論。且《說文》校勘之相關著作，亦佔清代《說文》著作之多數，是可知《說文》校勘在清代研究之重要性。段桂二氏對於《說文》校勘小相當重視，故本章乃專就段玉裁《說文注》與桂馥《說文義證》，對於《說文》校勘之成績，作一比較。

關於段玉裁《說文注》之校勘成就，兩岸地區皆有眾多之研究論文，其中論列段玉裁之校勘《說文》，最為徹底且完整者，應屬鮑國順《段玉裁校改說文之研究》〔註1〕，而本文對於段氏之《說文》校勘，即以此為主要參考資料。再者，桂馥對於《說文》之校勘，學者較少關懷，如權敬姬《說文義證釋例》已有談及〔註2〕，惜該文並未全面整理桂氏之校勘，僅作舉例，故筆者重新檢索桂馥《說文義證》，將其關於《說文》校勘之部分，依鮑國順書之分類方式，作一分類統計。再後，據而比較段桂《說文》校勘之異同，並進而探討二氏校勘《說文》之方法。

〔註1〕鮑國順：《段玉裁校改說文之研究》，臺北：政治大學中國文學研究所碩士論文，1974年6月。

〔註2〕權敬姬：《說文義證釋例》，臺北：東吳大學中國文學研究所碩士論文，1989年5月。

第一節　綜合比較

本節旨在比較段玉裁《說文注》與桂馥《說文義證》之校勘，以見段桂《說文》校勘之異同。關於段氏《說文注》之校勘，筆者以鮑國順《段玉裁校改說文之研究》為參考，惟其書論列之範圍，不限於段氏《說文注》，如鮑氏論段氏之「增篆」，原列正篆46字、重文20字，但此數乃包含段氏早前舊作《說文補正》而成。本文既在比較段桂之《說文》校勘，為求取證之平等，只以段桂最後之代表作，為比較之對象，即段玉裁《說文注》與桂馥《說文義證》。職是，以段玉裁《說文注》而言，段氏之「增篆」，有正篆21字、重文16字。再者，段桂《說文》校勘比較之範圍，限於篆文及說解兩大部分，即《說文》之主體部分。次者，對於段桂之校勘比較，僅統計二氏確改之字例，存疑之字則一律不計。

鮑國順《段玉裁校改說文之研究》整理段玉裁之《說文》校勘，篆文及說解部分，段氏《說文注》共校改3498字，桂馥《說文義證》則校改1186字，校改相同者有265字。詳細之分類統計，如表：

段《注》與桂馥《義證》校勘之統計表

校　勘　之　分　類			段《注》	桂馥《義證》	校勘相同者
篆文部分	增篆	正篆	21字	111字	9字
		重文	16字	14字	4字
	刪篆	正篆	86字	5字	1字
		重文	20字	1字	0字
	迻篆	正篆	189字	5字	2字
		重文	23字	0字	0字
	改篆	正篆	176字	53字	15字
		重文	87字	30字	4字
說解部分		正篆	2695字	963字	229字
		重文	185字	4字	1字
總計			3498字	1186字	265字

按上表，篆文之校改，分為四類，分別為增篆、刪篆、迻篆、改篆，各類又有正篆與重文之分。段《注》篆文之校改，共有618字；桂馥《義證》篆文之校改，則有219字，二氏校勘相同者，則有35字。次者，說解部分，段《注》校

勘 2880 字，桂馥《義證》校勘 967 字，其中校勘相同者，共有 230 字。

　　就統計數字而論，桂《證》校勘 1186 字，雖不及段《注》校勘 3498 字之多，但是，若從桂《證》「不下己意」的刻板印象看之，桂《證》校勘 1186 字，可證明桂《證》並不是缺乏個人意見，反而與段《注》相同，皆有校理《說文》全書之理念。如桂馥《晚學集》〈上阮學使書〉嘗云：「竊謂訓詁不明，則經不通，復取許氏《說文》，反復讀之，知爲後人所亂，欲加校治，二十年不能卒業。〔註3〕」職是之故，本章就段桂之《說文》校勘，作一綜合比較。再者，影響段桂校勘之不同者，主要在於《說文》義例之觀念，與校勘材料側重不同所致，論述如次：

一、《說文》義例觀念

（一）戴震「以《說文》證《說文》」觀念之影響

　　段玉裁《說文注》校勘《說文》3498 字，桂馥《說文義證》校勘 1186 字，二氏校勘相同者，計有 265 字〔註4〕，此數目約佔桂馥所校《說文》百分之二十二，可說具有一定之份量。二氏校勘相同之主要原因，乃是承襲戴震互訓理論「以《說文》證《說文》」之方法。本文第五章「《說文》義例之觀念」，曾論段玉裁與桂馥，皆受戴震〈答江慎修先生論小學書〉所提示之「互訓即轉注」觀念。如《說文》「招」字，段《注》云：

　　《說文》：「下，底也。」

　　段《注》：「許氏解字多用轉注，轉注者，互訓也。『底』云下也，故『下』云底也，此之謂轉注，全書皆當以此求之。〔註5〕」

段氏此段清楚說明了「互訓即轉注」的看法，將「互訓」看作六書之一，並以爲《說文》「全書皆當以此求之」，桂馥則摘錄戴氏〈答江慎修先生論小學書〉於《說文義證》中，可知其信服，且戴文之末，嘗云：

　　考、老二字，以《說文》證《說文》，可不復疑也〔註6〕。

〔註3〕桂馥：《晚學集》〈上阮學使書〉，卷六、頁1。

〔註4〕段桂二氏校勘相同之檢索表，見本章之附表。

〔註5〕段玉裁：《說文解字注》一篇上，頁3b。

〔註6〕戴震：《戴東原集》卷三，頁25。

戴震藉由《說文》考、老二字相互爲訓，證明「互訓即轉注」，並云此乃「以《說文》證《說文》」之法，即陳垣《校勘學釋例》所云之「本校法」〔註7〕。次者，「互訓」爲訓詁方式的一種，亦是《說文解字》釋義的方式之一，據李朝虹《《說文解字》互訓詞研究》之統計，《說文》中共有互訓詞320組〔註8〕，顯見「互訓」爲《說文》重要的釋義方式。對於「互訓」的定義，近人黃侃有一簡明的解釋，其云：「凡一意可以種種不同之聲音表現之，故一意可造多字，即此同意之字爲訓，或互相爲訓。〔註9〕」如《說文》「更，改也」、「改，更也」〔註10〕。黃侃並以爲「互訓」亦可稱爲「直訓」。所謂「直訓」，即以同意之字爲訓，如《說文》「殘，賊也」、「戔，賊也」〔註11〕。

　　戴震「以《說文》證《說文》」之理論方法，亦爲段桂二氏應用於《說文》校勘上，且二氏校勘《說文》相同者，即多爲《說文》互訓字之校勘。再者，段桂大量應用本書互校之方法，爲藉由《說文》本字訂正《說文》，由此並產生前章所論「段桂皆以《說文》不用假借字說解」之觀念。如《說文》「記」字，二氏云：

> 《說文》：「記，疏也。」

> 段《注》：「疋，各本作疏，今正。疋部曰『一曰疋，記也』，此疋、記二字轉注也。」

> 桂《證》：「疏也者，疏當爲疋。本書『疋，記也』。〔註12〕」

段桂皆改疏爲疋，《說文》疏字訓「通也」〔註13〕、疋字訓「記也」，疏爲疋之假借，故疏當爲疋。王筠《說文句讀》則云：「說解中例用漢時常行之字，使人易曉，《漢書》注『疏，猶條錄也』」〔註14〕。再如《說文》「招」字，二氏云：

〔註7〕陳垣：《校勘學釋例》，頁129-134。

〔註8〕李朝虹：《《說文解字》互訓詞研究》，浙江大學博士論文，2007年4月。

〔註9〕黃侃：《黃侃國學講義錄》〈訓詁學筆記〉，頁236。

〔註10〕段玉裁：《說文解字注》三篇下，頁35a。

〔註11〕段玉裁：《說文解字注》四篇下，頁12a；十二篇下，頁41b。

〔註12〕段玉裁：《說文解字注》三篇上，頁18a。桂馥：《說文解字義證》卷七，頁35b。

〔註13〕段玉裁：《說文解字注》十四篇下，頁28a。

〔註14〕王筠：《說文句讀》卷五，頁13。

《說文》：「招，手呼也。」

　　段《注》：「評，各本作呼，今正。呼者，外息也。評者，召也。不

　　以口而以手，是手評也。」

　　桂《證》：「手呼也者，呼當爲評，本書『評，召也』。〔註15〕」

《說文》「招」訓「手呼也」，而呼字從口，爲外息之意，故段桂皆據《說文》本書改呼爲召，以示招之本義。再如《說文》「戰」字，二氏云：

　　《說文》：「戰，鬭也。」

　　段《注》：「鬥，各本作鬭，今正。鬥者，兩士相對，兵杖在後也。」

　　桂《證》：「鬭也者，當爲鬥。本書鬥下云『兩士相對，兵杖在後，

　　象鬥之形』。〔註16〕」

段桂皆改鬭爲鬥，《說文》鬥字訓「兩士相對，兵杖在後，象鬥之形」，與戰字本義相通。王筠《說文句讀》則云：「不作鬥者，說解用隸書也」〔註17〕。

　　次者，段桂雖皆持本書互校觀念校勘《說文》，然仍有稍異之處，如《說文》「傾」字，二氏云：

　　《說文》：「傾，仄也。」

　　段《注》：「仄部曰『仄，傾也』，二字互訓，古多用頃爲之。又按，

　　仄當作矢，矢下曰『傾頭也』，引申謂凡矢皆曰傾。矢與仄義小異。」

　　桂《證》：「仄也者，仄當爲矢，本書『矢，傾頭也』。〔註18〕」

段氏雖云「仄當爲矢」，然以爲仄、傾二字本書互訓，且矢與仄二義相通，故不言改。桂氏則直以「仄當爲矢」，以示傾字「傾頭」之本義。據此，可見桂氏以《說文》本字校勘《說文》，較段氏更能嚴守義例。

〔註15〕段玉裁：《說文解字注》十二篇上，頁 35a。桂馥：《說文解字義證》卷三十八，頁
　　　　20a。

〔註16〕段玉裁：《說文解字注》十二篇下，頁 38b。桂馥：《說文解字義證》卷四十，頁
　　　　9b。

〔註17〕王筠：《說文句讀》卷二十四，頁 29。

〔註18〕段玉裁：《說文解字注》八篇上，頁 17a。桂馥：《說文解字義證》卷二十四，頁
　　　　24b。

（二）段玉裁擅以義例校改《說文》

本文第五章第二節「《說文》體例」，嘗舉呂景先《說文段註指例》一書，以見段玉裁徹底地發掘出《說文》體例之系統，並據此體系校改全書，也因此，段玉裁校改《說文》數量之多，可謂空前絕後。鮑國順《段玉裁校改說文之研究》即云：「段氏據此以改正許書者實夥，蓋爲其校改之一大依據也。〔註19〕」桂馥雖亦常以本書互訓之方式校勘《說文》，對於《說文》體例也有初步之認識，但對於《說文》義例整理之細密，及應用於校勘，桂氏是遜於段氏的。段玉裁擅以義例校改《說文》之作法，雖常招至武斷之批評，但段氏據以條例校改《說文》，其實亦是沿襲並發展了戴震「以《說文》校《說文》」之觀念，而桂馥《義證》則沒有發展此法。據此，筆者舉段氏《說文注》「複舉字」例所校勘之字，與桂氏《義證》所校作一比較，以見段氏以義例校勘之作用，且與桂氏所校之差異。

所謂「複舉字」，蓋謂古本《說文》每字之下，均以隸複書其字，此爲段氏所發明之《說文》義例。如《說文》「靈」字，段《注》云：

> 《說文》：「靈，巫也。」

> 段《注》：「各本巫上有靈字，乃複舉篆文之未刪者也。許君原書，篆文之下以隸複寫其字，後人刪之，時有未盡，此因巫下脫『也』字、以『靈巫』爲句，失之，今補『也』字。〔註20〕」

段《注》以爲各本作「靈巫」，乃未刪複舉字之誤，又云「篆文之下以隸複寫其字，後人刪之，時有未盡」。桂氏《義證》此則無改。再如《說文》「牣」字，二氏云：

> 《說文》：「牣，牣滿也。」

> 段《注》：「此複字刪之未盡者。」

> 桂《證》：「牣滿也者，《小爾雅·廣詁》同，《廣雅》『充牣，滿也』。〔註21〕」

段氏以爲滿上「牣」字，乃複字刪之未盡者，桂氏則舉《小爾雅》及《廣雅》，

〔註19〕鮑國順：《段玉裁校改說文之研究》，頁63。

〔註20〕段玉裁：《說文解字注》一篇上，頁38a。

〔註21〕段玉裁：《說文解字注》二篇上，頁10a。桂馥：《說文解字義證》卷五，頁16b。

證「牣，滿也」之訓，而對於複字之問題，則沒有表態。上列二例，段氏雖以複舉字論之，然實際上，今本原文已可通釋，不需多加校勘，故桂氏《義證》皆不言改者，而段氏爲求義例一致，仍以複舉字校之。

再如《說文》「蒐」字，二氏云：

《說文》：「蒐，蒐菜也。」

段《注》：「菜上『蒐』字乃複寫隸字刪之僅存者也，尋《說文》之例，云芺菜、葵菜、蒩菜、蘆菜、薇菜、蓶菜、蓮菜、釀菜、蒐菜以釋篆文。茻者，字形；葵菜也者，字義。如水部河者，字形；河水也者，字義。若云此篆文是葵菜也、此篆文是河水也，鯀以爲複字而刪之，此不學之過。《周易》音義引宋衷云『蒐，蒐菜也』，此可以證矣。」

桂《證》：「蒐菜也者，蒐字衍。〔註22〕」

段氏以爲蒐字當訓「蒐菜」，並據艸部諸字，以示複字之義。桂氏則云「蒐字衍」。再如《說文》「僕」字，二氏云：

《說文》：「僕，僕，左右兩視。」

段《注》：「此複舉字之未刪僅存者。」

桂《證》：「僕左右兩視者，僕字上下，疑有闕文。〔註23〕」

《說文》僕字訓「僕，左右兩視」，段氏云複舉僕字，而桂氏則以爲「僕字上下，疑有闕文」。再如《說文》「髟」字，二氏云：

《說文》：「髟，髟，若似也。」

段《注》：「此複舉字之未刪者。」

桂《證》：「髟若似也者，疑後人亂之。〔註24〕」

段氏云「髟，若似也」，乃複舉髟字，而桂氏則以爲「髟若似也者，疑後人亂

〔註22〕段玉裁：《說文解字注》一篇下，頁 6b。

〔註23〕段玉裁：《說文解字注》八篇上，頁 24b。桂馥：《說文解字義證》卷二十四，頁 35a。

〔註24〕段玉裁：《說文解字注》九篇上，頁 26a。桂馥：《說文解字義證》卷二十七，頁 31a。

之」。上列三例，桂氏皆分別校之，或云疑有闕文、或云疑後人亂之，雖知文理不通，卻無法據以校勘。段氏藉由「複舉字」之說，則能貫通全書，成一體系。

次者，與段氏「複舉字」理論相對的，是錢大昕之「連上篆字爲句」說，此說指《說文》當連篆爲訓，如《說文》「參」訓「商星也」，應讀云「參、商，星也」。錢氏之說，基本上較受當時學者之支持，如孫星衍、沈濤皆持「連上篆字爲句」說。今人鮑國順《段玉裁校改說文之研究》、郭怡雯《《說文》複舉字研究》〔註25〕，從唐寫本《說文》木部殘卷證明，段氏「複舉字」理論確可成立。如鮑氏《段玉裁校改說文之研究》云：

> 今世所見《說文》原本，當以唐寫本《說文》木部殘卷爲最古，雖其書非爲完本，然以其近古，故彌足珍貴，其說解之首字，或有作「：」形者，如「械」下曰：「：窬褻器也。」「棒」下曰：「：雙也。」「桯」下曰：「：柭也。」「櫼」下曰：「：槭押指也。」莫友芝《木部箋異》以爲：乃爲疊篆文。其械下注曰：「：疊篆械字，按此知傳本解說首字同篆者，率以：書之，如薦周、離黃，各本失薦失離之類，段注案補者甚眾，殆以是歟！〔註26〕」

鮑氏從唐寫本《說文》木部殘卷，得證古時有省寫符號「：」，據此，鮑氏以爲段玉裁之說較爲有據。

桂馥《義證》對於「複舉字」與「連上篆字爲句」之說，皆不言之。究其原因，桂馥校勘《說文》之方法，是以資料校勘爲大宗，而以義例校勘者，多限於《說文》體例內，少有發明義例者，且當時學者之《說文》義例新說，也不見桂氏《義證》引用。段玉裁雖擅以義例校勘《說文》，但以例校改全書，改動繁多，不免有所牴觸。如鮑國順《段玉裁校改說文之研究》整理段《注》之校勘，總結出六點謬誤，分爲通例之誤說、設例之不純、持例之不嚴、改歸之不一、前後之牴牾、檢勘之粗疏。前五點皆與以義例校勘有關，而前三點更是專論段氏以義例校勘之缺失。

〔註25〕郭怡雯：《《說文》複舉字研究》，臺中：逢甲大學中國文學系碩士論文，2005 年6 月。

〔註26〕鮑國順：《段玉裁校改說文之研究》，頁 549-550。

二、聲訓方法

　　所謂「聲訓」，即音訓，又即清代學者所稱「因聲求義」，王念孫作《廣雅疏證》即用此法，嘗云：「今則就古音以求古義，引伸觸類，不限形體。〔註27〕」聲訓亦是《說文》重要之訓詁方法，如陸宗達、王寧《訓詁方法論》云：

> 前代訓詁學者如此強調聲音在訓詁中的作用，首先是根據一個重要的事實，那就是他們發現，如果把漢代以前的注釋分成義訓和聲訓兩種，聲訓的比例相當可觀。僅以《說文》來說，黃季剛先生作了一個統計，他說：「《說文》列字九千，以聲訓者十居七八而義訓不過二二」。這樣大量的聲訓，其中雖有義訓中訓釋字與被訓釋字的偶然音同，但絕大部分確實反映了音與義的密切關係〔註28〕。

據此，聲訓不僅為《說文》重要之訓釋方式，甚至在漢代前之典籍中，已是常見之訓詁方法。因此，本文自前節「《說文》義例觀念」中獨立出來，專論段桂二氏聲訓方法之校勘應用，並兼論二氏聲韻學之觀念。

（一）聲訓之校勘應用

　　因聲求義為清代學者重要之訓詁方法，學者校訂古代典籍多用此法，而段桂二氏校勘《說文》亦可見聲訓方法之應用。如《說文》「侊」了，段《注》云：

> 《說文》：「侊，小兒。从人光聲。」

> 段《注》：「小當作大，字之誤也。凡光聲之字，多訓光大，無訓小者。〔註29〕」

段氏歸納《說文》聲符，以為聲符從光字者，多有光大之意，故改小兒為大兒。再如《說文》「鏓」字，段《注》云：

> 《說文》：「鏓，鎗鏓也。从金悤聲。一曰大鑿中木也。」

> 段《注》：「『中木也』各本作平木者，《玉篇》、《廣韵》竟作平木器，今正。鑿非平木之器，馬融〈長笛賦〉『鏓硐隤墜。』李注云『《說

〔註27〕王念孫：《廣雅疏證》（北京：中華書局，2008年）〈自序〉。

〔註28〕陸宗達、王寧：《訓詁方法論》（北京：中國社會科學出版社，1983年），頁78。

〔註29〕段玉裁：《說文解字注》八篇上，頁28b。

文》曰：鏓，大鑿中木也』。然則以木通其中，皆曰鏓也。今按中讀去聲，許正謂大鑿入木曰鏓，與種植舂杵聲義皆略同。《詩》曰『鑿冰沖沖。』《傳》曰『沖沖，鑿冰之意』。今四川富順縣邛州鑿鹽井，深數十丈，口徑不及尺，以鐵爲杵，架高縋而鑿之，俗侢中井。中讀平聲，其實當作此鏓字。囪者多孔，蔥者空中，聰者耳順，義皆相類。凡字之義必得諸字之聲者如此。〔註30〕」

段氏舉囪、蔥、聰等字皆有「中通」之意，證聲義關係密切，並依此聲義，改平木之訓爲中木。〔註31〕

再如《說文》「戵」字，桂《證》云：

《說文》：「戵，繳戵也。」

桂《證》：「繳戵也，當爲繳檄，謂繳既射高檄開以網鳥。戵、檄聲相近。〔註32〕」

桂氏改「繳戵」爲「繳檄」，指出戵、檄聲相近，故訓爲「謂繳既射高檄開以網鳥」。再如《說文》「垓」字，二氏云：

《說文》：「垓，兼垓八極地也。」

段《注》：「晐，各本作垓，今正。晐俗作賅，日部晐下曰『兼晐也』，此用其義釋垓，以疊韵爲訓也。」

桂《證》：「兼垓八極地也，垓當爲晐，本書『晐，兼晐也』，垓、晐聲相近。〔註33〕」

段桂二氏皆改「兼垓」爲「兼晐」，並注意到垓、晐聲相近，二字有聲訓關係。

次者，桂馥《義證》校勘《說文》，時常注意釋字與被釋字之聲音關係，如《說文》「腬」字，桂《證》云：

《說文》：「腬，嘉善肉也。」

〔註30〕段玉裁：《說文解字注》十四篇上，頁 17a。
〔註31〕陳新雄：《訓詁學》（臺北：臺灣學生書局，2005 年），頁 260。
〔註32〕桂馥：《說文解字義證》卷九，頁 52b。
〔註33〕段玉裁：《說文解字注》十三篇下，頁 17a。桂馥：《說文解字義證》卷四十四，頁 6a。

桂《證》:「嘉善肉也者,惠棟曰『當云腬嘉善肉也』,馥謂當作柔嘉,
腬、柔音相近。〔註34〕」

桂氏承惠棟之校改,以爲「腬嘉」當作「柔嘉」,並云「腬、柔音相近」,是爲
音訓。再如《說文》「尺」字,二氏云:

《說文》:「尺,十寸也。人手卻十分動脈爲寸口,十寸爲尺。尺,
所以指尺規榘事也。」

段《注》:「指尺當作指庶,聲之誤也。」

桂《證》:「尺,所以指尺規榘事也者,指尺當爲指庶。尺、庶聲相近,
取聲以爲況也。〔註35〕」

二氏皆改「指尺」爲「指庶」,段氏稱此爲聲誤所致,桂氏則指出「尺、庶聲
相近,取聲以爲況也」,明其聲訓關係。

又,桂馥《義證》注意到篆體之譌,導致字音之誤,故據以爲校勘。如
《說文》「漹」字,桂《證》云:

《說文》:「漹,水出西河中陽北沙,南入河。從水焉聲。」

桂《證》:「焉聲者,焉當爲烏,酈《注》所謂『鄔澤也』,《廣韻》
『漖,水漖』,《集韻》『漖,水名』。篆譌從焉,音隨形變,讀乙乾
切,實應讀安古切。酈引本書原作漖,後人據誤本《說文》改爲漹。
〔註36〕」

《說文》漹字從焉,讀乙乾切,桂氏以爲篆體當從烏,讀安古切,蓋因形變
故音亦變。再如《說文》「汈」字,桂《證》云:

《說文》:「汈,水也。從水刃聲。」

桂《證》:「刃聲者,《廣韻》『汈,式羊切,音商,水名』,馥謂當
從升,轉寫譌從刃,音隨形變矣。〔註37〕」

《說文》汈字讀乃見切,而《廣韻》讀式羊切,桂氏以爲音隔甚遠,故云汈字

〔註34〕桂馥:《說文解字義證》卷十一,頁48b。

〔註35〕段玉裁:《說文解字注》八篇下,頁1a。桂馥:《說文解字義證》卷二十六,頁1a。

〔註36〕桂馥:《說文解字義證》卷三十四,頁20b。

〔註37〕桂馥:《說文解字義證》卷三十四,頁21a。

當從升聲，並認爲此乃音隨形變致誤矣。

（二）聲韻學之比較

前舉數例，可見段桂二氏皆能運用聲訓觀念，校勘《說文》，然比較段桂之聲韻學，桂氏之聲學實不及段氏遠甚。首先就聲韻學觀念論之，如《說文》「韇」字，二氏云：

> 《說文》：「韇，繇也。舞也。樂有章，從章。從夅從夊。」

> 段《注》：「夅聲在九部，與八部合韻。苦感切，八部。」

> 桂《證》：「從夅從夊者，當爲夅聲，韇、夅聲相近。〔註38〕」

韇字形構爲「從夅從夊」，二氏皆改爲夅聲，然段氏以其所歸納之古韻十七部，得出夅聲古韻在九部，與韇字八部合韻，故韇字從夅得聲。桂氏則僅云「韇、夅聲相近」，故當爲夅聲。雖然結論相同，但兩相比較，可見段氏運用之方法較爲有據且科學。再如《說文》「贊」字，二氏云：

> 《說文》：「贊，見也。」

> 段《注》：「此以疊韻爲訓。」

> 桂《證》：「見也者，贊、見聲相近。〔註39〕」

《說文》贊字訓見也，段氏稱「此以疊韻爲訓」，明其聲音關係，而桂氏仍僅云「贊、見聲相近」，其說法頗爲籠統。

再者，段玉裁《說文注》標明釋字與被釋字之聲音關係，亦啓發後人，如鄧廷楨（1775～1846），《說文解字雙聲疊韻譜》，即整理《說文》全書釋字與被釋字之雙聲疊韻關係。鄧廷楨是書〈序〉云：

> 許氏《說文解字》，小學家形聲之書也。書爲形聲作而顧汲汲於訓詁者，蓋因聲求義，義明而聲亦愈以無疑。……嘗考其例，以疊韻訓者十之五，以雙聲訓者十之一二。……惟金壇段氏作注，始明爲指出，而意非專主，遺義尚多，余喜其能發微，且可證余素論，因推廣之〔註40〕。

〔註38〕段玉裁：《說文解字注》五篇下，頁36a。桂馥：《說文解字義證》卷十五，頁37a。

〔註39〕段玉裁：《說文解字注》六篇下，頁16a。桂馥：《說文解字義證》卷十八，頁30b。

〔註40〕鄧廷楨：《說文解字雙聲疊韻譜》（《叢書集成初編》第1123冊，北京：中華書局，

又方東樹（1772～1851），是書〈序〉云：

> 近金壇段氏作注，始於許氏所解說閒，注曰「某於文爲雙聲」、「某
> 於文爲疊韻」、「某於文爲雙聲兼疊韻」，然後知許氏於雙聲、疊韻，
> 雖不名而言之，而固已號而讀之。雖不以之反切以求聲，而實可因
> 以得聲之原，且其所讀皆古音，其諧聲莫不取於其所同部，學者尋
> 其類例，觀其會通，於以識音均之原嚴而不可越，則文字之音讀正，
> 而義亦無不昭〔註41〕。

職是，鄧廷楨、方東樹皆云，受段《注》標明《說文》釋字聲訓之影響，而桂
馥《義證》雖亦指出《說文》聲訓，卻不甚清楚，後學亦無據而啓發者。

　　次者，桂氏缺乏古音學之理論，故難以解釋聲不相近之現象，以致常有誤
說者。如《說文》「顡」字，二氏云：

> 《説文》：「顡，大頭也。從頁骨聲。讀若魁。」

> 段《注》：「苦骨切，十五部。《玉篇》口骨、口回二切，《廣韻》同。」

> 桂《證》：「讀若魁者，骨、魁聲不相近，恐誤。〔註42〕」

桂氏以爲「骨、魁聲不相近，恐誤」，段氏則無言誤者。考「顡」字，苦骨切、
十五部；「魁」字，苦囘切、十五部。因此，骨、魁二字同屬牙聲溪紐、同歸段
氏十五部，故二字古音相同。桂氏不明此理，乃有所懷疑。再如《說文》「涅」
字，二氏云：

> 《説文》：「涅，黑土在水中也。從水、從土日聲。」

> 段《注》：「奴結切，十二部。」

> 桂《證》：「日聲者，聲不相近。《五經文字》云『從日從土』，馥案：
> 本書陧『從毀省，五結切』，疑涅亦從星。〔註43〕」

桂氏以爲《說文》涅字從日聲，聲不相近，疑當從星，而段氏無云誤者。「涅」

1985 年）〈自叙〉。

〔註41〕鄧廷楨：《説文解字雙聲疊韻譜》，方東樹〈序〉。

〔註42〕段玉裁：《説文解字注》九篇上，頁 5b。桂馥：《説文解字義證》卷二十七，頁 7b。

〔註43〕段玉裁：《説文解字注》十一篇上二，頁 13a。桂馥：《説文解字義證》卷三十四，
頁 43a。

字奴結切，屬舌聲泥紐；「日」字人質切，屬日紐，爲泥之變聲，古歸泥紐，故二字雙聲，且皆屬段氏十二部，涅、日二字古音相同。因此，涅字從日得聲可證，而桂氏所校爲誤。再如《說文》「鞼」字，二氏云：

《說文》：「鞼，彎鞼，從革弇聲。讀若膺。」

段《注》：「此蒸登與侵覃合韻之理。」

桂《證》：「讀若膺者，與鞼聲不相近，所未能詳。〔註44〕」

《說文》鞼字云「讀若膺」，桂氏以爲「聲不相近，所未能詳」。段氏對於鞼、膺二字之聲音關係，云「此蒸登與侵覃合韻之理」，指六部、七部同類合韻，故二字疊韻。

雖然桂氏聲學不及於段氏，而謬誤頗多，但其《說文義證》常見桂氏對於聲學之運用，亦有引當代學者之說爲證，以補己之不足者。如《說文》「察」字，桂《證》云：

《說文》：「察，覆也。從宀祭。」

桂《證》：「楊君峒曰『入聲有轉紐，與三聲諧。』凡若此者，徐鉉多去聲字，非是。〔註45〕」

桂氏引楊峒「入聲有轉紐，與三聲諧」，以爲察字當從祭聲，而段《注》亦改同。再如《說文》「容」字，二氏云：

《說文》：「容，盛也。從宀谷。」

段《注》：「此依小徐本，谷古音讀如，欲以雙聲諧聲也。」

桂《證》：「從宀谷者，徐鍇本作谷聲，此亦入聲轉紐與平諧者。〔註46〕」

此字桂氏又引楊峒「入聲轉紐」之說，以爲容字當從谷得聲。楊峒之說，與清代顧炎武「古人四聲一貫」說相近，顧氏以爲一字之聲調，可隨文轉作其他聲調，使之韻通。對此，胡安順《音韻學通論》云：「顧氏的這種看法反映了他對上古聲調尚缺乏深入的研究，犯了以今律古的錯誤。上古韻文中的韻

〔註44〕段玉裁：《說文解字注》三篇下，頁5b。桂馥：《說文解字義證》卷八，頁28b。
〔註45〕桂馥：《說文解字義證》卷二十二，頁17a。
〔註46〕段玉裁：《說文解字注》七篇下，頁10a。桂馥：《說文解字義證》卷二十二，頁18a。

腳字，其聲調在中古看來不相同，並非意味著在上古也不相同，很可能在上古它們本來就屬於同一聲調的押韻。〔註47〕」而段氏則云「谷古音讀如，欲以雙聲龤聲」，段氏從古今音變之理，說明容字從谷得聲之由。

再如《說文》「譁」字，桂《證》云：

《說文》：「譁，飾也。一曰更也。從言革聲。讀若戒。」

桂《證》：「讀若戒者，戒當為悈。本書悈，飾也，飾當為飭，《玉篇》譁或作憚。龔君麗正曰『古音戒、革、譁皆紀力反，今則戒音古拜切，革、譁皆古核切，而音殊矣』。〔註48〕」

桂氏以為讀若字與被讀字之字義相通，故據本書改戒為悈，又引龔氏之說，明戒、革、譁三字古今音變之關係。

要之，段玉裁與桂馥皆能以聲訓觀念注證《說文》，而段氏為清代聲學大家，以其所創古韻十七部注解《說文》，審音較為有據。桂氏雖亦注意《說文》之聲訓，並積極引用學者之說，以補充己說，但聲學之成就，桂不及於段，是無庸置疑的。

三、校勘材料

段氏《說文注》與桂馥《說文義證》，皆使用了大量的資料以校勘《說文》，而桂氏資料之使用，較段氏更為全面。且二氏對於校勘《說文》之材料，亦有各自之偏好，因而影響了校勘之結果。本文從校勘材料之整體與個別運用，分析段桂之異同。

（一）材料之整體運用

從整體看段桂對於校勘資料之運用，桂氏擅常積累證據，表現出較強之說服力，而段氏則常單引關鍵證據，顯得較為明快。如《說文》「縭」字，二氏云：

《說文》：「縭，白文皃。」

段《注》：「帛，各本作白，今依《韻會》正，《韻會》用小徐本也。」

桂《證》：「白文皃者，白當為帛，《廣韻》、《類篇》、《增韻》、《韻

〔註47〕 胡安順：《音韻學通論》（北京：中華書局，2009年），頁286。
〔註48〕 桂馥：《說文解字義證》卷七，頁67a。

會》、《洪武正韻》竝作帛。〔註49〕」

段桂皆改白爲帛，然段氏僅據《韻會》改，而桂氏則《廣韻》、《類篇》、《增韻》、《韻會》、《洪武正韻》五項資料改，兩相比較，可見桂氏《義證》對於校勘材料著力之深。再如《說文》「蠶」字，二氏云：

> 《說文》：「蠶，吐絲蟲。」

> 段《注》：「任，俗譌作吐，今正。」

> 桂《證》：「吐絲蟲者，小字本、李燾本、張次立本、《復古編》、《集韻》、《字鑑》、《六書故》竝作任絲也，本書初刻亦作任絲，後復改之。《廣韻》、《類篇》、《增韻》作吐絲蟲。〔註50〕」

二氏皆改吐爲任，段氏無引資料證，僅云「俗譌作吐，今正」，鮑國順《段玉裁校改說文之研究》稱段氏此改爲「以己意改訂者」〔註51〕。桂氏所校雖與段氏同，然其引用小字本、李燾本、張次立本、《復古編》、《集韻》、《字鑑》、《六書故》等七項資料爲己證，又能從《說文》版本明其是非，析論客觀，足爲學者所信服。

再者，桂馥《義證》所徵引之校勘材料，較段《注》更爲全面。究其因，一在於桂氏能採用段氏所鄙棄之資料，二在桂氏引用段氏所忽略之材料。段氏所鄙棄之資料，而桂氏採用者，如緯書。段氏對於緯書甚爲鄙視，如《說文》「劉」字，段《注》云：

> 《說文》：「劉，殺也。从金刀、丣聲。」

> 段《注》：「東漢一代持卯金刀之說，謂東卯西金，從東方王於西也。此乃讖緯鄙言，正馬頭人、人持十、屈中、止句一例，所謂不合孔氏古文，謬於史籀之野言。許之所以造《說文》者，正爲此等，矯而燦之，隳而楛之，使六書大明。〔註52〕」

〔註49〕段玉裁：《說文解字注》十三篇上，頁 13a。桂馥：《說文解字義證》卷四十一，頁20b。

〔註50〕段玉裁：《說文解字注》十三篇下，頁 1a。桂馥：《說文解字義證》卷四十三，頁1a。

〔註51〕鮑國順：《段玉裁校改說文之研究》，頁 368。

〔註52〕段玉裁：《說文解字注》十四篇上，頁 26a。

段氏以爲「劉」字從卯金刀之說，爲讖緯鄙言，應從戼金刀。段氏並云許慎之所以造《說文》，即是爲正讖緯之說。相較於段氏，桂馥更能應用緯書校改《說文》，而不只是作一負面評價之資料。如《說文》「士」字，桂《證》云：

> 《說文》：「士，事也。數始於一，終於十。從一從十。孔子曰：推十合一爲士。」

> 桂《證》：「孔子曰『推十合一爲士』者，《玉篇》、《六書故》竝引作『推一合十』。馥案：《春秋元命包》『木者，其字八推十爲木。』則作推一合十者是也，問一知十爲士。〔註53〕」

《說文》士字，引「孔子曰：推十合一爲士」，是緯書所云，非孔子言。桂氏舉《玉篇》、《六書故》皆引作「推一合十」，又引緯書《春秋元命包》「木者，其字八推十爲木」爲證，以爲作「推一合十」者是也。

再如明代趙宧光《說文長箋》，亦爲段《注》所鄙棄之資料，是書雖爲明代文字學之巨著，然在清代以惡評居多，如顧炎武《日知錄》即深斥其誤。段玉裁承此一觀點，對其亦有所批評，如《說文》「突」字，段《注》云：

> 《說文》：「突，深也。一曰竈突。」

> 段《注》：「《廣雅》『竈窻謂之埃』，《呂氏春秋》云『竈突決，則火上焚棟』，蓋竈上突起以出烟火，今人謂之煙囪，即《廣雅》之竈窻，今人高之，出屋上，畏其焚棟也。以其顚言，謂之突，以其中深曲通火言，謂之突。《廣雅》『突下謂之突』，今本正奪突字耳。《漢書》云『曲突徙薪』，則有曲之令火不直上者矣。趙宧光欲盡改故書之竈突爲竈突，眞瞽說也。〔註54〕」

趙宧光以爲突、突二字義異，欲改竈突爲竈突，而不知兩詞意義相通。段氏直以「瞽說」視之，可見其鄙視之意，且段氏《說文注》僅此字載趙宧光之說，對趙氏文字學甚爲輕忽。

桂馥對於趙宧光亦有貶論，如桂氏嘗稱趙氏《長箋》爲私逞臆說者〔註55〕，然而桂馥《義證》於趙宧光之說，仍是有所引用，與段《注》對其鄙棄之態度

〔註53〕桂馥：《說文解字義證》卷二，頁43a。

〔註54〕段玉裁：《說文解字注》七篇下，頁18b。

〔註55〕桂馥：《說文解字義證》卷五十，頁23a。

不同。如《說文》「稀」字，桂《證》云：

《說文》：「稀，疏也。從禾希聲。」

段《注》：「許書無希字，而希聲字多有，與由聲字正同，不得云無希字、由字也。許時奪之，今不得其說解耳。」

桂《證》：「希聲者，本書無希字。趙宧光曰：莃、瓶、唏、欷、睎、脪、晞、絺、郗、俙、豨十一字從希，竝不言希省，則希爲正文審矣。〔註56〕」

《說文》「稀」字從希得聲，而《說文》無希字，段《注》以爲當有希字，桂氏引趙宧光說同。趙氏引《說文》十一字皆從希構形，例證豐富，以爲《說文》當有希字。據此，可見桂馥不輕忽資料，注重文獻價值之態度。

次者，段氏《說文注》忽略之資料，而桂氏《義證》採用者，如徐鍇《說文韻譜》。此書原是徐鍇爲了便於檢閱《說文》而作，學者常忽略其書之價值，段氏《說文注》即無引是書。桂馥則注意到《說文韻譜》之價值，且應用於《說文》校勘上，如《說文》「琚」字，桂《證》云：

《說文》：「琚，瓊琚。」

桂《證》：「《五音集韻》『琚，佩玉名』，徐鍇《韻譜》『琚，玉也』，其《繫傳》亦作『瓊琚』，蓋後人改之，以同鉉本也。〔註57〕」

桂氏以爲《說文》琚字當爲玉名，引《五音集韻》、《韻譜》證，並以爲《繫傳》作「瓊琚」，爲後人改同鉉本。據此，桂氏能注意《韻譜》與《繫傳》之異，相互校勘。段《注》、王筠《說文句讀》亦改作佩玉，而無引《韻譜》〔註58〕。

（二）個別材料之使用

段桂二氏校勘《說文》，對於個別材料之徵引，側重有其異同。相同者，如《爾雅》與毛《傳》，段桂皆以爲乃許慎《說文》所本，故皆據以爲校勘。如《說文》「倪」字，二氏云：

《說文》：「倪，譬諭也。一曰聞見。」

〔註56〕段玉裁：《說文解字注》七篇上，頁 40a。桂馥：《說文解字義證》卷二十一，頁 17a。

〔註57〕桂馥：《說文解字義證》卷二，頁 30b。

〔註58〕段玉裁：《說文解字注》一篇上，頁 32a。王筠：《說文句讀》卷一，頁 21。

段《注》：「閒，各本作聞，今正。〈釋言〉曰『閒，倪也』，正許所
本。上訓用毛韓說，此訓用《爾雅》說。」

桂《證》：「一曰聞見者，當爲閒，〈釋言〉『閒，倪也』。〔註59〕」

段桂皆據〈釋言〉「閒倪」，改《說文》之「聞見」。《爾雅》成書在《說文》之
前，許愼編撰《說文》當以《爾雅》爲參考。再如《說文》「柷」字，二氏云：

《說文》：「柷，樂木空也。」

段《注》：「樂上當有『柷』字，椌各本作空，誤。〈周頌〉毛傳曰『柷，
木椌也。圉，楬也。』許所本也，今更正。」

桂《證》：「空當爲椌，《詩·有瞽》『靴磬柷圉。』《傳》云『柷，木
椌也』。〔註60〕」

段桂二氏皆以毛《傳》「柷，木椌也」，改《說文》「樂木空」爲「樂木椌」。許
愼〈說文敘〉自云有承於毛《傳》〔註61〕，故許書用毛《傳》釋字亦屬合理。

　　校勘材料皆側重者，再如《字林》，此書爲晉朝呂忱所作·唐張懷瓘稱《字
林》爲「《說文》之亞」。《字林》成書在《說文》之後、《玉篇》之前，對於
注證《說文》具有重要之價值。段桂二氏皆以《字林》，爲校勘《說文》之重
要資料，如《說文》「莖」字，段《注》云：

《說文》：「莖，艸木榦也·」

段《注》：「依《玉篇》所引，此言艸而兼言木，今本作『枝柱』。考
《字林》作『枝主』，謂爲衆枝之主也。蓋或用《字林》改《說文》，
而主又譌柱。」〔註62〕

段氏據《玉篇》所引改作「艸木榦也」，而今本《說文》作「枝柱」，《字林》作
「枝主」。段氏以《字林》相校，以爲今本《說文》作「枝柱」，蓋或用《字林》
改《說文》，而「主」字又譌爲「柱」。再如《說文》「鮥」字，桂《證》云：

〔註59〕段玉裁：《說文解字注》八篇上，頁 22b。桂馥：《說文解字義證》卷二十四，頁
　　　　32b。

〔註60〕段玉裁：《說文解字注》六篇上，頁 54b。桂馥：《說文解字義證》卷十七，頁 44b。

〔註61〕段玉裁：《說文解字注》十五卷上，頁 24a。

〔註62〕段玉裁：《說文解字注》一篇下，頁 33a。

《說文》：「鮥，叔鮪也。」

桂《證》：「《釋文》『鮥，《字林》作鯌，巨救切；又云鮥，《字林》作鉻，音格。』本書鮥、鯌二字與《字林》異，或後人據《爾雅》改之。〔註63〕」

《釋文》所引《字林》鮥、鯌二字與《說文》異，而與《爾雅》同，故桂氏以爲「或後人據《爾雅》改之」。王筠《說文句讀》亦從桂說〔註64〕。段桂二氏皆重視《字林》一書，原因有二：一爲《字林》近古，另一則是《字林》與《說文》之關係密切。

次者，段桂二氏校勘《說文》，資料使用之異者，如《玉篇》。此書段《注》與桂《證》皆大量引用，然在校勘取證上，桂氏是重於段氏的，如《說文》「讉」字，二氏云：

《説文》：「讉，讉諫也。」

段《注》：「《廣雅》曰『讉，諫也。』《篇》《韵》皆曰『讉，諫也。諫，讉也。』按許書有諫無諫，故仍之。」

桂《證》：「讉諫也者，諫當爲諫。《廣雅》『讉，諫也。』《玉篇》『讉，諫也。諫，讉也。』本書脫諫字，寫者改爲諫。〔註65〕」

此例段氏以爲《說文》無此字，故不改。桂氏則據《玉篇》改「諫」爲「諫」，並認爲《說文》脫諫字。再如《說文》「漿」字，桂《證》云：

《説文》：「漿，側出泉也。」

桂《證》：「側出泉也者，《玉篇》『漿，出酒也。』……馥按本書上下文皆言酒，疑此亦言『側出酒』。《玉篇》必有所受，後人以《爾雅》有側出泉改之也。〔註66〕」

桂氏稱「《玉篇》必有所受」，以爲《說文》當依《玉篇》，改「出泉」爲「出酒」，而段《注》亦無改者，可見桂馥之徵信《玉篇》。

〔註63〕桂馥：《説文解字義證》卷三十六，頁36a。

〔註64〕王筠：《説文句讀》卷二十二，頁17。

〔註65〕段玉裁：《説文解字注》三篇上，頁19b。桂馥：《説文解字義證》卷七，頁39b。

〔註66〕桂馥：《説文解字義證》卷三十五，頁17a。

　　資料使用相異者，再如應劭《風俗通》，段桂二人注證《說文》皆有引用《風俗通》，桂馥稱《風俗通》「多沿襲《說文》，是漢人之好許學者」，然或許是殘闕頗多，且有所疏違，故桂氏對其評價不高，較少應用於校勘《說文》〔註67〕。段玉裁亦以爲應劭《風俗通》多襲用《說文》，然而較桂氏徵信此書，且有以《風俗通》校勘《說文》者，如《說文》「池」字，段《注》云：

　　　　《說文》：「池，陂也。」

　　　　段《注》：「此篆及解各本無，今補。……攷《左傳·隱三年》正義引應劭《風俗通》云『池者，陂也。从水也聲。』《風俗通》一書訓詁多襲《說文》，然則應所見固有池篆，別於沱篆顯然。徐堅所見同應。〔註68〕」

「池」字不見於今本《說文》，乃段氏所補之逸字。段氏據《左傳》正義引《風俗通》「池者，陂也。从水也聲」，稱「《風俗通》一書訓詁多襲《說文》」。

　　再如《韻會》，段桂二氏注證《說文》，皆有徵引《韻會》所引小徐《說文》，而段氏對於《韻會》特爲重視，是其校改《說文》最倚重之資料。如《說文》「三」字，段《注》云：

　　　　《說文》：「三，數名。天地人之道也。於文一耦二爲三，成數也。」

　　　　段《注》：「此依《韻會》所引，《韻會》多據鍇本，今鍇本又非舊矣。耦，各本作偶，今正。〔註69〕」

段氏據《韻會》引改，並云今鍇本非舊，而桂《證》此字則無據改者。對於段《注》特爲徵信《韻會》之現象，鮑國順《段玉裁校改說文之研究》嘗云：

　　　　校勘之資料，本以最原始者爲最可靠，而段氏於小徐本一書，則往往多從韻會所引，全書之中，注中明言據韻會校改者，計有二百三十四字，其本韻會改易而注中不言者，尚不在此數，可見段氏偏信韻會之一般〔註70〕。

〔註67〕桂馥：《晚學集》〈書《風俗通》後〉，卷五、頁 13b。

〔註68〕段玉裁：《說文解字注》十一篇上二，頁 16b。

〔註69〕段玉裁：《說文解字注》一篇上，頁 17b。

〔註70〕鮑國順：《段玉裁校改說文之研究》，頁 563。

據此，段玉裁之偏重《韻會》所引小徐《說文》，甚至有忽略今傳小徐本之現象。關於校勘材料之運用，理應客觀分析，過分仰賴某一資料校勘，易有武斷之弊。此亦段氏勇於自信，有心致之。

第二節　形式風格之比較

本節旨在比較段桂二氏《說文》校勘之形式，前賢嘗論段《注》較為武斷，而桂《證》臚列古籍，長於客觀。筆者以為，造成二氏風格迥異的原因之一，在於校勘之形式不同，試論之。

一、段氏校勘之理念態度

關於段《注》之性質，近人王力《中國語言學史》嘗云：「桂書與段書的性質大不相同：段氏述中有作，桂氏則述而不作。桂氏篤信許慎，他只是為許慎所說的本義搜尋例證。〔註71〕」再者，王力稱段《注》最大的創造，即是敢於批評許慎。王力並舉段《注》二例，說明段氏「批評許慎」之情況，然其中一例卻反而承認「段氏沒有明白批評許氏」〔註72〕。顯見王氏舉例之困難，事實上，段玉裁作《說文注》不在批評許慎，段氏是以「尊許」的態度作注的。這種傾向在段《注》中隨處可見，如《說文》「盈」字，段《注》云：

《說文》：「盈，滿器也。」

段《注》：「滿器者，謂人滿寧之。如『彏』下云滿弩之滿，水部『溢』下云器滿也，則謂器中已滿。『滿』下云盈溢也，則兼滿之、已滿而言，許書之精嚴如此。〔註73〕」

此注段氏舉《說文》「盈」、「彏」、「溢」三字之滿義比較，以為《說文》釋「滿」字云盈溢也，能兼通「盈」、「彏」、「溢」三字之義。據此，段玉裁稱「許書之精嚴如此」，是可見段氏「尊許」之意。

再如《說文》「荊」字，段《注》云：

《說文》：「荊，罰辠也。从刀井。《易》曰：井者，法也。」

〔註71〕王力：《中國語言學史》，頁99。

〔註72〕王力：《中國語言學史》，頁94。

〔註73〕段玉裁：《說文解字注》五篇上，頁48b。

段《注》:「此引《易》説从井之意,『井者,法也』,蓋出《易説》。
司馬彪《五行志》引《易説》同。《風俗通》亦云『井者,法也,節
也』,《春秋元命包》曰『荆,刀守井也。飲水之人入井爭水,陷於
泉,刀守之,割其情也』,又曰『网言爲詈,刀守詈爲罰,罰之爲言
内也,陷於害也』,已上見玄應《大唐衆經音義》、徐堅《初學記》。
夫井上爭水,不至用刀。至於詈罵當罰,五罰斷不用刀也。故許以
『罰』入刀部,謂持刀罵詈則應罰。以『荆』入井部,謂有犯五荆之
辠者,則用刀法之。同一从刀,而一系諸受法者、一系諸執法者,
且从井非爲入井爭水。視《元命包》之説,正如摧枯拉歹,安置妥
帖矣,故其書百世師承可也。〔註74〕」

段氏以「罰」字入刀部、「荆」字入井部,云「同一从刀,而一系諸受法者、
一系諸執法者」,以爲《春秋元命包》「入井爭水」之説有誤。並稱《説文》「視
《元命包》之説,正如摧枯拉歹,安置妥帖矣,故其書百世師承可也。」據此,
段氏已將《説文》之地位,升至如經書一般之高度。昔段氏有「二十一經」
之説,將《説文》納入其中〔註75〕,此與段《注》之説,正可彼此呼應。

　　段玉裁作《説文注》雖是持「尊許」之態度,卻也承認《説文》有許多謬
誤,但段氏以爲這是《説文》版本之誤,而不是許慎之誤。是故段氏以爲讀《説
文》當先校勘,如《説文》「簒」字,段《注》云:

　　《説文》:「簒,屰而奪取曰簒。」

　　段《注》:「奪當作敚。奪者,手持佳失之也,引伸爲凡遺失之偁,
　　今吳語云『奪落』是也。敚者,彊取也。今字奪行敚廢,但許造《説
　　文》時,畫然分別,書中不應自相剌謬。凡讀許書當先校正,有如
　　此者。〔註76〕」

此字段氏改「奪」爲「敚」,但段氏以爲這是版本之誤,故又云「許造《説文》
時,畫然分別,書中不應自相剌謬」。

　　再者,前賢多論段玉裁《説文注》之校改《説文》,勇於自信、有武斷之弊,

〔註74〕段玉裁:《説文解字注》五篇下,頁2b。

〔註75〕段玉裁:《經韵樓集》〈十經齋記〉,卷九、頁236。

〔註76〕段玉裁:《説文解字注》九篇上,頁43b。

而在段《注》一書中，常見到段氏於《說文注》，舒發其校勘心得。如《說文》「椑」字，段《注》云：

> 《説文》：「椑，椑棗也。从某而小。一曰椵。」

> 段《注》：「按椑卽〈釋木〉之遵，羊棗也。郭云『實小而圓，紫黑色，今俗呼之爲羊矢棗』，引《孟子》『曾皙嗜羊棗』。何氏焯曰『羊棗非棗也，乃某之小者。初生色黃，熟則黑，似羊矢，其樹再接卽成某矣。余客臨沂始觀之，亦呼牛妳某，亦呼椵棗，此九可證以某得棗名，《孟子》正義不得其解。』玉裁謂，凡物必得諸目驗，而折衷古籍，乃爲可信。昔在西苑萬善殿庭中，曾見其樹，葉似某而不似棗，其實似某而小如指頭。內監告余，用此樹椄之便成某。〔註77〕」

段氏舉昔在皇宮曾親見「羊棗」，並據以爲證，且以爲「凡物必得諸目驗，而折衷古籍，乃為可信」，可見段氏考證名物之精神及方法，是客觀謹愼的。再如《說文》「艒」字，段《注》云：

> 《説文》：「艒，谁射收繁具。」

> 段《注》：「按（艐、艒）兩字同義，蓋其物名艐艒。上字當云『艐艒，谁射收艒具也』，下字當云『艐艒也』。今本恐非舊，但無證據，未敢專輒。〔註78〕」

段氏以爲艐、艒二字同義，應爲「艐艒」之聯綿詞，故二字釋義「艐」字當云「艐艒，谁射收艒具也」，「艒」字當云「艐艒也」，但是段氏又云「無證據，未敢專輒」。段《注》之校勘《說文》，多予學者「專輒」之印象，然而此處卻表現出客觀之態度。再如《說文》「扢」字，段《注》云：

> 《説文》：「扢，平也。」

> 段《注》：「按許書有扢無扢，扢在入聲則古沒切，亦居乙切；去聲則古代切，亦古對切，無二字也。《廣韵》去、入聲皆作扢、從手，皆從木之誤耳。《集韵》代、沒二韵皆於扢字之外，別出扢字，則由未知《廣韵》之爲字誤也。扢者平物之謂，平之必摩之，故《廣雅》

〔註77〕段玉裁：《說文解字注》六篇上，頁1b。
〔註78〕段玉裁：《說文解字注》四篇下，頁61a。

曰『扢，摩也』，《廣韻》摩之訓本此。古扢與槩二字通用，班固〈終
南山賦〉『槩青宮，觸紫宸』，曹植〈贈丁儀王粲詩〉『員闕出浮雲，
承露槩泰清。』李善注云『〈西都賦〉扢仙掌與承露，《廣雅》扢，
摩也。槩與扢同，古字通，今書籍此等扢字皆譌作扢』，而今《文選》、
《後漢書》『抗仙掌以承露』，又與李善所引迥異。凡學古者，當優
焉游焉以求其是，顏黃門云『觀天下書未徧，不可妄下雌黃』，是也。
〔註79〕」

段氏據《説文》、《集韻》，證《廣韻》「扢」字乃「扢」字之誤。且又指出李善
注云「〈西都賦〉扢仙掌與承露」，與今《文選》、《後漢書》「抗仙掌以承露」迥
異，故段氏引顏之推語「觀天下書未徧，不可妄下雌黃」，是可知段氏論學之嚴
謹。

　　上引段《注》三例，皆可看出段玉裁注證《説文》客觀謹慎之態度，然而
段氏《説文注》於今卻予人主觀自信之印象，其原因，可從與桂馥《義證》校
勘之方式及用語，兩方面比較之。

二、校勘方式之比較

　　關於段桂二氏校勘之主要呈現方式，段《注》是直接改《説文》原文，並
附以校勘之由；桂《證》則以大徐本為底本，校勘則附於後。如《説文》「觀」
字，段《注》云：

　　《説文》：「觀，求視也。」

　　段《注》：「視字各本奪，今補。求視者，求索之視也，李善注〈吳
　　都賦〉引《倉頡篇》曰『觀，索視之皃也。』亦作矔。〔註80〕」

而《説文》同字，桂《證》云：

　　《説文》：「觀，求也。」

　　桂《證》：「求也，當云求視也。《集韻》『觀，求視也』，《玉篇》『觀，
　　索視之貌』。〈吳都賦〉『觀海陵之倉』，李善引《倉頡篇》曰『觀，

〔註79〕段玉裁：《説文解字注》六篇上，頁44b。
〔註80〕段玉裁：《説文解字注》八篇下，頁13b。

　　　索視之皃也』。〔註81〕」

兩相比較，雖然段桂二氏之校勘結論相同，但段氏直接改定《說文》原文之方式，難免讓學者產生主觀之印象，而桂氏使用之資料較爲完整，也顯得更爲可信。再者，段氏此種直接校改原文之校勘方式，其實清代學者是頗爲不取的，如顧廣圻（1770～1839），即認爲校勘應保留原書之面貌〔註82〕，此種看法亦是清代校勘學之主流，桂馥《義證》即循此法校勘《說文》。徐承慶《說文解字注匡謬》亦批評段玉裁改動原文之方式，云：「此數字執持謬論，而尚仍舊文，蓋不遽改。其改者，書之厄也；其未及改，幸也。〔註83〕」徐承慶對於段氏校勘，而未改動原文者，稱爲書之幸，改動者則稱爲書之厄也，可見徐氏對於段《注》之不滿。

　　次者，段《注》擅以義例校改《說文》之方式，其實也是容易受到學者非議的原因之一。如《說文》「鉉」字，段《注》云：

　　　《說文》：「鉉，所以舉鼎也。」

　　　段《注》：「『所以』二字今補，汲古閣於『舉鼎』下增具字，今刪正。
　　　〔註84〕」

段氏補「所以」二字，以釋鉉字「舉鼎」之作用。段《注》全書依此改者尚多，然此字諸家之校勘，如桂馥《義證》、鈕樹玉《說文校錄》、嚴可均《說文校議》、王筠《說文句讀》、沈濤《說文古本考》皆無補「所以」二字，而徐承慶《說文解字注匡謬》對此則云「段氏執謬，增『所以』二字」〔註85〕。可見此爲段《注》一家之見，且就段桂二氏《說文》校勘比較而論，造成二氏校勘差異之最大原因，即在於段氏樹立之《說文》義例，而此義例同時也使得段氏，與其他清代校勘諸家相異。

　　是故，學者常有所批評質疑，如《說文》「靬」字，段《注》云：

〔註81〕 桂馥：《說文解字義證》卷二十六，頁18b。

〔註82〕 余敏輝：〈段、顧之爭與校勘原則〉，《社會科學戰線》，1997年3期。

〔註83〕 徐承慶：《說文解字注匡謬》卷六，頁10a。

〔註84〕 段玉裁：《說文解字注》十四篇上，頁6b。

〔註85〕 徐承慶：《說文解字注匡謬》卷二，頁49a。《說文解字詁林正補合編》第十一冊，頁54。

《說文》：「軯，輼軯也。」

段《注》：「各本上解作『軯車前衣車後也』，此解作『輼車也』，皆誤。今依全書通例正之。〔註86〕」

段氏以爲「輼軯」屬聯綿詞，故依其例改，則前字「輼」云「輼軯，衣車也」，後字「軯」云「輼軯也」，且段氏云「依全書通例正之」。對此，徐承慶《說文解字注匡謬》云：

《說文》一書，徐鉉固云傳寫非人，錯亂遺脫，不可盡究。然斷不至顛倒舛譌，若此其甚也。後人臆改，亦不至有心紊亂，若此其妄也。段氏立一說，以爲許書之例，其有不合，斥之曰俗本、曰譌舛、曰淺人所改，或言各本無、或言奪、或言刪、或言舊先後倒置、或言各本移入某字下，今補正，其詞不一，總之云依全書通例正。許君所識，以其所知爲祕妙洞見微恉者，移易增刪，毅然不顧它書偶同。或有可傳會，則必云依某書訂，以證曲說，殊不思因文解義，自有體裁，非苦按譜填詞，限以格調〔註87〕。

徐承慶對於段玉裁所建立之《說文》義例，甚爲不滿。究其因，在於段《注》改動《說文》太大，所謂「依全書通例正之」，難以令人信服。且徐氏云「或有可傳會，則必云依某書訂，以證曲說，殊不思因文解義，自有體裁」，此語雖在批評段《注》，卻也透露徐氏認同之校勘方式，此即需有資料印證，且要按照原書之文義體裁校勘，簡單來說，改動不能太大。

桂馥《義證》校勘《說文》之方式，其實與徐承慶認同之校勘，是相近的。如《說文》「洰」字，桂《證》云：

《說文》：「**洰**，水吏也。又溫也。」

桂《證》：「又溫也者，溫當爲淫，《集韻》『**洰**，淫也』。淫俗作濕，與溫形誤。〔註88〕」

桂氏改溫爲淫，云「淫俗作濕，與溫形誤」，爲此處作一個合情有節度之校改，

〔註86〕段玉裁：《說文解字注》十四篇上，頁38b。

〔註87〕徐承慶：《說文解字注匡謬》卷六，頁8b。

〔註88〕桂馥：《說文解字義證》卷三十五，頁11b。

符合徐承慶所云「因文解義,自有體裁」之校勘,改動不致太大,且有《集韻》
為證。與段《注》所謂「依全書通例正之」之校勘方式相較,桂《證》之校勘
自然更易於讓學者皆受,而段《注》此處並無校改。再如《說文》「嬾」字,二
氏云:

> 《說文》:「嬾,懈也。怠也。」

> 段《注》:「懈者,怠也。《集韻》、《類篇》作『懈也,怠也』,非是。」

> 桂《證》:「懈也,怠也者,懈、怠義同,當云『懈怠也』。《玉篇》
> 『嬾,懈惰也』,《廣雅》『嬾,**嬾也**』。〔註89〕」

此字段《注》改作「懈也」,桂《證》改作「懈怠也」。兩相比較,桂氏校勘改
動較小,是較合原書文義的,而段氏之校勘看似合理,卻是改動較大。

　　再次,段《注》「逕改無注」之校勘方式,亦是為學者所詬病。如《說文》
「芝」字,段《注》云:

> 《說文》:「芝,神芝也。」

> 段《注》:「〈釋艸〉曰『茵芝』,《論衡》曰『土氣和,故芝艸生』。
> 〔註90〕」

按此字二徐本皆訓作「神艸也」,段氏改艸為芝,卻無說明,是段《注》為人所
質疑之由。對此,鮑國順《段玉裁校改說文之研究》云:「段氏亦有逕改無注之
例,或其偶然失注,或謂校改之意顯而易見,故不復注之,今皆未能得其詳矣。
〔註91〕」再如《說文》「蠶」字,段《注》云:

> 《說文》:「蠶,任絲蟲也。」

> 段《注》:「任,俗譌作吐,今正。〔註92〕」

段氏無引資料證,僅云「俗譌作吐,今正」,鮑國順《段玉裁校改說文之研究》
稱段氏此類校改為「以己意改訂者」〔註93〕。

〔註89〕段玉裁:《說文解字注》十二篇下,頁 26a。桂馥:《說文解字義證》卷三十九,頁
　　　　48b。

〔註90〕段玉裁:《說文解字注》一篇下,頁 3b。

〔註91〕鮑國順:《段玉裁校改說文之研究》,頁 47。

〔註92〕段玉裁:《說文解字注》十三篇下,頁 1b。

〔註93〕鮑國順:《段玉裁校改說文之研究》,頁 368。

　　桂馥《義證》之校勘，其實也有缺乏論證之處，如《說文》「讐」字，桂《證》云：

　　　　《說文》：「讐，匹也。」

　　　　桂《證》：「匹也者，匹當爲吅。《廣韻》『讐，多言也』。〔註94〕」

此字段《注》、鈕樹玉《說文校錄》、王筠《說文句讀》皆無改者〔註95〕，而桂氏改匹爲吅，且僅引《廣韻》一訓，其校勘之理由難以看出。若依諸家評論段《注》之用語論之，桂氏此字之校，即所謂「以己意改訂者」。桂《證》此類校勘，雖不若段《注》之多，但亦有之，可是段《注》於此卻常遭學者批評。究其因，除段《注》樹大招風，改動《說文》太多且太大所致。段《注》校勘之措詞強烈，亦是招忌原因之一。

三、校勘用語之比較

　　關於段《注》之校勘用語，徐承慶《說文解字注匡謬》嘗云：「段氏立一說，以爲許書之例，其有不合，斥之曰俗本、曰譌舛、曰淺人所改。〔註96〕」凡此，皆爲段《注》常見之用詞。如《說文》「鬥」字，段《注》云：

　　　　《說文》：「鬥，兩士相對，兵杖在後。象鬥之形。」

　　　　段《注》：「按此非許語也，許之分部次弟，自云『據形系聯』。凩屈在前部，故受之以鬥，然則當云『爭也』。兩凩相對象形，謂兩人手持相對也，乃云『兩士相對，兵杖在後』，與前部說自相戾，且文從兩手，非兩士也。此必他家異說，淺人取而竄改許書，雖《孝經》音義引之，未可信也。〔註97〕」

段氏以爲鬥字釋「兩士相對，兵杖在後」有誤，當云「爭也」，才符全書體例。且段氏又云「此必他家異說，淺人取而竄改許書，雖《孝經》音義引之，未可信也」，段氏將此誤歸於淺人竄改，但卻沒有充足證據說明，雖然自云《孝經》

〔註94〕桂馥：《說文解字義證》卷七，頁52b。

〔註95〕段玉裁：《說文解字注》三篇上，頁 24b。鈕樹玉：《說文解字校錄》卷三上，頁18b。王筠：《說文句讀》卷五，頁19。

〔註96〕徐承慶：《說文解字注匡謬》卷六，頁8b。

〔註97〕段玉裁：《說文解字注》三篇下，頁15a。

音義引同，亦輕易屏棄，以爲曲護己說。再如《說文》「敔」字，段《注》云：

> 《說文》：「敔，禁也。一曰樂器，椌楬也，形如木虎。」

> 段《注》：「按此十一字，後人妄增也。《樂記》『椌楬』，注謂柷敔也。椌謂柷，楬謂敔。柷形如桼桶，敔狀如伏虎，不得併二爲一。木部椌云『柷樂也』，楬下不云敔樂者，敔取義於遏，楬爲遏之假借耳。敔者，所以止樂，故以敔名。上云禁也，已包此物，無庸別舉，用此知凡言一曰者，或經淺人增竄。〔註98〕」

段氏云敔字釋「一曰樂器，椌楬也，形如木虎」，爲後人妄增，以爲敔字釋「禁也」，已含此義。段氏由此並云「用此知凡言一曰者，或經淺人增竄」，「一曰」爲《說文》常見之術語，主要作用在表字之別義〔註99〕。段氏據此字即質疑全書「一曰」例，實爲武斷。

再者，段《注》強烈之用詞，其實亦爲後世考訂段《注》者所斥，如《說文》「當」字，段《注》云：

> 《說文》：「當，田相值也。」

> 段《注》：「值者，持也。田與田相持也，引申之，凡相持相抵皆曰當。報下曰『當辠人也』，是其一耑也。流俗妄分平、去二音，所謂無事自擾。〔註100〕」

段氏批評「當」字音讀，乃「流俗妄分平、去二音，所謂無事自擾」。對此，鈕樹玉《段氏說文注訂》云：

> 按四聲由來尚矣，古有緩讀、急讀之分，《玉篇》先音後義，未可斥爲流俗也。江氏《古韻標準》例言云：四聲雖起江左，按之實有其聲，不容增減，此後人補前人未備之一端〔註101〕。

徐灝《說文解字注箋》則云：

〔註98〕段玉裁：《說文解字注》三篇下，頁39b。

〔註99〕蔡師信發歸納段《注》對「一曰」例之看法，以爲此例有五種作用，分別爲：一、義有二歧；二、形有二構；三、音有二讀；四、兼采別說；五、物有二名。（見氏著《說文答問》，頁90）

〔註100〕段玉裁：《說文解字注》十三篇下，頁46b。

〔註101〕鈕樹玉《段氏說文注訂》卷七，20b。

相抵謂之當，因之瓜底曰瓜當，筩管之底亦曰當，得其當然者謂之

當，讀去聲。此亦相承已久，如以爲無事自擾，則此類不可勝數矣
〔註102〕。

上列考訂段《注》之二家，皆從段氏云「流俗」、「無事自擾」等措詞強烈之用語，反斥段氏，可見後學者對此類用語之反感。按理來說，校勘古書應力求客觀理性，段《注》卻反其道而行，加入許多主觀批判之字眼，此舉或在刻意標新取異，但用詞太過，亦容易遭受批評。

　　次者，段《注》引用清代學者之說，亦常多加批駁，毫不客氣，桂《證》則絕少否定時人。如《說文》「娓」字，段《注》云：

　　《說文》：「娓，順也。」

　　段《注》：「按此篆不見於經傳，《詩》、《易》用亹亹字。學者每不解其何以會意形聲，徐鉉等乃妄云當作娓，而近者惠定宇氏從之，按李氏《易集解》及自爲《周易述》皆用『娓娓』。抑思毛、鄭釋《詩》皆云『勉勉』。康成注《易》亦言『沒沒』，釁之古音讀如門，勉、沒皆疊韵字，然則亹爲釁之譌體，釁爲勉之叚借。古音古義於今未泯，不當以無知妄説，擅改宣聖大經。〔註103〕」

惠棟改《易》亹亹字爲娓娓，段氏以音學考之，云亹爲釁之譌體，而釁爲勉之假借，故段氏認爲惠氏有誤，並批評惠氏「不當以無知妄說，擅改宣聖大經」。惠棟爲段氏之前輩，且門人弟子頗眾，而段氏《說文注》雖常徵引惠說，亦多加批評，是故段氏《說文注》屢招時人非議，其來有自。

　　桂馥《義證》其實亦有如段《注》般用詞強烈者，如《說文》「葽」字，桂《證》云：

　　《說文》：「葽，艸也。從艸要聲。《詩》曰：四月秀葽。」

　　桂《證》：「艸也者，徐鍇曰『案字書狗尾草也，《廣雅》葽，莠也。《廣韻》葽，秀葽草也。』案秀葽當爲莠葽，淺學改之也。〔註104〕」

桂氏云《廣韻》「秀葽」當爲「莠葽」，並云乃「淺學改之也」。再如《說文》

〔註102〕徐灝：《說文解字注箋》第十三下，頁68b。

〔註103〕段玉裁：《說文解字注》十二篇下，頁18a。

〔註104〕桂馥：《說文解字義證》卷四，頁18b。

「嗙」字,桂《證》云:

> 《説文》:「嗙,謌聲嗙喻也。從口旁聲。司馬相如説:淮南宋蔡謳舞嗙喻也。」

> 桂《證》:「嗙喻也者,後人所加。本書以謌聲爲正義,下引相如説別爲一義,淺學亂之。〔註105〕」

桂氏以爲嗙字云引司馬相如之説,爲「淺學亂之」。前舉兩例,桂《證》之校勘用語與段《注》無異,但段氏卻常遭時人非議。其因在於桂《證》用語強烈者乃偶一爲之,而段《注》則連篇累牘,並且指名道姓,批評學者,二人之個性差異,顯然可見。

附表:段《注》與桂馥《義證》校勘相同之檢索表〔註106〕

1. 篆文部分

校勘之分類		校　勘　相　同　者	
增篆	正篆	（1）爿 段《注》七篇上,35a 桂《證》卷二,頁44a	（2）痟 段《注》七篇下,34a 桂《證》卷二十二,頁68a
		（3）亮 段《注》八篇下,8b 桂《證》卷二十六,頁12a	（4）頏 段《注》九篇上,6a 桂《證》卷二十七,頁17a
		（5）鸑 段《注》十篇上,14b 桂《證》卷三十,頁26a	（6）驪 段《注》十篇上,15b 桂《證》卷三十,頁26a
		（7）摻 段《注》十二篇上,55b 桂《證》卷三十八,頁56a	（8）彆 段《注》十二篇下,60b 桂《證》卷四十,頁41b
		（9）蟸 段《注》十三篇下,4a 桂《證》卷四十三,頁7b	

〔註105〕桂馥:《説文解字義證》卷五,頁43b。

〔註106〕本表篆文之增篆部分,以段玉裁《説文注》和桂馥《説文義證》原書之卷、頁爲出處,其他字例皆以鼎文書局出版《説文解字詁林正補合編》之冊數、頁碼爲出處,以便學者對照檢閲。

重文	（1）燮 段《注》三篇下，18a 桂《證》卷八，頁 53b		（2）坓 段《注》六篇下，1b 桂《證》卷十八，頁 3a
	（3）瓏 段《注》十二篇上，18a 桂《證》卷三十七，頁 37b		（4）醼 段《注》十三篇上，5b 桂《證》卷四十一，頁 59a
改篆	正篆	（1）屵 《詁林》第二冊，頁 460	（2）敼 《詁林》第二冊，頁 819
		（3）藍 《詁林》第二冊，頁 849	（4）逨 《詁林》第三冊，頁 143
		（5）龀 《詁林》第三冊，頁 247	（6）鼻 《詁林》第三冊，頁 798
		（7）贄 《詁林》第六冊，頁 102	（8）朒 《詁林》第六冊，頁 224
		（9）兩 《詁林》第六冊，頁 942	（10）狄 《詁林》第八冊，頁 357
		（11）像 《詁林》第八冊，頁 1292	（12）澹 《詁林》第九冊，頁 167
		（13）柩 《詁林》第十冊，頁 414	（14）蟲 《詁林》第十冊，頁 993
		（15）孳 《詁林》第十一冊，頁 709	
	重文	（1）珇 《詁林》第二冊，頁 294	（2）齒 《詁林》第四冊，頁 130
		（3）踞 《詁林》第七冊，頁 610	（4）薔 《詁林》第十冊，頁 1313
迻篆	正篆	（1）眛 《詁林》第四冊，頁 93	（2）蜅 《詁林》第十冊，頁 863
刪篆	正篆	（1）懏 《詁林》第八冊，頁 1354	

2. 說解部分

篆 文	出 處	篆 文	出 處
（1）元	《詁林》第二冊，頁 19	（2）球	《詁林》第二冊，頁 268
（3）瑤	《詁林》第二冊，頁 369	（4）玽	《詁林》第二冊，頁 373
（5）芝	《詁林》第二冊，頁 469	（6）蕎	《詁林》第二冊，頁 480
（7）薙	《詁林》第二冊，頁 521	（8）蒂	《詁林》第二冊，頁 587
（9）蒴	《詁林》第二冊，頁 730	（10）莜	《詁林》第二冊，頁 860

（11）蘸	《詁林》第二冊，頁 942	（12）茸	《詁林》第二冊，頁 968
（13）牿	《詁林》第二冊，頁 1064	（14）局	《詁林》第二冊，頁 1294
（15）趑	《詁林》第二冊，頁 1382	（16）岠	《詁林》第二冊，頁 1405
（17）週	《詁林》第三冊，頁 107	（18）迦	《詁林》第三冊，頁 144
（19）得	《詁林》第三冊，頁 210	（20）延	《詁林》第三冊，頁 226
（21）齜	《詁林》第三冊，頁 250	（22）蹊	《詁林》第三冊，頁 273
（23）躕	《詁林》第三冊，頁 274	（24）跟	《詁林》第三冊，頁 285
（25）跐	《詁林》第三冊，頁 329	（26）昍	《詁林》第三冊，頁 393
（27）諸	《詁林》第三冊，頁 482	（28）議	《詁林》第三冊，頁 507
（29）信	《詁林》第三冊，頁 520	（30）訇	《詁林》第三冊，頁 545
（31）調	《詁林》第三冊，頁 553	（32）話	《詁林》第三冊，頁 555
（33）讓	《詁林》第三冊，頁 572	（34）譽	《詁林》第三冊，頁 576
（35）警	《詁林》第三冊，頁 599	（36）詼	《詁林》第三冊，頁 626
（37）彗	《詁林》第三冊，頁 648	（38）曓	《詁林》第三冊，頁 669
（39）蕡	《詁林》第三冊，頁 675	（40）聾	《詁林》第三冊，頁 676
（41）誣	《詁林》第三冊，頁 678	（42）諢	《詁林》第三冊，頁 710
（43）與	《詁林》第三冊，頁 831	（44）蟄	《詁林》第三冊，頁 970
（45）叔	《詁林》第三冊，頁 1029	（46）睎	《詁林》第四冊，頁 83
（47）罷	《詁林》第四冊，頁 124	（48）鳲	《詁林》第四冊，頁 412
（49）幺	《詁林》第四冊，頁 529	（50）腥	《詁林》第四冊，頁 783
（51）筋	《詁林》第四冊，頁 820	（52）劑	《詁林》第四冊，頁 866
（53）契	《詁林》第四冊，頁 902	（54）籛	《詁林》第四冊，頁 925
（55）箇	《詁林》第四冊，頁 979	（56）簽 （籤之重文）	《詁林》第四冊，頁 985
（57）筴	《詁林》第四冊，頁 991	（58）筥	《詁林》第四冊，頁 1034
（59）箈	《詁林》第四冊，頁 1072	（60）麿	《詁林》第四冊，頁 1212
（61）豈	《詁林》第四冊，頁 1308	（62）盧	《詁林》第四冊，頁 1344
（63）醜	《詁林》第五冊，頁 53	（64）鐘	《詁林》第五冊，頁 73
（65）倉	《詁林》第五冊，頁 158	（66）朕	《詁林》第五冊，頁 213
（67）管	《詁林》第五冊，頁 259	（68）麳	《詁林》第五冊，頁 331
（69）久	《詁林》第五冊，頁 406	（70）桅	《詁林》第五冊，頁 571
（71）桑	《詁林》第五冊，頁 603	（72）招	《詁林》第五冊，頁 617
（73）柵	《詁林》第五冊，頁 720	（74）枳	《詁林》第五冊，頁 856
（75）扛	《詁林》第五冊，頁 902	（76）櫪	《詁林》第五冊，頁 937
（77）棺	《詁林》第五冊，頁 943	（78）帀	《詁林》第五冊，頁 1006

（79）橐	《詁林》第五冊，頁 1087	（80）郭	《詁林》第五冊，頁 1246
（81）郵	《詁林》第五冊，頁 1247	（82）邕	《詁林》第五冊，頁 1305
（83）郇	《詁林》第五冊，頁 1314	（84）郵	《詁林》第五冊，頁 1418
（85）旻	《詁林》第六冊，頁 6	（86）彎	《詁林》第六冊，頁 60
（87）昨	《詁林》第六冊，頁 73	（88）暇	《詁林》第六冊，頁 74
（89）昱	《詁林》第六冊，頁 82	（90）㒼	《詁林》第六冊，頁 243
（91）稀	《詁林》第六冊，頁 444	（92）秝	《詁林》第六冊，頁 589
（93）宗	《詁林》第六冊，頁 738	（94）帬	《詁林》第六冊，頁 1036
（95）幇	《詁林》第六冊，頁 1043	（96）㡀	《詁林》第六冊，頁 1068
（97）畾	《詁林》第六冊，頁 1102	（98）份	《詁林》第七冊，頁 63
（99）儼	《詁林》第七冊，頁 89	（100）付	《詁林》第七冊，頁 148
（101）倪	《詁林》第七冊，頁 193	（102）俏	《詁林》第七冊，頁 269
（103）侉	《詁林》第七冊，頁 270	（104）係	《詁林》第七冊，頁 276
（105）像	《詁林》第七冊，頁 299	（106）㲻	《詁林》第七冊，頁 333
（107）望	《詁林》第七冊，頁 397	（108）襗	《詁林》第七冊，頁 534
（109）贏	《詁林》第七冊，頁 535	（110）裎	《詁林》第七冊，頁 536
（111）褐	《詁林》第七冊，頁 537	（112）卒	《詁林》第七冊，頁 551
（113）袡	《詁林》第七冊，頁 558	（114）屋	《詁林》第七冊，頁 632
（115）刷	《詁林》第七冊，頁 670	（116）服	《詁林》第七冊，頁 683
（117）覿	《詁林》第七冊，頁 744	（118）覯	《詁林》第七冊，頁 774
（119）欯	《詁林》第七冊，頁 817	（120）歉	《詁林》第七冊，頁 825
（121）盜	《詁林》第七冊，頁 860	（122）頮	《詁林》第七冊，頁 955
（123）彥	《詁林》第七冊，頁 1021	（124）匏	《詁林》第七冊，頁 1159
（125）塵	《詁林》第八冊，頁 112	（126）硈	《詁林》第八冊，頁 197
（127）硞	《詁林》第八冊，頁 214	（128）磛	《詁林》第八冊，頁 226
（129）磬	《詁林》第八冊，頁 228	（130）砡	《詁林》第八冊，頁 237
（131）碎	《詁林》第八冊，頁 238	（132）駃	《詁林》第八冊，頁 264
（133）猴	《詁林》第八冊，頁 293	（134）貐	《詁林》第八冊，頁 340
（135）狙	《詁林》第八冊，頁 353	（136）驪	《詁林》第八冊，頁 400
（137）駮	《詁林》第八冊，頁 439	（138）灋	《詁林》第八冊，頁 525
（139）麟	《詁林》第八冊，頁 531	（140）麇	《詁林》第八冊，頁 533
（141）麒	《詁林》第八冊，頁 537	（142）麘	《詁林》第八冊，頁 543
（143）麝	《詁林》第八冊，頁 546	（144）獒	《詁林》第八冊，頁 610
（145）獺	《詁林》第八冊，頁 669	（146）夭	《詁林》第八冊，頁 743
（147）灼	《詁林》第八冊，頁 777	（148）覬	《詁林》第八冊，頁 865

（149）黨	《詁林》第八冊，頁 871	（150）吳	《詁林》第八冊，頁 955
（151）爐	《詁林》第八冊，頁 981	（152）壹	《詁林》第八冊，頁 987
（153）奰	《詁林》第八冊，頁 1049	（154）恘	《詁林》第八冊，頁 1157
（155）惎	《詁林》第八冊，頁 1196	（156）恤	《詁林》第八冊，頁 1211
（157）懲	《詁林》第八冊，頁 1252	（158）悁	《詁林》第八冊，頁 1282
（159）涂	《詁林》第九冊，頁 46	（160）沇	《詁林》第九冊，頁 50
（161）澇	《詁林》第九冊，頁 79	（162）漆	《詁林》第九冊，頁 80
（163）溧	《詁林》第九冊，頁 136	（164）潩	《詁林》第九冊，頁 149
（165）灖	《詁林》第九冊，頁 158	（166）濁	《詁林》第九冊，頁 226
（167）溉	《詁林》第九冊，頁 227	（168）淪	《詁林》第九冊，頁 331
（169）沒	《詁林》第九冊，頁 463	（170）涷	《詁林》第九冊，頁 468
（171）湏	《詁林》第九冊，頁 472	（172）湾	《詁林》第九冊，頁 512
（173）浚	《詁林》第九冊，頁 538	（174）灅	《詁林》第九冊，頁 550
（175）漕	《詁林》第九冊，頁 614	（176）涉	《詁林》第九冊，頁 645
（177）川	《詁林》第九冊，頁 668	（178）州	《詁林》第九冊，頁 689
（179）霚	《詁林》第九冊，頁 769	（180）鰭	《詁林》第九冊，頁 815
（181）矚	《詁林》第九冊，頁 1102	（182）拱	《詁林》第九冊，頁 1139
（183）撗	《詁林》第九冊，頁 1220	（184）招	《詁林》第九冊，頁 1224
（185）投	《詁林》第九冊，頁 1231	（186）摽	《詁林》第九冊，頁 1235
（187）攦	《詁林》第九冊，頁 1279	（188）擅	《詁林》第九冊，頁 1286
（189）擐	《詁林》第九冊，頁 1299	（190）扞	《詁林》第九冊，頁 1367
（191）扜	《詁林》第九冊，頁 1384	（192）美	《詁林》第十冊，頁 90
（193）姽	《詁林》第十冊，頁 116	（194）婚	《詁林》第十冊，頁 130
（195）姁	《詁林》第十冊，頁 162	（196）妓	《詁林》第十冊，頁 165
（197）嬉	《詁林》第十冊，頁 197	（198）姓	《詁林》第十冊，頁 209
（199）嫠	《詁林》第十冊，頁 233	（200）戰	《詁林》第十冊，頁 312
（201）義	《詁林》第十冊，頁 354	（202）匸	《詁林》第十冊，頁 387
（203）匿	《詁林》第十冊，頁 390	（204）瓿	《詁林》第十冊，頁 436
（205）甗	《詁林》第十冊，頁 441	（206）繙	《詁林》第十冊，頁 559
（207）紙	《詁林》第十冊，頁 572	（208）縷	《詁林》第十冊，頁 600
（209）縮	《詁林》第十冊，頁 611	（210）緥	《詁林》第十冊，頁 631
（211）紙	《詁林》第十冊，頁 727	（212）絮	《詁林》第十冊，頁 729
（213）蜦	《詁林》第十冊，頁 921	（214）蠶	《詁林》第十冊，頁 975
（215）蠠	《詁林》第十冊，頁 1042	（216）凡	《詁林》第十冊，頁 1084
（217）地	《詁林》第十冊，頁 1091	（218）垓	《詁林》第十冊，頁 1098

（219）塞	《詁林》第十冊，頁 1185	（220）堲	《詁林》第十冊，頁 1201
（221）垤	《詁林》第十冊，頁 1223	（222）畔	《詁林》第十冊，頁 1300
（223）畎	《詁林》第十冊，頁 1301	（224）嶡	《詁林》第十冊，頁 1326
（225）勞	《詁林》第十冊，頁 1358	（226）銛	《詁林》第十一冊，頁 80
（227）鉏	《詁林》第十一冊，頁 89	（228）轢	《詁林》第十一冊，頁 345
（229）軍	《詁林》第十一冊，頁 380	（230）子	《詁林》第十一冊，頁 689

第七章 結 論

第一節 段桂《說文》學之比較

　　本文從段玉裁與桂馥之「生平學行」、「注證《說文》徵引之資料」、「《說文》義例之觀念」、「《說文》之校勘」等論題，比較分析段桂二氏《說文》學。主要結論，分述如次：

一、生平學行

　　本章藉由段玉裁、桂馥之學行、著述、交遊，比較兩人研究《說文》之途徑與次第，以窺見其成學之經過，及各自之特點。此項研究不僅只是二人之比較，其實亦可呈現出清代《說文》學之一面向。

　　段玉裁與桂馥同時，年歲亦相當，兩人雖未曾見面，但對彼此之學並不陌生。究其原因之一，在於兩人身處當時，透過相同之朋友，亦能認識彼此。段桂二氏之交遊多當世名宿，而二人學術交遊圈所認識之名學者，其相同者，有戴震、盧文弨、程瑤田、王昶、周永年、翁方綱、丁杰、王念孫、莊述祖、陳鱣、阮元、龔麗正等人。這些學者中，不乏與段桂關係密切，且影響深遠之人。

　　如戴震，段玉裁學問受戴震影響最深，眾所皆知。乾隆二十八年（1763），段玉裁遊於戴震之門，觀所為江慎修行略，亦受啟發，後遂撰成《六書音均

表》〔註1〕。再者，戴震「四體二用」、「互訓爲轉注」等文字學理論，亦爲段氏所承，且運用於《說文解字注》中。《清史稿》戴震本傳稱「震卒後，其小學，則高郵王念孫、金壇段玉裁傳之」〔註2〕，可見史家論定二人學術傳承關係。桂馥學術亦有得之於戴震，桂氏三十歲後與士大夫遊，於京師得交戴氏，嘗云：「及見戴東原爲言江愼修先生不事博洽，惟熟讀經傳，故其學有根據。……乃知萬事皆本於經也。〔註3〕」再者，桂氏亦言曾與戴震談論文字之學，云：「曩在京師，與戴東原先生居相近，就談文字。先生每取《集韻》互訂，謂余曰『《集韻》、《增韻》不背《說文》，差可依據』。……及余官長山，乃得與《增韻》弁了之，益信戴君言不誣也。〔註4〕」據此可知，戴震於段桂《說文》學之發展，皆有所影響。

再如龔麗正，娶段玉裁長女段馴爲妻，生子自珍。可知與段氏關係極爲密切，且段氏對龔麗正極爲欣賞，與邵晉涵書云：「小壻龔麗正者，……考據之學，生而精通，大兄年家子也，更得大兄教誨之，庶可成良玉。〔註5〕」且龔氏曾爲段氏《說文注》校刊，今段《注》第十五卷下，卷末有「受業壻仁和龔麗正校字」〔註6〕。江藩《漢學師承記》則云：「（龔氏）以懋堂爲師，能傳其學。〔註7〕」故可知，龔麗正不僅爲段氏女夫，亦是段氏之得意弟子。桂馥亦曾與龔麗正論學，嘉慶元年（1796），桂馥授任雲南永平知縣，即將離京之際，龔麗正於是年中進，故兩人得以相交。桂氏嘗作〈與龔禮部麗正書〉〔註8〕，提示龔氏進學之路，而桂氏《說文義證》亦有引用龔說，可見兩人之學術交流。

次者，關於段桂二氏之居住地，亦影響其著述。如桂馥早年遊於京師，多交名儒，嘗與翁方綱等人唱和，交流金石文字之學，然嘉慶元年（1796），

〔註1〕段玉裁：《戴東原先生年譜》（收入《乾嘉名儒年譜》5），頁239。

〔註2〕趙爾巽等撰：《清史稿》卷四八一，頁13200。

〔註3〕桂馥：《晚學集》〈上阮學使書〉，卷六、頁1。

〔註4〕桂馥：《晚學集》〈《集韻》跋〉，卷三、頁7b。

〔註5〕段玉裁：《經韻樓集》〈與邵二雲書二〉，補編卷上、頁389。

〔註6〕段玉裁：《說文解字注》，頁795。

〔註7〕江藩：《國朝漢學師承記》卷五，頁22。

〔註8〕桂馥：《晚學集》〈與龔禮部麗正書〉，卷六、頁8。

桂氏授任雲南永平知縣，後亦終於雲南。雲南地處偏遠，學術活動自然遠不
及京師，桂馥亦深感無奈，嘗與阮元寄書，云：

> 馥所理《說文》，本擬七十後寫定，滇南無書，不能復有勘校，僅檢
> 舊錄籤條，排比付鈔。……聞段懋堂、王石臞兩君所定《說文》、《廣
> 雅》俱已開彫，及未填溝壑，得一過眼，借以洮汰累惑也〔註9〕。

據此，桂馥是在晚年學術資源貧乏的情況下，作成《說文義證》。段玉裁晚年則
居於江、浙一帶，此處正是人文薈萃、文風最盛之處，且於此完成《說文注》。
兩相比較，段氏則地利人和兼得，故其《說文注》更容易受到時人矚目。

二、注證《說文》徵引之資料

　　段玉裁《說文注》與桂馥《說文義證》，皆引用了大量資料注證《說文》，
而本章乃比較段桂二氏，注證《說文》之資料徵引及其特點，並擇其可論者，
以討論之。主要從兩方面探討，一為二氏所徵引資料之相同者，另一則討論其
徵引材料之異者，即各所側重之資料。

　　關於段桂二氏注證《說文》，徵引相同之資料，筆者舉《爾雅》、毛《傳》、
《字林》、顏師古《漢書注》與李善《文選注》、玄應《一切經音義》、《五經
文字》及《九經字樣》、《玉篇》、《廣韻》、《汗簡》等書論之，以見段桂徵引
資料之同。再者，清儒學說與民俗資料，亦是段桂徵引之重要材料。如清儒
學說，段玉裁《說文注》與桂馥《說文義證》，皆引用了清代學者之學術成果。
據筆者統計，桂氏《義證》引用清代學者五十家，共計 484 條；段《注》引
用清代學者四十二家，共計 261 條。從段桂引用清代學者之情形，可析分出
兩項特點：

　　一為承襲清初學術之成果，段《注》與桂《義證》之所以具有崇高之學
術價值，原因之一即是段桂二人吸收了清初之學術成果。再者，雖然段桂都
能大量運用清初學者之說法，但是段桂二人所偏重之清初學者並不相同。學
者不同，故引用學說之領域亦不同，而這正表現出段桂學養之異同。段玉裁
《說文注》引用清初學者，次數最多者依序為：顧祖禹二十六次、齊召南二
十三次、惠棟十一次。桂馥《說文義證》引用清初學者，次數最多者依序為：

〔註9〕桂馥：《晚學集》〈上阮中丞書〉，卷六、頁9。

顧炎武七十七次、陳啓源六十三次、惠棟二十九次、閻若璩二十五次、胡渭二十一次。另一為展現個人之學術交遊，如戴震為段桂引用最多之前輩學者，段《注》引用五十九次、桂《證》引用三十六次，可知戴震於二人影響頗深。其中段《注》引用戴震，稱「戴先生」，亦可見段氏尊師之意。段桂二氏引用戴震之說，主要以戴氏所擅長之經學考證為主，而戴震《考工記圖》對於古代車具之考證，尤為段桂所常徵引。

再如民俗資料，段桂所徵引之民俗資料，依資料性質，可分為方言俗語及民俗物象兩種；依資料來源，則分為祖居之地及仕宦之地。段《注》引用之民俗資料 47 條中，41 條皆是與江蘇有關之資料。段玉裁為江蘇金壇人，生平約有十年赴四川任知縣，其餘皆居於江蘇一帶，是其終老之地，而段氏《說文注》亦在此完成。筆者以為，段氏作《說文注》時，身居江蘇，耳目所及且生長於此，自然徵引江蘇民俗較多。桂馥《義證》則成於雲南任上，亦是印象較深，故較常引用雲南仕宦之民俗資料，以證《說文》。

次者，關於段桂二氏資料徵引之異者，段玉裁側重之資料，有應劭《風俗通》、熊忠《古今韻會舉要》，而桂馥所側重之資料，有金石文獻、緯書、徐鍇《說文解字韻譜》、《禽經》、趙宧光之說、文學作品。兩相比較，可見桂馥《說文義證》所引用之資料，更為廣博。且段氏側重之《風俗通》、《古今韻會舉要》，桂《證》亦有用及，只是未若段《注》般偏重，故歸之於段。桂氏所側重者，卻多是段氏所排斥之資料，如緯書、《禽經》、趙宧光之說等皆是。如《禽經》，舊題師曠撰，晉張華注。《四庫總目》嘗疑《禽經》為後人偽作，但是書畢竟流傳已數百年，文士多有引用，故《四庫全書》仍是收錄此書，肯定其文獻價值。桂馥亦同《四庫總目》，肯定其文獻價值，注證《說文》鳥類相關字彙時，多所引錄。段《注》則以為《禽經》文理淺陋，乃因《說文》引師曠語所造，不足為信，故注證《說文》之時，無有引用。

且桂氏善用金石文獻證《說文》，亦表現其學養，而段氏《說文注》所引金石材料，不論質或量，都較桂氏《說文義證》為少。周祖謨即云：「段氏對周代銅器文字既很少研究，對秦漢篆書石刻和漢人隸書也不重視。〔註10〕」然而，段氏對於出土文物是持肯定態度的，嘗云：「許氏以後，三代器銘之見者

〔註10〕周祖謨：《問學集》〈論段氏說文解字注〉，頁 871。

日益多，學者摩挲研究，可以通古六書之條理，爲六經輔翼。〔註11〕」就筆者分析，桂《證》引用金石文獻之作用有四，分別爲：校改《說文》文字、明文字形變、通文字假借、《說文》之旁證。另，桂馥既以「義證」名其著作，故其書廣搜群書之義以爲證，而涉及詩詞文學，亦合乎桂氏著述之旨，並可說是桂氏《義證》之一項特色。桂氏所徵引之文學作品，主要爲宋以前之詩詞歌賦，而其作用有二：一爲證字之意義及其作用，兼明字詞之語例；二爲明字之異體。

三、《說文》義例之觀念

關於段桂二氏《說文》義例之觀念，本章分爲「六書觀」與「《說文》體例」兩節論之。段桂之六書觀中，轉注、假借之觀念，皆受戴震之影響，而分歧較大者，爲《說文》「亦聲」之觀念，如段玉裁以爲《說文》形構凡言「亦聲」者，爲會意、形聲兩兼之字，換言之，即兼六書之二者。且段氏對於《說文》中不云亦聲，但其認爲是亦聲字者，則稱許慎「省文」，並云此種情形爲「會意包形聲」、「形聲包會意」，或「會意兼形聲」、「形聲兼會意」。桂馥對於亦聲字之定義，則有二點：一爲從部首得聲曰亦聲，另一爲解說所從偏旁之義而曰亦聲，即某字說解之義，與所從聲符相合，亦曰亦聲。

再者，段玉裁與桂馥亦聲說之檢討，可從二點論之：一爲曲護許慎之說，段氏淆亂六書之分別，提出亦聲爲「兼六書之二」者，即會意兼形聲字，使其六書學出現許多缺失。桂氏則主張從部首得聲者得曰亦聲，反而違背《說文》以形分部之律。二爲聲符兼義觀念未備，如段氏提出會意兼形聲之說法，其實許慎《說文》所謂「從某某，某亦聲」構形之字，與「從某某聲」之字，並無差異，只是亦聲字的聲符示義，比一般形聲字的聲符示義更易看出〔註12〕。再如桂氏云「某字說解之義，與所從聲符相合，得曰亦聲」，其實聲符多有示義，只是聲符示分別義，而形符示類別義。

次者，關於《說文》體例，段玉裁《說文》學最爲知名者，即在於全面發掘《說文》體例。桂馥之《說文》學，亦有中明義例者，然其所整理之《說文》

〔註11〕段玉裁：《經韵樓集》〈薛尚功《歷代鐘鼎彝器款識法帖》二十卷寫本書後〉，卷七、頁 150。

〔註12〕蔡師信發：《說文答問》，頁 156。

義例，質與量皆遠遜於段氏，故少為人所研究，但亦有可觀者。如羅部立文之例，桂氏對於《說文》羅部立文之例，雖不似段氏能析分出「部之先後，以形之相近為次；文之先後，以義之相引為次」、「凡上諱必列於首」、「以類相從」、「難曉之篆，先於易知之篆」、「先人後物」等五種體例，但仍能掌握到《說文》部次「以義為次」、「以類相從」之最重要觀念，猶可見桂氏於《說文》義例之得。

再如許書用語之例，分為「讀若某」、「故謂之某」、「闕」。如「讀若某」者，段玉裁以為單純擬音，而桂馥以為《說文》讀若除擬音之功能外，並能通其字，有明文字假借之功能。再如許書說解之例，有「不以假借字說解」、「不以本書所無之字說解」、「不以兩訓義複」。如「不以本書所無之字說解」之例，桂馥《義證》對於許書說解不見於本書之字，多標舉出來，改為本書之字。段玉裁亦有《說文》以本書字為說解之觀念，可是，對於《說文》出現本書所收以外之字，段氏卻也能包容此種現象。如《說文》「桜」字構形作「从木妾聲」，而「妾」字不見於《說文》，但段氏以為，「妾」字既見於《詩》、《禮》等經書，故「不得因許書偶無妾字，而支離其說」〔註13〕。換言之，段氏以為《說文》之字不必皆見於《說文》。

四、《說文》之校勘

校勘是清代學者研究《說文》，最主要之研究方法，段桂二氏對於《說文》校勘亦相當重視，段氏《說文注》共校改 3498 字，桂馥《說文義證》則校改 1186 字，校改相同者有 265 字。就統計數字而論，桂《證》校勘 1186 字，雖不及段《注》校勘 3498 字之多，但是，若從桂《證》「不下己意」的刻板印象看之，桂《證》校勘 1186 字，可證明桂《證》並不是缺乏個人意見，反而與段《注》相同，皆有校理《說文》全書之理念。如桂馥《晚學集》〈上阮學使書〉嘗云：「竊謂訓詁不明，則經不通，復取許氏《說文》，反復讀之，知為後人所亂，欲加校治，二十年不能卒業。〔註14〕」

二氏校勘相同之主要原因，乃是承襲戴震互訓理論「以《說文》證《說文》」之方法，即《說文》互訓字之校勘。藉由本書互校之方法，以《說文》

〔註13〕段玉裁：《說文解字注》六篇上，頁 9b。

〔註14〕桂馥：《晚學集》〈上阮學使書〉，卷六、頁 1。

本字訂正《說文》。再者，段玉裁擅以義例校改《說文》之作法，雖常招至武斷之批評，但段氏據以條例校改《說文》，其實亦可說沿襲並發展了戴震「以《說文》校《說文》」之觀念，而桂馥《義證》則沒有發展此法。次者，因聲求義爲清代學者重要之訓詁方法，學者校訂古代典籍多用此法。段桂二氏校勘《說文》亦可見聲訓方法之應用，然而段玉裁爲清代聲學大家，以其所創古韻十七部注解《說文》，審音較爲有據。桂氏雖亦注意《說文》之聲訓，並積極引用學者之說，以補充己說，但聲學之成就，桂馥是不及段玉裁的。

次者，段氏《說文注》與桂馥《說文義證》，皆使用了大量的資料以校勘《說文》，而桂氏資料之使用，較段氏更爲全面。且二氏對於校勘《說文》之材料，亦有各自之偏好，因而影響了校勘之結果。本文從校勘材料之整體與個別運用，分析段桂之異同。如從整體看段桂對於校勘資料之運用，桂氏擅常積累證據，表現出較強之說服力，而段氏則常單引關鍵證據，顯得較爲明快。且桂馥《義證》所徵引之校勘材料，較段《注》更爲全面。究其因，一在於桂氏能採用段氏所鄙棄之資料，二在桂氏引用段氏所忽略之材料。段氏所鄙棄之資料，而桂氏採用者，如緯書，段氏對於其甚爲鄙視，而桂氏則多所引用。段氏《說文注》忽略之資料，而桂氏《義證》採用者，如徐鍇《說文韻譜》。此書原是徐鍇爲了便於檢閱《說文》而作，學者常忽略其書之價值，段氏《說文注》即無引是書。桂馥則注意到《說文韻譜》之價值，且應用於《說文》校勘上。

再次，前賢嘗論段《注》較爲武斷，而桂《證》臚列古籍，長於客觀。筆者以爲，造成二氏風格迥異的原因之一，在於校勘之形式不同。如段桂二氏校勘之主要呈現方式，段《注》是直接改《說文》原文，並附以校勘之由；桂《證》則以大徐本爲底本，校勘則附於後。兩相比較，段氏直接改定《說文》原文之方式，較容易讓學者產生主觀之印象，且此種直接校改原文之校勘方式，清代學者亦是頗爲不取的。再者，段《注》校勘之措詞強烈，亦是招忌原因之一。按理來說，校勘古書應力求平穩踏實，段《注》卻反其道而行，加入許多主觀批判之字眼，此舉或在刻意標新，但用詞太過，容易遭受批評。

第二節　段桂《說文》研究之學術史意義

段玉裁與桂馥早年時，皆曾受教於戴震，如乾隆二十八年（1763），段

玉裁遊於戴氏之門，觀所爲江愼修行略，亦受啓發，後遂撰成《六書音均表》〔註15〕。桂馥三十歲後與士大夫遊，於京師得交戴氏，嘗云：「及見戴東原爲言江愼修先生不事博洽，惟熟讀經傳，故其學有根據。……乃知萬事皆本於經也。〔註16〕」且桂氏亦言曾與戴震談論文字之學，云：「曩在京師，與戴東原先生居相近，就談文字。先生每取《集韻》互訂，謂余曰『《集韻》、《增韻》不背《說文》，差可依據』。……及余官長山，乃得與《增韻》弁了之，益信戴君言不誣也。〔註17〕」因此，段桂因戴震作其師江愼修之行略〔註18〕，皆獲得啓發，進而走向經史小學之研究道路上。

雖然段桂早年求學有相同之淵源，且生處於同樣之時代，但是段桂二氏之《說文》學，卻形成各自不同之系統，桂馥《義證》沿襲清代《說文》學之傳統，羅列了極多文獻以注證《說文》，具集大成者之地位。段玉裁《說文注》則是自成一格，建立了自己的體系。試論之：

桂馥《說文義證》最大之特色，即在羅聚大量文獻以考證《說文》，此項特點被前賢稱作「專臚古籍，不下己意」。筆者以爲，桂氏《義證》注證《說文》之方式，是承襲清代學者校證《說文》之傳統方法。如惠棟《讀說文記》，梁啓超嘗云：「乾隆中葉，惠定宇著《讀說文記》十五卷，實清儒《說文》專書之首。〔註19〕」是書之性質，即主以文獻證《說文》，而不專擅校改。桂馥《義證》沿襲是書之方法，且運用更加徹底，幾引錄當時所有可見之文獻，注證《說文》。再者，當時治《說文》者，如鈕樹玉《說文解字校錄》〔註20〕，是書引用之資料以《玉篇》爲主，但全書多爲臚列資料互證，校改較少。

〔註15〕段玉裁：《戴東原先生年譜》（收入《乾嘉名儒年譜》5），頁239。

〔註16〕桂馥：《晚學集》〈上阮學使書〉，卷六、頁1。

〔註17〕桂馥：《晚學集》〈《集韻》跋〉，卷三、頁7b。

〔註18〕江永，字愼修，婺源人。爲諸生數十年，博通古今，專心十三經注疏，而於三禮功尤深。乾隆二十七年，卒，年八十二。弟子甚眾，而戴震、程瑤田、金榜尤得其傳。《清史稿》卷四八一有傳。

〔註19〕梁啓超：《中國近三百年學術史》，頁232。

〔註20〕鈕樹玉，字匪石，吳縣人。篤志好古，不爲科舉之業，精研文字聲音訓詁。謂《說文》懸諸日月而不刊者也，後人以新附淆之，誣許君矣。因博稽載籍，著《說文新附考》六卷、《續考》一卷。又著《說文解字校錄》三十卷。樹玉後見玉裁書，著《段氏說文注訂》八卷，所駁正之處，皆有依據。《清史稿》卷四八一有傳。

　　再如嚴可均《說文校議》〔註21〕，亦是引錄文獻證《說文》爲主。陳韻珊
《清嚴可均之說文學研究》有所評述，云：

> 嚴可均的《說文》著作，雖不能說是頂尖的作品，卻正巧在其平實
> 之處（缺乏個人特色），表現出這個時代的特色——就是以當時的共
> 識及方法徹底而系統的實證。所以在時人的眼光中，嚴氏的著作「眞
> 實無欺」，極受重視〔註22〕。

嚴可均之著作，在當時是否「極受重視」，尙可商榷，但陳韻珊所指出的「實
證」，乃清人治《說文》之典型方法，或者可說是清儒治學之理念方法，且在
此種方法之實踐上，桂馥《說文義證》確實作到「徹底而系統的實證」。因此，
就此項意義論之，《說文義證》承襲了清代《說文》學之傳統，羅列了極多文
獻注證《說文》，超邁時賢，具集大成者之地位。

　　段玉裁與桂馥生於同一學術環境，故二氏治學之理念方法，必定有所相
通。段氏之治《說文》學，開始也是從文獻考證著手，如乾隆四十年（1775），
段氏寄戴震書，自云作《說文考證》一書〔註23〕，今雖未見其書，觀書名小可
知著述之志。再如《汲古閣說文訂》，段氏蒐集各種版本之《說文》，考訂其
異同。再如《說文解字讀》，是書歷來被視爲段氏《說文解字注》之稿本，然
二書體例不同。《說文解字讀》只注解部分，且論述較爲繁密，羅列資料較多，
風格近於《說文義證》。據此，可見段氏治《說文》學之路數，仍是與桂馥《說
文義證》相近的。可是，到了段氏晚年成書之《說文解字注》，卻呈現出自成
一格之氣象，建立了自己的體系，甚至其早年對《說文》之校勘，至《說文
注》也都有所改變了。如林宏佳〈《汲古閣說文訂》寫作目的試探：從汲古閣
《說文》的評價談起〉云：

> 事實上，若以《注》代表段氏最後的定見，則《訂》中對後印本的

〔註21〕嚴可均（1762～1843），字景文，烏程人。精考據之學，與姚文田同治《說文》，
　　　　爲《說文長編》，亦謂之《類考》，有天文、算術、地理類，草木、鳥獸、蟲魚類，
　　　　聲類，《說文》引羣書、羣書引《說文》類，積四十五冊。又輯鐘鼎拓本爲《說文
　　　　翼》十五篇，將校定《說文》，撰爲疏義。孫星衍促其成，乃撮舉大略，就毛氏汲
　　　　古閣初印本別爲《校議》三十篇，專正徐鉉之失。《清史稿》卷四八二有傳。
〔註22〕陳韻珊：《清嚴可均之說文學研究》，頁241。
〔註23〕段玉裁：《六書音韻表》〈六書音均表原序〉。

許多批評，《注》中反而都接受了。因此，認爲後印本「識見駑下」的僅有撰作《訂》的段玉裁，撰作《注》的段玉裁對後印本的評價已不似前者之不堪，今日若再論及後印本的評價，不論從段氏自己的態度，或者重新檢覈段氏批評的目的與標準，都不宜再以前者爲唯一的標準了〔註24〕。

因此，段氏《説文注》的論説，與前作《汲古閣説文訂》，是有明顯之異。

再者，段玉裁《説文注》建立了極爲細密的《説文》義例，且於《注》中加入了自己的研究成果。如許錟輝先生即提出：「段氏在疏通《説文》説解時，往往將自己研究語言文字所得到的成果融於注中」，而這些成果主要有〔註25〕：

（一）**對於同義詞辨析精到**

如「諷」字條對「諷」、「誦」的辨析，「牙」字條對「牙」、「齒」的辨析，「肉」字條對「肌」、「肉」的辨析等。

（二）**明辨古今字義之變**

《説文》多講本義，只能明其本字。段注則多有兼及引伸義與假借義，以明字義古今之變。如「眚」字條，許愼僅解其本意「目病生翳也」，段氏則舉例説明了其引伸義「過誤」、「災眚」和假借義「減省」。

（三）**闡明古今用語的異同**

如「堂」字條對「堂」、「殿」用法變遷的論述。

（四）**探討同源詞**

如「力，筋也，象人筋之形」條注云：「象其條理也。人之理曰力，故木之理曰朸，地之理曰阞，水之理曰泐。」

因此，段氏作《説文注》，其性質與前作之《説文》著述是有所分別，而欲開創一套自己的文字學體系。關於這套體系，筆者以爲，具有歷時研究之特色，掌

〔註24〕林宏佳：〈《汲古閣説文訂》寫作目的試探：從汲古閣《説文》的評價談起〉（收於《語文與文獻國際學術研討會會議論文集》，臺北：臺灣大學中國文學系，2012 年 12 月），頁 332。

〔註25〕許錟輝：《文字學簡編・基礎篇》，頁 144。

握了古今用字、字義及字音之別。

　　次者，段氏爲設立《說文》義例，建立體系，必須大量校改《說文》，以自圓其說，且爲刻意標新，段《注》之措詞強烈，加入許多主觀批判之字眼，更加容易令學者反感。因此，清代學者雖以「段桂」並稱，對桂馥《義證》之評價，少有惡評，但是對段《注》卻是多所質疑，甚至形成了考訂及研究段《注》之風潮。今可見清代研究段《注》之著作，即有三十種〔註26〕，而在這些著作中，有持負面評價較多者，亦有持正面肯定較多者。對此現象，余行達《說文段注研究》云：

> 近兩百年來，補正它的著作有十幾種，大約可以分作兩派：一派是存心和他作對的，說他「武斷」、「魯莽」，以鈕匪石《段注訂》、徐承慶《段注匡謬》爲代表。其實這派的著作可取者不多。先師趙少咸曾作《斠段》，其中一章「論鈕、徐之失」，已經駁斥了他們的荒謬。另一派是善意的彌補段書的缺點，以徐灝《段注箋》、馮桂芬《段注考正》爲代表〔註27〕。

余行達將考訂段《注》之著作，分爲「善意」與「惡意」兩種，並引述其師之研究，斷言此派「惡意」之作，皆爲荒謬。再如鮑國順云：

> 後世之論段書者，大抵有二。其一，係就段氏之注，加以歸納整理，以求其義類條例者，如馬壽齡之《說文段注撰要》，呂景先之《說

〔註26〕筆者據丁福保《說文解字詁林》、鮑國順《段玉裁校改說文之研究》、林明波《清代許學考》、陽海清《文字音韻訓詁知見書目》等書，整理清代研究段《注》之著作有：王念孫《說文段注簽記》、桂馥《說文段注抄按》、鈕樹玉《段氏說文注訂》、王紹蘭《說文段注訂補》、徐承慶《說文解字注匡謬》、馮桂芬《說文解字段注考正》、龔自珍《說文段注札記》、徐松《說文段注札記》、鄒伯奇《讀段注說文札記》、錢桂森《說文段注鈔案》、朱駿聲《說文段注拈誤》、朱駿聲《經韻樓說文注商》、徐灝《說文解字注箋》、馬壽齡《說文段注撰要》、呂世宜《古今文字通釋》、沈道寬《說文解字注辨正》、譚獻《說文解字注疏》、何紹基《說文段注駁正》、王約《段注說文私測》、林昌彝《段氏說文注刊譌》、孫經世《說文段注質疑》、嚴可均《說文注補鈔》、焦廷琥《段氏說文引易》、雷浚《說文段注集解》、錢世叙《段本刊誤》、錢世叙《段義刊補》、黃國瑾《段氏說文假借釋例》、胡宗楙《段注說文正字》、于鬯《說文平段》、馮世徵《讀段注說文解字日記》等三十種。

〔註27〕余行達：《說文段注研究》（成都：巴蜀書社，1998年），頁25。

文段注指例》者是，其於段注之是非，蓋略而不論也。其二，係就
段氏之注，考證其是非，而加以申補匡訂者，此類之書或昌言排擊，
尋瑕索疵，務以摘發段氏之誤爲能，此輩固段氏之諍友，亦是段注
之功臣，然跡其用心，則不免有爭名求勝，抑人揚己之嫌。或羽翼
段氏，刊補瑕隙，務以不隱段注之長，時匡段注之失，以加美其書
爲事，如徐灝之《說文解字注箋》、王紹之《段注說文私測》等皆
是。凡此立論持平，不偏不阿，皆爲段氏堅貞不二之忠臣也〔註28〕。

鮑氏之論，較余行達全面且客觀，鮑氏將後世論段《注》者，分爲三種性質，
分別爲「歸納整理」、「考證是非，務以摘發段氏之誤爲能」、「羽翼段氏，刊補
瑕隙」。

　　清代研究段《注》之風潮，到了近代依然延續，如最知名之「章黃學派」，
章太炎（1869～1936）、黃侃等人研究文字學，皆以段《注》爲重要之參考資
料。今所見《章太炎說文解字授課筆記》，乃章氏於 1908 年在日本講授《說
文》時，當時聽課之朱希祖、錢玄同、周樹人的上課筆記，而章氏講解《說
文》，即以段《注》爲主要之教本〔註29〕。至臺灣早期教授文字學之學者，如
林尹（1910～1983）、魯實先（1913～1977）先生等人，皆以段《注》爲文字
學教學之本，而大陸知名學者王力，亦稱讚段《注》「在《說文》研究中，段
氏應坐第一把交椅」〔註30〕。

〔註28〕鮑國順：《段玉裁校改說文之研究》，頁 487。

〔註29〕王寧整理：《章太炎說文解字授課筆記（縮印本）》，北京：中華書局，2010 年。

〔註30〕王力：《中國語言學史》，頁 98。

主要參考資料

（依朝代及作者姓氏筆劃排列）

一、段玉裁與桂馥之著作

（一）段玉裁著作

1. 《說文解字注》，臺北：藝文印書館，2007 年。

2. 《六書音韻表》，臺北：世界書局，2009 年。

3. 《汲古閣說文訂》，《續修四庫全書》本，第 204 冊。

4. 《說文解字讀》，收於《中華漢語工具書書庫》第二十四冊，合肥：安徽教育出版社，2002 年。

5. 《經韻樓集》，上海：上海古籍出版社，2008 年。

6. 《毛詩故訓傳定本》，《續修四庫全書》本，第 64 冊。

7. 《詩經小學》，《續修四庫全書》本，第 64 冊。

8. 《古文尚書撰異》，《續修四庫全書》本，第 46 冊。

9. 《周禮漢讀考》，《續修四庫全書》本，第 80 冊。

10. 《春秋左氏古經》，《續修四庫全書》本，第 123 冊。

（二）桂馥著作

1. 《說文解字義證》，北京：中華書局，1998 年。

2. 《晚學集》，《續修四庫全書》本，第 1458 冊。

3. 《札樸》，北京：中華書局，2006 年。

4. 《續三十五舉》，《續修四庫全書》本，第 1091 冊。

5.《歷代石經略》,《續修四庫全書》本,第 183 冊。

二、小學類著作

（一）《說文》之屬

1.〔南唐〕徐鍇:《説文解字繫傳》,北京:中華書局,2011 年 7 月。

2.〔南唐〕徐鍇:《説文解字韻譜》,收於《中華漢語工具書書庫》第二十冊,合肥:安徽教育出版社,2002 年。

3.〔北宋〕徐鉉:《宋本説文解字》,南京:江蘇古籍出版社,2001 年。

4.〔清〕王念孫:《説文解字校勘記》,《續修四庫全書》本,第 212 冊。

5.〔清〕王筠:《説文釋例》,《續修四庫全書》本,第 216 冊。

6.〔清〕王筠:《説文句讀》,《續修四庫全書》本,第 216 冊。

7.〔清〕王紹蘭:《説文段注訂補》,《續修四庫全書》本,第 213 冊。

8.〔清〕孔廣居:《説文疑疑》,《百部叢書集成》之八十五,臺北:藝文印書館,1965 年。

9.〔清〕江沅:《説文解字音均表》,《續修四庫全書》本,第 247 冊。

10.〔清〕朱駿聲:《説文通訓定聲》,臺北:藝文印書館,1975 年。

11.〔清〕沈濤:《説文古本考》,《續修四庫全書》本,第 222 冊。

12.〔清〕吳大澂:《説文古籀補》,《續修四庫全書》本,第 243 冊。

13.〔清〕吳大澂等:《説文古籀補三種》,北京:中華書局,2011 年 6 月。

14.〔清〕席世昌:《席氏讀説文記》,《叢書集成初編》第 1083 冊,北京:中華書局,1985 年。

15.〔清〕馬壽齡:《説文段注撰要》,臺北:世界書局,2009 年。

16.〔清〕莫友芝:《唐寫本説文解字木部箋異》,《續修四庫全書》本,第 227 冊。

17.〔清〕徐承慶:《説文解字注匡謬》,《續修四庫全書》本,第 214 冊。

18.〔清〕徐灝:《説文解字注箋》,《續修四庫全書》本,第 225 冊。

19.〔清〕鈕樹玉:《段氏説文注訂》,《續修四庫全書》本,第 213 冊。

20.〔清〕鈕樹玉:《説文新附考》,《續修四庫全書》本,第 213 冊。

21.〔清〕鈕樹玉:《説文解字校錄》,《續修四庫全書》本,第 212 冊。

22.〔清〕馮桂芬:《説文解字段注考正》,《續修四庫全書》本,第 223 冊。

23.〔清〕潘奕雋:《説文蠡箋》,《續修四庫全書》本,第 211 冊。

24.〔清〕鄧廷楨:《説文解字雙聲疊韻譜》,《叢書集成初編》第 1123 冊,北京:中華書局,1985 年。

25.〔清〕嚴可均:《説文校議》,《續修四庫全書》本,第 213 冊。

26.〔清〕嚴章福:《説文校議議》,《叢書集成續編》第 71 冊,臺北:新文豐出版,

1989 年。

27. 丁福保輯、楊家駱重編：《說文解字詁林正補合編》，臺北：鼎文書局，1997 年 9 月四版。

28. 王寧整理：《章太炎說文解字授課筆記（縮印本）》，北京：中華書局，2010 年 1 月。

29. 王仁祿：《段氏文字學》，臺北：藝文印書館，1995 年。

30. 王平：《《說文》重文研究》，上海：華東師範大學出版社，2008 年 12 月。

31. 田潛：《一切經音義引說文箋》，臺北：藝文印書館，1988 年 3 月。

32. 向光忠等：《說文學研究》，武漢：崇文書局，2004 年。

33. 呂景先：《說文段註指例》，臺北：正中書局，1978 年。

34. 余行達：《說文段注研究》，成都：巴蜀書社，1998 年。

35. 林明波：《清代許學考》，臺北：臺灣師範大學國文研究所碩士論文，嘉新水泥公司文化基金會研究論文第二十八種，1964 年 11 月。

36. 季旭昇：《說文新證》上，臺北：藝文印書館，2002 年。

37. 季旭昇：《說文新證》下，臺北：藝文印書館，2004 年。

38. 馬敍倫：《說文解字六書疏證》，臺北：鼎文書局，1975 年。

39. 馬宗霍：《說文解字引經考》，臺北：臺灣學生書局，1971 年。

40. 馬慧：《《說文解字注箋》研究》，銀川：寧夏人民出版社，2008 年 12 月。

41. 馬顯慈：《說文解字義證析論》，臺北：萬卷樓圖書股份有限公司，2013 年。

42. 徐前師：《唐寫本玉篇校段注本說文》，上海：上海古籍出版社，2008 年。

43. 許錟輝：《說文重文形體考》，臺北：文津出版社，1973 年 3 月。

44. 商承祚：《說文中之古文考》，上海：上海古籍出版社，1983 年。

45. 張舜徽：《說文解字約注》，鄭州：中州書畫社，1983 年。

46. 張建葆：《說文假借釋義》，臺北：文津出版社，1991 年 12 月。

47. 張其昀：《「說文學」源流考略》，貴州：貴州人民出版社，1998 年。

48. 張標：《20 世紀說文學流別考論》，北京：中華書局，2003 年。

49. 張亞蓉：《《說文解字》的諧聲關係與上古音》，西安：三秦出版社，2011 年 1 月。

50. 曾忠華：《玉篇零卷引說文考》，臺北：臺灣商務印書館，1970 年。

51. 葉德輝輯：《說文段注校三種》，收於《叢書集成續編》第 72 冊，臺北：新文豐出版，1989 年。

52. 董蓮池：《說文解字考正》，北京：作家出版社，2005 年。

53. 董蓮池主編：《說文解字研究文獻集成·現當代卷》，北京：作家出版社，2006 年。

54. 董蓮池主編：《說文解字研究文獻集成·古代卷》，北京：作家出版社，2006 年。

55. 魯實先：《說文正補》，臺北：黎明文化事業股份有限公司，2003 年。

56. 蔡信發：《說文商兌》，臺北：臺灣學生書局有限公司，1999 年 9 月初版。

57. 蔡信發：《說文部首類釋》，臺北：萬卷樓圖書股份有限公司，2002 年。

58. 蔡信發：《一九四九年以來臺灣地區說文論著專題研究》，臺北：文津出版社有限公司，2005 年 11 月初版。

59. 蔡信發：《說文答問》，臺北：臺灣學生書局有限公司，2006 年 9 月三版。

60. 黎千駒：《說文學專題研究》，北京：中國社會科學出版社，2010 年 11 月。

61. 龍宇純：《《說文》讀記》，臺北：大安出版社，2011 年 9 月。

（二）文字通論之屬

1. 〔清〕謝啓昆：《小學考》，臺北：藝文印書館，1974 年。

2. 王力：《中國語言學史》，上海：復旦大學出版社，2006 年 3 月。

3. 王寧：《漢字構形學講座》，上海：上海教育出版社，2002 年。

4. 王初慶：《中國文字結構析論》，臺北：文史哲出版社，1997 年第 4 版。

5. 王彥坤：《古籍異文研究》，臺北：萬卷樓圖書股份有限公司，1996 年 12 月。

6. 沈寶春：《桂馥的六書學》，臺北：里仁書局，2004 年。

7. 李國英：《小篆形聲字研究》，北京：北京師範大學出版社，1995 年。

8. 李珍華等：《漢字古今音表》，北京：中華書局，1999 年。

9. 林尹：《文字學概要》，臺北：正中書局，1998 年 9 月初版二十四刷。

10. 胡安順：《音韻學通論》，北京：中華書局，2009 年 4 月。

11. 胡樸安：《中國文字學史》，臺北：臺灣商務印書館股份有限公司，1992 年。

12. 黃侃：《黃侃國學講義錄》，北京：中華書局，2006 年 5 月第一版。

13. 黃侃：《新輯黃侃學術文集》，南京：南京大學出版社，2008 年。

14. 黃侃：《黃侃國學文集》，北京：中華書局，2006 年。

15. 黃永武：《形聲多兼會意考》，臺北：文史哲出版社，1992 年 10 月。

16. 黃德寬等：《漢語文字學史》，合肥：安徽教育出版社，2006 年 8 月。

17. 陳新雄、曾榮汾：《文字學》，臺北：五南圖書出版股份有限公司，2010 年 9 月。

18. 許錟輝：《文字學簡編・基礎篇》，臺北：萬卷樓圖書股份有限公司，2003 年 9 月。

19. 許錟輝、蔡信發編：《民國時期語言文字學叢書・第一編》，臺中：文听閣圖書有限公司，2009 年。

20. 葉國良等編：《出土文獻研究方法論文集初集》，臺北：臺灣大學出版中心，2005 年 9 月。

21. 趙紅：《敦煌寫本漢字論考》，上海：上海古籍出版社，2012 年 4 月。

22. 魯實先：《文字析義》，臺北：魯實先全集編輯委員會，1993 年。

23. 魯實先：《假借遡源》，臺北：黎明文化事業股份有限公司，2003 年。

24. 魯實先：《轉注釋義》，臺北：黎明文化事業股份有限公司，2003 年。

25. 蔡信發：《六書釋例》，臺北：臺灣學生書局有限公司，2006 年 9 月二版。

26. 裘錫圭：《文字學概要》，北京：商務印書館，2002 年 4 月初版。

27. 潘重規：《中國文字學》，臺北：東大圖書，1993 年 3 月二版。

28. 謝雲飛：《中國文字學通論》，臺北：臺灣學生書局，1963 年初版。

29. 陽海清等編：《文字音韻訓詁知見書目》，武漢：湖北人民出版社，2002 年。

30. 劉志成：《中國文字學書目考錄》，成都：巴蜀書社，1997 年 8 月。

31. 錢劍夫：《中國古代字典辭典概論》，北京：商務印書館，1986 年 1 月。

32. 龍宇純：《中國文字學》，臺北：臺灣學生，1984 年四版。

33. 濮之珍：《中國語言學史》，臺北：書林出版有限公司，1994 年。

（三）字書之屬

1. 〔梁〕顧野王：《原本玉篇殘卷》，北京：中華書局，2004 年 5 月。

2. 〔梁〕顧野王：《大廣益會玉篇》，北京：中華書局，2004 年 1 月。

3. 〔唐〕張參：《五經文字》，《叢書集成新編》第 35 冊，臺北：新文豐出版，1985 年。

4. 〔唐〕唐玄度：《新加九經字樣》，《叢書集成新編》第 35 冊，臺北：新文豐出版，1985 年。

5. 〔唐〕釋玄應：《一切經音義》，臺北：新文豐出版，1980 年 3 月。

6. 〔宋〕陳彭年等：《廣韻》，臺北：黎明文化，2001 年 10 月。

7. 〔清〕王念孫：《廣雅疏證》，北京：中華書局，2008 年。

8. 〔清〕任大椿：《字林考逸》，《續修四庫全書》本，第 236 冊。

9. 〔清〕阮元等：《經籍纂詁》，北京：中華書局，1995 年 8 月。

10. 〔清〕鄭珍：《汗簡箋正》，《續修四庫全書》本，第 240 冊。

11. 于亭：《玄應《一切經音義》研究》，北京：中國社會科學出版社，2009 年。

12. 王力：《王力古漢語字典》，北京：中華書局，2000 年 11 月。

13. 孔仲溫：《玉篇俗字研究》，臺北：臺灣學生書局，2000 年初版。

14. 李零等整理：《汗簡 古文四聲韻》，北京：中華書局，2010 年。

15. 周祖謨：《方言校箋》，北京：中華書局，2011 年 2 月。

16. 周祖謨：《廣韻校本》，北京：中華書局，1960 年 10 月第一版。

17. 徐時儀：《慧琳音義研究》，上海：上海社會科學院出版社，1997 年 11 月。

18. 黃錫全：《汗簡注釋》，臺北：台灣古籍出版有限公司，2005 年。

（四）古文字之屬

1. 〔清〕孫詒讓：《名原》，清光緒玉海樓刻本。

2. 〔清〕孫詒讓：《古籀拾遺》，《續修四庫全書》本，第 243 冊。

3. 〔清〕顧藹吉：《隸辨》，北京：中華書局，2003 年。

4. 中國科學院考古研究所編輯：《甲骨文編》，北京：中華書局，1965 年。

5. 中國社會科學院考古研究所：《殷周金文集成》，北京：中華書局，1994 年。

6. 王輝：《古文字通假釋例》，臺北：藝文印書館，1993 年。

7. 古文字詁林編纂委員會：《古文字詁林》，上海：上海教育出版社，2004 年。

8. 李孝定：《甲骨文字集釋》，《中央研究院歷史語言研究所專刊》50，1974 年。

9. 李孝定：《金文詁林讀後記》，《中央研究院歷史語言研究所專刊》80，1982 年。

10. 李宗焜：《甲骨文字編》，北京：中華書局，2012 年 3 月。

11. 高田忠周：《古籀篇》，臺北：大通書局，1982 年。

12. 容庚：《金文編》，北京：中華書局，2007 年 9 月。

13. 郭沫若主編：《甲骨文合集》，北京：中華書局，1982 年。

14. 魯實先講授、王永誠編輯：《甲骨文考釋》，臺北：里仁書局，2009 年 2 月。

15. 劉志基：《古文字考釋提要總覽（第一冊）》，上海：上海人民出版社，2008 年。

16. 劉志基：《古文字考釋提要總覽（第二冊）》，上海：上海人民出版社，2010 年。

17. 劉志基：《古文字考釋提要總覽（第三冊）》，上海：上海人民出版社，2012 年。

18. 羅振玉：《增訂殷墟書契考釋》，臺北：藝文印書館，1981 年。

（五）訓詁之屬

1. 王寧：《訓詁學原理》，北京：中國國際廣播出版社，1996 年。

2. 王寧主編：《訓詁學》，北京：高等教育出版社，2010 年 3 月第二版。

3. 李先華：《《說文》與訓詁語法論稿》，合肥：安徽大學出版社，2005 年。

4. 林尹：《訓詁學概要》，臺北：正中書局，1997 年 6 月初版十七刷。

5. 胡樸安：《中國訓詁學史》，臺北：臺灣商務印書館，1965 年臺一版。

6. 胡楚生：《訓詁學大綱》，臺北：蘭台書局，1972 年。

7. 蔡信發：《訓詁答問》，臺北：臺灣學生書局有限公司，2004 年 9 月初版。

8. 齊佩瑢：《訓詁學概論》，臺北：華正書局，1984 年 8 月。

9. 陸宗達：《訓詁簡論》，北京：北京出版社，2002 年 1 月初版。

10. 陸宗達、王寧：《訓詁方法論》，北京：中國社會科學出版社，1983 年。

11. 陳新雄：《訓詁學》，臺北：臺灣學生書局，2005 年。

三、相關著作

（一）經史之屬

1. 〔清〕江藩：《國朝漢學師承記》，《續修四庫全書》本，第 179 冊。

2. 〔清〕阮元等:《十三經注疏》,北京:中華書局,1980年。

3. 〔清〕陳壽祺:《五經異義疏證》,《續修四庫全書》本,第171冊。

4. 〔清〕趙爾巽等撰:《清史稿》,北京:中華書局,1986年8月。

5. 〔清〕繆荃孫:《續碑傳集》,《清代傳記叢刊》第116冊。

6. 〔清〕嚴元照:《爾雅匡名》,《續修四庫全書》本,第188冊。

7. 王鍾翰點校:《清史列傳》,北京:中華書局,1987年。

8. 支偉成:《清代樸學大師列傳》,臺北:藝文印書館,1970年10月初版。

9. 朱祖延編:《爾雅詁林》,武漢:湖北教育出版社,1996年。

10. 周駿富輯:《清代傳記叢刊》,臺北:明文書局,1985年。

11. 張曜等修:《山東通志》,濟南:山東大學出版社,2006年。

12. 陳祖武等:《乾嘉學術編年》,石家莊:河北人民出版社,2005年。

(二)集部之屬

1. 〔清〕王鳴盛:《蛾術編》,日本京都:中文出版社,1979年。

2. 〔清〕永瑢等:《四庫全書總目》,北京:中華書局,2003年。

3. 〔清〕朱筠:《笥河文集》,《續修四庫全書》本,第1440冊。

4. 〔清〕沈濤:《銅熨斗齋隨筆》,《續修四庫全書》本,第1158冊。

5. 〔清〕李慈銘:《越縵堂讀書記》,北京:中華書局,2006年9月。

6. 〔清〕李文藻:《南澗文集》,《續修四庫全書》本,第1449冊。

7. 〔清〕李富孫:《校經廎文藁》,《續修四庫全書》本,第1489冊。

8. 〔清〕阮元:《揅經室續集》,《續修四庫全書》本,第1479冊。

9. 〔清〕阮元:《小滄浪筆談》,收於《叢書集成新編》第79冊,臺北:新文豐出版,1985年。

10. 〔清〕周中孚:《鄭堂讀書記》,上海:上海書店出版社,2009年1月。

11. 〔清〕俞樾:《古書疑義舉例等七種》,臺北:世界書局,2004年。

12. 〔清〕孫星衍:《問字堂集》,《叢書集成初編》第2528冊,北京:中華書局,1985年。

13. 〔清〕翁方綱:《復初齋文集》,《續修四庫全書》本,第1455冊。

14. 〔清〕莊述祖:《珍埶宦文鈔》,《續修四庫全書》本,第1475冊。

15. 〔清〕張之洞:《張文襄公全集》,《續修四庫全書》本,第1561冊。

16. 〔清〕張之洞:《書目答問》,《續修四庫全書》本,第921冊。

17. 〔清〕章學誠著、王重民通解:《校讎通義通解》,上海:上海古籍出版社,1987年。

18. 〔清〕陳奐:《師友淵源記》,《清代傳記叢刊》第29冊,臺北:明文書局,1985年。

19. 〔清〕陳澧:《東塾讀書記》,上海:上海古籍出版社,2012 年 7 月。

20. 〔清〕馮桂芬:《顯志堂稿》,《續修四庫全書》本,第 1535 冊。

21. 〔清〕葉昌熾:《奇觚廎文集》,《續修四庫全書》本,第 1575 冊。

22. 〔清〕錢大昕:《潛研堂集》,上海:上海古籍出版社,2009 年 1 月。

23. 〔清〕錢大昕:《十駕齋養新錄》,《四部備要》本,臺北:臺灣中華書局,1966 年。

24. 〔清〕戴震:《戴東原集》,《續修四庫全書》本,第 1434 冊。

25. 〔清〕顧炎武撰、黃汝成集釋:《日知錄集釋》,《續修四庫全書》本,第 1144 冊。

26. 中國古籍善本書目編輯委員會編:《中國古籍善本書目》,上海:上海古籍出版社,1989 年。

27. 中國科學院圖書館整理:《續修四庫全書總目提要 經部》,北京:中華書局,1993 年。

28. 王力:《王力文選》,北京:北京大學出版社,2010 年 10 月。

29. 王雲五等:《續修四庫全書提要》,臺北:臺灣商務印書館,1972 年。

30. 王叔岷:《斠讎學(補訂本) 校讎別錄》,北京:中華書局,2007 年 6 月。

31. 王叔岷:《慕廬演講稿》,臺北:藝文印書館,1981 年 12 月初版。

32. 王叔岷:《慕廬雜詠》,臺北:大安出版社,2001 年。

33. 古清美:《顧涇陽、高景逸思想之比較研究》,臺北:大安出版社,2004 年 7 月。

34. 北京圖書館出版社古籍影印編輯室著:《乾嘉名儒年譜》5,北京:北京圖書館出版社,2006 年。

35. 四庫未收書輯刊編纂委員會編:《四庫未收書輯刊》捌輯 3,北京:北京出版社,2000 年。

36. 朱維錚校注:《梁啓超論清學史二種》,上海:復旦大學出版社,1985 年。

37. 余嘉錫:《四庫提要辨證》,昆明:雲南人民出版社,2004 年 11 月。

38. 沈心慧:《胡樸安生平及其易學、小學研究》,臺北:新文豐出版,2009 年。

39. 沈兼士:《沈兼士學術論文集》,北京:中華書局,1987 年初版。

40. 沈津輯:《翁方綱題跋手札集錄》,桂林:廣西師範大學出版社,2003 年。

41. 來新夏:《清人筆記隨錄》,北京:中華書局,2005 年 1 月第一版。

42. 周祖謨:《周祖謨文選》,北京:北京大學出版社,2010 年 10 月。

43. 周祖謨:《問學集》,北京:中華書局,2004 年。

44. 馬敍倫:《讀書續記》,《近三百年讀書筆記彙編》,臺北:鼎文書局,1978 年 3 月初版。

45. 徐德明:《清人學術筆記提要》,北京:學苑出版社,2004 年 5 月。

46. 孫殿起:《販書偶記》,臺北:世界書局,1961 年 10 月初版。

47. 孫雅芬:《桂馥研究》,北京:人民出版社,2010 年。

48. 張舜徽：《中國古代史籍校讀法》，臺北：里仁書局，2000 年。

49. 張舜徽：《清人文集別錄》，武漢：華中師範大學出版社，2004 年。

50. 張舜徽：《清人筆記條辨》，武漢：華中師範大學出版社，2004 年。

51. 國家圖書館特藏組編：《國家圖書館善本書志初稿》，臺北：國家圖書館，1996 年。

52. 梁啓超：《清代學術概論》，上海：上海古籍出版社，2005 年 4 月。

53. 梁啓超：《中國近三百年學術史》，臺北：華正書局，1994 年 8 月。

54. 陳垣：《校勘學釋例》，北京：中華書局，2006 年 9 月北京第 2 次印刷。

55. 陳垣：《陳垣史學論著選》，臺北：木鐸出版社，1982 年。

56. 陳垣：《中國佛教史籍概論》，上海：上海書店出版社，2005 年。

57. 程千帆等：《校讎廣義 校勘編》，濟南：齊魯書社，2007 年。

58. 單殿元：《王念孫王引之著作析論》，北京：社會科學文獻出版社，2009 年 6 月。

59. 楊家駱編：《錢大昕讀書筆記廿九種》，臺北：鼎文書局，1979 年。

60. 董蓮池：《段玉裁評傳》，南京：南京大學出版社，2006 年。

61. 劉師培：《左盦集》，收於《劉申叔先生遺書（三）》，臺北：大新書局，民國 23 年寧武南氏校印、25 年印成。

62. 劉師培：《劉師培史學論著選集》，上海：上海古籍出版社，2006 年。

63. 劉琳等：《古籍整理學》，四川：四川大學出版社，2003 年。

64. 劉家和：《愚庵論史：劉家和自選集》，北京：首都師範大學出版社，2010 年。

65. 錢穆：《中國近三百年學術史》，臺北：臺灣商務印書館，1957 年臺一版。

四、學位論文

1. 王勝忠：《《廣韻》引《說文》之研究》，屏東：屏東師範學院語文教育學系碩士論文，2005 年 8 月。

2. 王巧如：《段玉裁《說文解字注》引《爾雅》考》，臺北：輔仁大學中國文學系碩士論文，2012 年。

3. 朱葆華：《原本《玉篇》文字研究》，中國：華東師範大學博士論文，2004 年。

4. 李朝虹：《《說文解字》互訓詞研究》，中國：浙江大學博士論文，2007 年。

5. 呂慧茹：《《古今韻會舉要》引《說文》考》，臺北：東吳大學中國文學研究所碩士論文，2001 年 6 月。

6. 呂伯友：《說文訂段學之研究》，香港：新亞研究所碩士論文，1977 年。

7. 宋建華：《王筠《說文》學探微》，臺北：文化大學中國文學研究所博士論文，1993 年。

8. 沈秋雄：《說文解字段注質疑》，臺北：臺灣師範大學國文研究所碩士論文，1973 年 6 月。

9. 林慶勳：《段玉裁之生平及其學術成就》，臺北：文化大學中國文學系博士論文，1979 年。

10. 林穎崔：《徐灝《說文段注箋》研究》，臺中：逢甲大學中國文學研究所碩士論文，2002 年。

11. 洪文婷：《陳啓源毛詩稽古編研究》，桃園：中央大學中國文學研究所博士論文，2007 年 7 月。

12. 馬偉成：《段玉裁轉注假借説研究》，臺中：逢甲大學中國文學系博士論文，2011 年。

13. 翁敏修：《清代説文校勘學研究》，臺北：東吳大學中國文學研究所博士論文，2009 年。

14. 張毅巍：《桂馥年譜》，中國：哈爾濱師範大學碩士論文，2011 年。

15. 郭怡雯：《《說文》複舉字研究》，臺中：逢甲大學中國文學系碩士論文，2005 年 6 月。

16. 陳韻珊：《清嚴可均之説文學研究》，臺北：臺灣大學中文研究所博士論文，1996 年 1 月。

17. 陳清仙：《王紹蘭《說文段注訂補》研究》，臺中：逢甲大學中國文學研究所碩士論文，2000 年。

18. 陳怡如：《王鳴盛及其文字學説之研究》，桃園：中央大學中國文學研究所碩士論文，2005 年。

19. 陳洵慧：《徐承慶《說文解字注匡謬》研究》，臺中：逢甲大學中國文學研究所碩士論文，2001 年。

20. 陳紹慈：《徐灝《說文解字注箋》研究》，臺中：東海大學中國文學研究所博士論文，2003 年。

21. 陳致元：《段注本《說文》依字書補訂考》，臺北：中國文化大學中國文學系碩士論文，2011 年。

22. 黃慧萍：《錢大昕《說文》學之研究》，屏東：屏東師範學院語文教育學系碩士論文，2005 年。

23. 劉新民：《清代説文學專著之書目研究》，中國：中國科學院研究生院碩士論文，2002 年。

24. 劉曉暉：《《說文解字繫傳》對段玉裁、桂馥《說文》研究的影響舉例》，中國：陝西師範大學碩士論文，2004 年 4 月。

25. 鄭錫元：《說文段注發凡》，臺北：臺灣師範大學國文研究所碩士論文，1983 年。

26. 鄭喬尹：《馮桂芬《說文解字段注考正》校勘之研究》，桃園：銘傳大學應用中國文學系碩士論文，2009 年。

27. 鮑國順：《段玉裁校改説文之研究》，臺北：政治大學中國文學研究所碩士論文，1974 年。

28. 鍾哲宇：《沈濤《說文古本考》研究》，桃園：中央大學中國文學研究所碩士論文，

2009 年 6 月。

29. 謝元雄：《呂景先《說文段注指例》研究》，臺北：輔仁大學中國文學系碩士論文，2008 年。

30. 叢培凱：《段玉裁《說文解字讀》研究》，臺北：輔仁大學中國文學系碩士論文，2008 年。

31. 權敬姬：《說文義證釋例》，臺北：東吳大學中國文學研究所碩士論文，1989 年 5 月。

五、單篇論文

1. 丁原基：〈晚清山左許瀚與江南汪喜孫之交惡始末——兼述照邑學者與揚州學者之互動〉，《中國文哲研究通訊》第二十二卷第三期，2012 年 9 月。

2. 余敏輝：〈段、顧之爭與校勘原則〉，《社會科學戰線》，1997 年 3 期。

3. 沈寶春：〈由桂馥《說文解字義證》的取證金文談「專臚古籍，不下己意」的問題〉，《成大中文學報》第四期，1996 年 5 月。

4. 沈寶春：〈談桂馥《說文解字義證》中增補的古文〉，《許錟輝教授七秩祝壽論文集》，萬卷樓圖書出版，2004 年 9 月。

5. 沈寶春：〈段、桂注證《說文解字》古文引《汗簡》、《古文四聲韻》的考察〉，《漢學研究之回顧與前瞻國際學術研討會論文集》，2006 年 4 月。

6. 李中生：〈段玉裁與金石銘刻之學〉，《學術研究》，1988 年第二期。

7. 林宏佳：〈《汲古閣說文訂》寫作目的試探：從汲古閣《說文》的評價談起〉，《語文與文獻國際學術研討會會議論文集》，臺北：臺灣大學中國文學系，2012 年 12 月。

8. 金祥恆：〈釋鳳〉，《中國文字》第三冊，1961 年。

9. 阿辻哲次著、吳新江譯：〈緯書字說考〉，《文教資料》2003 年 04 期，原文載於日本京都大學人文科學研究所編《漢語史諸問題》，1988 年。

10. 馬敘倫：〈清人所著說文之部書目初編草稿〉，《圖書館學季刊》第 1 卷 1 期，1926 年。

11. 許征：〈《說文》連篆讀述評〉，《新疆師範大學學報（哲學社會科學版）》，1996 年第 2 期。

12. 許錟輝：〈段玉裁「引伸假借說」平議〉，發表於第七屆中國文字學全國學術研討會，1996 年。

13. 張書巖：〈試談「刑」字的發展〉，《文史》第二十五輯，1985 年。

14. 張涌泉：〈《說文》「連篆讀」發覆〉，《文史》2002 年第 3 期（總第 60 期）。

15. 陳鴻森：〈《段玉裁年譜》訂補〉，《中央研究院歷史語言研究所集刊》六十本三分，1989 年 9 月。

16. 陳鴻森：〈丁杰行實輯考〉，上海社會科學院《傳統中國研究集刊》第六輯，上海：上海人民出版社，2009 年。

17. 陳鴻森：〈段玉裁《說文解字讀》考辨〉，《第四屆中國經學國際學術研討會會議論文集》，臺北：臺灣大學文學院，2011 年 3 月。

18. 傅杰：〈清代校勘學述略〉，《浙江學刊》，1999 年第 3 期。

19. 趙麗明：〈清代關於大徐本說文的版本校勘〉，《說文解字研究》第 1 輯，河南大學出版社，1991 年 8 月。

20. 蔡信發：〈形聲字聲符兼義之商兌〉，發表於第六屆中國訓詁學全國學術研討會，2003 年 3 月。

21. 蔡信發：〈段注《說文》會意有輕重之商兌〉，《先秦兩漢學術》第三期，2005 年 3 月。

22. 蔡信發：〈段玉裁獨有之俗字觀〉，發表於第十八屆中國文字學國際學術研討會，2007 年 5 月。

23. 蔡信發：〈段玉裁謂《爾雅》多俗字〉，發表於第八屆中國訓詁學全國學術研討會，2007 年。

24. 蔡信發：〈段注以《說文》不用假借字說解本書〉，發表於紀念林尹教授國際學術研討會，2012 年 5 月。

25. 韓偉：〈簡論段玉裁與桂馥〉，《南陽師範學院學報（社會科學版）》第 3 卷第 11 期，2004 年 11 月。